16	3	2	13
5	10	11	8
9	6	7	12
4	15	14	1

Johann Wolfgang von Goethe

Fausto

Uma tragédia

Primeira parte

Ilustrações de Eugène Delacroix
Tradução do original alemão de Jenny Klabin Segall
Apresentação, comentários e notas de Marcus Vinicius Mazzari
Edição bilíngue

editora■34

EDITORA 34

Editora 34 Ltda.
Rua Hungria, 592 Jardim Europa CEP 01455-000
São Paulo - SP Brasil Tel/Fax (11) 3811-6777 www.editora34.com.br

Copyright © Editora 34, 2004
Tradução © Herdeiros de Jenny Klabin Segall, 1967, 2004
Apresentação, comentários e notas © Marcus Vinicius Mazzari, 2004

A fotocópia de qualquer folha deste livro é ilegal e configura uma apropriação indevida dos direitos intelectuais e patrimoniais do autor.

Edição conforme o Acordo Ortográfico da Língua Portuguesa.

Título original:
Faust: eine Tragödie — Erster Teil

Capa, projeto gráfico e editoração eletrônica:
Bracher & Malta Produção Gráfica

Revisão:
Alberto Martins
Claudia Abeling

1ª Edição - 2004, 2ª Edição - 2006, 3ª Edição - 2007 (1 Reimpressão),
4ª Edição - 2010, 5ª Edição - 2013, 6ª Edição - 2016 (1 Reimpressão),
7ª Edição - 2020 (2ª Reimpressão - 2024)

Catalogação na Fonte do Departamento Nacional do Livro
(Fundação Biblioteca Nacional, RJ, Brasil)

Goethe, Johann Wolfgang von, 1749-1832

G217f   Fausto: uma tragédia — Primeira parte / Johann
Wolfgang von Goethe; tradução do original alemão de
Jenny Klabin Segall; apresentação, comentários e notas de
Marcus Vinicius Mazzari; ilustrações de Eugène Delacroix.
— São Paulo: Editora 34, 2020 (7ª Edição).
552 p.

ISBN 978-85-7326-291-9
Edição bilíngue alemão-português.
Tradução de: Faust: eine Tragödie — Erster Teil

1. Literatura alemã - Séculos XVIII e XIX. I. Segall,
Jenny Klabin, 1899-1967. II. Mazzari, Marcus Vinicius.
III. Delacroix, Eugène, 1798-1863. IV. Título.

CDD - 981.03135

Sumário

Goethe e a história do Doutor Fausto:
do teatro de marionetes à literatura universal
Marcus Vinicius Mazzari 7

FAUSTO

Dedicatória 27
Prólogo no teatro 31
Prólogo no céu 47

Fausto:
Primeira parte da tragédia

Noite 61
Diante da porta da cidade 95
Quarto de trabalho 127
Quarto de trabalho 155
Na Taberna de Auerbach em Leipzig 201
A cozinha da bruxa 239
Rua 269
Crepúsculo 279
Passeio 293
A casa da vizinha 301
Rua 323
Jardim 331
Um caramanchão 351

Floresta e gruta 357

Quarto de Gretchen 371

Jardim de Marta 377

Na fonte 393

Diante dos muros fortificados da cidade 401

Noite 407

Catedral 425

Noite de Valpúrgis 433

Sonho da Noite de Valpúrgis *ou*
As bodas de ouro de Oberon e Titânia 471

Dia sombrio — Campo 489

Noite — Campo aberto 497

Cárcere 501

Apêndice

Uma autocensura de Goethe:
a missa satânica da "Noite de Valpúrgis"
Marcus Vinicius Mazzari 527

Sobre o autor 545

Sobre o ilustrador 547

Sobre a tradutora 551

Goethe e a história do Doutor Fausto: do teatro de marionetes à literatura universal

Marcus Vinicius Mazzari

I. O assunto fáustico

No início do romance *Os anos de aprendizado de Wilhelm Meister*, mais precisamente entre o segundo e o oitavo capítulos do primeiro livro, Goethe oferece ao leitor uma caracterização extremamente vívida do entusiasmo que o herói nutria, quando criança, pelo teatro de marionetes. São passagens que se enraízam na infância do próprio autor, como testemunha o relato autobiográfico de *Poesia e verdade* sobre o significado que um presente de sua avó, no Natal de 1753, teve para o menino de quatro anos: "Numa noite de Natal, porém, ela coroou todas as suas bondades ao nos apresentar um teatro de bonecos e, com isso, criar um novo mundo na velha casa".

Sendo a história do Doutor Fausto peça fundamental no repertório dessa forma teatral, o primeiro contato de Goethe com o assunto da mais célebre de suas obras deu-se já na primeira infância. O contato lança sementes que não tardam a germinar, pois quando Goethe, por volta dos 22 anos de idade, começa a elaborar os seus primeiros trabalhos literários, ocorre-lhe — paralelamente à figura do líder camponês do século XVI Götz von Berlichingen, sobre o qual logo escreve e publica um drama — a personagem com que se deparara quando criança: "A significativa fábula do teatro de marionetes do outro [isto é, do Doutor Fausto] soava e reverberava em meu íntimo de múltiplas maneiras. Eu também havia me movimentado por todas as ciências e fora remetido suficientemente cedo à vanidade de tudo isso. Também havia feito muitas tentativas na vida e a cada vez voltado mais insatisfeito e torturado ao ponto de partida".

Várias décadas mais tarde — e cerca de 75 anos após o primeiro encontro com a "significativa fábula do teatro de marionetes" — dava Goethe, pouco antes da morte em março de 1832, as últimas pinceladas na segunda parte de seu *Fausto*, uma criação poética que, provavelmente mais do que qualquer outra da literatura universal, merece a designação "obra de vida", pois que acolheu em si as marcas pré-românticas do período "Tempestade e Ímpeto" (*Sturm und Drang*), os acordes harmoniosos do "Classicismo de Weimar", a depurada expressão simbólica e alegórica de sua velhice.

Antes, porém, de ingressar no repertório do teatro de marionetes (e de companhias teatrais que perambulavam pela Europa), a história do Doutor Fausto foi tomando corpo na tradição oral, ensejada pela lenda em torno de um homem que viveu na Alemanha aproximadamente entre os anos de 1470 e 1540. Os documentos mais antigos atribuem-lhe o nome de Georgius, mas posteriormente ele passa a ser mencionado também como Johann; já o aposto "Faustus" (o "feliz" ou "afortunado") representava, como era costume na época do Humanismo e da Reforma, o pseudônimo latino que os eruditos se atribuíam. Como muitos de seus contemporâneos — entre os quais se sobressai a figura do filósofo, médico e alquimista suíço Paracelsus (1493-1541) —, esse Fausto histórico teria inicialmente empenhado os seus esforços na conquista de um saber universal (Pansofia), realizando para isso vários cursos universitários: segundo algumas fontes, teria frequentado a Universidade de Heidelberg; segundo outras, a de Cracóvia, conhecida na época por seus cursos de magia, e a famosa Universidade de Wittenberg, berço do movimento luterano. Logo, porém, envereda inteiramente pelo charlatanismo e passa a percorrer a Alemanha apregoando serviços de magia e astrologia. Conquista os seus clientes não apenas em feiras populares, mas também, conforme registram documentos da época, entre pessoas de elevada posição social, como o bispo de Bamberg e o influente cavaleiro imperial Franz von Sickingen, que lhe pagam vultosas quantias por horóscopos. Lendas e superstições começam então a formar-se em torno de sua figura insólita e até mesmo em escritos de Lutero e Melanchthon encontram-se referências a uma aliança que esse famigerado doutor, frustrado com os resultados dos esforços humanos e cada vez mais obcecado pelo desejo de conhecimento e de novas descobertas, teria firmado com o diabo mediante assinatura com o próprio sangue.

É o motivo do "pacto demoníaco", de certo modo prefigurado na tentação a que Cristo é submetido no deserto ("Tudo isto te darei, se, prostrado, me adorares", *Mateus*, 4: 8-10), e já desenvolvido em algumas lendas medievais. A mais célebre destas, *Le miracle de Théophile*, constituiu-se no século IX e foi dramatizada cerca de quatro séculos depois pelo menestrel francês Rutebeuf: por ter sido preterido na eleição para bispo, Teófilo alia-se ao demônio assinando com sangue o documento em que lhe entrega a alma; com a ajuda do ser maligno torna-se então um bispo despótico, mas é conduzido ao arrependimento por Deus e finalmente salvo graças à intercessão de Maria.

Ao contrário, porém, do desfecho feliz desse "mistério" medieval, não é para a salvação religiosa que conflui a trajetória do pactuário alemão contemporâneo de Lutero e Paracelsus, tal como narrada numa obra anônima que aparece durante a Feira do Livro de Frankfurt no ano de 1587, acompanhada de um prefácio do editor protestante Johann Spiess. Como era costume na época, o título completo dessa narrativa, demasiado longo para ser reproduzido aqui, resume todo o enredo e vem introduzido pelas palavras: *Historia von D. Johann Fausten, dem weitbeschreyten Zauberer unnd Schwartzkünstler* [História do Doutor Johann Faustus, o amplamente falado feiticeiro e nigromante]. O seu impacto sobre o público contemporâneo se reflete nas dezessete edições que teve na Alemanha apenas nos dois primeiros anos e nas traduções que logo se fizeram para as principais línguas europeias. A figura do diabo já aparece sob o intrigante nome de "Mephostophiles", em que alguns eruditos pretendem enxergar uma etimologia grega ou hebraica significando "aquele que não ama a luz" ou "o destruidor do bem". Além desse espírito maligno, o livro popular de 1587 apresenta ainda outras personagens que também marcarão presença no *Fausto* goethiano, como o fâmulo Wagner, Helena de Troia e o Imperador (os dois últimos na segunda parte da tragédia). Recheada de anedotas e episódios burlescos, a *Historia* narra nos capítulos iniciais as origens de Fausto, seus estudos de teologia e medicina, suas invocações do demônio e o estabelecimento de um pacto, assinado com o próprio sangue, a estender-se por 24 anos — exatamente o mesmo período que o diabo concederá a Adrian Leverkühn, no *Doktor Faustus* de Thomas Mann, para realizar as geniais composições que culminam na cantata *Dr. Fausti Wehklag* ("Lamento do Doutor Fausto"). A segunda parte da *Historia* é dedicada às atividades do pactuário como astrólogo e às aventuras que "Mephostophiles", sob a condição de apoderar-se de sua alma após o prazo estipulado, lhe proporciona, como viagens por vários lugares do mundo e também incursões pelo Inferno e pelo Paraíso. A terceira parte mostra Fausto em situações farsescas, enquanto feiticeiro e praticante da magia negra, e relata por fim o seu arrependimento e lamentação, a que se segue a horrenda morte do pactuário, estrangulado pelo demônio.

Salpicada de peripécias inverossímeis e concebida ao mesmo tempo como advertência aos contemporâneos de uma época cada vez mais empenhada em "especular sobre os elementos" e expandir os limites do mundo, a *Historia* publicada pelo livreiro Spiess veio inaugurar a grande tradição literária fundamentada no motivo do "pacto com o demônio", em que se inserem poemas narrativos, tragédias, romances do porte do já mencionado *Doktor Faustus*, ou ainda *Grande sertão: veredas*, mas também uma pequena obra-prima como *A história maravilhosa de Peter Schlemihl*, de Adelbert von Chamisso. Na Alemanha, o livro popular de 1587 ensejou de imediato uma série de adaptações, destacando-se a de Georg Rudolf Widmann (1599), que por sua vez foi reelaborada em 1674 por Johann Nikolaus Pfitzer (talvez a obra mais consultada por Goethe, como revela a sua ficha de empréstimo na biblioteca de Weimar), e ainda a versão publicada anonimamente em 1725 por um autor que se dizia "intencionado pela fé cristã": *Das Faustbuch des Christlich Meynenden*.

Embora a lenda fáustica tenha encontrado intensa repercussão na Alemanha, foi contudo da Inglaterra que veio a sua primeira grande tematização literária, assinada pelo dramaturgo elisabetano Christopher Marlowe (1564-1593), contemporâneo de Shakespeare. Trata-se do drama *The Tragicall History of the Life and Death of Doctor Faustus* [A trágica história da vida e morte do Doutor Fausto], escrito em 1592 sob inspiração da tradução inglesa do livro popular de Johann Spiess, publicada neste mesmo ano com o título *The Historie of the Damnable Life, and Deserved Death of Doctor John Faustus* [A história da vida amaldiçoada e da merecida morte do Doutor João Fausto]. Goethe veio a ler a peça de Marlowe somente em 1818, em tradução do poeta Wilhelm Müller. No entanto, uma vez que já a partir do século XVII atores itinerantes ingleses começam a representá-la na Alemanha, a *Tragicall History* é logo incorporada por companhias teatrais alemãs e, por essa via, acaba fecundando também a "significativa fábula de marionetes" que tanto impres-

Alquimista praticante, c. 1652, gravura de Rembrandt. Cópia desta imagem foi feita por J. H. Lips, a pedido do próprio Goethe, para o frontispício de *Faust. Ein Fragment*, publicado em 1790. Os anagramas que surgem diante da figura do velho estudioso foram decifrados em 1938 por Martin Bojanowski: *Adam te dageram* ("Homem, eu irei te conduzir") e *Amrtet algar algastna* ("Podes tocar em muita coisa, o amor te permanecerá oculto", alusão à *1 Coríntios*, 13: 2).

sionara o menino Goethe. A intensidade dessa vivência infantil talvez possa ser mensurada pelo seguinte testemunho do genial aforista (e figura exponencial do Iluminismo alemão) Georg Christoph Lichtenberg, apenas sete anos mais velho do que Goethe: "Entre outras personagens, erigimos um monumento magnífico ao Doutor Fausto, pelo fato de o demônio, seis vezes por semana, vir buscá-lo na hora exata, em toda barraca de marionetes e em todas as feiras de Frankfurt".

Quando Goethe, portanto, se lançou em 1772 à redação do texto que veio a ser conhecido posteriormente como *Urfaust* ("Fausto original", "Proto-Fausto" ou, numa tradução algo livre, "Fausto zero"), ele estava recorrendo a um assunto que desde o século XVI circulava na tradição popular alemã, mas que naquela altura também já havia franqueado as fronteiras da expressão erudita, pois em 1759 G. E. Lessing, buscando fazer frente a concepções estéticas demasiado presas ao classicismo francês, publicara o fragmento dramático *Faust*.

Se a opção do jovem dramaturgo Goethe por um assunto tradicional pode ter sido em grande parte espontânea e intuitiva, meio século mais tarde, numa conversa registrada por Eckermann sob a data de 18 de setembro de 1823, ele advertia escritores iniciantes dos riscos de se aventurarem por "grandes invenções" poéticas: "Com um assunto já dado, ao contrário, tudo é diferente e mais fácil. São transmitidos então fatos e caracteres e o escritor tem apenas a tarefa de dar vida ao conjunto". Abstraindo do fato de que uma tal "tarefa" representa, mais uma vez, o "fácil" tão difícil de se fazer, pode-se dizer que todo o trabalho consciente do poeta com o assunto do Fausto obedece a dois princípios básicos: enquanto os "fatos e caracteres" promovem a reconstituição da realidade histórica e da atmosfera espiritual do século XVI, a vivificação do "conjunto" é tributária da própria época de Goethe, decorrendo portanto de concepções do século XVIII e, quanto ao *Fausto II*, dos primeiros decênios do século XIX.

II. A gênese do *Fausto* goethiano

"O mais feliz dos homens", disse Goethe em certa ocasião, "é aquele que consegue ligar o fim de sua vida ao início." Lançando um arco entre o menino fascinado por teatro de marionetes e o ancião debruçado, ainda às vésperas da morte, sobre a segunda parte da tragédia, foi a longa convivência com a história do doutor pactuário que permitiu ao poeta atingir a meta que, na sua visão, seria a mais elevada a que pode aspirar a existência individual. Pois nada menos do que sessenta anos demandou a realização literária do tema "incubado" em Goethe já na infância, num ritmo que alternava períodos de intensa dedicação com outros de estagnação e afastamento.

A fase inicial na longa e intricada gênese dessa "obra de vida" começa, como mencionado acima, em 1772 e estende-se até 1775. Encontra-se então em pleno vigor a estética pré-romântica do movimento "Tempestade e Ímpeto" e Goethe escreve as cenas da tragédia em linguagem arrebatada e vigorosa, mais empenhado em conferir expressão poética às visões de seu gênio indômito do que em construir uma organização coerente do conjunto, em estabelecer a lógica do enredo. Quando em 1775 se estabelece definitivamente em Weimar, a convite do duque Karl August, leva consigo o manuscrito dessa primeira versão da tragédia e faz diversas leituras nos círculos da corte. Uma das ouvintes mais entusiasmadas, Luise von Göchhausen, pede o manuscrito emprestado e o copia integralmente, apenas censurando, mediante abreviações, uma referência que lhe pareceu pouco lisonjeira a Lutero e alguns outros termos não compatíveis com o seu senso de decoro. Tendo Goethe, alguns anos mais tarde, destruído os originais dessa versão juvenil, ela seria dada como perdida até o ano de 1887, quando o pesquisador Erich Schmidt encontra o texto copiado por aquela antiga dama da corte weimariana e o publica sob a designação de *Urfaust*.

Pelos onze anos subsequentes, Goethe não voltou a trabalhar nesse projeto literário, absorvido por atividades administrativas e pela dedicação crescente às ciências naturais. Contudo, não deixou em nenhum momento de acalentar o desejo de dar-lhe continuidade, de explorar as possibilidades dramáticas desse fragmento a cujo frescor primordial e "ações maravilhosamente urdidas" ninguém menos do que Bertolt Brecht, que o levou ao palco do Berliner Ensemble em 1952, rendeu tributo num breve texto intitulado "Intimidação pela classicidade".

Somente a partir de 1786, quando dá início à publicação sistemática de seus "Escritos" (*Schriften*), Goethe volta a defrontar-se seriamente com a tarefa de retomar o manuscrito dramático e concluí-lo. São feitos acréscimos à cena de abertura que se desenrola no gabinete de estudo de Fausto (contudo o momento do pacto com Mefistófeles ainda não é redigido), a cena "Na

Taberna de Auerbach", escrita originalmente em prosa, é versificada e surgem duas novas cenas ("Na cozinha da bruxa" e "Floresta e gruta") durante a viagem italiana de Goethe, entre setembro de 1786 e abril de 1788. No entanto, os esforços ainda não são suficientes para a conclusão da obra e em 1790 é publicado, no oitavo volume de seus "Escritos", junto a dois outros textos de pouca relevância, *Faust. Ein Fragment*, o qual se interrompe imediatamente após a cena "Catedral". Faltavam ainda, ao lado de passagens tão importantes como o pacto, todo o complexo da "Noite de Valpúrgis" e o desfecho da tragédia de Gretchen (Margarida), que culmina na grandiosa cena "Cárcere" (já presente no *Urfaust*, mas numa versão em prosa).

Após a publicação desse *Fragmento* o trabalho fica suspenso por mais alguns anos. A retomada do manuscrito em 1797 se deve sobretudo ao incentivo de Friedrich Schiller, cuja presença já havia sido decisiva para a conclusão e publicação, dois anos antes, do romance *Os anos de aprendizado de Wilhelm Meister*. A 2 de dezembro de 1794, respondendo a uma carta em que Schiller se referia aos fragmentos do *Fausto* como "torso de Hércules" e manifestava o desejo de ler novos trechos, Goethe escreve-lhe: "Do *Fausto* nada posso comunicar no momento. Não ouso desatar o embrulho que o mantém preso. Eu não poderia copiar sem desenvolvê-lo e, para isso, não me sinto com coragem. Se alguma coisa no futuro me levar a isso, então será certamente o seu interesse". Entretanto, dois anos e meio mais tarde, imbuído agora da "coragem" que então lhe faltava, Goethe comunica ao amigo a retomada do projeto ("decidi-me a entrar de novo no meu *Fausto* e, se não concluí-lo, pelo menos levá-lo adiante um bom pedaço") e envia-lhe o manuscrito acompanhado de um pedido: "Mas agora eu gostaria que tivesse a bondade de refletir sobre a coisa numa noite de insônia, me expusesse as exigências que teria a fazer ao conjunto e, como um verdadeiro profeta, me contasse e interpretasse os meus próprios sonhos".

Inaugura-se assim uma nova fase de trabalho, a qual se estende até 1806: Goethe reelabora cenas já existentes e faz-lhes vários acréscimos (finalmente molda o pacto — ou antes a insólita "aposta" entre Fausto e Mefistófeles), redige a extensa "Noite de Valpúrgis" assim como o seu *Intermezzo* ("As bodas de ouro de Oberon e Titânia"), transpõe para versos a prosa original da cena "Cárcere", que se constitui então em efetivo contraponto ao "cárcere" figurado que aprisiona Fausto no início da peça. Também escreve, além da "Dedicatória" e do "Prólogo no teatro" (com a disputa entre o diretor, o poe-

"Aparição do Gênio da Terra", desenho de Goethe que ilustra passagem da primeira cena "Noite", realizado por volta de 1810-12 para uma encenação do *Fausto I*.

ta e o bufo), o extraordinário "Prólogo no céu", emoldurando não apenas o pacto firmado na segunda cena "Quarto de trabalho", mas também todos os desdobramentos que conferem à tragédia fáustica, em suas duas partes, o estatuto de "drama da humanidade". Pois um dos princípios classicistas que norteiam o trabalho de Goethe a partir de então é justamente o de elevar a sua personagem à condição de representante do gênero humano, conferir-lhe a dimensão universal que torna essa obra uma das mais citadas por escritores de todas as literaturas, como por exemplo Machado de Assis no conto "A igreja do diabo" (apenas uma de suas várias referências à tragédia goethiana), quando faz o seu "espírito que nega" procurar Deus para lançar-lhe um desafio: "Não venho pelo vosso servo Fausto, respondeu o Diabo rindo, mas por todos os Faustos do século e dos séculos".

O diário de Goethe traz indicações precisas sobre a conclusão desse projeto literário que, desenvolvido ao longo de mais de três décadas, mesclou fecundamente a estética do Classicismo de Weimar com os traços pré-românticos do movimento "Tempestade e Ímpeto". No dia 13 de abril de 1806, Goethe anotava em seu diário o encerramento dos seus trabalhos na tragédia e doze dias depois: "Últimos arranjos no *Fausto* para a impressão". Em seguida entrega o manuscrito a Johann Cotta, conhecido então como o "editor dos clássicos", mas as atribulações acarretadas pela invasão das tropas napoleônicas frustram a sua publicação imediata. Somente em 1808, durante a feira de livros da Páscoa, a obra chega ao público com o título *Fausto. 1ª parte*, exatamente o texto que se apresenta neste volume em tradução de Jenny Klabin Segall.

III. Tragédia do conhecimento e tragédia amorosa

Embora tivesse recorrido a um "assunto já dado", a "fatos e caracteres" legados pela tradição, Goethe criou uma obra tão original quanto "incomensurável" (termo que sempre lhe foi muito caro), fazendo plena justiça às palavras com que, no mencionado conto "A igreja do diabo", Deus rechaça os capciosos argumentos do Mefistófeles machadiano: "Tudo o que dizes ou digas está dito e redito pelos moralistas do mundo. É assunto gasto; e se não tens força, nem originalidade para renovar um assunto gasto, melhor é que te cales e te retires".

Nas duas principais linhas de ação que constituem o *Fausto I* o leitor poderá observar a "força" e a "originalidade" com que Goethe renovou o velho assunto do pactuário alemão. Em primeiro lugar, na chamada "tragédia do erudito", que toma uma surpreendente inflexão com a aposta selada, na segunda cena "Quarto de trabalho", sob condições por assim dizer inauditas, que redimensionam todo o legado da tradição — marca, aliás, da grande criação artística, como mostram ainda os mencionados romances de Thomas Mann e Guimarães Rosa, em que a encenação literária do pacto demoníaco também se apresenta sob condições inteiramente originais. Em seguida, na "tragédia de Gretchen" que, entretecida com grande maestria ao motivo do pacto, isto é, à esfera mefistofélica, vem desembocar em opróbrio, infanticídio e execução pública.

A inspiração para este desenvolvimento dramático, o qual confere ao *Fausto I* também o estatuto de tragédia amorosa, não veio do livro popular de 1587. Neste, a temática erótica articula-se em torno de Helena de Troia, com quem Fausto, tomado de "apetite por carne feminina", se une e gera um filho que recebe o nome de Justus. (Vale lembrar que, já por volta de 1800, Goethe começou a trabalhar num complexo temático centrado na figura de Helena, mas só pôde integrá-lo no terceiro ato do *Fausto II*.) Apenas a versão de Pfitzer (1674) e a do autor "intencionado pela fé cristã" (1725) falam do amor de Fausto por "uma criada bela mas pobre". Trata-se, contudo, de uma referência demasiado periférica para que possa ser vista como inspiração para a "tragédia de Margarida". Pouco convincentes mostram-se igualmente as posições teóricas que vislumbram nesse eixo dramático a sublimação estética de um possível remorso de Goethe advindo do seu relacionamento juvenil com Friederike Brion, como no seguinte passo de um texto (no mais, bastante elucidativo) de Otto Maria Carpeaux sobre o *Fausto*: "Escrevendo a tragédia de Margarida, Goethe se livrou de um complexo de culpa. Seu primeiro amor fora Friederike Brion, filha de um pastor protestante na Alsácia, perto de Estrasburgo, onde Goethe estudava na Universidade. Amou-a muito; mas, já consciente de sua vocação, não conseguiu encerrar-se no estreito mundo provinciano da moça. Abandonou-a. Acreditava ter arruinado a vida dela".

Muito mais relevante para a concepção da "tragédia de Gretchen" parece ter sido um acontecimento que agitou toda a cidade de Frankfurt no ano de 1772, referido pelo próprio poeta em sua autobiografia *Poesia e verdade*: a execução, no dia 14 de janeiro, da infanticida Susanna Margaretha Brandt, uma moça de 25 anos que, abandonada pelo homem que a engravidara, acaba assassinando o filho logo após o parto — "por sugestão do demônio", como declara durante o interrogatório. Por várias circunstâncias, o jovem jurista Goethe pôde acompanhar intimamente o desenrolar do processo (inclusive com acesso aos autos e protocolos), e é bem provável que o impulso decisivo para a elaboração do *Urfaust* tenha nascido sob o impacto da execução dessa "Gretchen" apenas três anos mais velha do que o poeta.

Este não foi, contudo, o único caso de infanticídio ligado à biografia de Goethe, pois posteriormente, durante suas atividades administrativas no ducado de Weimar, ele se viu confrontado algumas vezes com crimes semelhantes. O caso mais célebre (e até hoje controverso) diz respeito à jovem Anna Katharina Höhn, que no dia 11 de abril de 1783 assassinou o filho recém-nascido. Na condição de membro, ao lado de dois outros colegas, do Concílio Secreto de Weimar, Goethe teve de posicionar-se por escrito em relação à sentença de morte proferida por um júri popular e o seu parecer foi no sentido da manutenção da morte por decapitação, que lhe pareceu então a mais "humana" das alternativas possíveis. Se é possível dizer que o jurista votou diferentemente do dramaturgo, então repetiu-se mais uma vez a velha contradição entre consciência ideológica e poesia, expressa com inexcedível beleza no canto V do *Inferno* dantesco, quando Paolo e Francesca, os amantes condenados pela doutrina católica de Dante, são ao mesmo tempo redimidos de maneira sublime pelo poder da poesia. Se como jurista Goethe não pôde esquivar-se de assinar a sentença de morte contra uma moça infanticida, por outro lado conferiu expressão trágica e sublime, como talvez nenhum outro poeta antes ou depois, à história de uma "operária" — pois é da roca de fiar (e não de elevada posição social ou mesmo do alto de um trono, como em muitas tragédias clássicas) que Gretchen vem cair sobre o patíbulo. Assim, com a criação de uma das mais pungentes personagens femininas da literatura mundial, Goethe advoga a causa de uma criatura constrangida pela sociedade e pela lei dos homens à ignomínia, à loucura e à morte.

Visão semelhante expressou Bertolt Brecht por ocasião de uma leitura do *Urfaust*, ao anotar em seu *Diário de trabalho*, em relação à cena "Catedral" (em que o desespero da moça chega ao paroxismo), que não seria difícil "encená-la como espécie de execução espiritual e física de Gretchen, levada a cabo pela Igreja, e sobretudo como execução moral, já que ela é incitada aqui ao homicídio". Contudo, ao contrário do desfecho sombrio que o jovem

Goethe deu à concepção original da tragédia, na versão do *Fausto I* a palavra final na história de Margarida fica com a "voz do alto" que proclama a sua absolvição. O que não foi possível ao ministro Goethe, aqui se realiza com os meios mais elevados da poesia.

IV. Desdobramentos fáusticos: a segunda parte da tragédia, a tradução de Jenny Klabin Segall e a presente edição

Em seu prefácio à segunda edição do *Fausto I* (1949), Sérgio Buarque de Holanda fechava os seus comentários elogiosos ao trabalho de Jenny Klabin Segall com a expectativa de que também a segunda parte da tragédia pudesse ser logo oferecida ao leitor brasileiro em tradução igualmente consienciosa. Pouco depois Augusto Meyer, num texto escrito com a argúcia de sempre, reiterava essa expectativa e buscava demonstrar a superioridade da tradução de Jenny Segall, na primeira versão publicada em 1943, sobre as portuguesas de Agostinho D'Ornellas (1867) e de Antonio Feliciano de Castilho (1872). É certo que Meyer constatava também que a fidelidade rigorosa ao original alemão acarretava por vezes uma certa "dureza" em algumas passagens daquela primeira versão (que aliás a tradutora alterou substancialmente, acolhendo valiosas sugestões do próprio Meyer e de outros leitores, como Ernst Feder). Compensando, porém, o "cascalho" que assomava aqui e ali como tributo cobrado pela fidelidade (obrigando a tradutora "a uma torsão da linguagem fluente, a requintes de arcaísmo ou de termos desusados"), Meyer ressaltava a larga predominância dos momentos em que "a tradutora consegue reproduzir, além do sentido profundo, a sugestão de harmonia que há na contextura poética do original", concluindo então que "já não terá sido em vão o seu esforço".

Em vão, felizmente, também não foram as expectativas de Sérgio Buarque de Holanda, Augusto Meyer e de todos os que ansiavam pelo prosseguimento do trabalho de Jenny Segall, pois pouco antes de sua morte em 1967 concluía ela a tradução integral da segunda parte da tragédia, coroando uma dedicação de muitos anos ao *Fausto* goethiano. Embora o texto que se apresenta ao leitor brasileiro neste volume (a primeira parte da tragédia) possa e deva ser visto como obra autônoma, para uma compreensão mais profunda e acabada muito contribuiria a leitura do *Fausto II*, em que Goethe também trabalhou até pouco antes da morte e, por sua vontade expressa, só foi publicado postumamente. E isso não apenas porque essa segunda parte, em seu quinto e último ato, descortinará aos olhos do leitor tanto o desfecho da aposta selada entre Fausto e Mefistófeles como o cumprimento da promessa feita por Deus, no "Prólogo no céu", em seu magnífico diálogo com o "espírito que nega": "Que o homem de bem, na aspiração que, obscura, o anima,/ Da trilha certa se acha sempre a par". Personagens como o fâmulo Wagner ou o estudante a quem Mefistófeles, na segunda cena "Quarto de trabalho", apresenta a sua impagável sátira do ensino universitário também reaparecerão, sensivelmente transformados: Wagner agora como professor e o estudante como o *baccalaureus* que ressurge com as palavras "Mas diferente eu estou aqui". E sobretudo Gretchen terá a sua aparição epifânica na derradeira cena da segunda parte, pronunciando versos de extraordinária beleza, que aludem à trágica história desenrolada anteriormente, mas ao mesmo tempo tornando plástica a promessa de redenção que soa no final do *Fausto I*. Uma série, portanto, de repetições e correspondências, de polaridades e intensificações — fenômenos literários que constituem a incomensurabilidade dessa obra goethiana, com a sua densa rede de imagens, símbolos e alegorias, assim como de referências antecipatórias e retrospectivas, que o *Fausto II* desdobrará plenamente aos olhos do leitor.

Embora complementares, as duas partes da tragédia apresentam diferenças consideráveis, e numa conversa com Eckermann, registrada sob a data de 17 de fevereiro de 1831, o próprio Goethe as caracterizou da seguinte maneira: "A primeira parte é quase inteiramente subjetiva. Tudo adveio aí de um indivíduo mais perturbado e apaixonado, num estado de semiobscuridade que até pode fazer bem aos homens. Mas, na segunda parte, quase nada é subjetivo, aqui aparece um mundo mais elevado, mais largo e luminoso, menos apaixonado, e quem não tenha se movimentado um pouco por conta própria e vivenciado alguma coisa, não saberá o que fazer com ela". Depois, portanto, do *piccolo mondo* do *Fausto I*, se descortinará o "grande mundo" que Mefistófeles promete igualmente ao doutor antes de iniciarem as suas aventuras: "Ver o pequeno mundo, e o grande, eis o mister".

Estas palavras valem certamente também para o leitor brasileiro, convidando-o a não perder de vista a personagem que Goethe carregou consigo,

O pintor francês Eugène Delacroix (1798-1863) realizou inúmeros desenhos a bico de pena e aguada antes de executar a série de dezessete litografias que ilustram o *Fausto I*, publicado em Paris em 1828. Segundo Goethe, ele era o homem certo "para se aprofundar no *Fausto* e provavelmente criar imagens que ninguém poderia imaginar".

"como um íntimo conto de fadas", por setenta e cinco anos de sua longa vida (e sessenta de atividade literária), mas que esteja pronto a acompanhá-la, conduzido pela tradução de Jenny Segall, pelo "grande mundo" da segunda parte. Ele se deslocará assim de uma acanhada cidade medieval (e de um sufocante e embolorado quarto "gótico") para a ampla Corte Imperial do *Fausto II*, da sombria região do Harz e do Monte Brocken, onde tem lugar a "Noite de Valpúrgis" nórdica, às harmoniosas regiões da Hélade com a sua "Noite de Valpúrgis clássica", do escuro cárcere de Margarida ao luminoso céu em que Fausto ingressa por fim na esfera do "Eterno-feminino".

Nas belíssimas cartas que escreveu na velhice, Goethe procurou elucidar algumas vezes os princípios estéticos que nortearam o seu trabalho no *Fausto*. Numa longa carta dirigida a Carl J. L. Iken no dia 27 de setembro de 1827 encontra-se a seguinte formulação: "Como muita coisa em nossa experiência não pode ser pronunciada de forma acabada e nem comunicada diretamente, há muito tempo elegi o procedimento de revelar o sentido mais profundo ao leitor atento por meio de configurações que se contrapõem umas às outras e ao mesmo tempo se espelham umas nas outras. Como tudo a que dei expressão se fundamenta em experiência de vida, posso certamente sugerir e esperar que as minhas criações poéticas sejam por sua vez efetivamente vivenciadas". E aos seus amigos Heinrich Meyer e Johann Sulpiz Boisserée (este 34 anos mais jovem) escrevia, em julho e setembro de 1831, manifestando a esperança de que o leitor sensível a "gestos, acenos e leves alusões" pudesse encontrar no *Fausto* muito mais do que o autor fora capaz de oferecer. Se essa esperança se fundamenta na convicção de que novas experiências e vivências podem muitas vezes descortinar uma perspectiva inédita de leitura, então atualiza-se aqui para o leitor brasileiro a possibilidade de descobrir no texto goethiano dimensões que, constituídas por imagens contrapostas e ao mesmo tempo mutuamente especulares, poderão levá-lo muito além do que foi buscado conscientemente pelo poeta.

O leitor terá em mãos uma tradução em que a fidelidade ao "sentido profundo" do original (como observou Augusto Meyer) encontra-se sempre conjugada ao esforço de reproduzir a métrica, a disposição de rimas, o ritmo e inclusive o mesmo número de versos elaborados por Goethe. Nesse sentido, cumpriria dizer ainda, a respeito desta nova edição, que se procurou reconstituir a última versão do texto preparado por Jenny Klabin Segall, corrigindo-se as distrações e os equívocos (alguns incrivelmente grosseiros) que se foram acumulando com as reedições lançadas desde a sua morte em 1967. Evidentemente, essa reconstituição não interferiu em nenhum momento no texto visado pela tradutora; apenas quando uma ou outra formulação se afasta, numa "torsão da linguagem fluente", do sentido do original, sobrecarregando em grau maior a compreensão do leitor, buscou-se apresentar em nota uma tradução mais literal, sem as exigências formais que distinguem o trabalho de Jenny Segall. Incorreções na estruturação de estrofes, na disposição gráfica de versos ou fragmentos de versos, em rubricas e indicações cênicas também foram corrigidas mediante o cotejo com os textos preparados por Erich Trunz (a conceituada edição de Hamburgo) e, sobretudo, por Albrecht Schöne, na extraordinária edição publicada em 1999 pela Deutscher Klassiker Verlag [Editora dos Clássicos Alemães].

Essas duas obras constituem também a principal fonte para os comentários e notas que acompanham a presente tradução brasileira. Foram consultadas ainda várias outras fontes (enciclopédias gerais e literárias, histórias da literatura alemã etc.) e entre estas valeria mencionar o volume *Goethes* Faust. *Erster und Zweiter Teil. Grundlagen. Werk. Wirkung* [O *Fausto* de Goethe. Primeira e Segunda Parte. Fundamentos. Obra. Efeito], publicado em 2001 por Jochen Schmidt; o *Goethe. Lexikon* (1998), de Gero von Wilpert; e o *Goethe. Handbuch* (*Dramen*), editado em 1996 por Theo Buck. Mas a menção central é devida à edição crítica e comentada de Albrecht Schöne, fruto de décadas de dedicação intensiva à obra goethiana e enriquecida com as pesquisas desenvolvidas por sua equipe de colaboradores. É dessa obra, expressivo marco na filologia alemã sobre o *Fausto*, que provém a maioria das notas que se apresentam aqui ao leitor brasileiro.

Entre as inovações que distinguem a presente edição do *Fausto*, o leitor encontrará ainda o chamado "Saco de Valpúrgis", os versos blasfemos e obscenos concebidos por Goethe no contexto da cena "Noite de Valpúrgis", mas que ficaram à margem da edição canônica publicada em 1808. A apresentação desses versos, todavia em tradução literal (distante, portanto, dos parâmetros estabelecidos por Jenny Klabin Segall), permitirá ao leitor inteirar-se da longa controvérsia a respeito dos motivos que teriam levado o poeta a praticar a autocensura e segregar os trechos propriamente "satânicos" da mencionada cena.

Mais do que desfilar informações e dados pitorescos sobre uma criação literária, a elaboração de notas e comentários deve ter sempre o intuito primeiro de proporcionar ao leitor uma fruição estética mais intensa, oferecer-lhe subsídios para adensar a sua postura crítica em face do texto. Não foi outra a motivação para o trabalho desenvolvido em torno desta tradução, empenhado em descortinar ao leitor brasileiro novas vias de acesso a uma das obras mais significativas da "literatura universal". Termo, aliás, cunhado pelo próprio Goethe durante a última fase de sua vida, enquanto redigia o romance *Os anos de peregrinação de Wilhelm Meister* e avançava na conclusão do *Fausto II*: "Literatura nacional não quer dizer muita coisa agora; chegou a época da literatura universal (*Weltliteratur*) e cada um deve atuar no sentido de acelerar essa época", conforme dizia a Eckermann no dia 31 de janeiro de 1827.

Na visão profundamente humanista do velho poeta, "literatura universal" não significava um cânone das criações mais extraordinárias, e por assim dizer "atemporais" ou "eternas", das várias literaturas nacionais, e, muito menos, uma soma meramente quantitativa de obras literárias de todas as culturas e épocas. Significava antes um conceito dinâmico de intercâmbio artístico, espiritual e intelectual entre as nações, correspondente à aceleração, no século XIX, do avanço tecnológico, do comércio internacional, dos meios de comunicação. Avesso a toda forma de nacionalismo (assim como à celebração do mero desenvolvimento técnico e material de uma era "velocífera"), Goethe sempre procurou associar o conceito de literatura universal ao processo de uma crescente aproximação e compreensão entre os povos — "e, mesmo que estes não possam se gostar entre si, que ao menos aprendam a se tolerar uns aos outros". Atribuía ao trabalho de tradução um papel fundamental na constituição da literatura universal e, nessa perspectiva, seria plenamente legítimo homenagear a longa dedicação de Jenny Klabin Segall a esta obra magna com palavras goethianas que enaltecem tal ofício de promover o contato e o enriquecimento mútuo entre os povos e as culturas: "E assim deve ser visto o tradutor, já que se empenha enquanto mediador nesse amplo comércio espiritual e toma a si a incumbência de fomentar o intercâmbio. Pois não importa o que se possa dizer das insuficiências da tradução, esta é e permanecerá um dos negócios mais importantes e dignos na movimentação geral do mundo".

Fausto

Uma tragédia

Zueignung

Dedicatória

Segundo um breve registro de Goethe em seu diário, esta "Dedicatória" (*Zueignung*, em alemão) foi redigida no dia 24 de junho de 1797. O poema estrutura-se em "estâncias" (a "oitava rima" utilizada por Ariosto, Tasso e Camões em suas epopeias) com o esquema rímico *ab* repetindo-se três vezes e desembocando no par *cc* do sétimo e oitavo versos.

Como Goethe começou a trabalhar no projeto do *Fausto* por volta de 1772, essas quatro estrofes do primeiro prólogo não assinalam nem o estágio inicial do trabalho nem o conclusivo, mas sim o momento em que retomou o manuscrito, o que se deu em grande parte graças ao incentivo de Friedrich Schiller.

Em sua "Dedicatória", o poeta dirige-se às ressurgentes "trêmulas visões" (no original, *schwankende Gestalten*) das partes iniciais da tragédia (as personagens que ainda não adquiriram forma mais consistente), evoca pessoas queridas que conheceram as primeiras cenas — como sua irmã Cornélia, falecida em 1777 aos 27 anos de idade, a pietista Susanna Katharina von Klettenberg, que o introduziu no estudo da Pansofia, e amigos como Jakob M. R. Lenz (1751-1792), antigo companheiro do movimento "Tempestade e Ímpeto" — e apresenta-se a si mesmo como "harpa eólica" de cujas cordas o vento extrai "indecisos tons", uma vez que se sente tocado pelas figuras oscilantes que assomam "do fumo e da neblina". [M.V.M.]

ZUEIGNUNG

Ihr naht euch wieder, schwankende Gestalten,
Die früh sich einst dem trüben Blick gezeigt.
Versuch' ich wohl, euch diesmal festzuhalten?
Fühl' ich mein Herz noch jenem Wahn geneigt?
Ihr drängt euch zu! nun gut, so mögt ihr walten,
Wie ihr aus Dunst und Nebel um mich steigt;
Mein Busen fühlt sich jugendlich erschüttert
Vom Zauberhauch, der euren Zug umwittert.

Ihr bringt mit euch die Bilder froher Tage,
Und manche liebe Schatten steigen auf;   10
Gleich einer alten, halbverklungnen Sage
Kommt erste Lieb' und Freundschaft mit herauf;
Der Schmerz wird neu, es wiederholt die Klage
Des Lebens labyrinthisch irren Lauf,
Und nennt die Guten, die, um schöne Stunden
Vom Glück getäuscht, vor mir hinweggeschwunden.

Sie hören nicht die folgenden Gesänge,
Die Seelen, denen ich die ersten sang;
Zerstoben ist das freundliche Gedränge,
Verklungen, ach! der erste Widerklang.   20
Mein Lied ertönt der unbekannten Menge,
Ihr Beifall selbst macht meinem Herzen bang,
Und was sich sonst an meinem Lied erfreuet,
Wenn es noch lebt, irrt in der Welt zerstreuet.

Und mich ergreift ein längst entwöhntes Sehnen
Nach jenem stillen, ernsten Geisterreich,
Es schwebet nun in unbestimmten Tönen
Mein lispelnd Lied, der Äolsharfe gleich,
Ein Schauer faßt mich, Träne folgt den Tränen,
Das strenge Herz, es fühlt sich mild und weich;   30
Was ich besitze, seh' ich wie im Weiten,
Und was verschwand, wird mir zu Wirklichkeiten.

DEDICATÓRIA

Tornais, vós, trêmulas visões, que outrora[1]
Surgiram já à lânguida retina.
Tenta reter-vos minha musa agora?
Inda minha alma a essa ilusão se inclina?
À roda afluis! reinai, então, nesta hora
Em que assomais do fumo e da neblina;
Torna a fremir meu peito com o bafejo
Que vos envolve em mágica o cortejo.

Trazeis imagens de horas juvenis,
Sombras queridas vagam no recinto;
Amores, amizades, ressurgis
Do olvido como um conto meio extinto;
Renasce a dor, que em seus lamentos diz
Da vida o estranho, errante labirinto.
Evoca os bons que a sorte tem frustrado,
E antes de mim, à luz arrebatado.

Meus novos cantos já não ouvirão
Os que me ouviram os primeiros versos;
Desfeito, ah! se acha o grupo amigo, irmão,
Ecos de outrora estão no nada imersos.
Meu canto soa à ignota multidão,
Seu próprio aplauso ecoa em sons adversos,[2]
E o mais, que a minha lira amara, erra,
Se vivo for, esparso sobre a terra.

E de um remoto anelo o grave encanto
Àquele reino de visões me acena;
Vibra, ora, em indecisos tons meu canto,
Qual da harpa eólia a murmurante pena;
Sinto um tremor, segue-se o pranto ao pranto,[3]
A rígida alma abranda-se e serena;
O que possuo vejo ao longe, estranho,
E real me surge o que se foi antanho.[4]

[1] Machado de Assis, que em todos os romances de maturidade faz alusões ao *Fausto*, evoca este verso, no segundo capítulo de *Dom Casmurro*, com uma tradução algo livre: "Aí vindes outra vez, inquietas sombras...".

[2] Literalmente: "O seu próprio aplauso causa medo ao meu coração".

[3] O original diz: "lágrima segue-se às lágrimas". Erich Trunz observa quanto a este verso que o motivo da lágrima designa com frequência, na obra de Goethe, não apenas um abalo íntimo, mas também a passagem para uma nova solução mediante o tremor. Assim o poeta se reencontra aqui com uma criação profundamente enraizada em seu íntimo, mas da qual sua consciência estivera afastada por largo tempo.

[4] No original, literalmente: "E o que desapareceu, converte-se para mim em realidade".

Vorspiel auf dem Theater

Prólogo no teatro

Este segundo texto introdutório ao *Fausto* foi redigido provavelmente na segunda metade do ano de 1798. Em grande parte o poeta fala aqui, como na "Dedicatória", em estanças e rememora igualmente a fase de concepção da obra. Já as duas outras personagens do "Prólogo no teatro" valem-se de uma forma poética mais livre, os chamados "versos madrigais". Às concepções estéticas do poeta, que giram em torno da autonomia da obra literária ("Nasce o que brilha para o já;/ Para o porvir, o que é real viverá"), contrapõe-se o diretor com argumentos pragmáticos e financeiros. Já o ator, representado na figura do "bufo" (*lustige Person*, no original, "personagem cômica"), tenta mediar entre as duas posições antagônicas. Goethe, que por muitos anos exerceu a função de diretor de teatro e também atuou como ator em seus primeiros tempos de Weimar, conhecia por dentro essas três perspectivas, embora não se possa afirmar evidentemente que esteja expressando, de maneira direta, suas próprias convicções mediante as figuras tipificadas do diretor, do poeta e do bufo.

Foi de um antigo drama da literatura hindu, *Sakuntala: drama em sete atos e um prólogo*, de autoria de Kālidāsa (que viveu entre os séculos IV e V), que Goethe extraiu a ideia para a concepção desta peça introdutória com os seus três tipos. O significado do "Prólogo no teatro" para as duas partes da tragédia é comentado pelo diretor teatral e ator Gustav Gründgens (1899-1963), um dos maiores intérpretes de Mefistófeles, nos seguintes termos: "Nesse prelúdio e com esse prelúdio, Goethe nos dispensa de uma vez por todas da obrigação de fazer os espectadores acreditarem que o seu céu seja *o* céu, que o seu Palatinado seja *o* Palatinado, que a sua Grécia seja *a* Grécia. Não, tudo isso — o céu, o inferno, o pequeno mundo, o grande mundo — tudo isso é o mundo do teatro". [M.V.M.]

VORSPIEL AUF DEM THEATER

(Direktor. Theaterdichter. Lustige Person)

DIREKTOR

Ihr beiden, die ihr mir so oft,
In Not und Trübsal, beigestanden,
Sagt, was ihr wohl in deutschen Landen
Von unsrer Unternehmung hofft?
Ich wünschte sehr der Menge zu behagen,
Besonders weil sie lebt und leben läßt.
Die Pfosten sind, die Bretter aufgeschlagen,
Und jedermann erwartet sich ein Fest.   40
Sie sitzen schon, mit hohen Augenbrauen,
Gelassen da und möchten gern erstaunen.
Ich weiß, wie man den Geist des Volks versöhnt;
Doch so verlegen bin ich nie gewesen:
Zwar sind sie an das Beste nicht gewöhnt,
Allein sie haben schrecklich viel gelesen.
Wie machen wir's, daß alles frisch und neu
Und mit Bedeutung auch gefällig sei?
Denn freilich mag ich gern die Menge sehen,
Wenn sich der Strom nach unsrer Bude drängt   50
Und mit gewaltig wiederholten Wehen
Sich durch die enge Gnadenpforte zwängt,
Bei hellem Tage, schon vor vieren,
Mit Stößen sich bis an die Kasse ficht
Und, wie in Hungersnot um Brot an Bäckertüren,
Um ein Billett sich fast die Hälse bricht.
Dies Wunder wirkt auf so verschiedne Leute
Der Dichter nur; mein Freund, o tu es heute!

DICHTER

O sprich mir nicht von jener bunten Menge,
Bei deren Anblick uns der Geist entflieht.   60
Verhülle mir das wogende Gedränge,
Das wider Willen uns zum Strudel zieht.

Prólogo no teatro

(O diretor. O poeta-teatral. O bufo)

O DIRETOR

Vós dois, que em miséria e em tristeza
Tanta vez me assististes, leais,
Em terra alemã, de nossa empresa,
Dizei-me, agora, que esperais?
Quisera eu agradar à multidão,
Que faz, vivendo, com que a gente viva.
Postes e tábuas já de pé estão;
Cada um, da festa, sente a expectativa.
Sentados, já, arregalado o olhar,
Esperam ver sucessos de espantar.
Sei o que ao ânimo da turba apraz;
Mas, nunca estive em embaraços tais;
Do que é bom o hábito não têm, aliás!
Contudo, leram muito, por demais.
Como fazer com que haja novidade
Em tudo, e que também tenha substância e agrade?
Porque, decerto, estimo ver o povo,
Quando se arroja ao nosso barracão
E, aos empurrões, com arranco sempre novo,
Da entrada força o estreito vão;[1]
Em pleno dia, antes das quatro,[2]
Como a clamar por pão, velhos e moços,
Por um bilhete, no saguão do teatro,
Por pouco não deslocam os pescoços.
Esse milagre, em turba tal, consigo
Com a obra só do poeta; oh! faze-o hoje, amigo!

O POETA

Oh! não me fales da vã multidão[3]
Cuja presença o gênio nos desgasta.
Deixa-me oculta a humana flutuação
Que, ao seu remoinho, à força nos arrasta.

---

[1] No original, o diretor diz "entrada" ou "porta" (*Pforte*) da "graça" (*Gnade*). Como observa Erich Trunz, trata-se de uma imagem frequente na linguagem religiosa da época, derivada do *Evangelho de São Mateus* (7: 13): "Entrai pela porta estreita, porque largo e espaçoso é o caminho que conduz à perdição", que Goethe transplanta aqui para a esfera profana.

[2] Cerca de duas horas antes do início do espetáculo, que no Teatro de Weimar começava às 17h30 ou 18 horas.

[3] Abrindo o seu discurso idealista e intransigente, o poeta faz ressoar o célebre verso de Horácio (*Odes*, Livro III, 1, 1): *Odi profanum vulgus et arceo* ("Odeio o vulgo profano e afasto-o", na tradução de Paulo Rónai).

VORSPIEL AUF DEM THEATER

Nein, führe mich zur stillen Himmelsenge,
Wo nur dem Dichter reine Freude blüht,
Wo Lieb' und Freundschaft unsres Herzens Segen
Mit Götterhand erschaffen und erpflegen.

Ach! was in tiefer Brust uns da entsprungen,
Was sich die Lippe schüchtern vorgelallt,
Mißraten jetzt und jetzt vielleicht gelungen,
Verschlingt des wilden Augenblicks Gewalt.   70
Oft, wenn es erst durch Jahre durchgedrungen,
Erscheint es in vollendeter Gestalt.
Was glänzt, ist für den Augenblick geboren,
Das Echte bleibt der Nachwelt unverloren.

LUSTIGE PERSON

Wenn ich nur nichts von Nachwelt hören sollte.
Gesetzt, daß ich von Nachwelt reden wollte,
Wer machte denn der Mitwelt Spaß?
Den will sie doch und soll ihn haben.
Die Gegenwart von einem braven Knaben
Ist, dächt' ich, immer auch schon was.   80
Wer sich behaglich mitzuteilen weiß,
Den wird des Volkes Laune nicht erbittern;
Er wünscht sich einen großen Kreis,
Um ihn gewisser zu erschüttern.
Drum seid nur brav und zeigt euch musterhaft,
Laßt Phantasie mit allen ihren Chören,
Vernunft, Verstand, Empfindung, Leidenschaft,
Doch, merkt euch wohl! nicht ohne Narrheit hören!

DIREKTOR

Besonders aber laßt genug geschehn!
Man kommt zu schaun, man will am liebsten sehn.   90
Wird vieles vor den Augen abgesponnen,
So daß die Menge staunend gaffen kann,

Não! leva-me à alma, espiritual mansão,[4]
Em que só o poeta haure alegria casta
E a amizade, o amor, com mão celeste,
Fomentam bens de que a alma se reveste.

Ah! o que do imo peito tem surgido,
O que assoprara o lábio vacilante,
Ora ainda falho, ora bem-sucedido,
Traga a violência do impetuoso instante.[5]
Só após ter os anos transcendido,
Reaparece em perfeição radiante.
Nasce o que brilha apenas para o já;
Para o porvir, o que é real viverá.[6]

O BUFO

Do porvir, oxalá já nada ouvisse;
Se, com o porvir, também eu me embaísse,
À gente de hoje quem daria algum recreio?
É ao que ela aspira, e deve tê-lo,
O dia de hoje e o seu urgente apelo
Vale também algo, ao que creio.
O humor do povo já não incomoda
A quem com jeito se transmite e fala;
Até deseja grande roda,[7]
Para com mais força abalá-la.
Tende, pois, juízo e graça, como eu disse,
Da fantasia armai o vasto coro,
Tino, emoções, paixão, sorrisos, choro,
Mas que não faltem chistes e doidice.

O DIRETOR

E muita ação! é o que mais se requer!
Vem ver a gente, e ver muito é o que quer.
Se apresentardes quantidade à vista,
Para que se encha a multidão de pasmo,

[4] Neste verso, a tradutora provavelmente emprega "alma" como adjetivo, feminino de "almo": nutridor, benigno, vivificante. No original, o poeta fala em "sereno canto celeste", isto é, a esfera em que lhe floresce a alegria pura e casta. Na cena "Sala vasta", no *Fausto II*, o Mancebo-Guia, encarnação alegórica da Poesia, será remetido também a essa mesma esfera da criação artística: a solidão (v. 5.696).

[5] "Traga" no indicativo presente do verbo "tragar" (e não no subjuntivo presente de "trazer"): aquilo que surgira do peito profundo, do lábio vacilante, é engolido, tragado pela "violência do impetuoso instante".

[6] Enquanto o que brilha nasce apenas para o momento presente (o "já"), o autêntico, como diz literalmente este verso, não se perderá para a posteridade.

[7] "Roda" no sentido de "círculo" (*Kreis*): aquele que sabe comunicar-se com jeito deseja um grande círculo de leitores ou espectadores para, como diz o verso seguinte, abalá-lo com mais força.

VORSPIEL AUF DEM THEATER

Da habt Ihr in der Breite gleich gewonnen,
Ihr seid ein vielgeliebter Mann.
Die Masse könnt Ihr nur durch Masse zwingen,
Ein jeder sucht sich endlich selbst was aus.
Wer vieles bringt, wird manchem etwas bringen;
Und jeder geht zufrieden aus dem Haus.
Gebt Ihr ein Stück, so gebt es gleich in Stücken!
Solch ein Ragout, es muß Euch glücken;   100
Leicht ist es vorgelegt, so leicht als ausgedacht.
Was hilft's, wenn Ihr ein Ganzes dargebracht,
Das Publikum wird es Euch doch zerpflücken.

DICHTER

Ihr fühlet nicht, wie schlecht ein solches Handwerk sei!
Wie wenig das dem echten Künstler zieme!
Der saubern Herren Pfuscherei
Ist, merk' ich, schon bei Euch Maxime.

DIREKTOR

Ein solcher Vorwurf läßt mich ungekränkt:
Ein Mann, der recht zu wirken denkt,
Muß auf das beste Werkzeug halten.   110
Bedenkt, Ihr habet weiches Holz zu spalten,
Und seht nur hin, für wen Ihr schreibt!
Wenn diesen Langeweile treibt,
Kommt jener satt vom übertischten Mahle,
Und, was das Allerschlimmste bleibt,
Gar mancher kommt vom Lesen der Journale.
Man eilt zerstreut zu uns, wie zu den Maskenfesten,
Und Neugier nur beflügelt jeden Schritt;
Die Damen geben sich und ihren Putz zum besten
Und spielen ohne Gage mit.   120
Was träumet Ihr auf Eurer Dichterhöhe?
Was macht ein volles Haus Euch froh?
Beseht die Gönner in der Nähe!

PRÓLOGO NO TEATRO

Fareis também de muitos a conquista:
Amar-vos-ão com entusiasmo.
A massa só se empolga pela massa,
Cada um escolhe uma parcela assim;
Dai muito, a cada um dando algo que o satisfaça,
E gratos todos saem no fim.
Dais uma peça? é dá-la logo em peças![8]
Não falhareis numa iguaria dessas;
Tão fácil é inventar quão exibir o engodo.
De que vos serve apresentar um todo?
O público o esfrangalha mesmo, às pressas.

O POETA

E não sentis quão torpe é tal ofício?
Quão pouco digno é do genuíno artista?
Vejo que da ralé o mísero artifício,
Convosco, como axioma se regista.[9]

O DIRETOR

Tal repreensão pouco me ofende:
Quem o êxito maior pretende,
Escolhe os instrumentos; é só ver
Quão mole é a lenha que deveis fender.
Pensai: escreveis para quem?
Se enfado impele a esse, outro vem
Da lauta ceia, farto por demais;
Pior que tudo, acho, porém,
Mais de um vir da leitura dos jornais.
Acodem cá, tal como às mascaradas,
Curiosidade, só, aguça-lhes o intuito;
Exibem-se à plateia as damas adornadas,
Dando espetáculo gratuito.
Que sonhas, poeta? do alto, a quem acenas?
A sala cheia a júbilo te induz?
Olha de perto os tais Mecenas!

[8] Para escândalo do poeta, as palavras do diretor contrariam frontalmente a concepção classicista da obra de arte como uma formação orgânica, coesa, fechada e completa em si mesma. "Iguaria", no verso seguinte, corresponde no original a *Ragout*, um ensopado com pedaços de carne, legumes variados e molho farto.

[9] Indignado, o poeta diz aqui que a fancaria, o trabalho malfeito (*Pfuscherei*) de senhores distintos e asseados (*saubern Herren*, em sentido irônico) já vale como máxima para o diretor (ou se registra como "axioma").

VORSPIEL AUF DEM THEATER

Halb sind sie kalt, halb sind sie roh.
Der, nach dem Schauspiel, hofft ein Kartenspiel,
Der eine wilde Nacht an einer Dirne Busen.
Was plagt ihr armen Toren viel,
Zu solchem Zweck, die holden Musen?
Ich sag' Euch, gebt nur mehr und immer, immer mehr,
So könnt Ihr Euch vom Ziele nie verirren,   130
Sucht nur die Menschen zu verwirren,
Sie zu befriedigen, ist schwer — —
Was fällt Euch an? Entzückung oder Schmerzen?

DICHTER

Geh hin und such dir einen andern Knecht!
Der Dichter sollte wohl das höchste Recht,
Das Menschenrecht, das ihm Natur vergönnt,
Um deinetwillen freventlich verscherzen!
Wodurch bewegt er alle Herzen?
Wodurch besiegt er jedes Element?
Ist es der Einklang nicht, der aus dem Busen dringt   140
Und in sein Herz die Welt zurücke schlingt?
Wenn die Natur des Fadens ew'ge Länge,
Gleichgültig drehend, auf die Spindel zwingt,
Wenn aller Wesen unharmon'sche Menge
Verdrießlich durcheinander klingt,
Wer teilt die fließend immer gleiche Reihe
Belebend ab, daß sie sich rhythmisch regt?
Wer ruft das Einzelne zur allgemeinen Weihe,
Wo es in herrlichen Akkorden schlägt?
Wer läßt den Sturm zu Leidenschaften wüten?   150
Das Abendrot im ernsten Sinne glühn?
Wer schüttet alle schönen Frühlingsblüten
Auf der Geliebten Pfade hin?
Wer flicht die unbedeutend grünen Blätter
Zum Ehrenkranz Verdiensten jeder Art?
Wer sichert den Olymp? vereinet Götter?
Des Menschen Kraft, im Dichter offenbart.

PRÓLOGO NO TEATRO

São semifrios, semicrus.
Corre esse, findo o teatro, ao jogo de baralho,
A amores vis, aquele, e a excitações confusas;
Convém por tal, pobre paspalho,
Atormentar as meigas Musas?
Eu digo-vos, dai mais, dai mais, e sempre mais,
E nunca haveis de errar o intento;
Basta que os homens aturdais,
Árduo é lidar a seu contento...[10]
Que te acomete? é êxtase, ou é dor?

O POETA

Vai-te e procura um outro servidor!
Deve o poeta esbanjar seu máximo direito
E dom da natureza, o inato humano alento,
Criminalmente, em teu proveito?
Com que comove ele a alma em todo peito?
Com que governa qualquer elemento?
Não é com o uníssono que, do Eu emerso,
Dentro do coração lhe rebate o universo?
Quando, indolente, a natureza enlaça
O eterno, imenso fio sobre o fuso;
Quando, da vida toda, a discordante massa
Ressoa num vibrar morno e confuso;
Quem parte a enfiada fluente e sempre igual,
Para que ondule em rítmica onda nova?
Quem chama o avulso à sagração geral,
Onde em magníficos acordes trova?
Quem faz tempestuar paixões febris?
Em rubros tons abrasa a madrugada?
Quem lança pétalas primaveris,
No atalho, aos pés da bem-amada?
Quem a coroa verde enrama
Que do merecimento a glória sela?
Quem firma o Olimpo, à união os deuses chama?[11]
O gênio humano, que no poeta se revela.

[10] Literalmente: "Satisfazê-los [a tais homens que o diretor do teatro concebe como público] é difícil...".

[11] Arrematando a série de elogios aos feitos do poeta, que organiza em ondas rítmicas o curso da natureza e a agitação da vida social (vv. 142-5), este verso alude agora a Homero, que firmou o Olimpo como sede e morada dos deuses.

VORSPIEL AUF DEM THEATER

LUSTIGE PERSON

So braucht sie denn, die schönen Kräfte,
Und treibt die dichtrischen Geschäfte,
Wie man ein Liebesabenteuer treibt.   160
Zufällig naht man sich, man fühlt, man bleibt,
Und nach und nach wird man verflochten;
Es wächst das Glück, dann wird es angefochten,
Man ist entzückt, nun kommt der Schmerz heran,
Und eh' man sich's versieht, ist's eben ein Roman.
Laßt uns auch so ein Schauspiel geben!
Greift nur hinein ins volle Menschenleben!
Ein jeder lebt's, nicht vielen ist's bekannt,
Und wo ihr's packt, da ist's interessant.
In bunten Bildern wenig Klarheit,   170
Viel Irrtum und ein Fünkchen Wahrheit,
So wird der beste Trank gebraut,
Der alle Welt erquickt und auferbaut.
Dann sammelt sich der Jugend schönste Blüte
Vor eurem Spiel und lauscht der Offenbarung,
Dann sauget jedes zärtliche Gemüte
Aus eurem Werk sich melanchol'sche Nahrung,
Dann wird bald dies, bald jenes aufgeregt,
Ein jeder sieht, was er im Herzen trägt.
Noch sind sie gleich bereit, zu weinen und zu lachen,   180
Sie ehren noch den Schwung, erfreuen sich am Schein;
Wer fertig ist, dem ist nichts recht zu machen;
Ein Werdender wird immer dankbar sein.

DICHTER

So gib mir auch die Zeiten wieder,
Da ich noch selbst im Werden war,
Da sich ein Quell gedrängter Lieder
Ununterbrochen neu gebar,
Da Nebel mir die Welt verhüllten,
Die Knospe Wunder noch versprach,

PRÓLOGO NO TEATRO

O BUFO

Usai, pois, esses belos dons sem ócio
E organizai o poético negócio
Como no amor uma aventura se prepara.
A gente encontra-se, olha, sente, para,
E a pouco e pouco enleia-se na trama;
Surge a paixão, algo lhe obstrui a chama,
Cresce o êxtase, a dor vem de relance,
E, vede só! num ai, está pronto um romance.
Ponde espetáculo desses em cena!
Atende-vos à vida humana plena!
Cada um a vive e dela é ignorante,
E onde a pintais, se torna interessante.
Multíplices visões e pouca claridade,
Cem ilusões e um raio de verdade,[12]
Assim prepara-se a poção perfeita,
Que tudo, em torno, anima, atrai, deleita.
Junta-se, então, do povo a nata jovem,
A ouvir-vos da obra o inspirador acento;
As almas meigas se comovem
E lhe haurem melancólico alimento.[13]
Ora isso, então, exalta-se, ora aquilo;
Vê cada um o que em si traz em sigilo.
Tão pronta a lágrima lhes vem como a risada,
Ainda honram a impulsão, aplaudem o aparato;
Ao homem feito, já não seduz nada;
O que se forma há de ser sempre grato.

O POETA

Pois restitui-me os tempos santos,
Em que me formava eu, ainda,
Em que um tesouro de áureos cantos
Da alma me fluía em fonte infinda,
Do mundo um véu cobria os males,
Milagres a alva prometia,[14]

---

[12] Literalmente, o bufo exorta o poeta a colocar em sua criação, para envolver o público, "muito erro e uma faísca de verdade".

[13] O pronome oblíquo "lhe" refere-se à obra, à peça do poeta, diante da qual reúne-se a nata jovem do povo.

[14] Instigado pela referência do bufo à sensibilidade e capacidade receptiva da pessoa em formação (*Werdender*), o poeta, provavelmente já entrado em anos, passa a exprimir o seu anelo pelos tempos de juventude. Neste verso "alva" corresponde, de maneira coerente e expressiva, a *Knospe*, isto é, botão (que, como é sugerido, promete desabrochar no milagre da rosa).

VORSPIEL AUF DEM THEATER

Da ich die tausend Blumen brach,
Die alle Täler reichlich füllten.
Ich hatte nichts und doch genug:
Den Drang nach Wahrheit und die Lust am Trug.
Gib ungebändigt jene Triebe,
Das tiefe, schmerzenvolle Glück,
Des Hasses Kraft, die Macht der Liebe,
Gib meine Jugend mir zurück!

LUSTIGE PERSON

Der Jugend, guter Freund, bedarfst du allenfalls,
Wenn dich in Schlachten Feinde drängen,
Wenn mit Gewalt an deinen Hals
Sich allerliebste Mädchen hängen,
Wenn fern des schnellen Laufes Kranz
Vom schwer erreichten Ziele winket,
Wenn nach dem heft'gen Wirbeltanz
Die Nächte schmausend man vertrinket.
Doch ins bekannte Saitenspiel
Mit Mut und Anmut einzugreifen,
Nach einem selbstgesteckten Ziel
Mit holdem Irren hinzuschweifen,
Das, alte Herrn, ist eure Pflicht,
Und wir verehren euch darum nicht minder.
Das Alter macht nicht kindisch, wie man spricht,
Es findet uns nur noch als wahre Kinder.

DIREKTOR

Der Worte sind genug gewechselt,
Laßt mich auch endlich Taten sehn!
Indes ihr Komplimente drechselt,
Kann etwas Nützliches geschehn.
Was hilft es viel von Stimmung reden?
Dem Zaudernden erscheint sie nie.
Gebt ihr euch einmal für Poeten,

PRÓLOGO NO TEATRO

Em que mil flores eu colhia
Que enchiam com abundância os vales.
Nada tinha e o bastante me era,
O anelo da verdade e o gosto da quimera.
Sim! restitui-me o flâmeo ardor,
O imo êxtase, pungente e rude,
A força do ódio, o afã do amor,
Oh! restitui-me a juventude!

O BUFO

Da juventude, amigo, apenas necessitas
Quando te acossa o imigo aço,
Quando das jovens mais bonitas
Te cinge o colo o ardente abraço,
Quando o troféu engalanado,
Do alvo à veloz corrida induz,
Quando, após baile desenfreado,
Bebes até ao raiar da luz.
Mas, reviver, com graça e brio,
O sopro familiar da lira,
Vaguear, em sedutor desvio,
Até alcançar do eu próprio a mira,[15]
É o que convosco, anciãos, condiz,
Sem desrespeito algum: não é que a idade
Torne infantil, como se diz;
Só nos torna em crianças de verdade.

O DIRETOR

Palavras houve já de sobra,
Dai-me, enfim, feitos; vamos à obra!
Enquanto estais na prosa fútil,
Podíamos ver algo de útil.
Falar do estímulo é irrisório, pois
De quem vacila foge a via.[16]
Já que dizeis que poetas sois,

[15] O "desvio" que se percorre até alcançar a meta colocada a si mesmo ("do eu próprio a mira") pode ser entendido como o percurso labiríntico da criação artística, que, nesta fala do bufo, é relacionada antes à velhice do que à juventude. Delineia-se assim uma oposição à "veloz corrida" (v. 203) na direção do "troféu engalanado", isto é, a coroa de louros que nas competições olímpicas costumava ficar junto à linha de chegada.

[16] Isto é, não adianta falar muito de estímulo — ou de inspiração, atmosfera propícia, *Stimmung*, pois a quem vacila ela nunca aparece.

VORSPIEL AUF DEM THEATER

So kommandiert die Poesie.
Euch ist bekannt, was wir bedürfen:
Wir wollen stark Getränke schlürfen;
Nun braut mir unverzüglich dran!
Was heute nicht geschieht, ist morgen nicht getan,
Und keinen Tag soll man verpassen.
Das Mögliche soll der Entschluß
Beherzt sogleich beim Schopfe fassen,
Er will es dann nicht fahren lassen
Und wirket weiter, weil er muß.   230

Ihr wißt, auf unsern deutschen Bühnen
Probiert ein jeder, was er mag;
Drum schonet mir an diesem Tag
Prospekte nicht und nicht Maschinen.
Gebraucht das groß' und kleine Himmelslicht,
Die Sterne dürfet ihr verschwenden;
An Wasser, Feuer, Felsenwänden,
An Tier und Vögeln fehlt es nicht.
So schreitet in dem engen Bretterhaus
Den ganzen Kreis der Schöpfung aus   240
Und wandelt mit bedächt'ger Schnelle
Vom Himmel durch die Welt zur Hölle.

Deveis reger a poesia.
O que nos pedem, já não falte:
Forte poção que empolgue e exalte;
Ponde a fervê-la com urgente afã!
O que hoje não se faz, nos faz falta amanhã;
E não passe um só dia em vão.
Deve aferrar-se a decisão
Ao que é possível; tão em breve[17]
Não pensa em lhe dar larga, então,
E age até o fim, porque é o que deve.

No palco alemão, como o sabeis,
Lida cada um a seu talante;
Não me poupeis, pois, neste instante,
Prospetos, máquinas, painéis.
Armai do céu os raios crus e os suaves,
Cavernas, rochas, água, estrelas,
Podeis sem conta despendê-las,
Há sobra de animais e de aves.[18]
Percorrei, pois, no estreito barracão,
Toda a órbita da criação,
E, em comedido curso alterno,
Transponde a terra, o céu e o inferno.[19]

[17] Literalmente, o diretor diz aqui que a decisão deve agarrar o que é possível pelo topete (*beim Schopfe fassen*), em alusão à *kairós*, a divindade do momento propício tradicionalmente representada com um topete e com a parte posterior da cabeça raspada.

[18] Arrematando o elenco dos requisitos cenográficos a serem mobilizados na representação que se inicia, o diretor diz por fim que também não haverá falta de animais e aves.

[19] Nestes últimos versos, o diretor conclama então o poeta a finalmente dar início à encenação do *Fausto*, com o seu assunto que atravessa todo o círculo da criação: terra, céu, inferno.

Prolog im Himmel

Prólogo no céu

O terceiro e último texto introdutório à tragédia de Fausto foi escrito por volta de 1800. Após a exposição de circunstâncias que envolvem a encenação da peça no palco imaginário do teatro, Goethe insere a ação prestes a desenrolar-se num enquadramento sobrenatural, ao qual se retornará na cena final do *Fausto II* (quinto ato, "Furnas montanhosas").

Importante modelo literário para a concepção desta moldura metafísica encontra-se no teatro barroco espanhol do século XVII, em especial a peça *El gran teatro del mundo*, de Calderón de la Barca (1600-1681). Goethe, aliás, tinha imensa admiração por esse autor espanhol e, numa carta a Schiller (28 de janeiro de 1804), escreveu as seguintes palavras a respeito da obra *El príncipe constante*: "Sim, gostaria mesmo de dizer que, se a poesia desaparecesse por completo deste mundo, poderíamos reconstituí-la a partir dessa peça".

De acordo, contudo, com indicações do próprio autor, a principal inspiração para o "Prólogo no céu" é o *Livro de Jó*, cujas provações são emolduradas por um encontro entre Deus e Satanás, narrado nos seguintes termos (segundo a tradução da *Bíblia de Jerusalém*, fonte das demais citações bíblicas nestes comentários): "No dia em que os Filhos de Deus vieram se apresentar a Iahweh, entre eles veio também Satanás. Iahweh então perguntou a Satanás: 'Donde vens?'. 'Venho de dar uma volta pela terra, andando a esmo', respondeu Satanás. Iahweh disse a Satanás: 'Reparaste no meu servo Jó? Na terra não há outro igual: é um homem íntegro e reto, que teme a Deus e se afasta do mal'. [...] Então Iahweh disse a Satanás: 'Pois bem, tudo o que ele possui está em teu poder, mas não estendas tua mão contra ele'. E Satanás saiu da presença de Iahweh" (*Jó*, 1: 7-12).

Também este prelúdio à história terrena de Fausto tem por pressuposto, como no *Livro de Jó*, uma audiência entre o Criador e os "Filhos de Deus", que Mefistófeles irá chamar de "pessoal" (*Gesinde*). Ao contrário, porém, do texto bíblico, Goethe dá voz primeiramente aos "filhos genuínos da Deidade": os arcanjos Rafael, Gabriel e Miguel, que louvam as inescrutáveis obras do Universo. Do ponto de vista formal, as estrofes iniciais (três oitavas seguidas de uma quadra coral) seguem o modelo de salmos alemães dos séculos XVII e XVIII. Quanto à sua dimensão imagética, elas não se orientam nem pelo sistema ptolemaico-geocêntrico (como se verifica no 10º canto dos *Lusíadas* com a alegoria da "Máquina do Mundo"), nem pelo coperniciano-heliocêntrico, mas antes — na medida em que os arcanjos veem Sol e Terra girarem em "percurso pré-traçado" — pela astronomia pitagórica. Conforme esta concepção, Terra, Sol e sete outros orbes ("esferas fraternas", *Brudersphären*, no original) moviam-se em torno de um fogo central, gerando ao mesmo tempo a chamada "música das esferas" (ver nota ao v. 248). [M.V.M.]

PROLOG IM HIMMEL

(Der Herr. Die himmlischen Heerscharen. Nachher Mephistopheles)

(Die drei Erzengel treten vor)

RAPHAEL

Die Sonne tönt nach alter Weise
In Brudersphären Wettgesang,
Und ihre vorgeschriebne Reise
Vollendet sie mit Donnergang.
Ihr Anblick gibt den Engeln Stärke,
Wenn keiner sie ergründen mag;
Die unbegreiflich hohen Werke
Sind herrlich wie am ersten Tag.   250

GABRIEL

Und schnell und unbegreiflich schnelle
Dreht sich umher der Erde Pracht;
Es wechselt Paradieseshelle
Mit tiefer, schauervoller Nacht;
Es schäumt das Meer in breiten Flüssen
Am tiefen Grund der Felsen auf,
Und Fels und Meer wird fortgerissen
In ewig schnellem Sphärenlauf.

MICHAEL

Und Stürme brausen um die Wette,
Vom Meer aufs Land, vom Land aufs Meer,   260
Und bilden wütend eine Kette
Der tiefsten Wirkung rings umher.
Da flammt ein blitzendes Verheeren
Dem Pfade vor des Donnerschlags;
Doch deine Boten, Herr, verehren
Das sanfte Wandeln deines Tags.

(*O Altíssimo. As legiões celestes. Depois Mefistófeles*)

(*Adiantam-se os três arcanjos*)

RAFAEL

Ressoa o sol no canto alado[1]
Dos orbes no infinito espaço,
E seu percurso pré-traçado
Vence com majestoso passo.
Anima os anjos a visão
De inescrutável harmonia:[2]
Da obra máxima a imensidão
Pasma, qual no primeiro dia.

GABRIEL

E em ronda arrebatada e eterna
Gira o esplendor do térreo mundo;
Radiante luz do céu se alterna
Com mantos de negror profundo;
Ao pé da rocha a fúria vasta
Do mar espuma pelas eras,
E rocha e mar consigo arrasta
O curso infindo das esferas.

MIGUEL

E rugem furacão e vento
Da terra ao mar, do mar à terra,
Formando um vasto encadeamento
Que efeitos sem limite encerra.
Fulgura o raio arrasador
Que do trovão precede a via;
Mas cantam núncios teus, Senhor,
O suave curso de teu dia.

[1] Nesta glorificação inicial do sol é possível vislumbrar, como observa Albrecht Schöne, afinidades com concepções do próprio Goethe. Onze dias antes de sua morte, o poeta referia-se ao sol, na última conversa registrada por Eckermann, como "uma revelação do mais elevado, do mais poderoso que a nós, filhos desta terra, é dado captar. Nele eu reverencio a luz e a força criadora de Deus".

[2] Alusão de Goethe à harmonia das esferas, motivo oriundo de antigas concepções sobre o universo (os planetas produziriam uma música não perceptível aos ouvidos humanos) e retomado pela Pansofia do século XVI. A palavra Pansofia (do grego *pan*, tudo, e *sophia*, sabedoria) designa um movimento filosófico-religioso que, partindo de concepções alquímicas e neoplatônicas, aspirava a uma apreensão totalizante do Macrocosmo (o mundo) e do Microcosmo (o homem). O filósofo e médico Paracelsus (1493-1541) é geralmente considerado o fundador desse movimento, o qual desempenha papel central na busca intelectual e espiritual de Fausto. Outros impulsos decisivos para a Pansofia advieram de nomes

PROLOG IM HIMMEL

ZU DREI

Der Anblick gibt den Engeln Stärke,
Da keiner dich ergründen mag,
Und alle deine hohen Werke
Sind herrlich wie am ersten Tag. 270

MEPHISTOPHELES

Da du, o Herr, dich einmal wieder nahst
Und fragst, wie alles sich bei uns befinde,
Und du mich sonst gewöhnlich gerne sahst,
So siehst du mich auch unter dem Gesinde.
Verzeih, ich kann nicht hohe Worte machen,
Und wenn mich auch der ganze Kreis verhöhnt;
Mein Pathos brächte dich gewiß zum Lachen,
Hättst du dir nicht das Lachen abgewöhnt.
Von Sonn' und Welten weiß ich nichts zu sagen,
Ich sehe nur, wie sich die Menschen plagen. 280
Der kleine Gott der Welt bleibt stets von gleichem Schlag,
Und ist so wunderlich als wie am ersten Tag.
Ein wenig besser würd' er leben,
Hättst du ihm nicht den Schein des Himmelslichts gegeben;
Er nennt's Vernunft und braucht's allein,
Nur tierischer als jedes Tier zu sein.
Er scheint mir, mit Verlaub von Euer Gnaden,
Wie eine der langbeinigen Zikaden,
Die immer fliegt und fliegend springt
Und gleich im Gras ihr altes Liedchen singt; 290
Und läg' er nur noch immer in dem Grase!
In jeden Quark begräbt er seine Nase.

DER HERR

Hast du mir weiter nichts zu sagen?
Kommst du nur immer anzuklagen?
Ist auf der Erde ewig dir nichts recht?

50

OS TRÊS

Anima os anjos a visão
De inescrutável harmonia!
E de tua obra a imensidão
Pasma, qual no primeiro dia.

MEFISTÓFELES

Já que, Senhor, de novo te aproximas,
Para indagar se estamos bem ou mal,
E habitualmente ouvir-me e ver-me estimas,
Também me vês, agora, entre o pessoal.
Perdão, não sei fazer fraseado estético,
Embora de mim zombe a roda toda aqui;
Far-te-ia rir, decerto, o meu patético,
Se o rir fosse hábito ainda para ti.
De mundos, sóis, não tenho o que dizer,
Só vejo como se atormenta o humano ser.
Da terra é sempre igual o mísero deusito,[3]
Qual no primeiro dia, insípido e esquisito.
Viveria ele algo melhor, se da celeste
Luz não tivesse o raio que lhe deste;
De Razão dá-lhe o nome, e a usa, afinal,
Pra ser feroz mais que todo animal.
Parece, se o permite Vossa Graça,
Um pernilongo gafanhão que esvoaça[4]
Saltando e vai saltando à toa
E na erva a velha cantarola entoa;
E se jazesse ainda na erva o tempo inteiro!
Mas seu nariz enterra em qualquer atoleiro.

O ALTÍSSIMO[5]

Nada mais que dizer-me tens?
Só por queixar-te, sempre vens?
Nada, na terra, achas direito enfim?

como Johannes Keppler (1571-1630), Jakob Böhme (1575-1624), o educador morávio Johann Amos Comenius (1592-1670), o sueco Emanuel Swedenborg (1688-1772) e também do círculo Rosa-cruz (o termo Pansofia aparece pela primeira vez em escritos dessa ordem publicados em 1616) e de sociedades científicas constituídas no século XVII, como a Royal Society de Londres.

[3] Em expressivo contraste com o hino cósmico dos arcanjos, o discurso de Mefistófeles assume de imediato um tom irreverente, esteado no ritmo maleável e ligeiro do chamado verso "madrigal" que, com sua liberdade rítmica, métrica e rímica, revestirá a grande maioria de suas manifestações ao longo da tragédia.

[4] No original, Mefistófeles compara o ser humano a uma "cigarra", que com o seu canto oscilante e intermitente parece aludir à instabilidade do homem, ao seu eterno sobe e desce.

[5] Em consonância com a tradução de Lutero, Goethe refere-se a Deus como "Senhor" (Herr), ao passo que a tradutora optou por "Altíssimo".

PROLOG IM HIMMEL

MEPHISTOPHELES

Nein, Herr! ich find' es dort, wie immer, herzlich schlecht.
Die Menschen dauern mich in ihren Jammertagen,
Ich mag sogar die armen selbst nicht plagen.

DER HERR

Kennst du den Faust?

MEPHISTOPHELES

Den Doktor?

DER HERR

Meinen Knecht!

MEPHISTOPHELES

Fürwahr! er dient Euch auf besondre Weise.   300
Nicht irdisch ist des Toren Trank noch Speise.
Ihn treibt die Gärung in die Ferne,
Er ist sich seiner Tollheit halb bewußt;
Vom Himmel fordert er die schönsten Sterne
Und von der Erde jede höchste Lust,
Und alle Näh' und alle Ferne
Befriedigt nicht die tiefbewegte Brust.

DER HERR

Wenn er mir jetzt auch nur verworren dient,
So werd' ich ihn bald in die Klarheit führen.
Weiß doch der Gärtner, wenn das Bäumchen grünt,   310
Daß Blüt' und Frucht die künft'gen Jahre zieren.

MEPHISTOPHELES

Was wettet Ihr? den sollt Ihr noch verlieren,

PRÓLOGO NO CÉU

MEFISTÓFELES

Não, Mestre! acho-o tão ruim quão sempre; vendo-o assim
Coitados! em seu transe os homens já lamento,
Eu próprio, até, sem gosto os atormento.

O ALTÍSSIMO

Do Fausto sabes?

MEFISTÓFELES

O doutor?

O ALTÍSSIMO

Meu servo, sim!

MEFISTÓFELES

De forma estranha ele vos serve, Mestre!
Não é, do louco, a nutrição terrestre.
Fermento o impele ao infinito,
Semiconsciente é de seu vão conceito;[6]
Do céu exige o âmbito irrestrito
Como da terra o gozo mais perfeito,
E o que lhe é perto, bem como o infinito,
Não lhe contenta o tumultuoso peito.

O ALTÍSSIMO

Se em confusão me serve ainda agora,
Daqui em breve o levarei à luz.[7]
Quando verdeja o arbusto, o cultor não ignora
Que no futuro fruto e flor produz.

MEFISTÓFELES

Que apostais? perdereis o camarada;[8]

[6] "Vão conceito" corresponde aqui a "loucura", "doidice" (*Tollheit*, no original).

[7] A promessa lançada por Deus neste prólogo irá cumprir-se efetivamente na última cena do *Fausto II*. A palavra "luz" ("claridade", no original) exprime um conceito fundamental do Novo Testamento: a luz do Senhor (*Lucas*, 2: 9; *2 Coríntios*, 4: 6).

[8] Na tradução luterana do *Livro de Jó*, Satanás parece propor uma aposta ao Senhor: "*was gilt's*", "o que está valendo?" — correspondente, na *Bíblia de Jerusalém*, a "eu garanto". Embora seja costume falar de uma aposta selada neste "Prólogo no céu", Goethe não deixa explícito que Deus tenha se rebaixado a apostar com Mefisto.

PROLOG IM HIMMEL

Wenn Ihr mir die Erlaubnis gebt,
Ihn meine Straße sacht zu führen!

DER HERR

Solang' er auf der Erde lebt,
Solange sei dir's nicht verboten.
Es irrt der Mensch, solang' er strebt.

MEPHISTOPHELES

Da dank' ich Euch; denn mit den Toten
Hab' ich mich niemals gern befangen.
Am meisten lieb' ich mir die vollen, frischen Wangen.   320
Für einen Leichnam bin ich nicht zu Haus,
Mir geht es wie der Katze mit der Maus.

DER HERR

Nun gut, es sei dir überlassen!
Zieh diesen Geist von seinem Urquell ab,
Und führ' ihn, kannst du ihn erfassen,
Auf deinem Wege mit herab,
Und steh beschämt, wenn du bekennen mußt:
Ein guter Mensch in seinem dunklen Drange
Ist sich des rechten Weges wohl bewußt.

MEPHISTOPHELES

Schon gut! nur dauert es nicht lange.   330
Mir ist für meine Wette gar nicht bange.
Wenn ich zu meinem Zweck gelange,
Erlaubt Ihr mir Triumph aus voller Brust.
Staub soll er fressen, und mit Lust,
Wie meine Muhme, die berühmte Schlange.

Se o permitirdes, tenho em mira
Levá-lo pela minha estrada!

O ALTÍSSIMO

Enquanto embaixo ele respira,
Nada te vedo nesse assunto;
Erra o homem enquanto a algo aspira.

MEFISTÓFELES

Grato vos sou, já que um defunto
Não é lá muito do meu gosto;
Gabo aos que têm viço e verdor no rosto.
E com cadáveres evito o trato;
Sou como gato, em tal, com rato.

O ALTÍSSIMO

Pois bem, por tua conta o deixo!
Subtrai essa alma à sua inata fonte,
E leva-a, se a atraíres pra teu eixo,
Contigo abaixo a tua ponte.
Mas, vem, depois, confuso confessar
Que o homem de bem, na aspiração que, obscura, o anima,
Da trilha certa se acha sempre a par.[9]

MEFISTÓFELES

Bem, bem! meu dia se aproxima
E minha aposta está a salvo.
Mas, permiti que o meu triunfo exprima,
Tão logo que eu atinja o alvo,
Ingira pó, com deleite, o papalvo,
Como a serpente, minha ilustre prima.[10]

[9] Mesmo cometendo os erros ditados por seu "ímpeto obscuro" (*in seinem dunklen Drange*), intuitivamente o homem bom se encontraria "a par" do caminho correto. Alguns comentadores vislumbram aqui a refutação goethiana da doutrina de Santo Agostinho sobre o pecado original, do qual o homem só poderia salvar-se pela Graça divina (e não mediante os próprios esforços), e sua afinidade com a doutrina do monge Pelagius (século V), que afirmava existir na natureza humana, apesar do pecado original, uma "semente" que "pode vicejar e desdobrar-se numa bela árvore de ventura espiritual".

[10] Referência de Mefistófeles à maldição proferida por Deus contra a serpente que seduziu o homem no Paraíso: "Caminharás sobre teu ventre e comerás poeira todos os dias de tua vida". É como se a tentativa de subtrair Fausto à sua "inata fonte" representasse uma desforra daquela derrota primordial (*Gênesis*, 3: 14).

PROLOG IM HIMMEL

DER HERR

Du darfst auch da nur frei erscheinen;
Ich habe deinesgleichen nie gehaßt.
Von allen Geistern, die verneinen,
Ist mir der Schalk am wenigsten zur Last.
Des Menschen Tätigkeit kann allzuleicht erschlaffen,   340
Er liebt sich bald die unbedingte Ruh;
Drum geb' ich gern ihm den Gesellen zu,
Der reizt und wirkt und muß als Teufel schaffen. —
Doch ihr, die echten Göttersöhne,
Erfreut euch der lebendig reichen Schöne!
Das Werdende, das ewig wirkt und lebt,
Umfass' euch mit der Liebe holden Schranken,
Und was in schwankender Erscheinung schwebt,
Befestiget mit dauernden Gedanken.

(Der Himmel schließt, die Erzengel verteilen sich)

MEPHISTOPHELES *(allein)*

Von Zeit zu Zeit seh' ich den Alten gern,   350
Und hüte mich, mit ihm zu brechen.
Es ist gar hübsch von einem großen Herrn,
So menschlich mit dem Teufel selbst zu sprechen.

56

PRÓLOGO NO CÉU

O ALTÍSSIMO

Também nisso eu te dou poderes plenos;
Jamais te odiei, a ti e aos teus iguais.
É o magano o que me pesa menos,
De todos vós, demônios que negais.
O humano afã tende a afrouxar ligeiro,
Soçobra em breve em integral repouso;
Aduzo-lhe por isso o companheiro[11]
Que como diabo influi e incita, laborioso.
Mas vós, filhos genuínos da Deidade,[12]
Gozai a rica e viva Amenidade!
O que se forma e, eterno, vive e opera,
Vos prenda em suaves vínculos de amor.
E o que flutua em visionária esfera,
Firmai com pensamento durador.

(Fecha-se o céu, os arcanjos se dispersam)

MEFISTÓFELES *(sozinho)*

Vejo, uma ou outra vez, o Velho com prazer,
Romper com Ele é que seria errôneo.[13]
É, de um grande Senhor, louvável proceder
Mostrar-se tão humano até pra com o demônio.

[11] Como no Antigo Testamento, o Senhor deste "Prólogo no céu" também concebe o espírito da Negação e do Mal como instrumento da ordem divina. Espicaçando o ser humano, o "companheiro" diabólico impede que aquele soçobre em "integral repouso", que alguns comentadores relacionam ao pecado da acídia (*acedia*) ou da tristeza desesperada (*tristitia*).

[12] Em oposição aos anjos caídos, entre os quais se encontra Mefistófeles, apostrofado como "magano" (*Schalk*, no original). Com essa designação jocosa, Goethe marca diferença entre Mefistófeles, o irônico espírito demoníaco que irá associar-se a Fausto, e o Satanás (o primeiro na hierarquia infernal) da história de Jó.

[13] Nem bem o céu se fechou, e o "magano" já se refere ao Altíssimo como "Velho" e presume até mesmo que poderia "romper" com ele, de igual para igual. Esse tom de irreverência confere um desfecho jocoso à cena que se abrira de modo tão solene e sublime.

Faust:
Der Tragödie erster Teil

Fausto:
Primeira parte da tragédia

Nacht

Noite

Enquanto o "Prólogo no céu" se abre na amplidão do universo, com a palavra "sol" ressoando logo no verso inicial, a tragédia terrena de Fausto inicia-se com uma cena noturna na estreiteza de um quarto apostrofado como "antro vil" e "maldito, abafador covil". Goethe configura assim o ambiente apropriado para o desdobramento de um balanço de vida inteiramente negativo, lamentando-se Fausto dos esforços despendidos ao longo de muitos anos na solidão do seu gabinete de estudo. Manifesta-se, portanto, o desespero de um ser cujas aspirações chocam-se por toda parte com os limites da condição humana — uma situação já presente no livro popular de 1587 e também no grandioso monólogo inicial da peça de Christopher Marlowe (1604). Em Goethe, porém, esse motivo da frustração com os esforços intelectuais aparece muito mais desenvolvido, e isso já no chamado *Urfaust*, que contém todo o monólogo inicial, a invocação do Espírito da Terra e o diálogo com Wagner (o restante da cena foi redigido por volta de 1800, durante a última fase de trabalho no *Fausto I*).

Na elaboração desta cena de abertura, Goethe condensou muitas de suas leituras juvenis, em especial aquelas feitas entre 1768 e 1770 no âmbito da convivência com a pietista Susanna K. Klettenberg (1723-1774), amiga de sua mãe. Convalescendo então de grave doença pulmonar, o jovem Goethe mergulha na tradição alquímica, hermética, neoplatônica, pansófica e cabalística, lendo autores como os já mencionados em nota ao v. 248 e vários outros, entre os quais Agrippa von Nettesheim (ver nota ao v. 3.414), Johan Baptista van Helmont (1579-1644) ou ainda Georg von Welling (1652-1727), cujo tratado *Opus mago-cabbalisticum* recebe destaque (assim como o escrito hermético *Aurea Catena Homeri*: ver nota ao v. 450) na autobiografia *Poesia e verdade* (8º livro da 2ª parte).

Essas várias tradições constituem o pano de fundo da opção de Fausto pela magia, a qual conhecera significativa valorização no Renascimento italiano, sobretudo por meio da obra de Pico della Mirandola (1463-1494). Pois é essa *magia naturalis* ou renascentista (e não a proporcionada por Mefistófeles) que o doutor tem em mente quando diz ter-se entregado à magia, e o que ele busca com isso é explicitado em seguida: penetrar nos segredos e mistérios da natureza, apreender o que sustenta o mundo "em seu âmago profundo", contemplar os "germes" e as "vivas bases".

A cena "Noite" se abre com uma situação existencial do mais profundo desespero e desdobra em seu decurso algumas tentativas de ruptura e evasão (inclusive a hipótese do suicídio). No original, Goethe plasma essa alternância de estados emocionais mediante diferentes metros e ritmos, sobretudo o chamado *Knittelvers* (verso alemão dos séculos XV e XVI com quatro acentos tônicos) em que se expressa o desespero do doutor, os versos madrigais (forma mais maleável, de oito a onze sílabas, que será a preferida de Mefistófeles) ou ainda os ritmos livres que revestem a cena com o Espírito da Terra. [M.V.M.]

NACHT

(In einem hochgewölbten, engen gotischen Zimmer.
Faust unruhig auf seinem Sessel am Pulte)

FAUST

    Habe nun, ach! Philosophie,
Juristerei und Medizin,
Und leider auch Theologie
Durchaus studiert, mit heißem Bemühn.
Da steh' ich nun, ich armer Tor,
Und bin so klug als wie zuvor!
Heiße Magister, heiße Doktor gar,   360
Und ziehe schon an die zehen Jahr'
Herauf, herab und quer und krumm
Meine Schüler an der Nase herum —
Und sehe, daß wir nichts wissen können!
Das will mir schier das Herz verbrennen.
Zwar bin ich gescheiter als alle die Laffen,
Doktoren, Magister, Schreiber und Pfaffen;
Mich plagen keine Skrupel noch Zweifel,
Fürchte mich weder vor Hölle noch Teufel —
Dafür ist mir auch alle Freud' entrissen,   370
Bilde mir nicht ein, was Rechts zu wissen,
Bilde mir nicht ein, ich könnte was lehren,
Die Menschen zu bessern und zu bekehren.
Auch hab' ich weder Gut noch Geld,
Noch Ehr' und Herrlichkeit der Welt;
Es möchte kein Hund so länger leben!
Drum hab' ich mich der Magie ergeben,
Ob mir durch Geistes Kraft und Mund
Nicht manch Geheimnis würde kund;
Daß ich nicht mehr mit sauerm Schweiß   380
Zu sagen brauche, was ich nicht weiß;
Daß ich erkenne, was die Welt
Im Innersten zusammenhält,
Schau' alle Wirkenskraft und Samen,
Und tu' nicht mehr in Worten kramen.

NOITE

(Num quarto gótico,[1] com abóbadas altas e estreitas,
Fausto, agitado, sentado à mesa de estudo)

FAUSTO

Ai de mim! da filosofia,
Medicina, jurisprudência,
E, mísero eu! da teologia,[2]
O estudo fiz, com máxima insistência.
Pobre simplório, aqui estou
E sábio como dantes sou!
De doutor tenho o nome e mestre em artes,
E levo dez anos por estas partes,
Pra cá e lá, aqui ou acolá, sem diretriz,
Os meus discípulos pelo nariz.[3]
E vejo-o, não sabemos nada!
Deixa-me a mente amargurada.
Sei ter mais tino que esses maçadores,
Mestres, frades, escribas e doutores;
Com dúvidas e escrúpulos não me alouco,
Não temo o inferno e Satanás tampouco
Mas mata-me o prazer no peito;
Não julgo algo saber direito,
Que leve aos homens uma luz que seja
Edificante ou benfazeja.
Nem de ouro e bens sou possuidor,
Ou de terreal fama e esplendor;
Um cão assim não viveria!
Por isso entrego-me à magia,
A ver se o espiritual império
Pode entreabrir-me algum mistério,
Que eu já não deva, oco e sonoro,
Ensinar a outrem o que ignoro;
Para que apreenda o que a este mundo
Liga em seu âmago profundo,[4]
Os germes veja e as vivas bases,
E não remexa mais em frases.

---

[1] "Gótico" tem aqui o sentido de atravancado, sufocante, composto de elementos disparatados. Além disso, no século XVIII "gótico" era usado como algo medieval e obsoleto.

[2] Da Idade Média até o início da Era Moderna, as universidades constituíam-se de quatro faculdades: teologia, jurisprudência, medicina e filosofia. Mencionando as quatro, Fausto dá a entender que já estudara tudo o que era possível a um homem de seu tempo estudar. Embora feitos "com máxima insistência", todos esses estudos parecem-lhe agora vãos; expressando pesar por ter se dedicado também à teologia, antecipa de certo modo a negação dos princípios da fé cristã e explicita assim os pressupostos de sua futura associação com Mefisto.

[3] Valendo-se da expressão alemã "conduzir alguém pelo nariz" (*jemanden an der Nase herumziehen/ herumführen*), Fausto confessa que vem ludibriando os seus discípulos há dez anos.

[4] Albrecht Schöne aponta nesta passagem referências a um poema do escritor e cientista Albrecht Haller

NACHT

O sähst du, voller Mondenschein,
Zum letztenmal auf meine Pein,
Den ich so manche Mitternacht
An diesem Pult herangewacht:
Dann über Büchern und Papier,   390
Trübsel'ger Freund, erschienst du mir!
Ach! könnt' ich doch auf Bergeshöhn
In deinem lieben Lichte gehn,
Um Bergeshöhle mit Geistern schweben,
Auf Wiesen in deinem Dämmer weben,
Von allem Wissensqualm entladen,
In deinem Tau gesund mich baden!

Weh! steck' ich in dem Kerker noch?
Verfluchtes dumpfes Mauerloch,
Wo selbst das liebe Himmelslicht   400
Trüb durch gemalte Scheiben bricht!
Beschränkt von diesem Bücherhauf,
Den Würme nagen, Staub bedeckt,
Den, bis ans hohe Gewölb' hinauf,
Ein angeraucht Papier umsteckt;
Mit Gläsern, Büchsen rings umstellt,
Mit Instrumenten vollgepfropft,
Urväter-Hausrat drein gestopft —
Das ist deine Welt! das heißt eine Welt!

Und fragst du noch, warum dein Herz   410
Sich bang in deinem Busen klemmt?
Warum ein unerklärter Schmerz
Dir alle Lebensregung hemmt?
Statt der lebendigen Natur,
Da Gott die Menschen schuf hinein,
Umgibt in Rauch und Moder nur
Dich Tiergeripp' und Totenbein.

Flieh! auf! hinaus ins weite Land!
Und dies geheimnisvolle Buch,

NOITE

Oh, nunca mais, argênteo luar,[5]
Me contemplasses o penar!
Quanta vez, a esta mesa aqui,
Alta noite, esperei por ti!
Então, por sobre o entulho antigo
Surgias, taciturno amigo!
Ah! se eu pudesse, em flóreo prado,
Vaguear em teu fulgor prateado,
Flutuar com gênios sobre fontes,
Tecer na semiluz dos montes,
Livre de todo saber falho,
Sarar, em banho teu, de orvalho!

Céus! prende-me ainda este antro vil?
Maldito, abafador covil,
Em que mesmo a celeste luz
Por vidros foscos se introduz!
Opresso pela livralhada,
Que as traças roem, que cobre a poeira,
Que se amontoa, embolorada,
Do soalho à abóbada cimeira;
Cercado de um resíduo imundo,
De vidros, latas, de antiqualhas,
Cheios de trastes e miuçalhas —
Isto é teu mundo! chama-se a isto um mundo!

E inda não vês por que, em teu seio,
O coração se te comprime?
Por que um inexplicado anseio
Da vida a flama em ti reprime?
Em vez da viva natureza,
Em que criou Deus os mortais,
De crânios cerca-te a impureza,
De ossadas de homens e animais.

Não! para o campo e a luz fujamos!
E desta escrita oculta e vasta,

(1707-1777), "A falsidade das virtudes humanas", que tem como protagonista Isaac Newton, que na lei universal da gravitação expôs aquilo que sustenta o mundo em seu "âmago profundo". Por meio de referências intertextuais, Goethe projeta sobre a aspiração de Fausto o papel que no poema de Haller é reservado ao fundador da moderna ciência da Natureza. Inserindo a alusão a Newton nesse monólogo inicial, Goethe faz adentrar o palco o sujeito desorientado de uma modernidade laica e profundamente cética. Em seu ensaio "A imagem goethiana da natureza e o mundo técnico-científico" (1967), o físico Werner Heisenberg associa a aspiração fáustica de conhecer o que sustenta o mundo "em seu âmago profundo" à descoberta da estrutura do DNA pelos cientistas Watson e Crick.

[5] Com este verso abre-se novo momento no monólogo de Fausto: a apóstrofe lamentosa ao luar "taciturno" (também pelo fato de sua luz ser filtrada pelos "vidros foscos" do quarto gótico) e, em seguida, o devaneio de libertação em meio à natureza ("Sarar, em banho teu, de orvalho").

Von Nostradamus' eigner Hand,   420
Ist dir es nicht Geleit genug?
Erkennest dann der Sterne Lauf,
Und wenn Natur dich unterweist,
Dann geht die Seelenkraft dir auf,
Wie spricht ein Geist zum andern Geist.
Umsonst, daß trocknes Sinnen hier
Die heil'gen Zeichen dir erklärt:
Ihr schwebt, ihr Geister, neben mir;
Antwortet mir, wenn ihr mich hört!

(Er schlägt das Buch auf und erblickt das Zeichen des Makrokosmus)

Ha! welche Wonne fließt in diesem Blick   430
Auf einmal mir durch alle meine Sinnen!
Ich fühle junges, heil'ges Lebensglück
Neuglühend mir durch Nerv' und Adern rinnen.
War es ein Gott, der diese Zeichen schrieb,
Die mir das innre Toben stillen,
Das arme Herz mit Freude füllen
Und mit geheimnisvollem Trieb
Die Kräfte der Natur rings um mich her enthüllen?
Bin ich ein Gott? Mir wird so licht!
Ich schau' in diesen reinen Zügen   440
Die wirkende Natur vor meiner Seele liegen.
Jetzt erst erkenn' ich, was der Weise spricht:
„Die Geisterwelt ist nicht verschlossen;
Dein Sinn ist zu, dein Herz ist tot!
Auf, bade, Schüler, unverdrossen
Die ird'sche Brust im Morgenrot!"

(Er beschaut das Zeichen)

Wie alles sich zum Ganzen webt,
Eins in dem andern wirkt und lebt!
Wie Himmelskräfte auf und nieder steigen
Und sich die goldnen Eimer reichen!   450
Mit segenduftenden Schwingen

Que a mão traçou de Nostradamus,[6]
A companhia não te basta?
Dos astros vês, então, a rota;
Quando te orienta a natureza,
Nova pujança no Eu te brota,
Como um espírito a outro reza.
Explicam-te os sinais sagrados
Em vão meditações sutis;
Sobre mim voais, gênios alados;
Pois respondei-me, se me ouvis!

(Abre o livro e avista o signo do Macrocosmo)[7]

Ah! que delícia irrompe neste olhar,
Por meus sentidos, repentinamente!
Sinto vigor, flamante, singular,
Varrer-me o sangue em êxtases fremente.
Gravou um deus, acaso, esses sinais,
Que em mim abrandam a íntima fervura,
A pobre alma enchem de ventura,
E em ímpetos transcendentais,
Me expõem da natureza a oculta tessitura?
Sou eu um deus? vejo tal luz!
Neste traçado puro imerso,
Vejo ante a alma jazer nosso ativo universo.
Só hoje entendo o sábio,[8] o que deduz:
"Do mundo espiritual não te é a esfera estranha;
Tens tu morta a alma, o senso estreito!
Discípulo, anda! assíduo, banha
Em rubra aurora o térreo peito!"

(Contempla o signo)

Como um dentro do outro se entrama
E num só todo se amalgama![9]
Como fluem e refluem celestes energias,
A se estenderem mutuamente as áureas pias!
Com surtos prenhes de balsâmeo alento

[6] O nome de Nostradamus (1503-1566) aparece aqui representando um sábio empenhado em perscrutar segredos e mistérios.

[7] O grande Cosmo (a Natureza, o Universo), em oposição ao Microcosmo (o homem). Segundo a crença pansófica, o ser humano seria um "extrato" do Macrocosmo e entre ambos haveria relações mágicas, do tipo: Sol-Ouro-Coração; Lua--Prata-Cérebro; Júpiter--Estanho-Fígado. Esse sistema de relações podia ser fixado esquematicamente numa figura geométrica, resultando daí um signo da harmonia universal. Um tal desenho é avistado aqui por Fausto. Mas, como ele mesmo reconhece, é apenas um signo elaborado pelo homem e não a própria realidade, daí seu desespero.

[8] Possível alusão ao místico sueco Emanuel von Swedenborg (1688-1722), a cuja obra *Arcana coelestia* aludiria esta passagem. Contudo, até onde se sabe, os quatro versos seguintes, entre aspas, não constituem uma citação deste ou de qualquer outro autor.

[9] Fausto exprime aqui a concepção do íntimo entrelaçamento das forças da terra e do céu. A imagem

NACHT

Vom Himmel durch die Erde dringen,
Harmonisch all das All durchklingen!

Welch Schauspiel! Aber ach! ein Schauspiel nur!
Wo fass' ich dich, unendliche Natur?
Euch Brüste, wo? Ihr Quellen alles Lebens,
An denen Himmel und Erde hängt,
Dahin die welke Brust sich drängt —
Ihr quellt, ihr tränkt, und schmacht' ich so vergebens?

*(Er schlägt unwillig das Buch
um und erblickt das Zeichen des Erdgeistes)*

Wie anders wirkt dies Zeichen auf mich ein!   460
Du, Geist der Erde, bist mir näher;
Schon fühl' ich meine Kräfte höher,
Schon glüh' ich wie von neuem Wein,
Ich fühle Mut, mich in die Welt zu wagen,
Der Erde Weh, der Erde Glück zu tragen,
Mit Stürmen mich herumzuschlagen
Und in des Schiffbruchs Knirschen nicht zu zagen.
Es wölkt sich über mir —
Der Mond verbirgt sein Licht —
Die Lampe schwindet!   470
Es dampft — Es zucken rote Strahlen
Mir um das Haupt — Es weht
Ein Schauer vom Gewölb' herab
Und faßt mich an!
Ich fühl's, du schwebst um mich, erflehter Geist.
Enthülle dich!
Ha! wie's in meinem Herzen reißt!
Zu neuen Gefühlen
All' meine Sinnen sich erwühlen!
Ich fühle ganz mein Herz dir hingegeben!   480
Du mußt! du mußt! und kostet' es mein Leben!

NOITE

A terra imbuem, fluindo do firmamento,
Vibrando pelo Todo com harmonioso acento!

Ah, que visão! mas só visão ainda!
Como abranger-te, ó natureza infinda?
Vós, fontes, de que mana a vida em jorro,
Das quais o céu, a terra, pende,
Às quais o peito exausto tende —
Correis, nutris, enquanto à míngua eu morro?

*(Folheia o livro com impaciência
e avista o signo do Gênio da Terra)*[10]

Quão outro, em mim, é deste signo o efeito!
Tu, Gênio térreo, me és vizinho;
Alçam-se as forças em meu peito,
Sinto a abrasear-me um novo vinho,
A opor-me ao mundo já me alento,
A sustentar da terra o júbilo, o tormento,
A arcar com o furacão e o vento,
E no naufrágio a ir-me, sem lamento.
Nubla-se o espaço sobre mim —
Oculta a lua o seu clarão —
A luz se esvai!
Sobe um vapor! — Coriscam raios rubros
À minha volta! — Um sopro frio
Desce da abóbada e me invade!
Espírito implorado,
Sinto que ao meu redor estás flutuando, enfim!
Revela a face!
Ah! como se lacera o coração em mim!
Em rasgos desmedidos,
Como se inflamam meus sentidos!
Sinto a alma inteira a ti oferecida!
Surge, pois! surge, sim! custe-me, embora, a vida!

de uma ligação entre ambas as esferas já aparece no sonho de Jacó (*Gênesis*, 28: 12). Ainda mais importante para a concepção de Fausto é o tratado *Aurea Catena Homeri* (1723), atribuído ao rosa-cruz Anton Joseph Kirchweger. Ao reconstituir, na autobiografia *Poesia e verdade*, o período de sua ocupação com a tradição hermética, Goethe declara ter lido com prazer esse tratado cujo título remonta a um verso da *Ilíada* (VIII, 18).

[10] As eventuais fontes na literatura pansófica para a concepção do motivo do "Gênio da Terra" — ou "Espírito da Terra" (*Erdgeist*), no original — não são tão seguras quanto em relação ao "signo do Macrocosmo". Na enciclopédia mitológica de Benjamin Hederich (*Gründliches mythologisches Lexikon*), principal fonte para as referências mitológicas no *Fausto*, encontra-se o verbete *Daemogorgon*, traduzido por "espírito da terra" e apresentado como "o ser primordial de todas as coisas, o qual gerou o mundo tríplice, ou seja, o céu, a terra, o mar e tudo o que se encontra neles". Fechando o verbete, Hederich diz que "em si, contudo, esse ser

NACHT

(Er faßt das Buch und spricht das Zeichen des Geistes
geheimnisvoll aus. Es zuckt eine rötliche Flamme,
der Geist erscheint in der Flamme)

GEIST

Wer ruft mir?

FAUST *(abgewendet)*

Schreckliches Gesicht!

GEIST

Du hast mich mächtig angezogen,
An meiner Sphäre lang' gesogen,
Und nun —

FAUST

Weh! ich ertrag' dich nicht!

GEIST

Du flehst eratmend, mich zu schauen,
Meine Stimme zu hören, mein Antlitz zu sehn;
Mich neigt dein mächtig Seelenflehn,
Da bin ich! — Welch erbärmlich Grauen
Faßt Übermenschen dich! Wo ist der Seele Ruf?   490
Wo ist die Brust, die eine Welt in sich erschuf
Und trug und hegte, die mit Freudebeben
Erschwoll, sich uns, den Geistern, gleich zu heben?
Wo bist du, Faust, des Stimme mir erklang,
Der sich an mich mit allen Kräften drang?
Bist du es, der, von meinem Hauch umwittert,
In allen Lebenstiefen zittert,
Ein furchtsam weggekrümmter Wurm?

70

*(Pega no livro e com voz de mistério enuncia
o signo do Gênio. Surge uma chama avermelhada,
o Gênio aparece dentro da labareda)*

O GÊNIO

Quem me invocou?

FAUSTO *(desviando-se)*

Atroz visão!

O GÊNIO

Chamaste-me com força austera,
Hauriste ardente a minha esfera,
E agora...

FAUSTO

Ah! não te aturo, não!

O GÊNIO

Olhar-me, imploras, anelante,
Ouvir-me a voz, ver-me o fulgor;
Cedo a essa invocação possante,
Eis-me! — Que mísero pavor
Te invade, ó super-homem?[11] que é do apelo oriundo
Do peito audaz que em si gerou um mundo
Zelando-o com amor? que em lances de ventura
Ousou erguer-se à nossa suma altura?
Fausto, onde estás, tu, cuja voz me ecoou?
Tu, cuja força ingente me invocou?
És tu, quem na aura de meu bafo estreme,
Até o âmago da vida freme,
Qual larva de pavor torcida?

fundamental não era outra coisa senão aquilo que se chama natureza". De qualquer modo, os comentadores do *Fausto* costumam considerar o motivo do "Gênio da Terra" como sendo em grande parte uma criação mítica do próprio Goethe. Ao contrário do "Macrocosmo", o "Gênio da Terra" pode ser invocado e tornar-se "aparição". Ele próprio apresenta-se, em breves palavras, como o espírito da vida terrena e orgânica. Mas, como se mostra na sequência, o espírito humano de Fausto não está à altura do "Gênio da Terra".

[11] *Übermensch*, no original, empregado aqui numa conotação irônica e mesmo de desprezo, muito diferente do sentido que essa expressão iria adquirir depois na filosofia de Friedrich Nietzsche.

NACHT

FAUST

Soll ich dir, Flammenbildung, weichen?
Ich bin's, bin Faust, bin deinesgleichen!   500

GEIST

In Lebensfluten, im Tatensturm
Wall' ich auf und ab,
Webe hin und her!
Geburt und Grab,
Ein ewiges Meer,
Ein wechselnd Weben,
Ein glühend Leben,
So schaff' ich am sausenden Webstuhl der Zeit
Und wirke der Gottheit lebendiges Kleid.

FAUST

Der du die weite Welt umschweifst,   510
Geschäftiger Geist, wie nah fühl' ich mich dir!

GEIST

Du gleichst dem Geist, den du begreifst,
Nicht mir!

(Verschwindet)

FAUST *(zusammenstürzend)*

Nicht dir?
Wem denn?
Ich Ebenbild der Gottheit!
Und nicht einmal dir!

(Es klopft)

O Tod! ich kenn's — das ist mein Famulus —
Es wird mein schönstes Glück zunichte!

NOITE

FAUSTO

Fugir-te, eu, flâmeo vulto? Qual!
Sou eu, sou Fausto, o teu igual!

O GÊNIO

No ardor da ação, no afã da vida,[12]
Fluo, ondulo, urdo, ligo,
Cá e lá, a tramar,
Berço e jazigo,
Perene mar,
Urdidura alternante,
Vida flamante,
Do Tempo assim movo o tear milenário,
E da Divindade urdo o vivo vestuário.

FAUSTO

Tu, que o infinito mundo rondas,
Gênio da Ação, sinto-me um só contigo!

O GÊNIO

És um, com o gênio que em ti sondas;
Mas não comigo!

(Desaparece)

FAUSTO *(abatendo-se em desespero)*

Mas não contigo?
Então, com quem?
Eu, da Deidade a imagem!
E nem, sequer, contigo!

(Batem à porta)

Meu fâmulo é — mortal azar!
Destrói-me a máxima ventura!

[12] O Gênio ou Espírito da Terra apresenta-se nesta estrofe com metáforas tomadas à esfera da tecelagem, como fará depois o próprio Mefisto (vv. 1.922 ss.) na sua sátira ao ensino universitário contemporâneo. Por trás desses versos vislumbra-se o panteísmo spinozista de Goethe, com a imagem da natureza tecelã (*natura textor*) e o "vivo vestuário" (*natura naturata*) urdido pela atividade da *natura naturans*.

NACHT

Daß diese Fülle der Gesichte   520
Der trockne Schleicher stören muß!

(Wagner im Schlafrocke und der Nachtmütze,
eine Lampe in der Hand. Faust wendet sich unwillig)

WAGNER

Verzeiht! ich hör' Euch deklamieren;
Ihr last gewiß ein griechisch Trauerspiel?
In dieser Kunst möcht' ich was profitieren,
Denn heutzutage wirkt das viel.
Ich hab' es öfters rühmen hören,
Ein Komödiant könnt' einen Pfarrer lehren.

FAUST

Ja, wenn der Pfarrer ein Komödiant ist;
Wie das denn wohl zu Zeiten kommen mag.

WAGNER

Ach! wenn man so in sein Museum gebannt ist,   530
Und sieht die Welt kaum einen Feiertag,
Kaum durch ein Fernglas, nur von weiten,
Wie soll man sie durch Überredung leiten?

FAUST

Wenn ihr's nicht fühlt, ihr werdet's nicht erjagen,
Wenn es nicht aus der Seele dringt
Und mit urkräftigem Behagen
Die Herzen aller Hörer zwingt.
Sitzt ihr nur immer! Leimt zusammen,
Braut ein Ragout von andrer Schmaus,
Und blast die kümmerlichen Flammen
Aus eurem Aschenhäufchen 'raus!   540
Bewundrung von Kindern und Affen,

Vem-me a riqueza das visões turbar
A seca, estéril criatura!

*(Wagner,[13] de roupão e barrete de dormir, uma lâmpada
na mão. Fausto vira-se para ele com impaciência)*

WAGNER

Perdão, ouvi-vos declamando;
Líeis, decerto, uma tragédia antiga?[14]
Dessa arte almejo fruir noções de vez em quando,
Já que hoje em dia, é ao que se liga.
Quanta vez tenho ouvido declarar
Que um comediante pode até um padre ensinar.

FAUSTO

Pois sim, sendo também o padre um comediante;
Como se tem frequentemente dado.

WAGNER

Ah! quando em seu museu[15] alguém se acha exilado,
Só vendo o mundo, por um véu distante,
Talvez nalgum feriado — efêmero regalo —
Poderá, pela persuasão, guiá-lo?

FAUSTO

Não o conseguirá quem o não sente,
A quem não fluir do peito sem requintes,
Para, com gosto onipotente,
Conquistar todos os ouvintes.
Juntai, fervei aqui e ali,
Guisados com o manjar vizinho,
E das escassas cinzas expeli
O vosso flamejar mesquinho.
Crianças, monos, vos admirarão,

[13] O "fâmulo" (espécie de assistente de um professor ou erudito) de Fausto já faz sua aparição no livro popular e também nas encenações do teatro de marionetes. Goethe introduz aqui um tipo inteiramente livresco, uma caricatura da então incipiente tradição humanista e retórica, representada sobretudo por Erasmo de Roterdã.

[14] No original, Wagner fala em drama (*Trauerspiel*) ou tragédia grega. No século XVIII ainda vigorava o costume de se lerem textos, sobretudo os versificados, em voz alta. É o que supõe Wagner ao ouvir o diálogo de Fausto com o Gênio da Terra. Ao fâmulo, contudo, importa menos o conteúdo dos textos do que a "arte" da declamação, como evidencia adiante sua referência à "persuasão" (*Überredung*) e à "arenga" (*Vortrag*) do orador.

[15] "Museu" (*Museum*, no original) significava na Antiguidade um templo ou bosque consagrado às musas; no vocabulário dos humanistas e eruditos do barroco designava o quarto de estudos.

NACHT

Wenn euch darnach der Gaumen steht —
Doch werdet ihr nie Herz zu Herzen schaffen,
Wenn es euch nicht von Herzen geht.

WAGNER

Allein der Vortrag macht des Redners Glück;
Ich fühl' es wohl, noch bin ich weit zurück.

FAUST

Such' Er den redlichen Gewinn!
Sei Er kein schellenlauter Tor!
Es trägt Verstand und rechter Sinn   550
Mit wenig Kunst sich selber vor;
Und wenn's euch Ernst ist, was zu sagen,
Ist's nötig, Worten nachzujagen?
Ja, eure Reden, die so blinkend sind,
In denen ihr der Menschheit Schnitzel kräuselt,
Sind unerquicklich wie der Nebelwind,
Der herbstlich durch die dürren Blätter säuselt!

WAGNER

Ach Gott! die Kunst ist lang,
Und kurz ist unser Leben.
Mir wird, bei meinem kritischen Bestreben,   560
Doch oft um Kopf und Busen bang.
Wie schwer sind nicht die Mittel zu erwerben,
Durch die man zu den Quellen steigt!
Und eh' man nur den halben Weg erreicht,
Muß wohl ein armer Teufel sterben.

FAUST

Das Pergament, ist das der heil'ge Bronnen,
Woraus ein Trunk den Durst auf ewig stillt?

Se assim for vosso paladar;
Mas, nunca falareis a um outro coração,
Se o próprio vos não inspirar.[16]

WAGNER

Mas, o orador na arenga já se apraz;
Percebo-o bem! ainda estou muito atrás.

FAUSTO

Procure o honesto e leal proveito![17]
Não seja um parvo de sons ocos!
Falam o juízo e o são conceito
Por si, com artifícios poucos;
E, se dizerdes algo vos é dado,
Deveis caçar vão palavreado?
Vossos discursos, cintilantes no momento,
Em que da humanidade as sobras encrespais,[18]
Insulsos são qual nebuloso vento
A sussurrar por secas folhas outonais!

WAGNER

Meu Deus! é longa a arte
E nossa vida é curta.[19]
Confesso que, em meu douto empenho, em parte
Meu cérebro à ânsia não se furta.
Quão árduo é adquirir-se algum recurso
Que nos conduza até onde a fonte corre!
E, ainda antes de atingir ao meio do percurso,
Decerto um pobre diabo morre.

FAUSTO

É o pergaminho o manancial sagrado
Que, para sempre, a sede vos acalma?

[16] Às concepções livrescas do fâmulo, Fausto contrapõe (como nos vv. 568-9) noções próprias do movimento pré-romântico "Tempestade e Ímpeto" e da chamada "Estética do Gênio".

[17] A tradução segue a forma de tratamento mais antiga, em terceira pessoa, que Fausto repentinamente passa a usar nestes dois versos: "Procure [ele] o honesto e leal proveito!/ Não seja [ele] um parvo de sons ocos!".

[18] "Encrespar as sobras (*Schnitzel*) da humanidade" significa neste contexto empregar chavões e lugares--comuns como ornamento de discursos "cintilantes" (implícita neste verso está a imagem da tesoura que se usava então para "encrespar" o penteado).

[19] No geral, as palavras de Wagner são citações rasas de autores humanistas e antigos, como aqui em relação a Hipócrates: *Ars longa, vita brevis*. Em Sêneca, *Vitam brevem esse, longam artem*.

NACHT

Erquickung hast du nicht gewonnen,
Wenn sie dir nicht aus eigner Seele quillt.

WAGNER

Verzeiht! es ist ein groß Ergetzen,   570
Sich in den Geist der Zeiten zu versetzen;
Zu schauen, wie vor uns ein weiser Mann gedacht,
Und wie wir's dann zuletzt so herrlich weit gebracht.

FAUST

O ja, bis an die Sterne weit!
Mein Freund, die Zeiten der Vergangenheit
Sind uns ein Buch mit sieben Siegeln.
Was ihr den Geist der Zeiten heißt,
Das ist im Grund der Herren eigner Geist,
In dem die Zeiten sich bespiegeln.
Da ist's denn wahrlich oft ein Jammer!   580
Man läuft euch bei dem ersten Blick davon:
Ein Kehrichtfaß und eine Rumpelkammer
Und höchstens eine Haupt- und Staatsaktion
Mit trefflichen pragmatischen Maximen,
Wie sie den Puppen wohl im Munde ziemen!

WAGNER

Allein die Welt! des Menschen Herz und Geist!
Möcht' jeglicher doch was davon erkennen.

FAUST

Ja, was man so erkennen heißt!
Wer darf das Kind beim rechten Namen nennen?
Die wenigen, die was davon erkannt,   590
Die töricht gnug ihr volles Herz nicht wahrten,
Dem Pöbel ihr Gefühl, ihr Schauen offenbarten,
Hat man von je gekreuzigt und verbrannt.

Alívio não tereis lucrado,
Não vês jorrando da própria alma.

WAGNER

Perdão, mas é um prazer, deveras,
Entrar no espírito das eras,
Ver como já pensou um sábio antes de nós,
E a que sublimes fins temos chegado após.

FAUSTO

Oh, sim! até ao céu estrelado!
São, meu amigo, os tempos do passado
Livro lacrado, de mistério infindo.[20]
O que chamais de espírito de outrora
É o espírito que em vossas testas mora,
No qual o outrora está se refletindo.
E quanta vez é uma miséria vil!
A gente de vós foge enjoada;
De trastes uma alcova e de lixo um barril,
E, quando muito, alguma fantochada
De axiomas de pragmática, fanecos,
Como convém aos lábios de bonecos.

WAGNER

Contudo, o mundo! do homem a alma, o ser!
De perceber-lhes algo o anelo nos consome.

FAUSTO

Sim, chama-se a isso perceber!
Quem pode dar ao filho o verdadeiro nome?
Os poucos que têm visto em tal alguma luz,
E que, a alma plena expondo, abriram à ralé
Suas revelações, seu sentimento e fé,
Foram queimados, sempre, ou mortos sobre a cruz.[21]

[20] No original, Fausto emprega a imagem bíblica do livro lacrado com "sete selos" (*Apocalipse*, 5: 1).

[21] Entre os últimos, pode-se pensar, além de Jesus, em Pedro. Entre os que foram queimados (as inúmeras vítimas da Inquisição) pode-se pensar também em Giordano Bruno (1548--1600), a cujas concepções Goethe sempre dispensou especial atenção (o conceito, proposto por Bruno de uma "alma da terra", *anima terrae*, pode ter influenciado a criação goethiana do Espírito da Terra).

NACHT

Ich bitt' Euch, Freund, es ist tief in der Nacht,
Wir müssen's diesmal unterbrechen.

WAGNER

Ich hätte gern nur immer fortgewacht,
Um so gelehrt mit Euch mich zu besprechen.
Doch morgen, als am ersten Ostertage,
Erlaubt mir ein' und andre Frage.
Mit Eifer hab' ich mich der Studien beflissen;   600
Zwar weiß ich viel, doch möcht' ich alles wissen.

(Ab)

FAUST *(allein)*

Wie nur dem Kopf nicht alle Hoffnung schwindet,
Der immerfort an schalem Zeuge klebt,
Mit gier'ger Hand nach Schätzen gräbt,
Und froh ist, wenn er Regenwürmer findet!

Darf eine solche Menschenstimme hier,
Wo Geisterfülle mich umgab, ertönen?
Doch ach! für diesmal dank' ich dir,
Dem ärmlichsten von allen Erdensöhnen.
Du rissest mich von der Verzweiflung los,   610
Die mir die Sinne schon zerstören wollte.
Ach! die Erscheinung war so riesengroß,
Daß ich mich recht als Zwerg empfinden sollte.

Ich, Ebenbild der Gottheit, das sich schon
Ganz nah gedünkt dem Spiegel ew'ger Wahrheit,
Sein selbst genoß in Himmelsglanz und Klarheit,
Und abgestreift den Erdensohn;
Ich, mehr als Cherub, dessen freie Kraft
Schon durch die Adern der Natur zu fließen
Und, schaffend, Götterleben zu genießen   620
Sich ahnungsvoll vermaß, wie muß ich's büßen!
Ein Donnerwort hat mich hinweggerafft.

Por hoje basta, amigo, por favor,
Que da noite altas horas são.

WAGNER

Quisera eu ter velado até o alvor,
Convosco, em tão profunda discussão.
Mas, amanhã, na Páscoa, permiti-me
Que a uma pergunta ou outra, ainda me anime;
Com grande ardor me aprofundei no estudo;
Sei muito, mas quisera saber tudo.

(Sai)

FAUSTO *(sozinho)*[22]

Que espera ainda a cabeça que se crava
Só na matéria estéril, rasa e fria,
Que por tesouros com mão cobiçosa cava
E ao encontrar minhocas se extasia?

Pode soar de tal voz humana o desconcerto
Onde reinastes vós, gênios incorporais?
Mas, devo hoje ainda agradecer-to,
Mais reles, tu, de todos os mortais!
Vieste arrancar-me a tão negra aflição,
Que em breve destruiria o juízo meu.
Ah! foi tão gigantesca a aparição,
Que mais devo sentir-me anão, mero pigmeu.

Retrato, eu, da Deidade, eu, que me julguei ver
Perto do espelho já, da perene verdade,
Gozando o Eu próprio em luz celeste e claridade,
Já despejado o térreo ser;
Eu, mais que Querubim, cuja força arrogante[23]
Da natureza ousou, já, penetrar a fio
As veias, e auferir, criando, com alto brio,
Vida de deuses, como agora o expio!
Aniquilou-me o teu ditado troante.

[22] Após a saída de Wagner, começa o segundo grande monólogo de Fausto, que retoma os acontecimentos anteriores com o seu fâmulo e com o "Gênio da Terra", passa em seguida para o tema da "apreensão", já preludiando a grandiosa e sombria cena ("Meia-noite") com a figura alegórica da "Apreensão" (ou "Preocupação", *Sorge*, no original) no quinto ato do *Fausto II*, e volta-se por fim à ideia do suicídio, o que gera em Fausto uma sensação euforizante, mesmo consciente do risco de "resvalar no nada", em vez de "penetrar a altura".

[23] Nas hierarquias medievais dos anjos, os querubins encontram-se mais próximos a Deus do que os arcanjos, para os quais a harmonia divina (como proclamam Rafael, Gabriel e Miguel no "Prólogo no céu") é "inescrutável".

Nicht darf ich dir zu gleichen mich vermessen!
Hab' ich die Kraft dich anzuziehn besessen,
So hatt' ich dich zu halten keine Kraft.
In jenem sel'gen Augenblicke
Ich fühlte mich so klein, so groß;
Du stießest grausam mich zurücke,
Ins ungewisse Menschenlos.
Wer lehret mich? was soll ich meiden?   630
Soll ich gehorchen jenem Drang?
Ach! unsre Taten selbst, so gut als unsre Leiden,
Sie hemmen unsres Lebens Gang.

Dem Herrlichsten, was auch der Geist empfangen,
Drängt immer fremd und fremder Stoff sich an;
Wenn wir zum Guten dieser Welt gelangen,
Dann heißt das Beßre Trug und Wahn.
Die uns das Leben gaben, herrliche Gefühle,
Erstarren in dem irdischen Gewühle.

Wenn Phantasie sich sonst mit kühnem Flug   640
Und hoffnungsvoll zum Ewigen erweitert,
So ist ein kleiner Raum ihr nun genug,
Wenn Glück auf Glück im Zeitenstrudel scheitert.
Die Sorge nistet gleich im tiefen Herzen,
Dort wirket sie geheime Schmerzen,
Unruhig wiegt sie sich und störet Lust und Ruh;
Sie deckt sich stets mit neuen Masken zu,
Sie mag als Haus und Hof, als Weib und Kind erscheinen,
Als Feuer, Wasser, Dolch und Gift;
Du bebst vor allem, was nicht trifft,   650
Und was du nie verlierst, das mußt du stets beweinen.

Den Göttern gleich' ich nicht! Zu tief ist es gefühlt;
Dem Wurme gleich' ich, der den Staub durchwühlt,
Den, wie er sich im Staube nährend lebt,
Des Wandrers Tritt vernichtet und begräbt.

A ser-te igual não me devo atrever!
Se fui, para atrair-te, assaz possante,
De segurar-te eu não tive o poder.
Naquele instante, ah! que abençoado!
Tão grande me senti, e tão pequeno!
Teu golpe repeliu-me, em pleno,
Ao indeciso, humano fado.
Que evito? hei de acatar que ensinamentos?
Aquela aspiração, dar-lhe-ei seguida?
Nossas ações, bem como os nossos sofrimentos
O curso nos obstruem da vida.

Matéria estranha, sempre, ao máximo se aferra
Ao que já alcançou o pensamento humano;[24]
Quando o que é bom se atinge sobre a terra,
O que é melhor se chama de erro, engano.
Os que nos deram vida, altíssimos sentidos,
Na térrea agitação quedam-se entorpecidos.

Se, outrora, a fantasia, o voo audaz ampliando,
Do Eterno já avistara, esperançosa, a plaga,
Contenta-a, hoje, um espaço exíguo, quando
Toda ventura em turbilhões da era naufraga.
Cria no fundo peito a apreensão logo vulto,
Nele obra um sofrimento oculto,
A paz turba e a alegria, irrequieta, a abalar-se;
Continuamente assume algum novo disfarce;[25]
Com máscara de prole, esposa, quinta e lar,
Como veneno, fogo, água, aparece;
Tremes com tudo o que não acontece,
E o que não vais perder, já vives a prantear.

Os deuses não igualo! ah! quão profundo o sinto!
Igualo o verme que, faminto,
No pó se nutre; e ao qual, enquanto escava a vasa,
O pé do caminhante esmaga, arrasa.

[24] Finda a recapitulação de seu frustrante encontro com o Espírito da Terra, Fausto diz nestes dois versos que "matéria estranha" sempre irá penetrar mesmo no que de mais elevado "alcançou o pensamento humano".

[25] É o que a figura da Apreensão, na segunda parte da tragédia (cena "Meia-noite", v. 11.453 ss.), irá reiterar a Fausto antes de cegá-lo: "Quem possuo é meu a fundo,/ Lucro algum lhe outorga o mundo,/ Ronda-o treva permanente,/ Não vê sol nascente ou poente;/ Com perfeita vista externa/ No Eu lhe mora sombra eterna,/ E com ricos bens em mão,/ Não lhes frui a possessão".

NACHT

Ist es nicht Staub, was diese hohe Wand
Aus hundert Fächern mir verenget,
Der Trödel, der mit tausendfachem Tand
In dieser Mottenwelt mich dränget?
Hier soll ich finden, was mir fehlt?   660
Soll ich vielleicht in tausend Büchern lesen,
Daß überall die Menschen sich gequält,
Daß hie und da ein Glücklicher gewesen? —
Was grinsest du mir, hohler Schädel, her,
Als daß dein Hirn wie meines einst verwirret
Den leichten Tag gesucht und in der Dämmrung schwer,
Mit Lust nach Wahrheit, jämmerlich geirret?
Ihr Instrumente freilich spottet mein
Mit Rad und Kämmen, Walz' und Bügel:
Ich stand am Tor, ihr solltet Schlüssel sein;   670
Zwar euer Bart ist kraus, doch hebt ihr nicht die Riegel.
Geheimnisvoll am lichten Tag
Läßt sich Natur des Schleiers nicht berauben,
Und was sie deinem Geist nicht offenbaren mag,
Das zwingst du ihr nicht ab mit Hebeln und mit Schrauben.
Du alt Geräte, das ich nicht gebraucht,
Du stehst nur hier, weil dich mein Vater brauchte.
Du alte Rolle, du wirst angeraucht
Solang' an diesem Pult die trübe Lampe schmauchte.
Weit besser hätt' ich doch mein weniges verpraßt,   680
Als mit dem wenigen belastet hier zu schwitzen!
Was du ererbt von deinen Vätern hast,
Erwirb es, um es zu besitzen.
Was man nicht nützt, ist eine schwere Last,
Nur was der Augenblick erschafft, das kann er nützen.

Doch warum heftet sich mein Blick auf jene Stelle?
Ist jenes Fläschchen dort den Augen ein Magnet?
Warum wird mir auf einmal lieblich helle,
Als wenn im nächt'gen Wald uns Mondenglanz umweht?

Não é pó o que aqui, de cem estantes,[26]
A alta parede me restringe?
Que de montões de trastes, sufocantes,
Neste âmbito de traças e bolor me cinge?
Posso encontrar aqui o que me falta?
Devo em mil livros, ler, talvez,
Que sempre se estafou a humana malta,
Que houve um afortunado alguma ou outra vez?
Caveira oca, tu! pra mim por que te ris?
É por que, como o meu, teu cérebro, outrora,
Sedento de verdade, erradiço, infeliz,
Buscava a luz pela penumbra afora?
Vós, instrumentos, ai! de mim escarneceis:
Estava eu no portal, servir-me-íeis de chave;
Mas, com cilindros, palhetões, cinzéis,[27]
Não removeis nenhum entrave.
Em pleno dia imersa em fundo arcano,
Da natureza o véu jamais arrancas,
E o que ela se recusa expor ao gênio humano,
Não lhe arrebatarás com roscas e alavancas.
Entulho velho, que não tenho usado,
Estás aqui porque meu pai te usou.
Tu, velho rolo, foste aqui sempre enfuscado,
Por essa triste luz que sempre aqui fumou.
Por que não esbanjei as sobras paternais,
Ao invés de suar com uma posse ou duas!
O que hás herdado de teus pais,
Adquire, para que o possuas,
O que não se usa, um fardo é, nada mais,
Pode o momento usar tão só criações suas.[28]

Mas, por que se me finca o olhar nesse recanto?
É aquele vidro, ali, à vista, algum magnete?
Por que se me abre o peito em luz prenhe de encanto,
Como em soturna mata a lua o alvor reflete?[29]

[26] Aqui Fausto volta a exprimir seu mais profundo desespero com uma existência em meio aos livros, pergaminhos e instrumentos (em grande parte herdados do seu pai) que abarrotam seu gabinete.

[27] O monólogo expressa agora o ceticismo de Fausto em relação aos instrumentos que deveriam proporcionar-lhe acesso àquilo que sustenta a natureza "em seu âmago profundo". Note-se que estes têm semelhança com os instrumentos descritos no início da cena "Laboratório", segundo ato do *Fausto II*, que retrata o ambiente de trabalho de Wagner: "pesados aparelhos desajeitados, próprios para finalidades fantásticas".

[28] Após a exortação a adquirir ativamente a herança (portanto, também os livros, instrumentos, rolos etc.) dos antepassados para possuí-la de fato, Fausto diz neste verso que o momento só pode usar aquilo que ele próprio criou (ou seja, a herança sendo conquistada na prática e, assim, tornada útil).

[29] Ao avistar o frasco de veneno em meio à parafernália do quarto gótico, Fausto o vê resplandecer como o luar

NACHT

Ich grüße dich, du einzige Phiole,   690
Die ich mit Andacht nun herunterhole!
In dir verehr' ich Menschenwitz und Kunst.
Du Inbegriff der holden Schlummersäfte,
Du Auszug aller tödlich feinen Kräfte,
Erweise deinem Meister deine Gunst!
Ich sehe dich, es wird der Schmerz gelindert,
Ich fasse dich, das Streben wird gemindert,
Des Geistes Flutstrom ebbet nach und nach.
Ins hohe Meer werd' ich hinausgewiesen,
Die Spiegelflut erglänzt zu meinen Füßen,   700
Zu neuen Ufern lockt ein neuer Tag.

Ein Feuerwagen schwebt auf leichten Schwingen
An mich heran! Ich fühle mich bereit,
Auf neuer Bahn den Äther zu durchdringen,
Zu neuen Sphären reiner Tätigkeit.
Dies hohe Leben, diese Götterwonne,
Du, erst noch Wurm, und die verdienest du?
Ja, kehre nur der holden Erdensonne
Entschlossen deinen Rücken zu!
Vermesse dich, die Pforten aufzureißen,   710
Vor denen jeder gern vorüberschleicht.
Hier ist es Zeit, durch Taten zu beweisen,
Daß Manneswürde nicht der Götterhöhe weicht,
Vor jener dunkeln Höhle nicht zu beben,
In der sich Phantasie zu eigner Qual verdammt,
Nach jenem Durchgang hinzustreben,
Um dessen engen Mund die ganze Hölle flammt;
Zu diesem Schritt sich heiter zu entschließen,
Und wär' es mit Gefahr, ins Nichts dahinzufließen.

Nun komm herab, kristallne reine Schale!   720
Hervor aus deinem alten Futterale,
An die ich viele Jahre nicht gedacht!
Du glänztest bei der Väter Freudenfeste,
Erheitertest die ernsten Gäste,

NOITE

Vidro único, precioso, eu te saúdo!
Reverente te empunho; em teu conteúdo
Do gênio humano exalto a arte e o labor.
Substância, tu, do sono fluido grato,
De todas as letais virtudes almo extrato,
Hoje a teu mestre outorga o teu favor!
Para ti olho, e a dor vai-se aliviando.
Pego-te em mão, torna-se o ansiar mais brando,
Do espírito reflui pouco a pouco a corrente,
Sou impelido já alto mar em fora,
Flui a meus pés espelho refulgente,
A novas margens chama nova aurora.[30]

Flutua um carro flâmeo a mim, sobre asas aéreas![31]
Prestes me sinto a penetrar a altura,
A me entranhar em órbitas etéreas,
Novas regiões de atividade pura.
Este momento imenso! este êxtase sem-par!
Merecê-lo-ás, tu, ainda há pouco verme bruto?
Sim, volve à térrea, amiga luz solar,
As tuas costas, resoluto!
Atreve-te a romper esses portais
Dos quais cada um teme o terror sombrio;
É tempo de provar que, à altura de imortais,
Em nada o cede do homem o alto brio,[32]
De não tremer ante a sinistra gruta[33]
Em que a imaginação cria tormento eterno.
De arremessar-se a essa abertura abrupta,
Em cuja estreita boca arde, flamante, o inferno,
De, plácido, empreender essa jornada,
E seja a risco, até, de resvalar no Nada.

Surge, pois, taça de facetas cristalinas,
Do estojo velho e gasto em que reclinas,
Por mim tão longos anos esquecida! Outrora
Brilhavas nos festins patriarcais,
Recreando austeros comensais,

[30] A aspiração de penetrar em "novas margens" ou, quatro versos adiante, "novas regiões de atividade pura", realiza-se de certo modo na cena final da segunda parte da tragédia, na ascensão da "parte imortal" de Fausto pelas "Furnas montanhosas".

[31] Alusão a Elias, segundo a *Bíblia*, o único homem a entrar vivo no Céu, arrebatado por um "carro de fogo" puxado por "cavalos de fogo" (*2 Reis*, 2: 11).

[32] Fausto diz aqui que é tempo de provar na ação (*durch Taten*, por atos) que a dignidade humana não deve recuar diante da "altura" dos deuses.

[33] Alusão aos castigos que, segundo as crenças, aguardavam os pecadores (incluindo-se o suicida) no Inferno.

em floresta escura. O frasco é algo que ele pode efetivamente "usar" como meio de suicídio e essa perspectiva lhe proporciona uma sensação de euforia, pois concebe a morte como libertação de todas as suas angústias e limitações.

NACHT

Wenn einer dich dem andern zugebracht.
Der vielen Bilder künstlich reiche Pracht,
Des Trinkers Pflicht, sie reimweis zu erklären,
Auf einen Zug die Höhlung auszuleeren,
Erinnert mich an manche Jugendnacht;
Ich werde jetzt dich keinem Nachbar reichen, 730
Ich werde meinen Witz an deiner Kunst nicht zeigen;
Hier ist ein Saft, der eilig trunken macht;
Mit brauner Flut erfüllt er deine Höhle.
Den ich bereitet, den ich wähle,
Der letzte Trunk sei nun, mit ganzer Seele,
Als festlich hoher Gruß, dem Morgen zugebracht!

(Er setzt die Schale an den Mund)

(Glockenklang und Chorgesang)

CHOR DER ENGEL

Christ ist erstanden!
Freude dem Sterblichen,
Den die verderblichen,
Schleichenden, erblichen 740
Mängel umwanden.

FAUST

Welch tiefes Summen, welch ein heller Ton
Zieht mit Gewalt das Glas von meinem Munde?
Verkündiget ihr dumpfen Glocken schon
Des Osterfestes erste Feierstunde?
Ihr Chöre, singt ihr schon den tröstlichen Gesang,
Der einst, um Grabes Nacht, von Engelslippen klang,
Gewißheit einem neuen Bunde?

NOITE

Quando um brinde após outro ecoava sala em fora.
A praxe de explicar em poética sonora
De tua imaginária o fausto,[34]
A de esvaziar-te o fundo de um só hausto,
Cem noites juvenis me rememora;
Hoje, a vizinho algum hei de passar-te,
Não me há de estimular o espírito tua arte;[35]
É um líquido, este, que embriaga sem demora.
O vácuo te encha com seu fluido amaro,
De minha escolha, meu preparo,
Seja o último hausto, pois, num brinde alto e preclaro,
Do fundo de minha alma oferecido à aurora!

(Leva a taça aos lábios)

(Tanger de sinos e canto em coro)[36]

CORO DOS ANJOS

> Cristo ressurgiu!
> Salve, ente mortal,
> Que do elo fatal
> Do erro original
> Liberto se viu.

FAUSTO

> Que fundos sons, que toques argentinos,
> À força me subtraem dos lábios o cristal?
> Já me anunciais, sonoros, graves sinos,
> A suma festa, o santo alvor pascoal?
> Cantais, já, coros, vós, a confortante nova
> Que de anjos soou, outrora, à beira de uma cova,[37]
> De um novo pacto a alva eternal?

[34] Diante da taça, Fausto se lembra das festas dadas pelo pai, quando os "comensais", antes de beberem dessa mesma taça, tinham de descrever em rimas, "em poética sonora", a sua "imaginária", ou seja, o conjunto de imagens que a adornavam.

[35] Isto é, Fausto pretende emborcar o "líquido" sem demora, deixando de lado a "praxe" de fazer versos.

[36] De uma igreja próxima chegam aos ouvidos de Fausto os hinos de Páscoa, que Wagner já havia mencionado. Segundo a liturgia medieval, soam primeiro os responsos das mulheres que chegam ao sepulcro vazio de Cristo e dos anjos que lhes anunciam a ressurreição. Em seguida, ouve-se o coro dos discípulos, aos quais essa mensagem é transmitida. Assim como fizera com os traços essenciais da história intelectual e espiritual dos últimos três séculos, Goethe incorpora à cena elementos de uma tradição ainda mais antiga, a cultura hínica católica, compondo versos que parecem flutuar com leveza e alternar-se lenta e suavemente.

[37] Fausto pode estar aludindo à "confortante

NACHT

CHOR DER WEIBER

Mit Spezereien
Hatten wir ihn gepflegt,   750
Wir seine Treuen
Hatten ihn hingelegt;
Tücher und Binden
Reinlich umwanden wir,
Ach! und wir finden
Christ nicht mehr hier.

CHOR DER ENGEL

Christ ist erstanden!
Selig der Liebende,
Der die betrübende,
Heilsam' und übende   760
Prüfung bestanden.

FAUST

Was sucht ihr, mächtig und gelind,
Ihr Himmelstöne, mich am Staube?
Klingt dort umher, wo weiche Menschen sind.
Die Botschaft hör' ich wohl, allein mir fehlt der Glaube;
Das Wunder ist des Glaubens liebstes Kind.
Zu jenen Sphären wag' ich nicht zu streben,
Woher die holde Nachricht tönt;
Und doch, an diesen Klang von Jugend auf gewöhnt,
Ruft er auch jetzt zurück mich in das Leben.   770
Sonst stürzte sich der Himmelsliebe Kuß
Auf mich herab, in ernster Sabbatstille;
Da klang so ahnungsvoll des Glockentones Fülle,
Und ein Gebet war brünstiger Genuß;
Ein unbegreiflich holdes Sehnen
Trieb mich, durch Wald und Wiesen hinzugehn,
Und unter tausend heißen Tränen

90

CORO DAS MULHERES

> Com bálsamo o ungimos,
> Em pranto o envolvemos,
> Nós, seus fiéis, com mimos
> Na tumba o estendemos;
> Em pano e alvas faixas
> De linho o enlaçamos;
> Ah! mas já não se acha
> Cristo onde o deixamos.

CORO DOS ANJOS

> Cristo ressurgiu!
> Glória à alma que, amante,
> Da prova cruciante,
> Árdua e edificante,
> Triunfante surgiu.

FAUSTO

> Buscais-me a mim, com brando e poderoso soído,
> No pó, tons de celeste encanto?
> Soai onde gente meiga presta ouvido.
> Ouço a mensagem, sim, falta-me a fé, no entanto;[38]
> É da fé o milagre o filho preferido.
> Não ouso alar-me a essa órbita subida,
> Donde vibra a alma ressonância;
> Contudo, àquele som afeito desde a infância,
> Hoje também, me traz de volta à vida.
> Antigamente a aura do amor divino
> Vinha envolver-me no sabático repouso;
> Tão pressagioso, então, soava o tanger do sino,
> E era uma prece encanto fervoroso;
> A andar por vales e vertentes,
> Saudade estranha e suave me impelia,
> E entre mil lágrimas ferventes

nova" que o Anjo do Senhor comunica a Maria Madalena e a Maria de Tiago quando estas vão visitar, na manhã de domingo, o sepulcro de Jesus: "Não temais! Sei que estais procurando Jesus, o crucificado. Ele não está aqui, pois ressuscitou, conforme havia dito" (*Mateus*, 28: 5).

[38] Embora incapaz de crer na mensagem da ressurreição, Fausto se recorda da felicidade que a comemoração da Páscoa cristã (o "novo pacto" a que se refere o v. 748) lhe proporcionava em sua infância e juventude. Tais recordações levam-no então a desistir da ideia de suicídio: "Jorra meu pranto, a terra me retém!" (v. 784).

NACHT

Fühlt' ich mir eine Welt entstehn.
Dies Lied verkündete der Jugend muntre Spiele,
Der Frühlingsfeier freies Glück;   780
Erinnrung hält mich nun mit kindlichem Gefühle
Vom letzten, ernsten Schritt zurück.
O tönet fort, ihr süßen Himmelslieder!
Die Träne quillt, die Erde hat mich wieder!

CHOR DER JÜNGER

    Hat der Begrabene
    Schon sich nach oben,
    Lebend Erhabene,
    Herrlich erhoben,
    Ist er in Werdelust
    Schaffender Freude nah: 790
    Ach! an der Erde Brust
    Sind wir zum Leide da.
    Ließ er die Seinen
    Schmachtend uns hier zurück;
    Ach! wir beweinen,
    Meister, dein Glück!

CHOR DER ENGEL

    Christ ist erstanden,
    Aus der Verwesung Schoß;
    Reißet von Banden
    Freudig euch los!   800
    Tätig ihn Preisenden,
    Liebe Beweisenden,
    Brüderlich Speisenden,
    Predigend Reisenden,
    Wonne Verheißenden
    Euch ist der Meister nah,
    Euch ist er da!

Um mundo novo me surgia.
Trazia esse cantar gentil
Folgas da adolescência, a primavera suave;
Põem-me as recordações, com ânimo infantil,
Hoje, ao supremo passo, entrave.
Ressoai, ó doces saudações do Além!
Jorra meu pranto, a terra me retém!

CORO DOS DISCÍPULOS

Se da sepultura,
Se alçou o Senhor,
Redivivo, à Altura,
Em sumo esplendor;
Se, criando, se apraz
No júbilo da era nova,
Os seus, cá detrás,
Deixou na árdua prova.[39]
Se o seio terrestre
Nos prende ainda em saudade,
Choramos-te, ah, Mestre!
A Felicidade!

[39] A "árdua prova" a que Jesus, subindo aos céus, entregou as mulheres e os discípulos consiste em permanecer "cá detrás", isto é, na terra.

CORO DOS ANJOS

Cristo ressurgiu
Dos fúnebres braços!
Com júbilo infindo,
Livrai-vos dos laços![40]
Ó vós, que o exaltais,
Que amor dispensais,
Irmãos amparais,
Consolo pregais,
Delícia anunciais,
Convosco Ele está,
Convosco ei-Lo já!

[40] Os versos finais dessa cena "Noite" parecem antecipar o que sucederá à "enteléquia" de Fausto (ou à sua "parte imortal") na cena "Furnas montanhosas", quando se inicia o longo processo de libertação de todos os "laços" terrenos.

Vor dem Tor

Diante da porta da cidade

Essa cena ao ar livre, em que despontam personagens anônimas e representativas de grupos e classes sociais, foi redigida por volta de 1801, portanto sob a égide da estética classicista. Como já anuncia o título (no original apenas "Diante da porta", mas deixando subentendido que se trata da porta, ou portal, da cidade), constitui-se aqui expressivo contraste com a atmosfera noturna e carregada da cena anterior. Abrindo-se à vida mundana, essa cena prefigura também a incursão de Fausto pelo "pequeno mundo" que Mefistófeles lhe prometerá pouco depois, inclusive no que diz respeito ao envolvimento com Margarida, como se depreende dos motivos eróticos que assomam nas falas dos aprendizes, estudantes, domésticas, jovens burguesas, e mesmo nas canções entoadas pelos soldados e camponeses (por exemplo, o motivo do abandono da amada nos versos "Mais de um, com pérfidas promessas,/ A noiva hoje embeleca").

As falas desses "tipos" possuem todas um caráter fragmentário, pois o leitor (ou o espectador no teatro) apreende apenas retalhos de conversas. Goethe descreve momentos do passeio de Páscoa de Fausto e introduz por fim, sob o disfarce de um cão, a figura de Mefistófeles. Em consonância com o estatuto de "teatro universal", conforme explicitado nos prólogos, o drama precisa abarcar também o relacionamento de Fausto com elementos populares e burgueses. Aparecendo até então sozinho ou apenas com Wagner, ele surge aqui entre pessoas comuns, o que também faz ressaltar a sua excepcionalidade. [M.V.M.]

VOR DEM TOR

(Spaziergänger aller Art ziehen hinaus)

EINIGE HANDWERKSBURSCHEN

Warum denn dort hinaus?

ANDRE

Wir gehn hinaus aufs Jägerhaus.

DIE ERSTEN

Wir aber wollen nach der Mühle wandern.

EIN HANDWERKSBURSCH

Ich rat' euch, nach dem Wasserhof zu gehn.

ZWEITER

Der Weg dahin ist gar nicht schön.

DIE ZWEITEN

Was tust denn du?

EIN DRITTER

Ich gehe mit den andern.

VIERTER

Nach Burgdorf kommt herauf, gewiß dort findet ihr
Die schönsten Mädchen und das beste Bier,
Und Händel von der ersten Sorte.

FÜNFTER

Du überlustiger Gesell,
Juckt dich zum drittenmal das Fell?
Ich mag nicht hin, mir graut es vor dem Orte.

Diante da porta da cidade

(Grupos de moradores de todas as categorias saem a passeio)

GRUPO DE APRENDIZES

Aonde vos leva esse caminho?

OUTRO GRUPO

Queremos ir para o moinho.[1]

UM APRENDIZ

À roda-d'água ninguém vem comigo?

O PRIMEIRO GRUPO

Não, vamos para o pavilhão de caça.

OUTRO APRENDIZ

Andar por lá acho sem graça.

O SEGUNDO GRUPO

Que fazes tu?

TERCEIRO APRENDIZ

Com os mais do bando sigo.

QUARTO APRENDIZ

Vinde a Burgdorf, afianço-vos que lá[2]
É onde a melhor cerveja e raparigas há,
E brigas grossas, por quem és!

QUINTO APRENDIZ

Pândego, tu! lá que te impele?
Ainda uma vez te coça a pele?
Temo o lugar; nele não meto os pés.

[1] "Moinho", "roda-de água", "pavilhão de caça", "Burgdorf": todas essas referências espaciais correspondem a lugares nas imediações de Frankfurt e que constituíam o objetivo predileto de caminhadas e passeios do jovem Goethe. Para facilitar a elaboração das rimas em português, a tradutora inverteu algumas falas e designações espaciais — pequenas liberdades que não comprometem o sentido da cena que, no original, começa da seguinte maneira (mantendo-se os demais termos da tradução): "ALGUNS APRENDIZES:/ Aonde nos leva esse caminho?/ OUTROS:/ Queremos ir ao pavilhão de caça./ OS PRIMEIROS:/ Mas nós queremos ir ao moinho./ UM APRENDIZ:/ À roda-d'água ninguém vem comigo?/ UM SEGUNDO APRENDIZ:/ Andar para lá acho sem graça./ O SEGUNDO GRUPO DE APRENDIZES: Que fazes tu? [...]".

[2] Trata-se provavelmente de uma aldeia ou um lugarejo nas proximidades: *Burgdorf* significa literalmente "aldeia da fortaleza".

VOR DEM TOR

DIENSTMÄDCHEN

Nein, nein! ich gehe nach der Stadt zurück. 820

ANDRE

Wir finden ihn gewiß bei jenen Pappeln stehen.

ERSTE

Das ist für mich kein großes Glück;
Er wird an deiner Seite gehen,
Mit dir nur tanzt er auf dem Plan.
Was gehn mich deine Freuden an!

ANDRE

Heut ist er sicher nicht allein,
Der Krauskopf, sagt er, würde bei ihm sein.

SCHÜLER

Blitz, wie die wackern Dirnen schreiten!
Herr Bruder, komm! wir müssen sie begleiten,
Ein starkes Bier, ein beizender Toback 830
Und eine Magd im Putz, das ist nun mein Geschmack.

BÜRGERMÄDCHEN

Da sieh mir nur die schönen Knaben!
Es ist wahrhaftig eine Schmach:
Gesellschaft könnten sie die allerbeste haben,
Und laufen diesen Mägden nach!

ZWEITER SCHÜLER *(zum ersten)*

Nicht so geschwind! dort hinten kommen zwei,
Sie sind gar niedlich angezogen,
's ist meine Nachbarin dabei;

DIANTE DA PORTA DA CIDADE

UMA DOMÉSTICA

Não, não, eu vou voltar para a cidade.

OUTRA DOMÉSTICA

Decerto ele há de estar nos álamos, ali.

A PRIMEIRA

Pra mim não é felicidade;
Só contigo anda, dança e ri,
Há de ficar só ao teu lado;
Que tenho eu com o teu namorado!

A SEGUNDA

Mas hoje não está sozinho,
Disse que vinha com ele o tal Crespinho.[3]

UM ESTUDANTE

Arre, que firmes marcham as donzelas![4]
Senhor colega, eia, atrás delas!
Cerveja forte, aspérrimo tabaco
E uma pimpã de aldeia, admito-o, são meu fraco.

UMA JOVEM BURGUESA

Pois vede lá, que indignidade!
Moços tão guapos e valentes,
Podiam ter tão fina sociedade,
E vão atrás dessas serventes!

SEGUNDO ESTUDANTE *(ao primeiro)*

Mais devagar! lá de alto duas vêm,
Estão muito bem vestidinhas;
À da direita eu quero bem;

[3] Isto é, o de "cabelos crespos" (*Krauskopf*: literalmente "cabeça crespa"). À amiga que se sente preterida pelo moço que se encontra entre os álamos, esta segunda "doméstica" diz (para persuadi-la a não retornar à cidade) que lá estará também o rapaz de cabelos crespos.

[4] Donzela traduz aqui o substantivo *Dirne*, que a partir de meados do século XVI começa a adquirir o sentido atual de "meretriz" (ver nota ao v. 2.618).

VOR DEM TOR

Ich bin dem Mädchen sehr gewogen.
Sie gehen ihren stillen Schritt 840
Und nehmen uns doch auch am Ende mit.

ERSTER

Herr Bruder, nein! Ich bin nicht gern geniert.
Geschwind! daß wir das Wildbret nicht verlieren.
Die Hand, die Samstags ihren Besen führt,
Wird Sonntags dich am besten karessieren.

BÜRGER

Nein, er gefällt mir nicht, der neue Burgemeister!
Nun, da er's ist, wird er nur täglich dreister.
Und für die Stadt was tut denn er?
Wird es nicht alle Tage schlimmer?
Gehorchen soll man mehr als immer, 850
Und zahlen mehr als je vorher.

BETTLER *(singt)*

Ihr guten Herrn, ihr schönen Frauen,
So wohlgeputzt und backenrot,
Belieb' es euch, mich anzuschauen,
Und seht und mildert meine Not!
Laßt hier mich nicht vergebens leiern!
Nur der ist froh, der geben mag.
Ein Tag, den alle Menschen feiern,
Er sei für mich ein Erntetag.

ANDRER BÜRGER

Nichts Bessers weiß ich mir an Sonn- und Feiertagen 860
Als ein Gespräch von Krieg und Kriegsgeschrei,
Wenn hinten, weit, in der Türkei,
Die Völker auf einander schlagen.
Man steht am Fenster, trinkt sein Gläschen aus

De onde moro elas são vizinhas.
Andam tão quietas e singelas,
Mas no fim sempre levam-nos com elas.

O PRIMEIRO

Não sou de cerimônias, não, colega!
Vamos! para que a caça não se aparte.
A mão que a vassoura aos sábados carrega
É a que, domingo, há de melhor acariciar-te.[5]

UM CIDADÃO

Não, a mim não me agrada o novo burgomestre!
Agora que o ficou, só na impudência é mestre.
Para a cidade, que é que faz?
Piora dia a dia! a gente
Tem de fazer o que lhe apraz,
E pagar mais que anteriormente.

UM MENDIGO *(canta)*

Formosas damas, moços nobres,
Tão ricos de saúde e graça,
Dignai-vos contemplar os pobres
E mitigar minha desgraça!
Não me deixeis rogar em vão!
Quem dá, sente a alma satisfeita.
Se todos festejando estão,
Seja-me o dia um de colheita.

OUTRO CIDADÃO

Nas folgas eu não sei de diversões que valham
Palestras sobre luta e guerras,
Quando em Turquia, e outras longínquas terras,[6]
Os povos entre si batalham.
A gente, à sombra, haurindo o frescor do ar,

[5] Neste verso de inequívoco sentido erótico, Goethe usa o verbo *karessieren*, derivado do francês *caresser*.

[6] Com a designação "Turquia" este "outro cidadão" refere-se aos povos e países dos Bálcãs, dominados então pelos turcos, ou seja, o Império Otomano que por duas vezes (1529 e 1683) esteve prestes a conquistar Viena.

VOR DEM TOR

Und sieht den Fluß hinab die bunten Schiffe gleiten;
Dann kehrt man abends froh nach Haus,
Und segnet Fried' und Friedenszeiten.

DRITTER BÜRGER

Herr Nachbar, ja! so laß ich's auch geschehn,
Sie mögen sich die Köpfe spalten,
Mag alles durch einander gehn;   870
Doch nur zu Hause bleib's beim alten.

ALTE (zu den Bürgermädchen)

Ei! wie geputzt! das schöne junge Blut!
Wer soll sich nicht in euch vergaffen? —
Nur nicht so stolz! Es ist schon gut!
Und was ihr wünscht, das wüßt' ich wohl zu schaffen.

BÜRGERMÄDCHEN

Agathe, fort! ich nehme mich in acht,
Mit solchen Hexen öffentlich zu gehen;
Sie ließ mich zwar in Sankt Andreas' Nacht
Den künft'gen Liebsten leiblich sehen —

DIE ANDRE

Mir zeigte sie ihn im Kristall,   880
Soldatenhaft, mit mehreren Verwegnen;
Ich seh' mich um, ich such' ihn überall,
Allein mir will er nicht begegnen.

SOLDATEN

    Burgen mit hohen
    Mauern und Zinnen,
    Mädchen mit stolzen
    Höhnenden Sinnen

Em ver as naus descendo o rio se compraz;
E à noite torna grata ao lar,
Benzendo os tempos bons de paz.

TERCEIRO CIDADÃO

Senhor vizinho, isto é que é falar certo!
Deixai que rachem as cabeças,
E que ande lá tudo às avessas;
Mas nada mude aqui por perto.

UMA VELHA *(às jovens burguesas)*

Ah, belas jovens! ver-vos é um regalo!
Por vós, quem não se babaria?
Quanta arrogância! — já me calo!
Mas o que desejais, bem que eu vo-lo obteria.

A JOVEM BURGUESA

Ágata, vamos! temo, à fé,
Andar com bruxas tais publicamente;
Não nego, deu-me a ver, na Santo André,[7]
A imagem do futuro pretendente...

A OUTRA JOVEM

A mim, mostrou-mo no cristal,
Valente, ousado, soldadesco, em suma;
Por ele olho aonde eu for, mas qual!
Ainda não o acho em parte alguma.

SOLDADOS[8]

Castelos com rijas
Muralhas e cristas,
Donzelas formosas
E altivas, avistas,

[7] Alusão à cristalomancia praticada na noite de Santo André (30 de novembro). Estigmatizadas como arte do demônio e, portanto, passíveis de punição, essas superstições consistiam em aparições alucinatórias que se supunham formar em superfícies de espelhos, cristais e outros objetos reflexivos. Trata-se, contudo, de uma prática divinatória que na época do Fausto histórico ainda gozava de certo prestígio na Europa, e a esse respeito Ernst Beutler se refere, em seus comentários, ao cristal (*showstone*), exposto no Museu Britânico, por cujo intermédio o mágico da corte, doutor Dee (1526--1608), fazia profecias à rainha Elisabeth.

[8] Mal a jovem burguesa falou do pretendente soldadesco que na noite de Santo André lhe aparecera no espelho ("cristal"), e Goethe faz desfilar soldados que entoam uma canção de teor tanto militar quanto erótico, paralelizando o cerco a "donzelas" e a "castelos" que "se têm de render".

VOR DEM TOR

Möcht' ich gewinnen!
Kühn ist das Mühen,
Herrlich der Lohn!   890

Und die Trompete
Lassen wir werben,
Wie zu der Freude,
So zum Verderben.
Das ist ein Stürmen!
Das ist ein Leben!
Mädchen und Burgen
Müssen sich geben.
Kühn ist das Mühen,
Herrlich der Lohn!   900
Und die Soldaten
Ziehen davon.

(Faust und Wagner)

FAUST

Vom Eise befreit sind Strom und Bäche
Durch des Frühlings holden, belebenden Blick;
Im Tale grünet Hoffnungsglück;
Der alte Winter, in seiner Schwäche,
Zog sich in rauhe Berge zurück.
Von dorther sendet er, fliehend, nur
Ohnmächtige Schauer körnigen Eises
In Streifen über die grünende Flur;   910
Aber die Sonne duldet kein Weißes:
Überall regt sich Bildung und Streben,
Alles will sie mit Farben beleben;
Doch an Blumen fehlt's im Revier,
Sie nimmt geputzte Menschen dafür.
Kehre dich um, von diesen Höhen
Nach der Stadt zurückzusehen.
Aus dem hohlen finstern Tor

Soldado, e conquistas!
Ferrenho é o empenho,
O prêmio excitante!

E que alto e bom som
Ressoe o clarim,
Ao júbilo, à folga,
E à ruína outrossim.
Isso é arremesso!
Sim! isso é viver!
Donzelas, castelos,
Se têm de render.
Ferrenho é o empenho,
O prêmio excitante!
E vão os soldados
Seguindo pra diante.

(Fausto e Wagner)

FAUSTO[9]

Descongelou arroio e fontes
O vivífico olhar da primavera.
Verde esperança o vale gera;[10]
Debilitado, em rudes montes
O velho inverno se encarcera.
De lá, a fugir, tão só envia
De grãos de gelo inócuas rajadas
Sobre as verdejantes valadas;
Mas o sol toda alvura repudia.
Em tudo há formação e vida ativa,
Tudo quer alentar com cores;
Se, na várzea, há falta de flores,
Toma, ao invés, gente festiva.
Vira-te, olha abaixo, procura
Ver a cidade desta altura.
De seu portal, pelo obscuro vão,

[9] Contrastando com as canções e os fragmentos de conversas dos grupos que se revezavam rapidamente, alça-se aqui o grande monólogo (com rimas livres) em que Fausto contempla as transformações acarretadas pela chegada da primavera. Constitui-se assim um quadro bastante realista da vida de então, começando com a referência ao degelo dos arroios, fontes e rios, que desempenhavam um papel vital no funcionamento das cidades.

[10] Literalmente, "verdeja no vale a felicidade (ou ventura) da esperança": reforçando a associação entre a esperança e a cor verde, as imagens de Fausto aludem ao viço primaveril, que para este ano promete colheitas fartas, pasto abundante para os animais etc. Os campos ainda não exibem flores, mas em compensação estão tomados por adultos e crianças com vestes coloridas, que se sentem redivivos nesta manhã de Páscoa.

VOR DEM TOR

Dringt ein buntes Gewimmel hervor.
Jeder sonnt sich heute so gern. 920
Sie feiern die Auferstehung des Herrn,
Denn sie sind selber auferstanden,
Aus niedriger Häuser dumpfen Gemächern,
Aus Handwerks- und Gewerbesbanden,
Aus dem Druck von Giebeln und Dächern,
Aus der Straßen quetschender Enge,
Aus der Kirchen ehrwürdiger Nacht
Sind sie alle ans Licht gebracht.
Sieh nur, sieh! wie behend sich die Menge
Durch die Gärten und Felder zerschlägt, 930
Wie der Fluß, in Breit' und Länge,
So manchen lustigen Nachen bewegt,
Und bis zum Sinken überladen
Entfernt sich dieser letzte Kahn.
Selbst von des Berges fernen Pfaden
Blinken uns farbige Kleider an.
Ich höre schon des Dorfs Getümmel,
Hier ist des Volkes wahrer Himmel,
Zufrieden jauchzet groß und klein:
Hier bin ich Mensch, hier darf ich's sein! 940

WAGNER

Mit Euch, Herr Doktor, zu spazieren,
Ist ehrenvoll und ist Gewinn;
Doch würd' ich nicht allein mich her verlieren,
Weil ich ein Feind von allem Rohen bin.
Das Fiedeln, Schreien, Kegelschieben
Ist mir ein gar verhaßter Klang;
Sie toben wie vom bösen Geist getrieben
Und nennen's Freude, nennen's Gesang.

DIANTE DA PORTA DA CIDADE

Surge garrida multidão.
Cada um procura o sol e a luz.
Festejam a ressurreição de Jesus,
Porque eles mesmos estão redivivos,
De áreas sem luz, de quartos abafados,[11]
Do suor do trabalho e ofício exaustivos,
Da opressão dos frontões, telhados,
Do aperto das vielas, triste e frio,
De igrejas úmidas, de obscuridade,
Vieram todos à claridade.
Vê, mas vê! que presto o gentio
Pelos campos se espalha em vastos arcos,
Como, em largura e ao longo, o rio
Movimenta alegres barcos,
E, abarrotada, sob a ponte,
A última nau se afasta prestes.
Do longínquo verdor, até, do monte,
Brilham em vivos tons as vestes.
Da aldeia já ouço o canto e o riso,
Do povo é isto o paraíso,
De cada um soa alegre o apelo:
Aqui sou gente, aqui posso sê-lo![12]

WAGNER

Senhor doutor, passear convosco,
É proveitoso e é honraria;
Mas, sendo adverso a todo bruto e tosco,
A sós, aqui, eu não me atreveria.
Os gritos, jogos, a palrice,
São sons que da funda alma odeio;
Bramam como se o inferno os impelisse,
E dizem que é canção, recreio.

[11] As imagens do doutor elaboram agora o contraste entre o campo primaveril e a cidade opressiva, ainda associada ao inverno e onde também se encontra o seu "quarto gótico", "maldito, abafador covil".

[12] Este verso conclusivo não representa propriamente o conteúdo do "apelo" de "cada um" ("grande" e "pequeno" no original, isto é, adultos e crianças), mas articula também o próprio sentimento de Fausto em meio a esse "paraíso" do povo: se na solidão de seu quarto gótico Fausto almejou ascender à condição de "super-homem" (como observou sarcasticamente o Espírito da Terra no v. 490), agora ele se sente apenas um homem (Mensch) entre os outros, sente-se como "gente".

VOR DEM TOR

BAUERN *(unter der Linde)*

(Tanz und Gesang)

Der Schäfer putzte sich zum Tanz,
Mit bunter Jacke, Band und Kranz,
Schmuck war er angezogen.   950
Schon um die Linde war es voll;
Und alles tanzte schon wie toll.
Juchhe! Juchhe!
Juchheisa! Heisa! He!
So ging der Fiedelbogen.

Er drückte hastig sich heran,
Da stieß er an ein Mädchen an
Mit seinem Ellenbogen;
Die frische Dirne kehrt' sich um   960
Und sagte: Nun, das find' ich dumm!
Juchhe! Juchhe!
Juchheisa! Heisa! He!
Seid nicht so ungezogen.

Doch hurtig in dem Kreise ging's,
Sie tanzten rechts, sie tanzten links,
Und alle Röcke flogen.
Sie wurden rot, sie wurden warm
Und ruhten atmend Arm in Arm,
Juchhe! Juchhe!   970
Juchheisa! Heisa! He!
Und Hüft' an Ellenbogen.

Und tu mir doch nicht so vertraut!
Wie mancher hat nicht seine Braut
Belogen und betrogen!
Er schmeichelte sie doch bei Seit',
Und von der Linde scholl es weit:
Juchhe! Juchhe!
Juchheisa! Heisa! He!
Geschrei und Fiedelbogen.   980

CAMPONESES *(debaixo da tília)*[13]

(Dança e canto)

Pra dança ornava-se o pastor,
Com fitas e galões de cor,
E flores na jaleca.
Num louco aperto, sob o til,[14]
Dançava o povo, já, febril.
Olé! — Olá!
La-ri la-ri la-rá!
Soava o arco da rabeca.

Na ronda, à pressa, ele irrompeu,
Contra uma rapariga deu,
De braço, de munheca.
Virou-se amuada a bela e disse:
"Palavra, eu acho isto tolice!"
Olé! — Olá!
La-ri la-ri la-rá!
"Deixai de ser da breca!"

E a turba, em folgazão desmando,
De um lado e do outro, as vestes voando,
Girava perereca.
Ardeu-lhes rubra e quente a face,
Rondavam no ofegante enlace,
Olé! — Olá!
La-ri la-ri la-rá!
Quadril contra munheca.

E nada de confianças dessas!
Mais de um, com pérfidas promessas,
A noiva hoje embeleca!
De lado ele a ameigou, gentil,
E ao longe, soava, lá, do til:
Olé! — Olá!
La-ri la-ri la-rá!
Canto e o arco da rabeca.

[13] Conforme a reconstituição da autobiografia *Poesia e verdade*, "festas ao ar livre e fora da cidade" constavam entre as primeiras impressões da infância de Goethe em Frankfurt. Essas festas campestres aconteciam num "espaço comunitário sob antiquíssimas tílias".

[14] Para efeito de rima e métrica, a tradutora emprega a designação masculina (e mais breve) de "tília".

VOR DEM TOR

ALTER BAUER

Herr Doktor, das ist schön von Euch,
Daß Ihr uns heute nicht verschmäht
Und unter dieses Volksgedräng',
Als ein so Hochgelahrter, geht.
So nehmet auch den schönsten Krug,
Den wir mit frischem Trunk gefüllt,
Ich bring' ihn zu und wünsche laut,
Daß er nicht nur den Durst Euch stillt:
Die Zahl der Tropfen, die er hegt,
Sei Euren Tagen zugelegt.   990

FAUST

Ich nehme den Erquickungstrank,
Erwidr' euch allen Heil und Dank.

(Das Volk sammelt sich im Kreis umher)

ALTER BAUER

Fürwahr, es ist sehr wohl getan,
Daß Ihr am frohen Tag erscheint;
Habt Ihr es vormals doch mit uns
An bösen Tagen gut gemeint!
Gar mancher steht lebendig hier,
Den Euer Vater noch zuletzt
Der heißen Fieberwut entriß,
Als er der Seuche Ziel gesetzt.   1.000
Auch damals Ihr, ein junger Mann,
Ihr gingt in jedes Krankenhaus;
Gar manche Leiche trug man fort,
Ihr aber kamt gesund heraus;
Bestandet manche harte Proben;
Dem Helfer half der Helfer droben.

VELHO CAMPONÊS

Senhor doutor, grato é-nos, hoje,
Não desprezar-nos Vossa Graça,
E andardes, vós, tão grande sábio,
Na festa, em meio à populaça.
Também, a mais bonita jarra,
De um trago fresco enchemos, vede!
Faço, ao brindar-vos, fartos votos
Por que não só vos mate a sede:
Das gotas todas que contém,
Dias de sobra os céus vos deem.

FAUSTO

Aceito o refrescante extrato,
A todos vós saúdo grato.

(O povo junta-se ao redor)

VELHO CAMPONÊS

Deveras, tenho por bem feito,
Virdes ver nossas alegrias;
Quando tão nosso amigo fostes,
Antigamente, em negros dias![15]
Mais de um, aqui, se acha vivente,
Que vosso pai, com arte inconteste,
Soube arrancar à febre ardente,
Quando pôs fim àquela peste.
Também andáveis vós, tão moço,
Por casas e hospitais de morte,
Mais de um levavam para o fosso,
Mas vós saístes são e forte;
Foi nula a provação mais rude;[16]
Ao que ajudou, Deus deu ajuda.

[15] Introduz-se aqui o tema da "peste", cujas epidemias, especialmente a ocorrida no século XIV, assolaram e despovoaram várias regiões da Europa até o século XVIII.

[16] Literalmente: "Superastes mais de uma provação rude".

VOR DEM TOR

ALLE

Gesundheit dem bewährten Mann,
Daß er noch lange helfen kann!

FAUST

Vor jenem droben steht gebückt,
Der helfen lehrt und Hilfe schickt.   1.010

(Er geht mit Wagnern weiter)

WAGNER

Welch ein Gefühl mußt du, o großer Mann,
Bei der Verehrung dieser Menge haben!
O glücklich, wer von seinen Gaben
Solch einen Vorteil ziehen kann!
Der Vater zeigt dich seinem Knaben,
Ein jeder fragt und drängt und eilt,
Die Fiedel stockt, der Tänzer weilt.
Du gehst, in Reihen stehen sie,
Die Mützen fliegen in die Höh':
Und wenig fehlt, so beugten sich die Knie,   1.020
Als käm' das Venerabile.

FAUST

Nur wenig Schritte noch hinauf zu jenem Stein,
Hier wollen wir von unsrer Wandrung rasten.
Hier saß ich oft gedankenvoll allein
Und quälte mich mit Beten und mit Fasten.
An Hoffnung reich, im Glauben fest,
Mit Tränen, Seufzen, Händeringen
Dacht' ich das Ende jener Pest
Vom Herrn des Himmels zu erzwingen.
Der Menge Beifall tönt mir nun wie Hohn.   1.030
O könntest du in meinem Innern lesen,

DIANTE DA PORTA DA CIDADE

TODOS

Ao sábio ilustre, honra e saúde,
Que largos anos nos ajude!

FAUSTO

Vergai ante a mercê divina,
Que ajuda e que a ajudar ensina.

(Continua seu caminho com Wagner)

WAGNER

Grande homem, ah! que belo sentimento,
Não deve dar-te dessa turba o preito!
Feliz daquele que do seu talento
Pode auferir honra e proveito!
Mostra-te o pai a seu rebento,
Queda-se a dança, o arco, os pares,
Cada um acode, olha e pergunta,
Voam os barretes pelos ares,
Em peso a multidão se ajunta,
E, pouco falta, cairia ajoelhada,
Como se visse a hóstia sagrada.[17]

FAUSTO

Uns passos só, a mais, até essa pedra ali;
Da caminhada, então, descansaremos.
Quanta vez, horas, nela a sós me vi,
Orando, exausto por jejuns extremos.
Na fé e na esperança firme,
Julgava obter do Pai Celeste,
Com pranto e rogo a persuadir-me,
O fim daquela hedionda peste.[18]
Soa hoje a escárnio o ruído que me aclama.
Pudesses ler-me no íntimo, ai!

[17] No original, o termo é *das Venerabile*, derivado do latim clerical, que designa a custódia que nas procissões católicas abrigava a hóstia consagrada.

[18] Uma vez que a peste era concebida como castigo divino, procurava-se combatê-la não apenas com recursos da medicina, mas também com "pranto e rogo", isto é, orações, jejuns, penitências, suplícios etc.

VOR DEM TOR

Wie wenig Vater und Sohn
Solch eines Ruhmes wert gewesen!
Mein Vater war ein dunkler Ehrenmann,
Der über die Natur und ihre heil'gen Kreise
In Redlichkeit, jedoch auf seine Weise,
Mit grillenhafter Mühe sann;
Der, in Gesellschaft von Adepten,
Sich in die schwarze Küche schloß
Und, nach unendlichen Rezepten,   1.040
Das Widrige zusammengoß.
Da ward ein roter Leu, ein kühner Freier,
Im lauen Bad der Lilie vermählt,
Und beide dann mit offnem Flammenfeuer
Aus einem Brautgemach ins andere gequält.
Erschien darauf mit bunten Farben
Die junge Königin im Glas,
Hier war die Arzenei, die Patienten starben,
Und niemand fragte: wer genas?
So haben wir mit höllischen Latwergen   1.050
In diesen Tälern, diesen Bergen
Weit schlimmer als die Pest getobt.
Ich habe selbst den Gift an Tausende gegeben,
Sie welkten hin, ich muß erleben,
Daß man die frechen Mörder lobt.

WAGNER

Wie könnt Ihr Euch darum betrüben!
Tut nicht ein braver Mann genug,
Die Kunst, die man ihm übertrug,
Gewissenhaft und pünktlich auszuüben?
Wenn du, als Jüngling, deinen Vater ehrst,   1.060
So wirst du gern von ihm empfangen;
Wenn du, als Mann, die Wissenschaft vermehrst,
So kann dein Sohn zu höhrem Ziel gelangen.

Quão pouco dignos de tal fama
Foram o filho como o pai!
Obscuro homem de bem esse era,[19]
Que a natureza e seu sagrado engenho
Sondava com consciência austera,
Porém com fantasioso empenho;
Que, em companhia de sectários,[20]
Trancando-se na negra cava,
Com fórmulas dos electuários,
O adverso um a outro misturava.
A um leão rubro, audaz amante, a prova
À flor-de-lis aliava em banho morno,
E, de uma a outra nupcial alcova,
Os impelia o flâmeo forno.
Surgia então, em tons fulgentes,
A jovem rainha no cristal;[21]
Era o remédio, faleciam os pacientes,
Sem que alguém indagasse: e quem sarou do mal?
Assim, com drogas infernais, mais males
Causamos nesses morros, vales,
Do que da peste as feras lidas.
Dei eu próprio a milhares o veneno,
Foram-se; devo eu ver, sereno,
Que honram os torpes homicidas.

WAGNER

Por que afligir-vos com aquilo?
Não faz o homem de bem o suficiente
Quando pratica, em claro estilo,
A arte que herdou, integramente?
Aceitarás as experiências ricas
De teu pai, se o honras, jovem filho;
Se após, adulto, a ciência multiplicas,
O filho teu dar-lhe-á mais alto brilho.

[19] "Obscuro" tem aqui o sentido de desconhecido, mas pode encerrar também uma alusão às misteriosas (e, assim, "obscuras") práticas dos alquimistas.

[20] *Adepten*, no original, designa os iniciados na alquimia, empregada nesse contexto como aplicação medicinal, que procura segregar e eliminar os elementos mórbidos mediante a receita da "pedra filosofal". Aos dezenove anos, o próprio Goethe, bastante enfermo, foi tratado pelo Dr. Metz, médico de Frankfurt versado em doutrinas alquímicas, sendo-lhe ministrados, como se lê em *Poesia e verdade*, "misteriosos medicamentos preparados em laboratório próprio".

[21] Goethe emprega aqui expressões tomadas a obras alquímicas que estudara na juventude. O "leão rubro" (*roter Leu*, no original) e a "flor-de-lis" (*Lilie*) são designações próprias dos alquimistas para o óxido de mercúrio e o ácido clorídrico, supostamente necessários para a preparação da "pedra filosofal". Essas substâncias "adversas" eram misturadas na "nupcial alcova", a retorta química, e como resultado final deveria surgir a "jovem rainha no cristal".

VOR DEM TOR

FAUST

O glücklich, wer noch hoffen kann
Aus diesem Meer des Irrtums aufzutauchen!
Was man nicht weiß, das eben brauchte man,
Und was man weiß, kann man nicht brauchen.
Doch laß uns dieser Stunde schönes Gut
Durch solchen Trübsinn nicht verkümmern!
Betrachte, wie in Abendsonneglut   1.070
Die grünumgebnen Hütten schimmern.
Sie rückt und weicht, der Tag ist überlebt,
Dort eilt sie hin und fördert neues Leben.
O daß kein Flügel mich vom Boden hebt,
Ihr nach und immer nach zu streben!
Ich säh' im ewigen Abendstrahl
Die stille Welt zu meinen Füßen,
Entzündet alle Höhn, beruhigt jedes Tal,
Den Silberbach in goldne Ströme fließen.
Nicht hemmte dann den göttergleichen Lauf   1.080
Der wilde Berg mit allen seinen Schluchten;
Schon tut das Meer sich mit erwärmten Buchten
Vor den erstaunten Augen auf.
Doch scheint die Göttin endlich wegzusinken;
Allein der neue Trieb erwacht,
Ich eile fort, ihr ew'ges Licht zu trinken,
Vor mir den Tag und hinter mir die Nacht,
Den Himmel über mir und unter mir die Wellen.
Ein schöner Traum, indessen sie entweicht.
Ach! zu des Geistes Flügeln wird so leicht   1.090
Kein körperlicher Flügel sich gesellen.
Doch ist es jedem eingeboren,
Daß sein Gefühl hinauf und vorwärts dringt,
Wenn über uns, im blauen Raum verloren,
Ihr schmetternd Lied die Lerche singt;
Wenn über schroffen Fichtenhöhen
Der Adler ausgebreitet schwebt,

DIANTE DA PORTA DA CIDADE

FAUSTO

Oh, quão feliz, quem ainda espera
Surgir daquele mar do engano e da quimera!
O que se ignora é o que mais falta faz,
E o que se sabe, bem algum nos traz.
Mas não deixemos que desta hora linda
Soçobre o dom em amargura!
Vê, como à luz do sol que em breve finda,
Das choças fulge a verde-áurea moldura.
Recua e foge, está vencido o dia,[22]
Para lá corre, e em vida nova tudo abrasa.
Para seguir-lhe sempre e sempre a via,
Do solo, ah! me pudesse alar alguma asa!
Veria no fulgor do ocaso imorredouro
Aos pés o plácido universo,
O riacho argênteo afluir à correnteza de ouro,
Todo cume inflamado, o vale em paz imerso.
Não obstruiriam, já, a etérea pista,
Do morro as furnas mais bravias;
Logo abrir-se-ia o mar, com cálidas baías,
Perante a surpreendida vista.
Mas parece ir-se enfim o flâmeo deus, o sol;
No impulso alado que me enleva
Corro, a embeber-me no imortal farol,
À frente a luz e atrás de mim a treva,
Aos pés o oceano e o empíreo sobre mim.
Um sonho, enquanto afunda em fluídos de cristal.[23]
Às asas da alma, ah! tão ligeiro assim,
Não se há de aliar uma asa corporal!
Mas, a nós todos uma inata voz,
Para o alto e para a frente guia,
Quando, perdida no éter, sobre nós,
Canta radiante a cotovia;
Quando a águia, nos celestes vagos,
Plana sobre o áspero pinhal,

[22] A tradutora vale-se neste verso de uma elipse de sujeito: trata-se do sol que "recua e foge". Na sequência, Fausto entrega-se ao devaneio com asas que lhe possibilitem contemplar indefinidamente o "fulgor do ocaso", numa provável alusão ao desejo do Doutor Fausto (no segundo capítulo do livro de 1587 *Historia von D. Johann Fausten*) de adquirir "asas de águia" para sobrevoar e conhecer o mundo todo.

[23] Nova elipse de sujeito: trata-se mais uma vez do "sol", o "flâmeo deus" (*Göttin*, deusa no original, já que sol é feminino), que desaparece, ou "afunda em fluídos de cristal".

VOR DEM TOR

Und über Flächen, über Seen
Der Kranich nach der Heimat strebt.

WAGNER

Ich hatte selbst oft grillenhafte Stunden, 1.100
Doch solchen Trieb hab' ich noch nie empfunden.
Man sieht sich leicht an Wald und Feldern satt;
Des Vogels Fittich werd' ich nie beneiden.
Wie anders tragen uns die Geistesfreuden
Von Buch zu Buch, von Blatt zu Blatt!
Da werden Winternächte hold und schön,
Ein selig Leben wärmet alle Glieder,
Und ach! entrollst du gar ein würdig Pergamen,
So steigt der ganze Himmel zu dir nieder.

FAUST

Du bist dir nur des einen Triebs bewußt; 1.110
O lerne nie den andern kennen!
Zwei Seelen wohnen, ach! in meiner Brust,
Die eine will sich von der andern trennen;
Die eine hält, in derber Liebeslust,
Sich an die Welt mit klammernden Organen;
Die andre hebt gewaltsam sich vom Dunst
Zu den Gefilden hoher Ahnen.
O gibt es Geister in der Luft,
Die zwischen Erd' und Himmel herrschend weben,
So steiget nieder aus dem goldnen Duft 1.120
Und führt mich weg, zu neuem, buntem Leben!
Ja, wäre nur ein Zaubermantel mein
Und trüg' er mich in fremde Länder!
Mir sollt' er um die köstlichsten Gewänder,
Nicht feil um einen Königsmantel sein.

E sobre várzeas, sobre lagos,
O grou volve ao torrão natal.[24]

WAGNER

De horas estranhas tenho sido a presa,
Mas jamais de ânsias desta natureza.
Cansa o ver lagos, campos, o pinhal,
As asas da ave não são minha escolha.
Melhor nos leva o gozo espiritual
De livro em livro, folha em folha!
Noites de inverno, então, se enchem de encanto,
Ditosa vida aquece-nos o abrigo;
E se abres ainda um pergaminho santo,
Todo o céu desce a ter contigo.

FAUSTO

Apenas tens consciência de um anseio;
A conhecer o outro, oh, nunca aprendas!
Vivem-me duas almas, ah! no seio,[25]
Querem trilhar em tudo opostas sendas;
Uma se agarra, com sensual enleio
E órgãos de ferro, ao mundo e à matéria;
A outra, soltando à força o térreo freio,
De nobres manes busca a plaga etérea.
Ah, se no espaço existem numes,
Que tecem entre céus e terra o seu regime,
Descei dos fluidos de ouro, dos etéreos cumes,
E a nova, intensa vida conduzi-me!
Sim! fosse meu um manto de magia,[26]
Que a estranhos climas me levasse prestes,
Pelas mais deslumbrantes vestes,
Por mantos reais eu não o trocaria.

[24] Ulrich Gaier, em comentário a esses versos, aponta, entre outras coisas, para o significado mitológico dos pássaros citados por Fausto: cotovia como ser primordial da imortalidade (como aparece na fábula 211 de Esopo), águia como pássaro de Zeus e grou como pássaro de Apolo e símbolo do poeta.

[25] Há várias fontes para essa imagem das "duas almas", tão familiar a Goethe. Uma delas, o discurso de Sócrates sobre o amor no *Fedro* de Platão. Albrecht Schöne lembra ainda uma passagem da opereta de Wieland *A escolha de Hércules*, que estreou em Weimar em 1773. São versos que o herói dirige a Arete (alegoria da virtude) e Kakia (encarnação de uma "indolência voluptuosa"): "Duas almas — ah! sinto-o muito bem! —/ Digladiam--se em meu peito/ Com força igual [...]".

[26] É o que Mefistófeles irá providenciar logo mais, no final da segunda cena "Quarto de trabalho".

VOR DEM TOR

WAGNER

Berufe nicht die wohlbekannte Schar,
Die strömend sich im Dunstkreis überbreitet,
Dem Menschen tausendfältige Gefahr,
Von allen Enden her, bereitet.
Von Norden dringt der scharfe Geisterzahn   1.130
Auf dich herbei, mit pfeilgespitzten Zungen;
Von Morgen ziehn, vertrocknend, sie heran
Und nähren sich von deinen Lungen;
Wenn sie der Mittag aus der Wüste schickt,
Die Glut auf Glut um deinen Scheitel häufen,
So bringt der West den Schwarm, der erst erquickt,
Um dich und Feld und Aue zu ersäufen.
Sie hören gern, zum Schaden froh gewandt,
Gehorchen gern, weil sie uns gern betrügen;
Sie stellen wie vom Himmel sich gesandt,   1.140
Und lispeln englisch, wenn sie lügen.
Doch gehen wir! Ergraut ist schon die Welt,
Die Luft gekühlt, der Nebel fällt!
Am Abend schätzt man erst das Haus. —
Was stehst du so und blickst erstaunt hinaus?
Was kann dich in der Dämmrung so ergreifen?

FAUST

Siehst du den schwarzen Hund durch Saat und Stoppel streifen?

WAGNER

Ich sah ihn lange schon, nicht wichtig schien er mir.

FAUST

Betracht' ihn recht! für was hältst du das Tier?

Diante da porta da cidade

WAGNER

Não chames a horda familiar e hostil,[27]
Que entre halos e vapores se esparrama
E para os homens, de perigos mil,
Dos horizontes todos urde a trama.
Seu dente recortante vem do Norte,
Chuva de flechas sobre ti atira,
Do Leste acode, ressecante e forte,
E pra nutrir-se, os teus pulmões aspira;
Se, do deserto, o Sul os manda, sufocantes,
Pra devorar-te a testa em cruenta brasa,
Traz o Oeste o enxame, o qual refresca antes,
E, após, a ti, teu campo e prado arrasa.
Cedem-nos, por melhor causar prejuízo,
Dão-nos ouvido e iludem logo após,
Fingem que enviados são do paraíso,
E, quando mentem, de anjos têm a voz.
Mas vamos! já o mundo em gris se fina,
Esfriou-se o ar, cai a neblina!
À noite é que se dá valor ao lar.
Por que te quedas com pasmado olhar?
Nesta penumbra, a ti que se depara?

FAUSTO

Vês o cão negro a errar pelo restolho e seara?[28]

WAGNER

Há tempos já o vi, não o julguei de monta.

FAUSTO

Observa-o bem! tens o bruto em que conta?

[27] Schöne destaca os paralelos entre essa fala de Wagner e uma xilogravura de *Medicinae catholicae I* (1631), tratado de Robert Fludd. A imagem mostra hordas de espíritos malignos que, dos quatro cantos do mundo, projetam-se na direção de um doente. Por entre "halos e vapores", os espíritos penetram como "chuva de flechas" no homem trazendo-lhe "perigos mil" de catástrofes naturais e doenças.

[28] Em vários relatos, o "cão negro" aparece como a forma assumida pelo mal. Nas adaptações que Pfitzer (1674) e o autor de *Das Faustbuch des Christlich Meynenden* (1725) fizeram do livro popular de 1587 (ver apresentação neste volume), o cão negro aparece também como acompanhante do pactário. No original, Wagner o caracteriza como *Pudel*, que na linguagem de Goethe não traduz o inglês *poodle*, mas significa um cão de caça robusto e excelente nadador. Na cena em prosa "Dia sombrio — Campo", Fausto, tomado por acesso de raiva, irá se referir à "vil feição de cão" como a "forma predileta" de Mefistófeles.

VOR DEM TOR

WAGNER

Für einen Pudel, der auf seine Weise   1.150
Sich auf der Spur des Herren plagt.

FAUST

Bemerkst du, wie in weitem Schneckenkreise
Er um uns her und immer näher jagt?
Und irr' ich nicht, so zieht ein Feuerstrudel
Auf seinen Pfaden hinterdrein.

WAGNER

Ich sehe nichts als einen schwarzen Pudel;
Es mag bei Euch wohl Augentäuschung sein.

FAUST

Mir scheint es, daß er magisch leise Schlingen
Zu künft'gem Band um unsre Füße zieht.

WAGNER

Ich seh' ihn ungewiß und furchtsam uns umspringen,   1.160
Weil er, statt seines Herrn, zwei Unbekannte sieht.

FAUST

Der Kreis wird eng, schon ist er nah!

WAGNER

Du siehst! ein Hund, und kein Gespenst ist da.
Er knurrt und zweifelt, legt sich auf den Bauch.
Er wedelt. Alles Hundebrauch.

FAUST

Geselle dich zu uns! Komm hier!

DIANTE DA PORTA DA CIDADE

WAGNER

Na de um cão, mestre, o qual, à sua moda,
Procura de seu amo a pista.

FAUSTO

Vês como em largas espirais nos roda
E nos galopa perto e mais perto ainda à vista?
E, caso não me iluda, brilha-
-Lhe um borbulhão de fogo sobre a trilha.[29]

WAGNER

Só vejo um perro negro, um cão;
Deve ser ótica a ilusão.

FAUSTO

Cismo que risca, de mansinho, laços[30]
De mágica ao redor dos nossos passos.

WAGNER

Vejo-o a rondar-nos, temeroso e incerto,
Porque, ao ver gente estranha, pasma.

FAUSTO

Restringe o círculo, está perto!

WAGNER

Pois vês! é um cão, não é nenhum fantasma.
Hesita, rosna, arrasta-se no chão,
Rabeia. Tudo isso hábito do cão.

FAUSTO

Vem para cá! vem ter conosco![31]

[29] A propósito, Schöne lembra um trecho da *Teoria das cores* (1810) em que Goethe propõe o banimento "de uma vez por todas" da expressão "ilusão de ótica", usada a seguir por Wagner. Em 1822, como adendo à citada obra, o poeta observou: "Tão logo um objeto escuro se afasta, ele deixa ao olho a imposição de enxergar essa mesma forma em cores claras. De maneira séria e ao mesmo tempo jocosa, apresentemos aqui uma passagem do *Fausto* relacionada a isso [seguem-se os vv. 1.147-57]. As palavras mencionadas foram escritas há tempos, por intuição poética e de modo apenas semiconsciente, quando um cão negro, sob luminosidade moderada, passou correndo diante de minha janela, deixando atrás de si um rastro luminoso: a imagem borrada, que restou à vista, de sua figura correndo".

[30] Na cena "Meia-noite" da segunda parte da tragédia, portanto mais de dez mil versos adiante, Fausto falará da dificuldade em libertar-se dos "laços" mágicos em que Mefisto começa aqui a enredá-lo (vv. 11.491-2).

[31] No original, Fausto emprega o verbo reflexivo *sich gesellen*: juntar-se,

VOR DEM TOR

WAGNER

Es ist ein pudelnärrisch Tier.
Du stehest still, er wartet auf;
Du sprichst ihn an, er strebt an dir hinauf;
Verliere was, er wird es bringen,
Nach deinem Stock ins Wasser springen.

1.170

FAUST

Du hast wohl recht, ich finde nicht die Spur
Von einem Geist, und alles ist Dressur.

WAGNER

Dem Hunde, wenn er gut gezogen,
Wird selbst ein weiser Mann gewogen.
Ja, deine Gunst verdient er ganz und gar,
Er, der Studenten trefflicher Skolar.

(Sie gehen in das Stadttor)

DIANTE DA PORTA DA CIDADE

WAGNER

É um bruto brincalhão e tosco.
Quedas-te, fica à espera ali;
Diriges-te a ele, salta sobre ti;
Se perdes algo, há de trazê-lo;
Tirar-te-á da água o teu bordão com zelo.

FAUSTO

Pois tens razão; vejo-o de todo isento
De espírito e é tudo adestramento.

WAGNER

Ao cão, quando é criado bem,
Um sábio, até, carinho tem.
Sim, merece ele o teu favor, sem par,
Dos estudantes é ótimo escolar.[32]

(Entram pela porta da cidade)

reunir-se, "acompanheirar-
-se", que se relaciona a
Gesellen, termo usado pelo
Altíssimo no "Prólogo no
céu" ao justificar sua
permissão a Mefisto de
envolver-se com Fausto:
"Aduzo-lhe por isso o
companheiro" (v. 342).

[32] Alusão ao costume,
difundido entre os
estudantes, de se ter como
mascote um cão adestrado
(o próprio filho de Goethe,
August, tinha como
mascote um cão negro
chamado *Türk*).

Studierzimmer

126

Quarto de trabalho

Abre-se aqui a primeira de duas cenas contíguas com o mesmo título "Quarto de trabalho", pois ambientadas no gabinete de estudo (*Studierzimmer*) de Fausto. Tomadas em conjunto, essas cenas apresentam Fausto como tradutor da *Bíblia*, trazem o seu primeiro contato com Mefistófeles (que se liberta da forma do cão negro) e mostram o momento crucial do "pacto" (ou, mais apropriadamente, da "aposta"), a que se segue a impagável sátira ao sistema universitário no episódio com o estudante. Como conclusão, têm-se os preparativos para a incursão de Fausto e Mefisto pelo "pequeno mundo" da primeira parte da tragédia (e, na segunda parte, pelo "grande mundo" que se inaugura com os episódios no Palácio Imperial).

Essas duas cenas atuam assim de maneira complementar, fechando juntas o primeiro tema trágico da obra, a que alguns comentadores chamam "tragédia do erudito" (*Gelehrtentragödie*). Na dimensão temporal do enredo, elas estão muito próximas entre si, mas sua redação definitiva estendeu-se por diferentes fases de trabalho, dando-se, portanto, de maneira descontínua. Entre todos os episódios presentes nas duas cenas, a versão inicial da tragédia, o chamado *Urfaust*, contém apenas a irônica "orientação pedagógica" que Mefistófeles dispensa ao estudante no final do "Quarto de trabalho II". Como revelam anotações e esboços deixados por Goethe, nesse complexo temático deveria inserir-se ainda uma disputa acadêmica, travada no salão nobre da Universidade, em que Mefisto atuaria como o "escolar viandante", sob cuja forma ele aparece diante de Fausto libertando-se da figura do cão: "Do perro era esse o cerne, então?/ É de se dar risada! um escolar viandante!". [M.V.M.]

127

STUDIERZIMMER

FAUST *(mit dem Pudel hereintretend)*

Verlassen hab' ich Feld und Auen,
Die eine tiefe Nacht bedeckt,
Mit ahnungsvollem, heil'gem Grauen   1.180
In uns die beßre Seele weckt.
Entschlafen sind nun wilde Triebe
Mit jedem ungestümen Tun;
Es reget sich die Menschenliebe,
Die Liebe Gottes regt sich nun.

Sei ruhig, Pudel! renne nicht hin und wider!
An der Schwelle was schnoperst du hier?
Lege dich hinter den Ofen nieder,
Mein bestes Kissen geb' ich dir.
Wie du draußen auf dem bergigen Wege   1.190
Durch Rennen und Springen ergetzt uns hast,
So nimm nun auch von mir die Pflege,
Als ein willkommner stiller Gast.

Ach, wenn in unsrer engen Zelle
Die Lampe freundlich wieder brennt,
Dann wird's in unserm Busen helle,
Im Herzen, das sich selber kennt.
Vernunft fängt wieder an zu sprechen,
Und Hoffnung wieder an zu blühn,
Man sehnt sich nach des Lebens Bächen,   1.200
Ach! nach des Lebens Quelle hin.

Knurre nicht, Pudel! Zu den heiligen Tönen,
Die jetzt meine ganze Seel' umfassen,
Will der tierische Laut nicht passen.
Wir sind gewohnt, daß die Menschen verhöhnen,
Was sie nicht verstehn,
Daß sie vor dem Guten und Schönen,
Das ihnen oft beschwerlich ist, murren;
Will es der Hund, wie sie, beknurren?

128

QUARTO DE TRABALHO

FAUSTO *(entrando com o perro)*

Campos abandonei e prados,
Que uma profunda noite cobre,
Que, em nós, com frêmitos sagrados,
Desperta o que a alma tem de nobre.
Quedam-se os rasgos impulsivos
Em que a impetuosa ação se ancora;
Move-se o amor aos seres vivos,
Move-se o amor a Deus agora.

Quieto! não corras, cão! de uma a outra parte!
No limiar que farejas, e ao redor?[1]
Por detrás do fogão vem estirar-te,
Dos meus coxins dou-te o melhor.
Como no atalho montanhês, lá fora,
Pulando estavas e nos divertindo,
Aceita o meu bom trato agora,
Qual hóspede quieto e bem-vindo.

Ah! quando em teu quartinho estreito
Serena luz te abranda e aquece,
Também te fulge ela no peito,
No coração que se conhece.
A razão fala, ressurgida,
Torna a esperança florescente;
Anelas mananciais da vida,
Da vida anelas a nascente.

Não rosnes, perro! aos tons puros e santos,
Que me banham toda a alma, ora, de encantos,
Não se adapta o som animal.
Sabemos com que escárnios profanos
É hábito rirem-se os humanos
Do Belo e Bom que entendem mal,
Como resmungam quando os incomoda;
Quer o cão resmungar à mesma moda?[2]

[1] Como se revela pouco adiante, o cão já parece ter percebido o símbolo mágico do pentagrama (ou "pé druídico") desenhado no "limiar" (soleira) da porta, e intuído que tal desenho lhe impedirá a saída.

[2] Incomodado com o latir e rosnar do cão, Fausto pergunta se este quer imitar os humanos que reagem assim (rosnando e resmungando) ao Belo e Bom que com frequência lhes são "incômodos" (*beschwerlich*). Trata-se de uma pergunta procedente, pois no "âmago do cão" (*des Pudels Kern*), como se formulará adiante, encontra-se Mefistófeles.

STUDIERZIMMER

Aber ach! schon fühl' ich, bei dem besten Willen,   1.210
Befriedigung nicht mehr aus dem Busen quillen.
Aber warum muß der Strom so bald versiegen,
Und wir wieder im Durste liegen?
Davon hab' ich so viel Erfahrung.
Doch dieser Mangel läßt sich ersetzen:
Wir lernen das Überirdische schätzen,
Wir sehnen uns nach Offenbarung,
Die nirgends würd'ger und schöner brennt
Als in dem Neuen Testament.
Mich drängt's, den Grundtext aufzuschlagen,   1.220
Mit redlichem Gefühl einmal
Das heilige Original
In mein geliebtes Deutsch zu übertragen.

(Er schlägt ein Volum auf und schickt sich an)

Geschrieben steht: „Im Anfang war das Wort!"
Hier stock' ich schon! Wer hilft mir weiter fort?
Ich kann das Wort so hoch unmöglich schätzen,
Ich muß es anders übersetzen,
Wenn ich vom Geiste recht erleuchtet bin.
Geschrieben steht: Im Anfang war der Sinn.
Bedenke wohl die erste Zeile,   1.230
Daß deine Feder sich nicht übereile!
Ist es der Sinn, der alles wirkt und schafft?
Es sollte stehn: Im Anfang war die Kraft!
Doch, auch indem ich dieses niederschreibe,
Schon warnt mich was, daß ich dabei nicht bleibe.
Mir hilft der Geist! Auf einmal seh' ich Rat
Und schreibe getrost: Im Anfang war die Tat!

Soll ich mit dir das Zimmer teilen,
Pudel, so laß das Heulen,
So laß das Bellen!   1.240
Solch einen störenden Gesellen
Mag ich nicht in der Nähe leiden.

Mas, por mais que me esforce, ah! jorrar já não sinto
Da alma o contentamento extinto.
Por que deve estancar-se tão cedo a torrente,
A deixar-nos de novo em sede ardente?
Nessa experiência sou já mestre.
Compensa-se entretanto a privação.
Aprendemos a olhar pelo supraterrestre,
A ansiar pela revelação
Que em ponto algum luz com mais belo alento,
Do que no Novo Testamento.
Almejo abrir o básico texto
E verter o sagrado Original,
Com sentimento reverente e honesto
Em meu amado idioma natal.

(Abre um volume e prepara-se)

Escrito está: "Era no início o Verbo!"[3]
Começo apenas, e já me exacerbo!
Como hei de ao verbo dar tão alto apreço?
De outra interpretação careço;
Se o espírito me deixa esclarecido,
Escrito está: No início era o Sentido!
Pesa a linha inicial com calma plena,
Não se apressure a tua pena!
É o sentido então, que tudo opera e cria?
Deverá opor! No início era a Energia!
Mas, já, enquanto assim o retifico,
Diz-me algo que tampouco nisso fico.
Do espírito me vale a direção,
E escrevo em paz: Era no início a Ação![4]

Se te aprouver ficar no quarto,
Cala o latir, perro! estou farto
Do uivo e ganido!
Hóspede tão intrometido
Eu não admito aqui comigo.

[3] Fausto prepara-se para traduzir o *Evangelho segundo São João*. No original, a expressão grega *logos* (*Verbum*, na Vulgata) vem traduzida por *Wort*, "palavra", em consonância com a tradução de Lutero. Como se trata do que era no princípio, Fausto, após passar pelas alternativas "Sentido" e "Energia", chega à palavra "Ação".

[4] Vale lembrar aqui que Karl Marx, leitor assíduo do *Fausto*, ilustra a sua análise da troca de mercadorias, no segundo capítulo do *Capital*, com uma referência a este verso. A citação tem como pano de fundo um momento inicial do processo de circulação e troca de produtos, quando a "mercadoria-dinheiro" ainda não havia se constituído e, assim, cada indivíduo reivindicava para a sua mercadoria, numa ação espontânea e irrefletida, o papel de "equivalente geral" de todas as outras: "Em seu desconcerto, os nossos proprietários de mercadorias pensam como Fausto. Era no início a ação. Por isso, antes mesmo de pensar, eles já agiram".

STUDIERZIMMER

Einer von uns beiden
Muß die Zelle meiden.
Ungern heb' ich das Gastrecht auf,
Die Tür ist offen, hast freien Lauf.
Aber was muß ich sehen!
Kann das natürlich geschehen?
Ist es Schatten? ist's Wirklichkeit?
Wie wird mein Pudel lang und breit!   1.250
Er hebt sich mit Gewalt,
Das ist nicht eines Hundes Gestalt!
Welch ein Gespenst bracht' ich ins Haus!
Schon sieht er wie ein Nilpferd aus,
Mit feurigen Augen, schrecklichem Gebiß.
O! du bist mir gewiß!
Für solche halbe Höllenbrut
Ist Salomonis Schlüssel gut.

GEISTER *(auf dem Gange)*

Drinnen gefangen ist einer!   1.260
Bleibet haußen, folg' ihm keiner!
Wie im Eisen der Fuchs,
Zagt ein alter Höllenluchs.
Aber gebt acht!
Schwebet hin, schwebet wider,
Auf und nieder,
Und er hat sich losgemacht.
Könnt ihr ihm nützen,
Laßt ihn nicht sitzen!
Denn er tat uns allen
Schon viel zu Gefallen.   1.270

FAUST

Erst zu begegnen dem Tiere,
Brauch' ich den Spruch der viere:

QUARTO DE TRABALHO

Que deixe, amigo,
Um dos dois este abrigo.
Sinto anular a hospitaleira oferta,
És livre, a porta vês aberta.
Mas que me surge à vista?
Não é possível que isso exista!
É realidade? é sombra informe?
Meu perro! que alto fica e enorme!
Que violento se ergue do chão!
Isto não é a forma de um cão!
Que assombração trouxe eu pra casa!
Um hipopótamo parece já,[5]
Com goela atroz, olhos em brasa.
Contudo não me escapará!
Para pôr a tal cria do inferno entrave,
De Salomão nos vale a chave.[6]

GÊNIOS (no vestíbulo)[7]

Preso lá dentro se acha alguém!
Ninguém o siga! não entre ninguém!
Qual no ferro um velho raposo,
Treme um lince infernal, raivoso.
Sentido! alerta!
Flutuai ali,
Descei, subi,
E ele já se liberta.
Quem puder dar-lhe ajuda,
Tão logo o acuda!
Pois favores nos fez,
Mais de uma vez.

FAUSTO

Para enfrentar ora o perverso,
Dos quatro uso primeiro o verso:[8]

[5] Ainda no século XVIII o hipopótamo era tido como um monstro terrível, que com dentes descomunais triturava crianças e adultos. Em *Deus e o diabo no* Fausto *de Goethe*, Haroldo de Campos aventa a hipótese de esta imagem goethiana ter influenciado Machado de Assis na concepção do delírio de Brás Cubas, com o hipopótamo galopante que acaba se revelando um simples gato caseiro.

[6] Alusão à obra *Clavicula Salomonis* (A chave de Salomão), de caráter gnóstico-cabalístico, mas depois retomada pela Pansofia cristã. Atribuída ao rei Salomão, conheceu intensa difusão a partir do século XVI.

[7] Já invocados por Fausto na cena anterior (vv. 1.118-9), esses "espíritos" que rondam o seu gabinete de trabalho se revelarão aliados de Mefisto e, por isso, se dispõem aqui a ajudá-lo a libertar-se da forma canina em que se encontra aprisionado.

[8] Para enfrentar o monstro ainda desconhecido que tem diante de si, Fausto recorre a uma fórmula mágica que obrigaria o ser

STUDIERZIMMER

Salamander soll glühen,
Undene sich winden,
Sylphe verschwinden,
Kobold sich mühen.

Wer sie nicht kennte,
Die Elemente,
Ihre Kraft
Und Eigenschaft,   1.280
Wäre kein Meister
Über die Geister.

Verschwind in Flammen,
Salamander!
Rauschend fließe zusammen,
Undene!
Leucht in Meteoren-Schöne,
Sylphe!
Bring häusliche Hilfe,
Incubus! Incubus!   1.290
Tritt hervor und mache den Schluß.

Keines der viere
Steckt in dem Tiere.
Es liegt ganz ruhig und grinst mich an;
Ich hab' ihm noch nicht weh getan.
Du sollst mich hören
Stärker beschwören.

Bist du Geselle
Ein Flüchtling der Hölle?
So sieh dies Zeichen,   1.300
Dem sie sich beugen,
Die schwarzen Scharen!

Schon schwillt es auf mit borstigen Haaren.

Verworfnes Wesen!
Kannst du ihn lesen?

QUARTO DE TRABALHO

Salamandra se abrase,
Ondina se retorça,
Silfo se encase,
Gnomo use força.

Quem não sabe os portentos
Dos elementos,
E de sua potência
A íntima essência,
Não pode ter
Sobre os gênios poder.

Esvai-te em chamas,
Salamandra!
Em meteórica luz vê se te inflamas,
Sílfide! Ondina!
Reflui em vaga cristalina!
Íncubo,[9] aqui! ligeiro!
Traze auxílio caseiro,
A mim! A mim!
Surgindo, faze o fim.

Nenhum dos quatro,
Há no bruto atro.
A arreganhar-se, me fita tranquilo,
Não consegui ainda aturdi-lo.
Pois ouvir-me-ás com arte
Mais potente invocar-te.

És, ser maligno,
Do inferno amostra,
Vê este signo![10]
Ao qual se prostra
A horda das trevas.

Com pelo hirsuto já te inchas e elevas.

Ente maldito!
Não lês o Escrito?

oculto no animal a revelar seu verdadeiro aspecto. Como Fausto supõe de início tratar-se de um espírito elementar, os versos mágicos que pronuncia referem-se aos espíritos dos quatro elementos — Salamandra: espírito do Fogo; Ondina: espírito da Água; Silfo (ou a forma feminina Sílfide): espírito do Ar; Gnomo: espírito da Terra.

[9] Na literatura dos séculos XVI e XVII, Íncubo designava um demônio que seduzia as mulheres e causava-lhes pesadelos. Como o Íncubo não era associado à Terra, tem-se aqui, portanto, uma incorreção (proposital ou involuntária) de Goethe.

[10] Trata-se provavelmente do crucifixo com a inscrição INRI (*Jesus Nazarenus Rex Judaeorum*). Mas também se pode pensar num "signo" mágico, como o que aparece na gravura de Rembrandt reproduzida à p. 11 desta edição.

STUDIERZIMMER

Den nie Entsproßnen,
Unausgesprochnen,
Durch alle Himmel Gegoßnen,
Freventlich Durchstochnen?

Hinter den Ofen gebannt,   1.310
Schwillt es wie ein Elefant,
Den ganzen Raum füllt es an,
Es will zum Nebel zerfließen.
Steige nicht zur Decke hinan!
Lege dich zu des Meisters Füßen!
Du siehst, daß ich nicht vergebens drohe.
Ich versenge dich mit heiliger Lohe!
Erwarte nicht
Das dreimal glühende Licht!
Erwarte nicht   1.320
Die stärkste von meinen Künsten!

MEPHISTOPHELES *(tritt, indem der Nebel fällt,*
gekleidet wie ein fahrender Scholastikus, hinter dem Ofen hervor)

Wozu der Lärm? was steht dem Herrn zu Diensten?

FAUST

Das also war des Pudels Kern!
Ein fahrender Skolast? Der Casus macht mich lachen.

MEPHISTOPHELES

Ich salutiere den gelehrten Herrn!
Ihr habt mich weidlich schwitzen machen.

FAUST

Wie nennst du dich?

136

QUARTO DE TRABALHO

O Incriado, Sublime,[11]
Pelos Céus Derramado,
Que não se exprime,
Pelos maus Lacerado?

Preso atrás do fogão, gigante
Incha-se como um elefante,
Sobe alto, enchendo o quarto inteiro,
Tende a dissolver-se em nevoeiro.
Não subas para o teto em esparramo!
Deita-te aos pés de teu mestre, de teu amo!
Já vês que em vão eu não te ameaço.
Com luz sagrada em pó te faço!
Não chames, não,
O tríplice flâmeo clarão!
Não chames, não,
Meu lance mais devastador![12]

MEFISTÓFELES *(enquanto a neblina se dissolve, sai por
detrás do fogão, vestido como um escolar viandante)*[13]

Por que o barulho? Estou às ordens do senhor!

FAUSTO

Do perro era esse o cerne, então?
É de se dar risada! um escolar viandante!

MEFISTÓFELES

Aceite-me o erudito mestre a saudação!
Irra! que me fizestes suar bastante!

FAUSTO

Que nome tens?

[11] As expressões referem-se todas a Cristo, existente ("Incriado") desde sempre, emanado de Deus ("Derramado" pelos Céus) e "Lacerado" na cruz.

[12] Para Ernst Beutler, o "lance mais devastador" seria um gesto invocatório em nome da Santíssima Trindade, ainda mais poderoso do que o signo do crucifixo.

[13] Trata-se de um estudante viajante, isto é, a caminho de uma cidade universitária. A expressão *fahrender Scholastikus* (Fausto, porém, diz apenas *Skolast*) é derivada da linguagem universitária dos séculos XVI e XVII, assim como o termo (*Casus*) usado por Fausto na sequência (literalmente: "O caso me faz rir"). Goethe deixou esboços relativamente desenvolvidos de um episódio em que Mefisto aparece como "escolar viandante" numa disputa acadêmica no salão nobre de uma universidade. Entre outras intervenções, Mefisto faria o elogio da experiência que nasce do "vagar pelo mundo".

STUDIERZIMMER

MEPHISTOPHELES

        Die Frage scheint mir klein
Für einen, der das Wort so sehr verachtet,
Der, weit entfernt von allem Schein,
Nur in der Wesen Tiefe trachtet.   1.330

FAUST

Bei euch, ihr Herrn, kann man das Wesen
Gewöhnlich aus dem Namen lesen,
Wo es sich allzudeutlich weist,
Wenn man euch Fliegengott, Verderber, Lügner heißt.
Nun gut, wer bist du denn?

MEPHISTOPHELES

        Ein Teil von jener Kraft,
Die stets das Böse will und stets das Gute schafft.

FAUST

Was ist mit diesem Rätselwort gemeint?

MEPHISTOPHELES

Ich bin der Geist, der stets verneint!
Und das mit Recht; denn alles, was entsteht,
Ist wert, daß es zugrunde geht;   1.340
Drum besser wär's, daß nichts entstünde.
So ist denn alles, was ihr Sünde,
Zerstörung, kurz das Böse nennt,
Mein eigentliches Element.

FAUST

Du nennst dich einen Teil, und stehst doch ganz vor mir?

QUARTO DE TRABALHO

MEFISTÓFELES

Questão de pouco peso
Para quem vota aos termos tal desprezo[14]
E que, afastado sempre da aparência,
Dos seres só procura a essência.

FAUSTO

Com vossa espécie a gente pode ler
Já pelo nome o ilustre ser,
Que se revela sem favor
Com a marca de mendaz, blasfemo, destruidor.[15]
Pois bem, quem és então?

MEFISTÓFELES

Sou parte da Energia[16]
Que sempre o Mal pretende e que o Bem sempre cria.

FAUSTO

Com tal enigma, que se alega?

MEFISTÓFELES

O Gênio sou que sempre nega![17]
E com razão; tudo o que vem a ser
É digno só de perecer;
Seria, pois, melhor, nada vir a ser mais.
Por isso, tudo a que chamais
De destruição, pecado, o mal,
Meu elemento é, integral.

FAUSTO

Mostras-te a mim inteiro e dizes que és parcela?

[14] Mefistófeles dá a entender que, sob o disfarce de cão, ouvira o pouco apreço de Fausto, ao traduzir o início do *Evangelho de João*, pelo "Verbo", isto é, pela "Palavra" e, por extensão, por nomes e "termos".

[15] No original, Fausto diz ainda *Fliegengott* (deus das moscas), que traduz o hebraico *Baal Zebub* (Baal das moscas), jogo de palavras, com o nome do deus *Baal Zebul* (Baal, o Príncipe), que aparece em *2 Reis*, 1: 2.

[16] Mefisto responde a Fausto com frases paradoxais, alusões à *Bíblia* (sobretudo ao *Gênesis*) e à sua conversa com Deus no "Prólogo no céu".

[17] Esta célebre autodefinição de Mefisto reverbera em várias literaturas. Machado de Assis a cita no conto "A igreja do diabo": "Senhor, eu sou, como sabeis, o espírito que nega". Como explicitou o próprio Joyce, o fluxo de consciência que percorre a mente de Molly Bloom no final do *Ulisses* se dá pela inversão dessas palavras de Mefisto: "Eu sou a carne que sempre afirma". O original traz neste verso o substantivo

STUDIERZIMMER

MEPHISTOPHELES

Bescheidne Wahrheit sprech' ich dir.
Wenn sich der Mensch, die kleine Narrenwelt,
Gewöhnlich für ein Ganzes hält —
Ich bin ein Teil des Teils, der anfangs alles war,
Ein Teil der Finsternis, die sich das Licht gebar,   1.350
Das stolze Licht, das nun der Mutter Nacht
Den alten Rang, den Raum ihr streitig macht,
Und doch gelingt's ihm nicht, da es, so viel es strebt,
Verhaftet an den Körpern klebt.
Von Körpern strömt's, die Körper macht es schön,
Ein Körper hemmt's auf seinem Gange,
So, hoff' ich, dauert es nicht lange,
Und mit den Körpern wird's zugrunde gehn.

FAUST

Nun kenn' ich deine würd'gen Pflichten!
Du kannst im Großen nichts vernichten   1.360
Und fängst es nun im Kleinen an.

MEPHISTOPHELES

Und freilich ist nicht viel damit getan.
Was sich dem Nichts entgegenstellt,
Das Etwas, diese plumpe Welt,
So viel als ich schon unternommen,
Ich wußte nicht ihr beizukommen,
Mit Wellen, Stürmen, Schütteln, Brand —
Geruhig bleibt am Ende Meer und Land!
Und dem verdammten Zeug, der Tier- und Menschenbrut,
Dem ist nun gar nichts anzuhaben: 1.370
Wie viele hab' ich schon begraben!
Und immer zirkuliert ein neues, frisches Blut.
So geht es fort, man möchte rasend werden!
Der Luft, dem Wasser, wie der Erden

MEFISTÓFELES

Verdade, afirmo-te, singela.
Quando o homem, o pequeno mundo doudo,
Se tem habitualmente por um todo;[18]
Parte da parte eu sou, que no início tudo era,
Parte da escuridão, que à luz nascença dera,[19]
À luz soberba, que, ora, em brava luta,
O velho espaço, o espaço à Noite-Mãe disputa;
Tem de falhar, porém, por mais que aspire à empresa,
Já que ela adere aos corpos, presa.
Dos corpos flui, beleza aos corpos dá,[20]
Um corpo impede-lhe a jornada;
Creio, pois, que não dure nada,
E é com os corpos que perecerá.

FAUSTO

Já te percebo o ofício, ilustre herói!
Nada de grande o teu furor destrói,
Começas, pois, no que é pequeno.

MEFISTÓFELES

E faz-se pouco em tal terreno.
O que se opõe ao Nada, o Algo rotundo,
Este pesado, tosco mundo,
Por mais que eu contra ele arrojasse,
Não pude ver-lhe o desenlace;
Com ventos, fogo, água, abalar,[21]
Firmes, no fim, quedam-se terra e mar!
Quanto ao maldito povo, o humano e o animalesco,
Contra esse nada já consigo.
Quantos lancei já no jazigo!
E sempre corre um sangue novo e fresco.
Vai indo assim, é de danar-se a gente!
Da terra, da água, e mais dos ares,

Geist, que corresponde mais diretamente a "espírito". Nesta e em outras passagens, a tradutora opta por "gênio", termo que se movimenta no mesmo campo semântico do alemão *Geist*.

[18] Mefisto ironiza a concepção pansófica de que o ser humano seria, em si mesmo, um microcosmo.

[19] Em diversas mitologias, é o "Caos", o estado primordial indistinto e privado de luz, que dá início ao mundo. A *Teogonia* de Hesíodo diz: "Da noite originaram-se o dia luminoso e o éter".

[20] Para embasar a ideia de que as trevas constituíram o início do universo e terão também a vitória final, Mefisto traça vínculos entre a luz e os corpos, de modo que o perecimento destes trará consigo a destruição daquela. Esse materialismo mefistofélico parece contrapor-se à teologia da luz expressa no *Evangelho de João*: "No princípio era o Verbo [...] e a vida era a luz dos homens; e a luz brilha nas trevas".

[21] Mefisto emprega aqui o termo *Schütteln* ("abalar") como sinônimo de abalos sísmicos, de terremotos.

STUDIERZIMMER

Entwinden tausend Keime sich,
Im Trocknen, Feuchten, Warmen, Kalten!
Hätt' ich mir nicht die Flamme vorbehalten,
Ich hätte nichts Aparts für mich.

FAUST

So setzest du der ewig regen,
Der heilsam schaffenden Gewalt   1.380
Die kalte Teufelsfaust entgegen,
Die sich vergebens tückisch ballt!
Was anders suche zu beginnen,
Des Chaos wunderlicher Sohn!

MEPHISTOPHELES

Wir wollen wirklich uns besinnen,
Die nächsten Male mehr davon!
Dürft' ich wohl diesmal mich entfernen?

FAUST

Ich sehe nicht, warum du fragst.
Ich habe jetzt dich kennen lernen,
Besuche nun mich, wie du magst.   1.390
Hier ist das Fenster, hier die Türe,
Ein Rauchfang ist dir auch gewiß.

MEPHISTOPHELES

Gesteh' ich's nur! daß ich hinausspaziere,
Verbietet mir ein kleines Hindernis,
Der Drudenfuß auf Eurer Schwelle —

FAUST

Das Pentagramma macht dir Pein?
Ei sage mir, du Sohn der Hölle,

QUARTO DE TRABALHO

Brotam os germes aos milhares,
No seco, frio, úmido, quente!
Se não me fosse a chama reservada,
Já não me restaria nada.[22]

FAUSTO

Assim opões ao curso eterno
Da força criadora e boa,
Teu frio punho, arma do inferno,
Que, pérfido, se cerra à toa.
Procura algum outro serviço,
Estranho ser, que o caos fez![23]

MEFISTÓFELES

Deveras, hei de pensar nisso,
Discuti-lo-emos de outra vez!
Posso, por hoje, ir-me daqui?

FAUSTO

Perguntas? o porquê não vejo.
Agora que te conheci,
Vem visitar-me, a teu desejo.
A porta vês, eis a janela,
Tens ao dispor a chaminé.

MEFISTÓFELES

Confesso-o: pra que saia desta cela,
Há um pequeno estorvo, o pé[24]
De mágica no umbral interno...

FAUSTO

O pentagrama te causa aflição?
Eh! dize-me, filho do inferno,

[22] Em seu pedantismo, Mefisto usa no original um termo derivado do francês *à part*: se não tivesse reservado a "chama" (infernal), não teria nada "à parte" para si.

[23] Fausto parece associar o seu interlocutor à figura mitológica de Érebo, filho de Caos e irmão da Noite, personificação do vazio primordial.

[24] No original, *Drudenfuss* (pé druídico). Em seguida, Fausto irá referir-se ao desenho como sendo um "pentagrama", símbolo sagrado empregado contra espíritos malignos. Goethe encontrou essas concepções mágicas, que remontam supostamente aos druidas (sacerdotes celtas), no livro de Johannes Praetorius (1630-1680), *Anthropodemus Plutonicus*, uma compilação de histórias de demônios, fantasmas e espíritos, e no escrito de Paracelsus (1493-1541), *De occulta philosophia*.

STUDIERZIMMER

Wenn das dich bannt, wie kamst du denn herein?
Wie ward ein solcher Geist betrogen?

MEPHISTOPHELES

Beschaut es recht! Es ist nicht gut gezogen;   1.400
Der eine Winkel, der nach außen zu,
Ist, wie du siehst, ein wenig offen.

FAUST

Das hat der Zufall gut getroffen!
Und mein Gefangner wärst denn du?
Das ist von ungefähr gelungen!

MEPHISTOPHELES

Der Pudel merkte nichts, als er hereingesprungen,
Die Sache sieht jetzt anders aus:
Der Teufel kann nicht aus dem Haus.

FAUST

Doch warum gehst du nicht durchs Fenster?

MEPHISTOPHELES

's ist ein Gesetz der Teufel und Gespenster: 1.410
Wo sie hereingeschlüpft, da müssen sie hinaus.
Das erste steht uns frei, beim zweiten sind wir Knechte.

FAUST

Die Hölle selbst hat ihre Rechte?
Das find' ich gut, da ließe sich ein Pakt,
Und sicher wohl, mit euch, ihr Herren, schließen?

QUARTO DE TRABALHO

Se isto te impede, como entraste então?
Como foi gênio tal logrado?

MEFISTÓFELES

Observa-o! é que está mal traçado;
Vê! o ângulo que para fora aponta,
Aberto tem um vão ligeiro.[25]

FAUSTO

O acaso, então, fez boa conta?
Serias, pois, meu prisioneiro?
Pudera! a história é engraçada!

MEFISTÓFELES

O perro nada viu, transpondo a tua entrada.
Tem outro aspecto a coisa agora;
O diabo não te sai pra fora.

FAUSTO

Por que não vais pela janela?

MEFISTÓFELES

É lei dos gênios, não se foge dela:[26]
Só por onde entram podem ir-se embora.
Somos livres no um, no dois, porém, escravos.

FAUSTO

O inferno, até, tem leis? mas, bravos!
Podemos, pois, firmar convosco algum contrato,
Sem medo de anular-se o pacto?[27]

[25] Mefistófeles pôde entrar no gabinete de estudo porque o ângulo do pentagrama apontando para fora não estava bem fechado; como, porém, o ângulo interno não apresenta nenhum vão, torna-se-lhe impossível transpor a soleira para sair do quarto.

[26] No original, Mefisto diz ser lei dos "demônios e fantasmas" (ou espectros). Estes são livres "no um" (por exemplo, a liberdade de escolher a entrada), mas escravos "no dois" (a imposição de sair por onde se entrou).

[27] Goethe faz com que a ideia de "pacto", que se concretizará na cena subsequente, seja aventada pela primeira vez pelo próprio Fausto (mas a Mefisto não parece ser agora o momento apropriado).

STUDIERZIMMER

MEPHISTOPHELES

Was man verspricht, das sollst du rein genießen,
Dir wird davon nichts abgezwackt.
Doch das ist nicht so kurz zu fassen,
Und wir besprechen das zunächst;
Doch jetzo bitt' ich hoch und höchst,   1.420
Für dieses Mal mich zu entlassen.

FAUST

So bleibe doch noch einen Augenblick,
Um mir erst gute Mär zu sagen.

MEPHISTOPHELES

Jetzt laß mich los! Ich komme bald zurück,
Dann magst du nach Belieben fragen.

FAUST

Ich habe dir nicht nachgestellt,
Bist du doch selbst ins Garn gegangen.
Den Teufel halte, wer ihn hält!
Er wird ihn nicht so bald zum zweiten Male fangen.

MEPHISTOPHELES

Wenn dir's beliebt, so bin ich auch bereit,   1.430
Dir zur Gesellschaft hier zu bleiben;
Doch mit Bedingnis, dir die Zeit
Durch meine Künste würdig zu vertreiben.

FAUST

Ich seh' es gern, das steht dir frei;
Nur daß die Kunst gefällig sei!

QUARTO DE TRABALHO

MEFISTÓFELES

Se houver ajuste, hás de fruí-lo,
Nada te hão de roer daquilo.
Mas, num ai é que não se faz.
Tratar-se-á, pois, disso, tão logo;
Mas, por hoje, alto e bom som, rogo
Deixares que me vá em paz.

FAUSTO

Conta-me histórias mais, de leve,
Demora-te mais um instante.[28]

MEFISTÓFELES

Larga-me agora! eu voltarei em breve;
Informar-te-ás, então, a teu talante.

FAUSTO

Não fui eu que te persegui,
Vieste tu dar na rede aqui.
Segure o diabo, quem com ele esbarra!
Pela segunda vez, de certo, não o agarra.

MEFISTÓFELES

Pois bem, posso, para agradar-te,
Ficar momentos mais contigo;
Porém, só se eu puder, condignamente, amigo,
Passar-te o tempo com minha arte.

FAUSTO

És livre, vejo-o em boa parte;
Mas seja o ofício prazenteiro!

[28] Com autoconfiança e certa lassidão, Fausto pede a Mefisto que, antes de ir embora, conte-lhe ainda uma "boa-nova" (*gute Mär*, no original), uma história leve, interessante. Mas pode haver aqui também aqui um sentido algo blasfemo, pois o termo alude à "boa-nova" do nascimento de Cristo tal como formulado na tradução de Lutero.

STUDIERZIMMER

MEPHISTOPHELES

Du wirst, mein Freund, für deine Sinnen
In dieser Stunde mehr gewinnen
Als in des Jahres Einerlei.
Was dir die zarten Geister singen,
Die schönen Bilder, die sie bringen,
Sind nicht ein leeres Zauberspiel.   1.440
Auch dein Geruch wird sich ergetzen,
Dann wirst du deinen Gaumen letzen,
Und dann entzückt sich dein Gefühl.
Bereitung braucht es nicht voran,
Beisammen sind wir, fanget an!

GEISTER

Schwindet, ihr dunkeln
Wölbungen droben!
Reizender schaue
Freundlich der blaue   1.450
Äther herein!
Wären die dunkeln
Wolken zerronnen!
Sternelein funkeln,
Mildere Sonnen
Scheinen darein.
Himmlischer Söhne
Geistige Schöne,
Schwankende Beugung
Schwebet vorüber.   1.460
Sehnende Neigung
Folget hinüber;
Und der Gewänder
Flatternde Bänder
Decken die Länder,
Decken die Laube,
Wo sich fürs Leben,

QUARTO DE TRABALHO

MEFISTÓFELES

Daquilo que aos sentidos praz,
Numa hora, mais desfrutarás
Do que, em geral, num ano inteiro.
Dos meigos gênios os cantares,
Os lindos quadros que diluem nos ares,
Não são mendaz, mágica folga.[29]
O teu olfato se há de deliciar,
Distrai-se, após, teu paladar,
E teu sentir, enfim, se empolga.
O prólogo sem mais se abstrai,
Estamos juntos, principiai!

GÊNIOS

Fujam, sombrias[30]
Nuvens, lá do alto!
Raie o azul brando
Do éter, manando
Fluidos serenos!
Nuvens sombrias,
Vêm dissolvê-las
Célicos guias!
Brilhem estrelas,
Astros amenos.
Raios aéreos
De orbes etéreos,
Voguem adiante
No halo oscilante;
Alma erradia
Siga a áurea via;
Cubram dos céus
Trêmulos véus
Campos agrestes,
Cubram o quiosque,[31]
Onde, em radiantes

[29] Os "cantares", "lindos quadros", que os espíritos irão "diluir nos ares" sob o comando de Mefistófeles, exprimem visões oníricas que acometem Fausto em seu sono hipnótico — por isso diz Mefisto que não se trata de uma brincadeira, um "mendaz" jogo mágico (*Zauberspiel*). As visões expressas nos versos curtos e encantatórios parecem vincular-se a um mundo árcade, preludiando o sonho de Fausto na cena "Laboratório" (2º ato do *Fausto II*, vv. 6.903-20). Albrecht Schöne vislumbra nesses versos, escritos no período classicista de Goethe, uma prefiguração do teatro meteorológico que se desdobra na cena final do *Fausto II*.

[30] No início desta parte coral, os espíritos comandados por Mefisto dirigem-se às "escuras abóbadas", que devem abrir-se para que o éter azul penetre suavemente no gabinete de Fausto.

[31] *Laube*, no original: "caramanchão". Por razões métricas (e também rímicas), a tradutora opta aqui por "quiosque".

STUDIERZIMMER

Tief in Gedanken,
Liebende geben.
Laube bei Laube!   1.470
Sprossende Ranken!
Lastende Traube
Stürzt ins Behälter
Drängender Kelter,
Stürzen in Bächen
Schäumende Weine,
Rieseln durch reine,
Edle Gesteine,
Lassen die Höhen
Hinter sich liegen,   1.480
Breiten zu Seen
Sich ums Genügen
Grünender Hügel.
Und das Geflügel
Schlürfet sich Wonne,
Flieget der Sonne,
Flieget den hellen
Inseln entgegen,
Die sich auf Wellen
Gauklend bewegen;   1.490
Wo wir in Chören
Jauchzende hören,
Über den Auen
Tanzende schauen,
Die sich im Freien
Alle zerstreuen.
Einige klimmen
Über die Höhen,
Andere schwimmen
Über die Seen,   1.500
Andere schweben;
Alle zum Leben,
Alle zur Ferne

Sonhos profundos,
Se unem amantes.
Quiosque após quiosque!
Ramos fecundos!
Cepas em bosque!
Suco do cacho
Lance-se em riacho,
Encha o lagar,
Vinho, a espumar,
Corra entre puras
Pedras, nos vagos
Deixe as alturas,
E em cristalinas
Fontes, em lagos
Banhe colinas
Flóridas, suaves.
E alem-se as aves
Ante o arrebol,
No halo do sol,
Voando a alvas plagas,
De ilhas, que o manso
Fluxo das vagas
Move em balanço;
Onde, nos ares,
Vibram cantares,
Dançam figuras
Sobre as planuras,
Que enchem de enleio,
Todas, o seio.
Umas galgando
Flóreas valadas,
Outras sulcando
Vagas prateadas,
Na aérea subida;
Todas à vida,
Todas nos rastros

STUDIERZIMMER

Liebender Sterne,
Seliger Huld.

MEPHISTOPHELES

Er schläft! So recht, ihr luft'gen zarten Jungen!
Ihr habt ihn treulich eingesungen!
Für dies Konzert bin ich in eurer Schuld.
Du bist noch nicht der Mann, den Teufel festzuhalten!
Umgaukelt ihn mit süßen Traumgestalten,   1.510
Versenkt ihn in ein Meer des Wahns;
Doch dieser Schwelle Zauber zu zerspalten,
Bedarf ich eines Rattenzahns.
Nicht lange brauch' ich zu beschwören,
Schon raschelt eine hier und wird sogleich mich hören.

Der Herr der Ratten und der Mäuse,
Der Fliegen, Frösche, Wanzen, Läuse
Befiehlt dir, dich hervorzuwagen
Und diese Schwelle zu benagen,
Sowie er sie mit Öl betupft —   1.520
Da kommst du schon hervorgehupft!
Nur frisch ans Werk! Die Spitze, die mich bannte,
Sie sitzt ganz vornen an der Kante.
Noch einen Biß, so ist's geschehn. —
Nun, Fauste, träume fort, bis wir uns wiedersehn.

FAUST *(erwachend)*

Bin ich denn abermals betrogen?
Verschwindet so der geisterreiche Drang,
Daß mir ein Traum den Teufel vorgelogen,
Und daß ein Pudel mir entsprang?

Suaves dos astros,
Do êxtase, amor.[32]

MEFISTÓFELES

Dorme! ótimo, aéreos jovens! Sim! com estes
Maviosos tons num bom sono o pusestes!
Pelo concerto eu vos sou devedor.
Não és ainda homem, tu, para deter o Diabo!
Rodeai-o com sutis visões de sonho,
Banhai-o em mar de ideal falaz, risonho;
Mas, de um dente de rato é que ainda não disponho
Por dar do encanto desta umbreira cabo.[33]
Num ai se invoca, escuto já
Um que ali rumoreja e logo me ouvirá.

O rei dos ratos, camundongos,
Dos sapos, piolhos, pernilongos,
Aqui te ordena apresentar-te,
E roer deste limiar a parte
Em que verte óleo... Ouviste o mando,[34]
Já de teu furo sais pulando!
Vamos, pois, à obra! A aresta que me afronta
Na borda se acha, bem na ponta.
Outra dentada, eis livre a pista.
Bem, Fausto, adeus, agora, e sonha até à vista![35]

FAUSTO *(despertando)*

Mais uma vez logrado me acho?
Esvai-se assim a espiritual visão?
Introduziu-me um mendaz sonho o diacho,
E me fugiu um mero cão?

[32] O último verso do coro dos espíritos encontra a sua rima (tanto no original como na tradução) apenas no terceiro verso da estrofe subsequente. Dizem os espíritos que as figuras dançantes, voltadas "à vida", encontram-se "nos rastros" dos "astros" amorosos e também "nos rastros" da graça, do "amor" bem-aventurado.

[33] Como rei de ratos e camundongos (além de moscas, sapos, piolhos etc.), Mefisto convoca um desses animais para roer o ângulo do pentagrama que lhe impede a saída.

[34] Neste verso a tradução deixa elíptico o sujeito: é o próprio "rei dos ratos e camundongos" que verte óleo no pentagrama desenhado na porta, numa possível alusão blasfema ao sacramento da extrema-unção, em que o óleo consagrado é vertido sobre a cabeça, mãos e pés da pessoa moribunda, ou seja, nas cinco extremidades do corpo humano.

[35] No original, Mefistófeles recorre ironicamente a um tratamento solene, empregando o vocativo latino (*Fauste*) da forma nominativa *Faustus*.

Studierzimmer

Quarto de trabalho

Na primeira cena localizada no gabinete de estudo de Fausto, Mefistófeles se deparou com o tradutor da *Bíblia*, revigorado pelo passeio ao ar livre na manhã de Páscoa e, assim, tomado por sentimentos nobres, pelo amor à divindade, à Natureza e aos homens. Não lhe pareceu ser o momento apropriado para selar o pacto, mas nesta segunda cena "Quarto de trabalho" ele encontrará um Fausto mergulhado na profunda depressão que se segue ao sono hipnótico a que fôra induzido pelo canto dos espíritos comandados por Mefistófeles. É assim plenamente consequente que a aliança se concretize nesse momento em que Fausto expressa o seu mais profundo desespero e niilismo em face da condição humana ("E da existência, assim, o fardo me contrista,/ A morte almejo, a vida me é malquista.") e profere maldições a tudo e a todos: "Do amor, maldita a suma aliança!/ Maldita da uva a rubra essência!/ Maldita fé, crença e esperança!/ E mais maldita ainda, a paciência!".

Tal como na literatura popular, no teatro de marionetes e na tragédia de Marlowe, também em Goethe o motivo do pacto constitui a cena crucial na história do Doutor Fausto. Contudo, há diferenças substanciais: naquelas narrativas e encenações, o pacto estabelece que Mefistófeles proporcionará a Fausto, durante a sua existência terrena (tradicionalmente ao longo de 24 anos), riquezas, prazeres sensuais, artes mágicas e também respostas a todas as suas indagações; em contrapartida, o diabo se apoderará da alma de Fausto no outro mundo. Em Goethe, a aliança assume antes a forma de uma aposta, cujas insólitas condições se explicitam nesta segunda cena "Quarto de trabalho", mas que só encontrará o seu desfecho no quinto e último ato do *Fausto II*.

Como já observado, nem a versão inicial da tragédia (o chamado *Urfaust*) nem o *Fragmento* publicado em 1790 trazem o episódio desse pacto-aposta que redimensiona e inova genialmente toda a tradição fáustica. Somente por volta de 1800 (mais provavelmente no início de 1801), quando a filosofia do idealismo alemão caminhava para o seu apogeu (e, sobretudo, após os desdobramentos da Revolução Francesa e da Revolução Industrial), Goethe encontrou por fim a fórmula pela qual esse titânico, insatisfazível doutor se compromete com Mefistófeles, fechando-se assim a "grande lacuna" que persistiu nos manuscritos do *Fausto* ao longo de quase trinta anos. [M.V.M.]

STUDIERZIMMER

(Faust. Mephistopheles)

FAUST

Es klopft? Herein! Wer will mich wieder plagen?   1.530

MEPHISTOPHELES

Ich bin's.

FAUST

Herein!

MEPHISTOPHELES

Du mußt es dreimal sagen.

FAUST

Herein denn!

MEPHISTOPHELES

So gefällst du mir.
Wir werden, hoff' ich, uns vertragen!
Denn dir die Grillen zu verjagen,
Bin ich als edler Junker hier,
In rotem, goldverbrämtem Kleide,
Das Mäntelchen von starrer Seide,
Die Hahnenfeder auf dem Hut,
Mit einem langen spitzen Degen,
Und rate nun dir, kurz und gut,   1.540
Dergleichen gleichfalls anzulegen;
Damit du, losgebunden, frei,
Erfahrest, was das Leben sei.

QUARTO DE TRABALHO

(Fausto. Mefistófeles)

FAUSTO

Batem? Entrai! Que mais será aquilo?

MEFISTÓFELES

Sou eu.

FAUSTO

Entra!

MEFISTÓFELES

É mister três vezes repeti-lo.[1]

FAUSTO

Entra, pois!

MEFISTÓFELES

Bem, assim me agradas.
Havemos de ser camaradas!
Para que as cismas vãs te enxote,
Vim como nobre fidalgote,[2]
Em rubras vestes de veludo,
Capa de rígido cetim,
Pena de galo no chapéu pontudo,
Afiada a ponta do espadim.
E, sem mais, ora te aconselho
Trajar idêntico aparelho,
A fim de que, livre, ao laré,
Aprendas o que a vida é.

[1] Na *Historia* de 1587 e nos demais livros populares alemães (assim como na *Tragicall history* de Marlowe), o trato com Mefistófeles está vinculado a várias formalidades, algumas das quais girando em torno do número três.

[2] Mefistófeles surge vestido com trajes distintos, fazendo figura de um nobre desenvolto e cosmopolita; no entanto, algumas peças de seu vestuário ("rubras vestes de veludo", "pena de galo no chapéu pontudo") eram tradicionalmente consideradas insígnias do demônio.

STUDIERZIMMER

FAUST

In jedem Kleide werd' ich wohl die Pein
Des engen Erdelebens fühlen.
Ich bin zu alt, um nur zu spielen,
Zu jung, um ohne Wunsch zu sein.
Was kann die Welt mir wohl gewähren?
Entbehren sollst du! sollst entbehren!
Das ist der ewige Gesang,   1.550
Der jedem an die Ohren klingt,
Den, unser ganzes Leben lang,
Uns heiser jede Stunde singt.
Nur mit Entsetzen wach' ich morgens auf,
Ich möchte bittre Tränen weinen,
Den Tag zu sehn, der mir in seinem Lauf
Nicht Einen Wunsch erfüllen wird, nicht Einen,
Der selbst die Ahnung jeder Lust
Mit eigensinnigem Krittel mindert,
Die Schöpfung meiner regen Brust   1.560
Mit tausend Lebensfratzen hindert.
Auch muß ich, wenn die Nacht sich niedersenkt,
Mich ängstlich auf das Lager strecken;
Auch da wird keine Rast geschenkt,
Mich werden wilde Träume schrecken.
Der Gott, der mir im Busen wohnt,
Kann tief mein Innerstes erregen;
Der über allen meinen Kräften thront,
Er kann nach außen nichts bewegen;
Und so ist mir das Dasein eine Last,   1.570
Der Tod erwünscht, das Leben mir verhaßt.

MEPHISTOPHELES

Und doch ist nie der Tod ein ganz willkommner Gast.

158

FAUSTO

Em todo traje hei de sentir as penas,
Da vida mísera o cortejo.
Sou velho, pra brincar apenas,
Jovem sou, pra ser sem desejo.
Que pode, Fausto, o mundo dar-te?
Deves privar-te, só privar-te![3]
É o eterno canto, este, que assim
A todo ouvido vibra e ecoa,
Que a vida inteira, até o seu fim,
Cada hora, rouca, nos entoa.
Só com pavor desperto de manhã,
Quase a gemer de amargo dó,
Ao ver o dia, que, em fugida vã,
Não me cumpre um desejo, nem um só;
Que até o presságio de algum gozo
Com fútil critiquice exclui,
Que as criações de meu espírito audacioso
Com farsas mil da vida obstrui.
Também à noite, com receio,
Terei de me estender no leito;
Também lá, foge-me o repouso, alheio,
Sonhos de horror me angustiarão o peito.
O Deus, que o ser profundo me emociona
E me agita o âmago em que mora,
Que acima de meus brios todos trona,
Não pode atuar nada por fora.[4]
E da existência, assim, o fardo me contrista,
A morte almejo, a vida me é malquista.

MEFISTÓFELES

Contudo, nunca é a morte aparição bem vista.

> [3] Ivan Turguêniev colocou esse verso como epígrafe de sua novela epistolar *Fausto*, publicada em 1856.

> [4] Ao referir-se a esse Deus que lhe comove o "âmago" da alma (e que "trona acima de todas as minhas forças", na formulação do original), Fausto exprime a sua impotência na esfera das ações concretas, pois esse Deus não consegue converter em intervenções sobre o mundo exterior o que se passa no íntimo do seio (*Busen*) que habita (*wohnt*).

STUDIERZIMMER

FAUST

O selig der, dem er im Siegesglanze
Die blut'gen Lorbeern um die Schläfe windet,
Den er, nach rasch durchrastem Tanze,
In eines Mädchens Armen findet!
O wär' ich vor des hohen Geistes Kraft
Entzückt, entseelt dahingesunken!

MEPHISTOPHELES

Und doch hat jemand einen braunen Saft,
In jener Nacht, nicht ausgetrunken.   1.580

FAUST

Das Spionieren, scheint's, ist deine Lust.

MEPHISTOPHELES

Allwissend bin ich nicht; doch viel ist mir bewußt.

FAUST

Wenn aus dem schrecklichen Gewühle
Ein süß bekannter Ton mich zog,
Den Rest von kindlichem Gefühle
Mit Anklang froher Zeit betrog,
So fluch' ich allem, was die Seele
Mit Lock- und Gaukelwerk umspannt,
Und sie in diese Trauerhöhle
Mit Blend- und Schmeichelkräften bannt!   1.590
Verflucht voraus die hohe Meinung,
Womit der Geist sich selbst umfängt!
Verflucht das Blenden der Erscheinung,
Die sich an unsre Sinne drängt!
Verflucht, was uns in Träumen heuchelt,
Des Ruhms, der Namensdauer Trug!

QUARTO DE TRABALHO

FAUSTO

Feliz a quem cingir, nos ápices da glória,[5]
As fontes com os lauréis sangrentos da vitória,
A quem, depois de baile delirante,
Colher nos braços de uma amante!
Oh, tivesse, ante a voz do Espírito preclaro,
Caído eu, rapto, extinto o Eu!

MEFISTÓFELES

Mas, sei de alguém que um certo extrato amaro
Naquela noite não bebeu.[6]

FAUSTO

A arte do espião, vejo, é do teu agrado.

MEFISTÓFELES

Tudo eu não sei: porém, ando bem informado.

FAUSTO

Se me abstraiu do transe infesto
Um doce, conhecido som,
Da alma infantil logrando o resto
Com o ecoar de um tempo ingênuo e bom;
Tudo maldigo, hoje, o que em obra
De sedução o ser governa,
E o que em miragens o soçobra,
Prendendo-o nesta atroz caverna.
Maldita seja a presunção,
Em que o critério se emaranha!
Maldito o encanto da visão
Que no íntimo sensual se entranha!
Maldito o que em vão sonho enleia,
Da fama e glória o falso brilho!

[5] O sujeito deste verso é a morte (no original, o pronome pessoal masculino *er*), a bela morte que colhe a pessoa num momento sublime, como em meio aos "louros" da glória ou nos braços do ser amado. Nessa perspectiva, Fausto lamenta agora não ter perecido perante a visão do Espírito da Terra.

[6] Mefistófeles mostra-se a par da tentativa de suicídio de Fausto, na madrugada anterior ao início das comemorações da Páscoa.

STUDIERZIMMER

Verflucht, was als Besitz uns schmeichelt,
Als Weib und Kind, als Knecht und Pflug!
Verflucht sei Mammon, wenn mit Schätzen
Er uns zu kühnen Taten regt,   1.600
Wenn er zu müßigem Ergetzen
Die Polster uns zurechtelegt!
Fluch sei dem Balsamsaft der Trauben!
Fluch jener höchsten Liebeshuld!
Fluch sei der Hoffnung! Fluch dem Glauben,
Und Fluch vor allen der Geduld!

GEISTERCHOR *(unsichtbar)*

Weh! weh!
Du hast sie zerstört,
Die schöne Welt,
Mit mächtiger Faust;   1.610
Sie stürzt, sie zerfällt!
Ein Halbgott hat sie zerschlagen!
Wir tragen
Die Trümmern ins Nichts hinüber,
Und klagen
Über die verlorne Schöne.
Mächtiger
Der Erdensöhne,
Prächtiger
Baue sie wieder,   1.620
In deinem Busen baue sie auf!
Neuen Lebenslauf
Beginne,
Mit hellem Sinne,
Und neue Lieder
Tönen darauf!

MEPHISTOPHELES

Dies sind die Kleinen

162

QUARTO DE TRABALHO

Maldito o haver que lisonjeia
Como lar, servo, esposa, filho!
Mamon maldito, quando à empresa[7]
Audaz seu ouro nos arroja,
Quando aos prazeres e à moleza,
Em seda e plumas nos aloja!
Do amor, maldita a suma aliança!
Maldita da uva a rubra essência!
Maldita fé, crença e esperança!
E mais maldita ainda, a paciência![8]

CORO DOS GÊNIOS *(invisível)*[9]

Ai de ti! Ai!
Aniquilaste-o,
O lindo mundo,
Com mão possante;
Vai ruindo, cai fundo!
Um semideus fê-lo em pedaços!
As ruínas, nos braços,
Para o Nada levamos,
E lamentamos
Perdidos brilhos.
Ó tu! potente,
Dos térreos filhos,
Mais resplendente
Reergue-o em teus pensares!
Dê-lhe o peito acolhida,
Novo curso de vida
Inicia, com claro
Senso e preparo,
E com novos cantares
Exalta a lida!

MEFISTÓFELES

Os pequeninos

[7] Mamon era uma antiga divindade síria que representava a riqueza. No *Evangelho segundo São Mateus* (4: 24) aparece como a personificação do dinheiro. No *Paraíso perdido*, de Milton, que Goethe leu atentamente em 1799, Mamon é um demônio que constrói para Satã um palácio com veios de ouro ardente.

[8] Os vitupérios pronunciados por Fausto nesta estrofe atingem o seu ápice nesse amaldiçoar das virtudes cristãs da fé (*Glaube*), esperança (*Hoffnung*), amor ou caridade (conotado no termo *Liebeshuld*, a bem-aventurança do amor) e da paciência.

[9] Nesta nova intervenção, o coro dos espíritos comenta o niilismo de Fausto, o "semideus" que aniquilou um "lindo mundo", mas ao mesmo tempo exorta-o (a esse "potente" filho da terra) a reerguê-lo em seu peito e iniciar "novo curso de vida", palavras que também preparam o encaminhamento do pacto.

STUDIERZIMMER

Von den Meinen.
Höre, wie zu Lust und Taten
Altklug sie raten!   1.630
In die Welt weit,
Aus der Einsamkeit,
Wo Sinnen und Säfte stocken,
Wollen sie dich locken.

Hör auf, mit deinem Gram zu spielen,
Der, wie ein Geier, dir am Leben frißt;
Die schlechteste Gesellschaft läßt dich fühlen,
Daß du ein Mensch mit Menschen bist.
Doch so ist's nicht gemeint,
Dich unter das Pack zu stoßen.   1.640
Ich bin keiner von den Großen;
Doch willst du mit mir vereint
Deine Schritte durchs Leben nehmen,
So will ich mich gern bequemen,
Dein zu sein, auf der Stelle.
Ich bin dein Geselle,
Und mach' ich dir's recht,
Bin ich dein Diener, bin dein Knecht!

FAUST

Und was soll ich dagegen dir erfüllen?

MEPHISTOPHELES

Dazu hast du noch eine lange Frist.   1.650

FAUST

Nein, nein! der Teufel ist ein Egoist
Und tut nicht leicht um Gottes willen,
Was einem andern nützlich ist.
Sprich die Bedingung deutlich aus;
Ein solcher Diener bringt Gefahr ins Haus.

São de entre os meus meninos.
Ouve, para o prazer e a ação,
Esperto alvitre dão.
Para o mundo sem termo,
Deste teu ermo,
Em que estacam forças e sumos,[10]
Te atraem a novos rumos.

Não brinques mais com os teus pesares,
Que a tua vida, qual abutres, comem;
Na pior companhia em que te achares,
Entre homens sentirás ser homem.
Mas não digo isso no sentido
De te empurrar por entre a malta.
Não sou lá gente da mais alta;
Mas, se te apraz, a mim unido,
Tomar os passos pela vida,
Pronto estou, sem medida,
A ser teu, neste instante;
Companheiro constante,
E se assim for do teu agrado,
Sou teu lacaio, teu criado!

FAUSTO

E com que ofício retribuo os teus?

MEFISTÓFELES

Tens tempo, que isso não se paga à vista.

FAUSTO

Não, não! o diabo é um egoísta
E não fará, só por amor a Deus,
Aquilo que a algum outro assista.
Dize bem clara a condição;
Traz servo tal perigos ao patrão.

[10] Na medicina da época vigorava a concepção de que uma causa fundamental das doenças que acometiam os eruditos era, ao lado da falta de movimento físico e do excesso de trabalho intelectual, o "estacar" dos "sumos" (líquidos) corporais. No contexto deste verso, Albrecht Schöne reproduz palavras de um verbete da *Deutsche Encyclopädie* publicada em 1804: "A circulação sanguínea no baixo-ventre e principalmente no sistema arterial é obstruída, originando-se então a hipocondria, melancolia e doenças hemorroidais, também escleroses e outras anomalias no fígado e baço. A hipocondria tem a influência mais nítida sobre o equilíbrio e a tranquilidade do espírito e, por isso, é chamada a doença dos eruditos".

STUDIERZIMMER

MEPHISTOPHELES

Ich will mich hier zu deinem Dienst verbinden,
Auf deinen Wink nicht rasten und nicht ruhn;
Wenn wir uns drüben wiederfinden,
So sollst du mir das gleiche tun.

FAUST

Das Drüben kann mich wenig kümmern;   1.660
Schlägst du erst diese Welt zu Trümmern,
Die andre mag darnach entstehn.
Aus dieser Erde quillen meine Freuden,
Und diese Sonne scheinet meinen Leiden;
Kann ich mich erst von ihnen scheiden,
Dann mag, was will und kann, geschehn.
Davon will ich nichts weiter hören,
Ob man auch künftig haßt und liebt,
Und ob es auch in jenen Sphären
Ein Oben oder Unten gibt.   1.670

MEPHISTOPHELES

In diesem Sinne kannst du's wagen.
Verbinde dich; du sollst, in diesen Tagen,
Mit Freuden meine Künste sehn,
Ich gebe dir, was noch kein Mensch gesehn.

FAUST

Was willst du armer Teufel geben?
Ward eines Menschen Geist, in seinem hohen Streben,
Von deinesgleichen je gefaßt?
Doch hast du Speise, die nicht sättigt, hast
Du rotes Gold, das ohne Rast,
Quecksilber gleich, dir in der Hand zerrinnt,   1.680
Ein Spiel, bei dem man nie gewinnt,
Ein Mädchen, das an meiner Brust

QUARTO DE TRABALHO

MEFISTÓFELES

Obrigo-me, eu te sirvo, eu te secundo,
Aqui, em tudo, sem descanso ou paz;
No encontro nosso, no outro mundo,
O mesmo para mim farás.[11]

FAUSTO

Que importam do outro mundo os embaraços?[12]
Faze primeiro este em pedaços,
Surja o outro após, se assim quiser!
Emana desta terra o meu contento,
E este sol brilha ao meu tormento;
Se deles me tornar isento,
Aconteça o que der e vier.
Nem me interessa ouvir, deveras,
Se há, no Além, ódio, amor, estima,
E se há também em tais esferas
Algum "embaixo" e algum "em cima".

MEFISTÓFELES

Em tal sentido podes arriscar-te.
Obriga-te, e hás de nesses dias ver
Com gosto o cimo de minha arte,
Dou-te o que nunca viu humano ser.

FAUSTO

Que queres tu dar, pobre demo?
Quando é que o gênio humano, em seu afã supremo
Foi compreendido pela tua raça?
Mas, possuis alimento que não satisfaça,
Rubro ouro que nas mãos já se desfaça
Como mercúrio, jogo estranho,
Perdido sempre e jamais ganho,
Mulher que já nos braços meus,

[11] As palavras de Mefisto giram em torno de uma concepção tradicional do pacto, tal como configurado na *Historia* de 1587 ou no drama de Marlowe: após ter se oferecido como "lacaio" e "criado" de Fausto, ele acrescenta agora que no "outro mundo" esses papéis se inverterão. (No original, Goethe emprega a conjunção temporal *wenn*, que em alemão tem também um sentido condicional: "Se nós nos encontrarmos no outro mundo".)

[12] Quase dez mil versos adiante, o velho Fausto voltará a explicitar esse desprezo pelo "outro mundo" imediatamente antes de perder a visão (cena "Meia-noite"), quando diz à alegoria da Apreensão: "Parvo quem para lá [o além] o olhar alteia;/ Além das nuvens seus iguais ideia!" (vv. 11.443-4).

STUDIERZIMMER

Mit Äugeln schon dem Nachbar sich verbindet,
Der Ehre schöne Götterlust,
Die, wie ein Meteor, verschwindet.
Zeig mir die Frucht, die fault, eh' man sie bricht,
Und Bäume, die sich täglich neu begrünen!

MEPHISTOPHELES

Ein solcher Auftrag schreckt mich nicht,
Mit solchen Schätzen kann ich dienen.
Doch, guter Freund, die Zeit kommt auch heran,   1.690
Wo wir was Guts in Ruhe schmausen mögen.

FAUST

Werd' ich beruhigt je mich auf ein Faulbett legen,
So sei es gleich um mich getan!
Kannst du mich schmeichelnd je belügen,
Daß ich mir selbst gefallen mag,
Kannst du mich mit Genuß betrügen,
Das sei für mich der letzte Tag!
Die Wette biet' ich!

MEPHISTOPHELES

Topp!

FAUST

Und Schlag auf Schlag!
Werd' ich zum Augenblicke sagen:
Verweile doch! du bist so schön!   1.700
Dann magst du mich in Fesseln schlagen,
Dann will ich gern zugrunde gehn!
Dann mag die Totenglocke schallen,
Dann bist du deines Dienstes frei,
Die Uhr mag stehn, der Zeiger fallen,
Es sei die Zeit für mich vorbei!

Piscando o olho, outro a si atrai;
Da glória o dom, prazer de um deus,
E que, a um meteoro igual, se esvai.
Mostra-me o fruto, podre antes que o colha,
E a árvore que de dia em dia se renova!

MEFISTÓFELES

De tais bens posso dar-te a escolha,
E põe-me o encargo a fácil prova.
Mas, caro amigo, o tempo ainda virá
De em calma saboreares o prazer.[13]

FAUSTO

Se eu me estirar jamais num leito de lazer,[14]
Acabe-se comigo, já!
Se me lograres com deleite
E adulação falsa e sonora,
Para que o próprio Eu preze e aceite,
Seja-me aquela a última hora!
Aposto! e tu?

MEFISTÓFELES

Topo![15]

FAUSTO

E sem dó nem mora!
Se vier um dia em que ao momento
Disser: Oh, para! és tão formoso!
Então algema-me a contento,
Então pereço venturoso!
Repique o sino derradeiro,
A teu serviço ponhas fim,
Pare a hora então, caia o ponteiro,
O Tempo acabe para mim!

[13] Respondendo à enumeração de coisas que, na visão de Fausto, jamais lhe proporcionarão satisfação duradoura (pois não há "árvore que de dia em dia se renova"), Mefisto usa no original o pronome "nós": literalmente, "mas ainda virá o tempo/ Em que poderemos saborear algo de bom, prazeroso".

[14] Começa a explicitar-se aqui o teor da aposta selada entre Fausto e Mefistófeles: se a inquietação de Fausto, se a sua eterna aspiração aplacar-se algum dia e ele entregar-se a um "leito de lazer", à indolência e à fruição hedonista, se vivenciar um momento de felicidade em que possa exclamar: "Oh, para!, és tão formoso!", então Mefisto terá ganho a aposta.

[15] *Topp!*, no original, expressão onomatopaica do som produzido pelas mãos que fecham uma aposta. A tradutora explorou aqui a semelhança de som com "topo" em português. E observe-se que o dicionário Houaiss, no verbete "topar", dá também como etimologia (*top*) a "onomatopeia de choque brusco".

STUDIERZIMMER

MEPHISTOPHELES

Bedenk es wohl, wir werden's nicht vergessen.

FAUST

Dazu hast du ein volles Recht;
Ich habe mich nicht freventlich vermessen.
Wie ich beharre, bin ich Knecht,   1.710
Ob dein, was frag' ich, oder wessen.

MEPHISTOPHELES

Ich werde heute gleich, beim Doktorschmaus,
Als Diener, meine Pflicht erfüllen.
Nur eins! — Um Lebens oder Sterbens willen
Bitt' ich mir ein paar Zeilen aus.

FAUST

Auch was Geschriebnes forderst du Pedant?
Hast du noch keinen Mann, nicht Manneswort gekannt?
Ist's nicht genug, daß mein gesprochnes Wort
Auf ewig soll mit meinen Tagen schalten?
Rast nicht die Welt in allen Strömen fort,   1.720
Und mich soll ein Versprechen halten?
Doch dieser Wahn ist uns ins Herz gelegt,
Wer mag sich gern davon befreien?
Beglückt, wer Treue rein im Busen trägt,
Kein Opfer wird ihn je gereuen!
Allein ein Pergament, beschrieben und beprägt,
Ist ein Gespenst, vor dem sich alle scheuen.
Das Wort erstirbt schon in der Feder,
Die Herrschaft führen Wachs und Leder.
Was willst du böser Geist von mir?   1.730
Erz, Marmor, Pergament, Papier?
Soll ich mit Griffel, Meißel, Feder schreiben?
Ich gebe jede Wahl dir frei.

MEFISTÓFELES

Medita-o bem, que em minha mente o gravo.[16]

FAUSTO

Nesse direito não te entravo,
Em vão não me comprometi.
De qualquer forma sou escravo,[17]
Que importa, se de outro ou de ti.

MEFISTÓFELES

No festim doutoral, assumirei tão logo[18]
De servidor o ofício e o porte.
Mas, por amor da vida e morte,
Algumas linhas, só, te rogo.

FAUSTO

Pedante, algo de escrito exiges mais?
Palavra de homem conheceste tu jamais?
Não basta, pois, reger-me eternamente
Os dias minha fé expressa?[19]
Não corre em mil caudais a universal torrente,
E a mim deve ligar uma promessa?
Mas, vive-nos na alma esse devaneio,
Quem lhe quer desprender a algema?
Feliz quem guarda intacta a fé no seio,
De sacrifício algum há de sentir a prema!
Porém um pergaminho, inscrito, impresso, alheio,
É espectro mau: não há quem não o tema.
Na pena esvai-se o dito, morredouro,
Imperam só a cera e o couro.
Que exiges, pois, gênio daninho?
Papel, bronze, aço, pergaminho?
Devo escrever com lápis, cinzel, pena?
Dou-te de tudo escolha plena.

[16] De fato, Mefisto não esquecerá os termos da aposta e retomará, imediatamente após a morte de Fausto, a metáfora do relógio e da hora parada: "Para! Qual meia-noite está calado./ Cai o ponteiro" (vv. 11.593-5).

[17] Isto é, se Fausto se detiver no prazer, estará se escravizando, submetendo-se a algo exterior. O verbo usado no original (*beharren*) significa nesse contexto o contrário da aspiração fáustica, o seu inquebrantável "aspirar" (*streben*).

[18] Nos séculos XVI e XVII, o acadêmico que recebia o título de doutor costumava oferecer um "festim" aos professores de sua faculdade. Este verso parece aludir à cena da "disputa acadêmica" que Goethe acabou excluindo do texto definitivo (ver comentário à cena "Quarto de trabalho I").

[19] "Fé expressa" corresponde no original a *gesprochnes Wort*, "palavra dada".

STUDIERZIMMER

MEPHISTOPHELES

Wie magst du deine Rednerei
Nur gleich so hitzig übertreiben?
Ist doch ein jedes Blättchen gut.
Du unterzeichnest dich mit einem Tröpfchen Blut.

FAUST

Wenn dies dir völlig G'nüge tut,
So mag es bei der Fratze bleiben.

MEPHISTOPHELES

Blut ist ein ganz besondrer Saft.   1.740

FAUST

Nur keine Furcht, daß ich dies Bündnis breche!
Das Streben meiner ganzen Kraft
Ist grade das, was ich verspreche.
Ich habe mich zu hoch gebläht,
In deinen Rang gehör' ich nur.
Der große Geist hat mich verschmäht,
Vor mir verschließt sich die Natur.
Des Denkens Faden ist zerrissen,
Mir ekelt lange vor allem Wissen.
Laß in den Tiefen der Sinnlichkeit   1.750
Uns glühende Leidenschaften stillen!
In undurchdrungnen Zauberhüllen
Sei jedes Wunder gleich bereit!
Stürzen wir uns in das Rauschen der Zeit,
Ins Rollen der Begebenheit!
Da mag denn Schmerz und Genuß,
Gelingen und Verdruß
Mit einander wechseln, wie es kann;
Nur rastlos betätigt sich der Mann.

MEFISTÓFELES

Por que exageras teu fraseado
Com jeito tão acalorado?
Serve qualquer folheto ou nota.
Com sangue assinas, uma gota![20]

FAUSTO

Pois bem, a farsa, então, se adota,
Já que te deixa contentado.

MEFISTÓFELES

Sangue é um muito especial extrato.

FAUSTO

Não há perigo de eu romper o pacto!
O afã do meu vigor completo
É justamente o que prometo.
Demais alto ensoberbeci-me;
Pertenço só à tua classe.
Falhou-me o Espírito sublime,[21]
Vela-me a natureza a face.
Do pensamento se partiu o fio,
Com a ciência toda me arrepio.
Nos turbilhões do sensual fermento
Se aplaque das paixões o ígneo tumulto!
Em véus de mágica se quede oculto,
Presto a surgir, qualquer portento!
Saciemo-nos no efêmero momento,
No giro rápido do evento!
Alternem-se prazer e dor,
Triunfo e dissabor,
Como puderem, um com outro, então;
Patenteia-se o homem na incessante ação.

[20] Esse traço do "sangue" está presente nas várias versões da história do Doutor Fausto. Remonta, provavelmente, ao ritual pagão de selar pactos entre pessoas com sangue. No *Êxodo* (24: 8), a aliança das tribos de Israel com Iahweh também é selada com sangue sacrificial. No *Doutor Fausto*, de Thomas Mann, a assinatura do pacto com o sangue do pactário é substituída pela contaminação voluntária deste com a sífilis. Também no *Grande sertão: veredas* encontram-se alusões ao pacto de sangue, seja àquele supostamente selado por Hermógenes, seja nas elucubrações de Riobaldo, que descrê de um diabo "medonho como exigia documento com sangue vivo assinado".

[21] Fausto alude aqui, mais uma vez, ao seu encontro fracassado com o Espírito da Terra.

STUDIERZIMMER

MEPHISTOPHELES

Euch ist kein Maß und Ziel gesetzt.   1.760
Beliebt's Euch, überall zu naschen,
Im Fliehen etwas zu erhaschen,
Bekomm' Euch wohl, was Euch ergetzt.
Nur greift mir zu und seid nicht blöde!

FAUST

Du hörest ja, von Freud' ist nicht die Rede.
Dem Taumel weih' ich mich, dem schmerzlichsten Genuß,
Verliebtem Haß, erquickendem Verdruß.
Mein Busen, der vom Wissensdrang geheilt ist,
Soll keinen Schmerzen künftig sich verschließen,
Und was der ganzen Menschheit zugeteilt ist,   1.770
Will ich in meinem innern Selbst genießen,
Mit meinem Geist das Höchst' und Tiefste greifen,
Ihr Wohl und Weh auf meinen Busen häufen,
Und so mein eigen Selbst zu ihrem Selbst erweitern,
Und, wie sie selbst, am End' auch ich zerscheitern.

MEPHISTOPHELES

O glaube mir, der manche tausend Jahre
An dieser harten Speise kaut,
Daß von der Wiege bis zur Bahre
Kein Mensch den alten Sauerteig verdaut!
Glaub unsereinem: dieses Ganze   1.780
Ist nur für einen Gott gemacht!
Er findet sich in einem ew'gen Glanze,
Uns hat er in die Finsternis gebracht,
Und euch taugt einzig Tag und Nacht.

FAUST

Allein ich will!

QUARTO DE TRABALHO

MEFISTÓFELES

Queres, sem freio ou mira estreita,
Provar de tudo sem medida,
Petiscar algo de fugida?
Bem te valha, o que te deleita!
Porém, agarra-o, sem pieguice!

FAUSTO

Não penso em alegrias, já to disse.
Entrego-me ao delírio, ao mais cruciante gozo,
Ao fértil dissabor como ao ódio amoroso.
Meu peito, da ânsia do saber curado,
A dor nenhuma fugirá do mundo,
E o que a toda a humanidade é doado,
Quero gozar no próprio Eu, a fundo,
Com a alma lhe colher o vil e o mais perfeito,
Juntar-lhe a dor e o bem-estar no peito,
E, destarte, ao seu Ser ampliar meu próprio Ser,
E, com ela, afinal, também eu perecer.[22]

MEFISTÓFELES

Oh! crê-mo a mim, a mim que já mastigo,
Desde milênios essa vianda dura,
Que homem algum, do berço até ao jazigo,
Digere a velha levedura![23]
Podes crer-mo, esse Todo, filho,
Só para um Deus é feito, a quem
Envolve num perene brilho!
A nós, nas trevas pôs, porém,
E a vós, o dia e a noite, só, convêm.

FAUSTO

Mas quero!

[22] Valendo-se de três oximoros ("cruciante gozo", "fértil dissabor", "ódio amoroso"), Fausto assume o papel titânico de representante de toda a humanidade. Como lembra Schöne, essa aspiração incondicional pela totalidade encontra sua crítica nas palavras do Abbé ao final de *Os anos de aprendizado de Wilhelm Meister* (VIII, 7): "Quem quiser fazer ou fruir tudo em sua plena humanidade, quem quiser associar tudo o que lhe é exterior a tal espécie de fruição, este haverá tão somente de passar sua vida numa aspiração eternamente insatisfatória".

[23] A metáfora da "levedura" ecoa as palavras de Paulo em *1 Coríntios* (5: 6-7). Em seguida, Mefisto faz nova alusão bíblica, ao lembrar a queda de Lúcifer e dos demais anjos que pecaram e foram lançados por Deus nas "trevas" (ver nota ao v. 10.075).

STUDIERZIMMER

MEPHISTOPHELES

Das läßt sich hören!
Doch nur vor einem ist mir bang:
Die Zeit ist kurz, die Kunst ist lang.
Ich dächt', Ihr ließet Euch belehren.
Assoziiert Euch mit einem Poeten,
Laßt den Herrn in Gedanken schweifen, 1.790
Und alle edlen Qualitäten
Auf Euren Ehrenscheitel häufen,
Des Löwen Mut,
Des Hirsches Schnelligkeit,
Des Italieners feurig Blut,
Des Nordens Dau'rbarkeit.
Laßt ihn Euch das Geheimnis finden,
Großmut und Arglist zu verbinden,
Und Euch, mit warmen Jugendtrieben,
Nach einem Plane zu verlieben. 1.800
Möchte selbst solch einen Herren kennen,
Würd' ihn Herrn Mikrokosmus nennen.

FAUST

Was bin ich denn, wenn es nicht möglich ist,
Der Menschheit Krone zu erringen,
Nach der sich alle Sinne dringen?

MEPHISTOPHELES

Du bist am Ende — was du bist.
Setz dir Perücken auf von Millionen Locken,
Setz deinen Fuß auf ellenhohe Socken,
Du bleibst doch immer, was du bist.

FAUST

Ich fühl's, vergebens hab' ich alle Schätze 1.810
Des Menschengeists auf mich herbeigerafft,

MEFISTÓFELES

Bom! gostei de ouvir!
Só de um temor vos darei parte;
É curto o tempo, é longa a arte.
Pensei que vos pudesse instruir.
Pois associai-vos com um poeta,[24]
Deixai que em cismas se embeveça,
E vos empilhe a lista arquicompleta
Das virtudes sobre a cabeça;
Do cervo o curso ufano,
Do leão o ânimo forte,
O sangue ardente do italiano,
A solidez do norte.[25]
Deixai que vos ache o segredo
De unir grandeza a astuto enredo,
E, com fervores juvenis,
De amar, segundo cálculos sutis.
Nomearia um cavalheiro como esse
Dom Microcosmo — se o conhecesse.[26]

FAUSTO

Mas que é que eu sou, se me é vedado, pois,
Granjear da humanidade o diadema,
Do Eu todo a aspiração suprema?[27]

MEFISTÓFELES

No fim sereis sempre o que sois.
Por mais que os pés sobre altas solas coloqueis,
E useis perucas de milhões de anéis,
Haveis de ser sempre o que sois.

FAUSTO

Sinto-o, amontoei debalde sobre mim
Todos os bens da inteligência humana,

[24] Mefisto tem em mente um poema encomiástico, em que o poeta acumularia sobre Fausto a "lista arquicompleta das virtudes", pois somente assim a sua aspiração por totalidade poderia realizar-se.

[25] Isto é, a perseverança do homem do hemisfério Norte, cujas "virtudes" não são oferecidas pelo "sangue ardente do italiano".

[26] Referência irônica de Mefisto à ideia de que o ser humano traz em si todo o universo, o "Macrocosmo".

[27] Literalmente, Fausto diz neste verso que todos os sentidos almejam tal "diadema" (ou "coroa", *Krone*) da humanidade.

STUDIERZIMMER

Und wenn ich mich am Ende niedersetze,
Quillt innerlich doch keine neue Kraft;
Ich bin nicht um ein Haar breit höher,
Bin dem Unendlichen nicht näher.

MEPHISTOPHELES

Mein guter Herr, Ihr seht die Sachen,
Wie man die Sachen eben sieht;
Wir müssen das gescheiter machen,
Eh' uns des Lebens Freude flieht.
Was Henker! freilich Händ' und Füße   1.820
Und Kopf und H— —, die sind dein;
Doch alles, was ich frisch genieße,
Ist das drum weniger mein?
Wenn ich sechs Hengste zahlen kann,
Sind ihre Kräfte nicht die meine?
Ich renne zu und bin ein rechter Mann,
Als hätt' ich vierundzwanzig Beine.
Drum frisch! Laß alles Sinnen sein,
Und grad' mit in die Welt hinein!
Ich sag' es dir: ein Kerl, der spekuliert,   1.830
Ist wie ein Tier, auf dürrer Heide
Von einem bösen Geist im Kreis herumgeführt,
Und rings umher liegt schöne grüne Weide.

FAUST

Wie fangen wir das an?

MEPHISTOPHELES

                    Wir gehen eben fort.
Was ist das für ein Marterort?
Was heißt das für ein Leben führen,
Sich und die Jungens ennuyieren?
Laß du das dem Herrn Nachbar Wanst!

QUARTO DE TRABALHO

E quando estou a descansar, no fim,
Novo vigor do íntimo não me emana;
Não me elevei junto ao meu fito,
Não me acheguei mais do Infinito.

MEFISTÓFELES

Meu bom amigo, as cousas vês
Como as vê sempre a tua laia;
Mais esperteza, de uma vez!
Antes que o bom da vida se te esvaia.
Com a breca! pernas, braços, peito,[28]
Cabeça, sexo,[29] aquilo é teu;
Mas, tudo o que, fresco, aproveito,
Será por isso menos meu?
Se podes pagar seis cavalos,
As suas forças não governas?
Corres por morros, clivos, valos,
Qual possuidor de vinte e quatro pernas.
Basta de andar cogitabundo,
Sus! mete-te dentro do mundo!
Digo-te, um tipo que especula,
É como besta, em campo árido e gasto,
Que à roda um gênio mau circula,
E em torno há verde e fértil pasto.

FAUSTO

Como o faremos, pois?

MEFISTÓFELES

                    Vamos embora, ora essa!
Este antro de martírio acaso te interessa?
Levar tal vida é o que te agrada,
Maçar-te a ti e à rapaziada?
Deixa isso ao Dom Vizinho Pança![30]

[28] Em seus *Manuscritos econômico-filosóficos* (1844), o jovem Marx ilustra a análise do dinheiro e da propriedade privada capitalista com "a exegese dessa passagem goethiana" (que ele reproduz até o v. 1.827): "Aquilo que existe para mim mediante o *dinheiro*, aquilo que eu posso pagar, isto é, o que o dinheiro pode comprar, é o que *eu sou*, o proprietário desse mesmo dinheiro. As minhas forças têm exatamente as proporções da força do dinheiro. As propriedades do dinheiro são as minhas propriedades e forças vitais, como proprietário do dinheiro. Aquilo que eu *sou* e *posso* não é de forma alguma determinado pela minha individualidade. Eu *sou* feio, mas posso comprar a *mais bela* mulher. Logo, não sou *feio*, pois o efeito da *feiura*, sua força repugnante, é aniquilado pelo dinheiro. De acordo com minha individualidade, sou *paralítico*, mas o dinheiro me proporciona vinte e quatro pernas; portanto, não sou paralítico. [...] O dinheiro não converte portanto todas as minhas incapacidades em seu contrário?".

[29] Desde a publicação do *Fausto I* em 1808, as

STUDIERZIMMER

Was willst du dich das Stroh zu dreschen plagen?
Das Beste, was du wissen kannst,   1.840
Darfst du den Buben doch nicht sagen.
Gleich hör' ich einen auf dem Gange!

FAUST

Mir ist's nicht möglich, ihn zu sehn.

MEPHISTOPHELES

Der arme Knabe wartet lange,
Der darf nicht ungetröstet gehn.
Komm, gib mir deinen Rock und Mütze;
Die Maske muß mir köstlich stehn.

(Er kleidet sich um)

Nun überlaß es meinem Witze!
Ich brauche nur ein Viertelstündchen Zeit;
Indessen mache dich zur schönen Fahrt bereit!   1.850

(Faust ab)

MEPHISTOPHELES *(in Fausts langem Kleide)*

Verachte nur Vernunft und Wissenschaft,
Des Menschen allerhöchste Kraft,
Laß nur in Blend- und Zauberwerken
Dich von dem Lügengeist bestärken,
So hab' ich dich schon unbedingt —
Ihm hat das Schicksal einen Geist gegeben,
Der ungebändigt immer vorwärts dringt,
Und dessen übereiltes Streben
Der Erde Freuden überspringt.
Den schlepp' ich durch das wilde Leben,   1.860
Durch flache Unbedeutenheit,
Er soll mir zappeln, starren, kleben,

QUARTO DE TRABALHO

Por que estafar-te assim malhando a palha?
Se do melhor que a tua ciência alcança,
Não podes mesmo instruir essa gentalha.[31]
Um dos rapazes no vestíbulo ouço!

FAUSTO

Não me é possível recebê-lo.

MEFISTÓFELES

Espera há tempos, pobre moço,
Devemos atender-lhe o apelo.
Vem, dá-me a toga: há de me ornar o figurino!
Agora o gorro no cabelo.

(Muda de roupa)

E deixa o resto com meu tino!
Um quarto de hora há de ser suficiente;
Para a feliz jornada, apronta-te entremente!

(Fausto sai)

MEFISTÓFELES *(com a toga comprida de Fausto)*

Vai-te e despreza o gênio e a ciência,
Do ser humano a máxima potência!
Deixa que em cega e feiticeira gira
Te embale o demo da mentira,
E já te prendo em meu enlace.
Deu-lhe o destino um gênio ardente
Que, invicto, aspira para a frente
E, em precipitação fugace,
Da terra o Bom transpõe fremente.
Arrasto-o, em seu afã falace,
Pela vida impetuosa e nula;
Lute, esperneie, se espedace,

edições alemãs costumam
trazer apenas a inicial da
palavra traduzida aqui por
"sexo", seguida pelas
chamados "reticências de
decoro" (*Anstandsstriche*):
H— —. A letra "H",
contudo, parece estar
abreviando a palavra
Hintern, "traseiro" ou
"bunda", embora se possa
pensar também em *Hoden*,
"testículo", que vai mais na
direção da opção feita pela
tradutora. Como o
manuscrito desses versos se
perdeu, não é possível
afirmar com certeza qual a
palavra visada por Goethe.

[30] *Nachbar Wanst*, no
original: uma pessoa
bonachona, corpulenta,
também embotada e,
assim, sem preocupações
que a consumam (para
prejuízo de sua "pança"...).

[31] *Das Beste, was du
wissen kannst,/ Darfst du
den Buben doch nicht
sagen*. Esta é uma das
passagens do *Fausto* de
que Sigmund Freud mais
gostava. Somente na
Interpretação dos sonhos
Freud a citou duas vezes. É
também com esses versos
que ele concluiu seu
discurso de agradecimento
pela outorga do Prêmio
Goethe em 1930.

STUDIERZIMMER

Und seiner Unersättlichkeit
Soll Speis' und Trank vor gier'gen Lippen schweben;
Er wird Erquickung sich umsonst erflehn,
Und hätt' er sich auch nicht dem Teufel übergeben,
Er müßte doch zugrunde gehn!

(Ein Schüler tritt auf)

SCHÜLER

Ich bin allhier erst kurze Zeit,
Und komme voll Ergebenheit,
Einen Mann zu sprechen und zu kennen,   1.870
Den alle mir mit Ehrfurcht nennen.

MEPHISTOPHELES

Eure Höflichkeit erfreut mich sehr!
Ihr seht einen Mann wie andre mehr.
Habt Ihr Euch sonst schon umgetan?

SCHÜLER

Ich bitt' Euch, nehmt Euch meiner an!
Ich komme mit allem guten Mut,
Leidlichem Geld und frischem Blut;
Meine Mutter wollte mich kaum entfernen;
Möchte gern was Rechts hieraußen lernen.

MEPHISTOPHELES

Da seid Ihr eben recht am Ort.   1.880

SCHÜLER

Aufrichtig, möchte schon wieder fort:
In diesen Mauern, diesen Hallen
Will es mir keineswegs gefallen.
Es ist ein gar beschränkter Raum,

Veja sua insaciável gula
O alimento a flutuar-lhe ante a sedenta face;[32]
Debalde implore alívio refrescante,
E, se antes ao demônio já não se entregasse,
Pereceria, não obstante!

(Entra um estudante)[33]

ESTUDANTE

Aqui me encontro há pouco e venho,
Com devoção e humilde empenho,
Render a um homem justo preito,
Que só nomeiam com respeito.

MEFISTÓFELES

Com a polidez me penhorais!
Vedes um homem como os mais.
Quem mais já vistes, sem embargo?

ESTUDANTE

Peço tomar-me ao vosso encargo!
Vim com ânimo robusto e inteiro,
Com sangue moço e algum dinheiro;
Quis minha mãe ater-me a ela; embora![34]
Pretendo instruir-me cá por fora.

MEFISTÓFELES

Pois acertastes vindo cá.

ESTUDANTE

Com franqueza, estivesse eu longe já:
Estas paredes, aulas, salas,
Não sei como hei de suportá-las.
É tão restrito e angusto o espaço,

[32] Alusão ao castigo imposto a Tântalo, eternamente mergulhado em água até o pescoço e padecendo sede e fome insuportáveis, pois, quando ia saciá-las, a água e os frutos que pendiam sobre sua cabeça recuavam para fora de seu alcance.

[33] O estudante que adentra o gabinete de Fausto vem do ginásio e pretende agora iniciar um estudo superior. Ele não conhece pessoalmente o professor que busca e, por isso, é possível a Mefisto assumir tal papel nesse *intermezzo* satírico, repleto de alusões a ritos acadêmicos dos séculos XVI e XVII. Anos depois (cena "Quarto gótico" da segunda parte da tragédia) este mesmo estudante retornará, na condição de *baccalaureus*, ao gabinete de Fausto. Ostentando então enorme arrogância, ele buscará vingar-se da peça de que foi vítima quando estudante (justamente nesta sequência).

[34] Este elíptico "embora!" da tradução exprime a resoluta atitude do filho perante a oposição da mãe à sua partida.

STUDIERZIMMER

Man sieht nichts Grünes, keinen Baum,
Und in den Sälen auf den Bänken
Vergeht mir Hören, Sehn und Denken.

MEPHISTOPHELES

Das kommt nur auf Gewohnheit an.
So nimmt ein Kind der Mutter Brust
Nicht gleich im Anfang willig an,   1.890
Doch bald ernährt es sich mit Lust.
So wird's Euch an der Weisheit Brüsten
Mit jedem Tage mehr gelüsten.

SCHÜLER

An ihrem Hals will ich mit Freuden hangen;
Doch sagt mir nur, wie kann ich hingelangen?

MEPHISTOPHELES

Erklärt Euch, eh' Ihr weiter geht,
Was wählt Ihr für eine Fakultät?

SCHÜLER

Ich wünschte recht gelehrt zu werden,
Und möchte gern, was auf der Erden
Und in dem Himmel ist, erfassen,   1.900
Die Wissenschaft und die Natur.

MEPHISTOPHELES

Da seid Ihr auf der rechten Spur;
Doch müßt Ihr Euch nicht zerstreuen lassen.

SCHÜLER

Ich bin dabei mit Seel' und Leib;
Doch freilich würde mir behagen

De verde não se vê pedaço,
E ficam-me, nas aulas, bancos,
Pensar, ouvido e vista estancos.

MEFISTÓFELES

Com o hábito é que vem o apreço;
Assim recusa o mátrio leite[35]
A criancinha, no começo,
Mas chupa-o em breve com deleite.
Eis como ao seio da sapiência,
Se aguçará vossa apetência.

ESTUDANTE

Com o colo dela extático me abraço;
Mas, para chegar lá, que faço?

MEFISTÓFELES

Antes do mais, dizei-me prestes
A faculdade que elegestes.

ESTUDANTE

Quero ficar muito erudito,
Perceber tudo o que há na terra,
E tudo o que no céu se encerra,
Natura e ciência, ao infinito.

MEFISTÓFELES

A pista achastes, já; trilhai-a,
Sem deixar que algo vos distraia.

ESTUDANTE

Com corpo e alma estou disposto;
Porém, veria sem desgosto

[35] A imagem do "mátrio leite" mostra-se em consonância com a personificação da "sapiência" como figura feminina, já antecipando a designação da universidade como *alma mater*.

Ein wenig Freiheit und Zeitvertreib
An schönen Sommerfeiertagen.

MEPHISTOPHELES

Gebraucht der Zeit, sie geht so schnell von hinnen,
Doch Ordnung lehrt Euch Zeit gewinnen.
Mein teurer Freund, ich rat' Euch drum   1.910
Zuerst Collegium Logicum.
Da wird der Geist Euch wohl dressiert,
In spanische Stiefeln eingeschnürt,
Daß er bedächtiger so fortan
Hinschleiche die Gedankenbahn,
Und nicht etwa, die Kreuz und Quer,
Irrlichteliere hin und her.
Dann lehret man Euch manchen Tag,
Daß, was Ihr sonst auf einen Schlag
Getrieben, wie Essen und Trinken frei,   1.920
Eins! Zwei! Drei! dazu nötig sei.
Zwar ist's mit der Gedankenfabrik
Wie mit einem Weber-Meisterstück,
Wo ein Tritt tausend Fäden regt,
Die Schifflein herüber hinüber schießen,
Die Fäden ungesehen fließen,
Ein Schlag tausend Verbindungen schlägt:
Der Philosoph, der tritt herein
Und beweist Euch, es müßt' so sein:
Das Erst' wär' so, das Zweite so,   1.930
Und drum das Dritt' und Vierte so,
Und wenn das Erst' und Zweit' nicht wär',
Das Dritt' und Viert' wär' nimmermehr.
Das preisen die Schüler aller Orten,
Sind aber keine Weber geworden.
Wer will was Lebendigs erkennen und beschreiben,
Sucht erst den Geist heraus zu treiben,
Dann hat er die Teile in seiner Hand,

Algum descanso e distração,
Nas belas folgas de verão.

MEFISTÓFELES

O tempo aproveitai, que ele é tão fugidiço,
Mas a ordem faz ganhar tempo; é por isso,
Que vos indico, como número um,
Sem mais, Collegium Logicum.[36]
Tereis lá o espírito adestrado,
E em borzeguins bem apertado,[37]
Para que, com comedimento,
Se arraste na órbita do pensamento,
Sem que, a torto e a direito, vá
Se bambalear pra cá, pra lá.
Depois vos deixam disso ciente:
No que fazíeis de improviso,
Por exemplo, comer e beber, livremente,
Será já o um! dois! três! preciso.
Decerto é a fábrica do pensamento[38]
Qual máquina de tecimento,
Em que um só piso já mil fios move,
Voam, indo e vindo, as lançadeiras,
Em que, invisíveis, fluem tramas ligeiras,
Um golpe mil junções promove:
Entra o filósofo, a provar, a respeito,
Que tem de ser daquele jeito:
É assim o Primeiro, o Segundo é assim,
E por isso, o Terceiro e o Quarto assim;
E jamais haverá, sem Primeiro e Segundo,
Um Terceiro ou um Quarto. Em todo o mundo
Têm-no discípulos louvado,
Mas tecelões não têm ficado.
Quem visa descrever e entender o que é vivo
O espírito põe antes fugitivo
E em mãos fica com as partes: o fatal

[36] Nos séculos XVI, XVII e ainda no XVIII, todo estudo universitário começava com preleções sobre lógica (e, depois, retórica, metafísica etc.). Seu ensino era tido como rigoroso, mas muitas vezes degenerava em mero formalismo, como insinua Mefisto nesta sátira.

[37] No original, *Spanische Stiefeln*, "botas espanholas", instrumento de tortura da Inquisição.

[38] As imagens tomadas por Mefistófeles ao processo artesanal de tecelagem articulam uma crítica irônica ao "adestramento" intelectual exercido nas universidades. O "piso" do tecelão sobre os pedais da "máquina de tecimento", ao acionar a corrente com "mil·fios", abre uma espécie de túnel pelo qual as "lançadeiras", operadas pelas mãos do tecelão, "voam" e urdem as "tramas ligeiras" do tecido. São imagens que metaforizam um processo intelectual complexo, associativo e intuitivo, que se contrapõe ao método de constranger o pensamento em "borzeguins".

STUDIERZIMMER

Fehlt leider! nur das geistige Band.
Encheiresin naturae nennt's die Chemie,   1.940
Spottet ihrer selbst und weiß nicht wie.

SCHÜLER

Kann Euch nicht eben ganz verstehen.

MEPHISTOPHELES

Das wird nächstens schon besser gehen,
Wenn Ihr lernt alles reduzieren
Und gehörig klassifizieren.

SCHÜLER

Mir wird von alle dem so dumm,
Als ging' mir ein Mühlrad im Kopf herum.

MEPHISTOPHELES

Nachher, vor allen andern Sachen,
Müßt Ihr Euch an die Metaphysik machen!
Da seht, daß Ihr tiefsinnig faßt,   1.950
Was in des Menschen Hirn nicht paßt;
Für was drein geht und nicht drein geht,
Ein prächtig Wort zu Diensten steht.
Doch vorerst dieses halbe Jahr
Nehmt ja der besten Ordnung wahr.
Fünf Stunden habt Ihr jeden Tag;
Seid drinnen mit dem Glockenschlag!
Habt Euch vorher wohl präpariert,
Paragraphos wohl einstudiert,
Damit Ihr nachher besser seht,   1.960
Daß er nichts sagt, als was im Buche steht;
Doch Euch des Schreibens ja befleißt,
Als diktiert' Euch der Heilig' Geist!

É o vínculo que falta, o espiritual.
De Encheiresin Naturae a química o nomeia,[39]
De si próprio escarnece e não tem disso ideia.

ESTUDANTE

Não vos compreendo bem, confesso.

MEFISTÓFELES

Logo o vereis com mais sucesso:
Basta abreviar tudo ao mais breve,
Classificando-o, após, como se deve.

ESTUDANTE

Tudo isso deixa-me tão tolo,
Como se um moinho me andasse no miolo.

MEFISTÓFELES

Depois, antes de nada mais,
A metafísica enfrentais,
Para apreenderdes, perspicaz, de plano,
O que é alheio ao cérebro humano.
Para o que se lhe integra e o que não se lhe integra,
Uma ótima palavra ocorre, em regra.
Mas, tratai de zelar pela ordem com afinco
Neste semestre que inicia o ensino.
São, diariamente, as aulas cinco;
Cuidai de entrar com o som do sino!
De antemão preparado, pronto,
Parágrafos remoídos, tudo a ponto,[40]
A olhar que nada ensinem em excesso
Do que no livro se acha impresso;
À escrita dedicai-vos, entretanto,
Como se vos ditasse o Espírito Santo.

[39] Expressão mesclada do grego e do latim, significando "operação" ou "intervenção" (do grego *cheir*, mão) da natureza.

[40] Mefisto refere-se aos "parágrafos" (no original, empregado no acusativo do plural do termo latino *paragraphus*) que os professores comentavam sistematicamente durante suas preleções, sem jamais se afastar daquilo "que no livro se acha impresso".

STUDIERZIMMER

SCHÜLER

Das sollt Ihr mir nicht zweimal sagen!
Ich denke mir, wie viel es nützt;
Denn, was man schwarz auf weiß besitzt,
Kann man getrost nach Hause tragen.

MEPHISTOPHELES

Doch wählt mir eine Fakultät!

SCHÜLER

Zur Rechtsgelehrsamkeit kann ich mich nicht bequemen.

MEPHISTOPHELES

Ich kann es Euch so sehr nicht übel nehmen,   1.970
Ich weiß, wie es um diese Lehre steht.
Es erben sich Gesetz' und Rechte
Wie eine ew'ge Krankheit fort,
Sie schleppen von Geschlecht sich zum Geschlechte
Und rücken sacht von Ort zu Ort.
Vernunft wird Unsinn, Wohltat Plage;
Weh dir, daß du ein Enkel bist!
Vom Rechte, das mit uns geboren ist,
Von dem ist leider! nie die Frage.

SCHÜLER

Mein Abscheu wird durch Euch vermehrt.   1.980
O glücklich der, den Ihr belehrt!
Fast möcht' ich nun Theologie studieren.

MEPHISTOPHELES

Ich wünschte nicht, Euch irre zu führen.
Was diese Wissenschaft betrifft,
Es ist so schwer, den falschen Weg zu meiden,

ESTUDANTE

Disso eu já sei, para ser franco;
Bem sei de quanto serve aquilo;
O que tens preto sobre branco,
Pra casa levarás tranquilo.

MEFISTÓFELES

A faculdade ora escolhei!

ESTUDANTE

Não me conformo com a jurisprudência.

MEFISTÓFELES

Tampouco vo-lo levo a mal. Eu sei
O que se dá com essa ciência.
As leis transmitem-se, e o direito,
Como doença sem fim e sem descanso,
De uma a outra geração, a eito,
E de um a outro ponto, de manso.
Passa a absurdo a razão, o benefício a praga;[41]
És neto? ai! fado ingrato, o teu!
Do direito, porém, que conosco nasceu,[42]
É que ninguém jamais indaga.

ESTUDANTE

Firmais-me o ódio. Oh, quão feliz
Daquele a quem guiais e instruís!
Da teologia quase escolho o estudo.

MEFISTÓFELES

Não pretendo orientar-vos em falso, contudo.
No que concerne a essa ciência, é terreno
Em que é árduo encontrar-se o termo médio;

[41] O nono livro da autobiografia de Goethe, *Poesia e verdade*, traz observações que corroboram a opinião de Mefisto sobre as "leis" e o "direito", que se herdam como "doenças", passando o que no início era racional a "absurdo".

[42] Referência ao "direito natural" (em contraposição ao direito vigente), assunto a que Goethe se consagrara durante seus estudos de jurisprudência em Leipzig (1765-68) e também muito caro ao movimento pré-romântico "Tempestade e Ímpeto", entusiasmado pela obra de Rousseau.

STUDIERZIMMER

Es liegt in ihr so viel verborgnes Gift,
Und von der Arzenei ist's kaum zu unterscheiden.
Am besten ist's auch hier, wenn Ihr nur Einen hört,
Und auf des Meisters Worte schwört.
Im ganzen — haltet Euch an Worte! 1.990
Dann geht Ihr durch die sichre Pforte
Zum Tempel der Gewißheit ein.

SCHÜLER

Doch ein Begriff muß bei dem Worte sein.

MEPHISTOPHELES

Schon gut! Nur muß man sich nicht allzu ängstlich quälen;
Denn eben wo Begriffe fehlen,
Da stellt ein Wort zur rechten Zeit sich ein.
Mit Worten läßt sich trefflich streiten,
Mit Worten ein System bereiten,
An Worte läßt sich trefflich glauben,
Von einem Wort läßt sich kein Jota rauben. 2.000

SCHÜLER

Verzeiht, ich halt' Euch auf mit vielen Fragen,
Allein ich muß Euch noch bemühn.
Wollt Ihr mir von der Medizin
Nicht auch ein kräftig Wörtchen sagen?
Drei Jahr' ist eine kurze Zeit,
Und, Gott! das Feld ist gar zu weit.
Wenn man einen Fingerzeig nur hat,
Läßt sich's schon eher weiter fühlen.

MEPHISTOPHELES *(für sich)*

Ich bin des trocknen Tons nun satt,
Muß wieder recht den Teufel spielen. 2.010

Oculta em si tanto veneno,
Mal se distingue do remédio.[43]
Também nisso o que vale é que um só vos adestre,
Jurai pelas palavras só do mestre.
Em geral, ficai só às palavras afeito!
Haveis de entrar, assim, por seguro portal,
No templo da certeza incondicional.

ESTUDANTE

Deve haver, ainda assim, na palavra um conceito.

MEFISTÓFELES

Bem! mas sem que o leveis a peito;
Onde do conceito há maior lacuna,
Palavras surgirão na hora oportuna.
Palavras solverão qualquer problema,
Palavras construirão qualquer sistema,
Influem palavras fé devota,
De uma palavra não se rouba um jota.[44]

ESTUDANTE

Perdoai o incômodo, antes de ir-me,
Rogo que a vossa ciência me defina,
De modo tão conciso e firme,
Conceitos sobre a medicina.
Três anos são um tempo em breve gasto,
E o campo é, Deus do Céu! tão vasto!
Basta, às vezes, para ir-se para diante,
A indicação de um mestre idôneo.

MEFISTÓFELES *(à parte)*

Farto estou já do tom pedante,
Torno a fazer-me de demônio.

[43] Mefisto pode estar se referindo à dificuldade de se distinguir entre heresia e ortodoxia; ou então, como fará Thomas Mann no capítulo XI do *Doutor Fausto*, pode estar sugerindo os nexos íntimos entre a teologia e a demonologia.

[44] Significa que não se pode tirar de uma palavra nem uma ínfima parte, nem o pingo de um *i*: sendo o "jota" ("iota") a menor letra do alfabeto grego, veio a designar algo minúsculo. Após apontar um paralelo com *Mateus* (5: 18), Albrecht Schöne observa que Mefisto, versado em assuntos teológicos, reporta-se a uma grande disputa travada no século IV em torno de fórmulas dogmáticas para a designação da divindade de Cristo, sendo que a omissão da letra "iota", em uma dessas fórmulas, alterava o sentido da unidade do Filho com o Pai.

(Laut)

Der Geist der Medizin ist leicht zu fassen;
Ihr durchstudiert die groß' und kleine Welt,
Um es am Ende gehn zu lassen,
Wie's Gott gefällt.
Vergebens, daß Ihr ringsum wissenschaftlich schweift,
Ein jeder lernt nur, was er lernen kann;
Doch der den Augenblick ergreift,
Das ist der rechte Mann.
Ihr seid noch ziemlich wohl gebaut,
An Kühnheit wird's Euch auch nicht fehlen, 2.020
Und wenn Ihr Euch nur selbst vertraut,
Vertrauen Euch die andern Seelen.
Besonders lernt die Weiber führen;
Es ist ihr ewig Weh und Ach
So tausendfach
Aus einem Punkte zu kurieren,
Und wenn Ihr halbweg ehrbar tut,
Dann habt Ihr sie all' unterm Hut.
Ein Titel muß sie erst vertraulich machen,
Daß Eure Kunst viel Künste übersteigt; 2.030
Zum Willkomm tappt Ihr dann nach allen Siebensachen,
Um die ein andrer viele Jahre streicht,
Versteht das Pülslein wohl zu drücken,
Und fasset sie, mit feurig schlauen Blicken,
Wohl um die schlanke Hüfte frei,
Zu sehn, wie fest geschnürt sie sei.

SCHÜLER

Das sieht schon besser aus! Man sieht doch, wo und wie.

MEPHISTOPHELES

Grau, teurer Freund, ist alle Theorie,
Und grün des Lebens goldner Baum.

(Em voz alta)

Da medicina a essência entende-se num já;
Do mundo amplo e acanhado a gente o estudo faz,[45]
Para, afinal, deixar que vá,
Como a Deus praz.
Debalde erra ao redor da ciência o aluno.[46]
Cada um somente aprende o que pode aprender;
Mas, quem se agarra ao momento oportuno
É quem, na vida, há de vencer.
Tendes bom porte; sem alardes,
Tereis audácia e distinção,
E assim que em vós mesmo confiardes,
Os outros em vós confiarão.
Regei, mormente, o mulherio;
Os seus gemidos e ais de dó,
Cem vezes curar-se-ão, a fio,
Num ponto só.
E se ostentardes honradez,
Tê-las-eis todas de uma vez.
Um título, de início, afiança-lhes, sem mais[47]
Ser a vossa arte descomum;
Depois, como acolhida, as partes apalpais
Que outro ronda alguns anos em jejum.
Com jeito o pulso comprimis,
E a curva fina dos quadris
Cingis, alma e olhos inflamados,
Pra ver quão firme estão laçados.

ESTUDANTE

Bom, isso sim! que a gente as cousas avalia!

MEFISTÓFELES

Gris, caro amigo, é toda teoria,
E verde a áurea árvore da vida.[48]

---

[45] Mefisto conclama aqui o seu interlocutor a estudar as relações entre o Macrocosmo (o universo) e o Microcosmo (o homem). Desde os escritos de Paracelsus, essas relações eram parte integrante das concepções de medicina.

[46] "Errar" tem aqui o sentido de "vaguear", "perambular" (*schweifen*) em torno da ciência.

[47] Não se trata aqui tanto de um grau acadêmico (como o de doutor), mas dos títulos grandiloquentes que curandeiros e charlatões de todo tipo costumavam ostentar.

[48] Neste verso antológico, Goethe faz ressoar o relato do *Gênesis* (2: 9) sobre a "árvore da vida" que Deus fez crescer no meio do jardim do Éden, a "árvore do conhecimento do bem e do mal".

STUDIERZIMMER

SCHÜLER

Ich schwör' Euch zu, mir ist's als wie ein Traum.   2.040
Dürft' ich Euch wohl ein andermal beschweren,
Von Eurer Weisheit auf den Grund zu hören?

MEPHISTOPHELES

Was ich vermag, soll gern geschehn.

SCHÜLER

Ich kann unmöglich wieder gehn,
Ich muß Euch noch mein Stammbuch überreichen.
Gönn' Eure Gunst mir dieses Zeichen!

MEPHISTOPHELES

Sehr wohl.

(Er schreibt und gibt's)

SCHÜLER *(liest)*

Eritis sicut Deus scientes bonum et malum.

(Macht's ehrerbietig zu und empfiehlt sich)

MEPHISTOPHELES

Folg' nur dem alten Spruch und meiner Muhme, der Schlange,
Dir wird gewiß einmal bei deiner Gottähnlichkeit bange!   2.050

(Faust tritt auf)

FAUST

Wohin soll es nun gehn?

ESTUDANTE

É um sonho, juro! Ser-me-á permitida
Outra visita em que, com deferência,
Vos ouça a fundo a magistral sapiência?

MEFISTÓFELES

O que eu puder, com gosto franco.

ESTUDANTE

Pois daqui ainda não me arranco;
Neste meu álbum, por mercê,[49]
Vossa Graça um sinal me dê!

MEFISTÓFELES

Pois não!

(Escreve e devolve o álbum)

ESTUDANTE *(lê)*

Eritis sicut Deus, scientes bonum et malum.[50]

(Fecha o álbum reverentemente e se despede)

MEFISTÓFELES

Vai! segue o velho adágio e a minha prima, a cobra;
Por igualar-te a Deus, afligir-te-ás de sobra!

(Fausto entra)

FAUSTO

Para onde vamos, pois?

[49] Nos séculos XVI e XVII, os estudantes costumavam trazer consigo um caderno, ou "álbum", espécie de histórico de sua vida acadêmica, em que os professores registravam o seu nome e formulações de caráter científico ou filosófico (como faz aqui Mefistófeles, com intenção irônica).

[50] Na Vulgata (*Gênesis*, 3: 5), palavras que a serpente diz a Eva para persuadi-la a provar o fruto proibido da árvore do conhecimento: "Sereis como Deus, versados no bem e no mal".

STUDIERZIMMER

MEPHISTOPHELES

> Wohin es dir gefällt.
> Wir sehn die kleine, dann die große Welt.
> Mit welcher Freude, welchem Nutzen
> Wirst du den Cursum durchschmarutzen!

FAUST

> Allein bei meinem langen Bart
> Fehlt mir die leichte Lebensart.
> Es wird mir der Versuch nicht glücken;
> Ich wußte nie mich in die Welt zu schicken.
> Vor andern fühl' ich mich so klein;
> Ich werde stets verlegen sein.

2.060

MEPHISTOPHELES

> Mein guter Freund, das wird sich alles geben;
> Sobald du dir vertraust, sobald weißt du zu leben.

FAUST

> Wie kommen wir denn aus dem Haus?
> Wo hast du Pferde, Knecht und Wagen?

MEPHISTOPHELES

> Wir breiten nur den Mantel aus,
> Der soll uns durch die Lüfte tragen.
> Du nimmst bei diesem kühnen Schritt
> Nur keinen großen Bündel mit.
> Ein bißchen Feuerluft, die ich bereiten werde,
> Hebt uns behend von dieser Erde.

2.070

> Und sind wir leicht, so geht es schnell hinauf;
> Ich gratuliere dir zum neuen Lebenslauf!

QUARTO DE TRABALHO

MEFISTÓFELES

Para onde te aprouver:
Ver o pequeno mundo, e o grande, eis o mister.
Com que alegria, que proveito,
Fruirás o curso e seu efeito![51]

FAUSTO

Com esta longa barba minha,
Falta-me o jeito airoso, a linha;
O ensaio ser-me-á infecundo;
Jamais soube adaptar-me ao mundo,
Ante outrem sinto-me tão miúdo,
Sempre estarei sem jeito em tudo.

MEFISTÓFELES

Isso se arranja, amigo, sem pesares;
Hás de saber viver, assim que em ti confiares.

FAUSTO

Para sair da casa, entanto,
Servo onde tens, corcéis, carruagem?

MEFISTÓFELES

Basta estender ao vento o manto,[52]
Vai pelos ares nossa viagem.
Para esta empresa nova e audaz,
Grande fardel não levarás.
Algum ar flâmeo, que eu enrolo,
Prestes nos alará do solo;
E sendo leve a carga, é rápida a subida;
Meus parabéns e avante ao novo teor de vida!

[51] No original, Mefisto emprega uma insólita construção com o verbo *schmarutzen* (variante de *schmarotzen*), que significa "parasitar", viver às expensas de outros. Sem, portanto, qualquer dispêndio de dinheiro ou esforço físico, Fausto irá saborear o mundano "curso" (Mefisto usa o acusativo de *cursus*, valendo-se do costume dos eruditos de adornar a fala com expressões gregas e latinas).

[52] À descrição do "manto mágico", que levará Mefistófeles e Fausto em sua incursão pelo "pequeno mundo", Goethe incorpora detalhes técnicos da construção de balões (aeróstatos) de grande porte, tal como desenvolvida, no final do século XVIII, pelos irmãos Montgolfier: o "ar flâmeo" que faz o balão ascender e a exigência de "carga leve" (em vez de "grande fardel") para propiciar a subida.

Auerbachs Keller in Leipzig

Na Taberna de Auerbach em Leipzig

Durante os seus estudos em Leipzig (1765-68), Goethe frequentou assiduamente a Taberna de Auerbach, antigo e tradicional ponto de encontro dos estudantes da cidade. Nesse local havia dois afrescos representando o Doutor Fausto da lenda popular: bebendo com os estudantes numa das pinturas e cavalgando um barril de vinho na outra. São referências concretas para essa cena do *Fausto*, que representa a "festança de alegres companheiros" num ambiente ao mesmo tempo boêmio e acadêmico, que Goethe impregnou de sugestões musicais, à maneira de uma ópera burlesca. Pois é um genuíno quarteto cômico que Fausto e Mefistófeles encontram em sua aventura inaugural pelo "pequeno mundo" da primeira parte da tragédia: Frosch e Brander, os estudantes mais jovens, desempenhando o papel de "tenores", enquanto Siebel e Altmayer, os mais velhos, representando os "baixos".

A cena "Na Taberna de Auerbach em Leipzig" já constava da versão primitiva da obra (o *Urfaust*), mas redigida em prosa. Ao refundi-la em versos para a publicação, em 1790, do *Fragmento* da tragédia, Goethe incorporou, como observa Albrecht Schöne, alusões muito veladas aos acontecimentos que se processavam então na vizinha França: assim a cidade de Leipzig passa a ser designada como uma Paris "em miniatura" e a "Canção da Pulga", por exemplo, entoada por Mefistófeles em voz de barítono, que no *Urfaust* era entendida apenas como sátira à vida de uma corte alemã (como a de Weimar), ganha novas conotações diante do pano de fundo de tais acontecimentos. Assim Goethe teria feito incidir sobre a pequena taverna de Leipzig os reflexos da grande Revolução de 1789.
[M.V.M.]

(Zeche lustiger Gesellen)

FROSCH

Will keiner trinken? keiner lachen?
Ich will euch lehren Gesichter machen!
Ihr seid ja heut wie nasses Stroh,
Und brennt sonst immer lichterloh.

BRANDER

Das liegt an dir; du bringst ja nichts herbei,
Nicht eine Dummheit, keine Sauerei.

FROSCH *(gießt ihm ein Glas Wein über den Kopf)*

Da hast du beides!

BRANDER

Doppelt Schwein!

FROSCH

Ihr wollt es ja, man soll es sein!

SIEBEL

Zur Tür hinaus, wer sich entzweit!
Mit offner Brust singt Runda, sauft und schreit!
Auf! Holla! Ho!

ALTMAYER

Weh mir, ich bin verloren!
Baumwolle her! der Kerl sprengt mir die Ohren.

SIEBEL

Wenn das Gewölbe widerschallt,
Fühlt man erst recht des Basses Grundgewalt.

(Festança de alegres companheiros)[1]

FROSCH

Ninguém se ri, bebe ou diz chistes?
Eu vos ensino a andar de caras tristes!
Sois qual palha úmida, hoje, e de costume
Brilhais como flamante lume.

BRANDER

E tu, com algo contribuis para a alegria?
Nem com alguma asneira ou porcaria.

FROSCH *(derrama-lhe um copo de vinho sobre a cabeça)*

Aqui tens ambas!

BRANDER

Duplo porcalhão!

FROSCH

Não foi o que quiseste, então?

SIEBEL

Se alguém brigar, botai-o fora, já!
Bebei, cantai, gritai: olá,[2]
La-ri-la-rá!

ALTMAYER

Ai! ai! estou perdido!
Dai-me algodão! rebenta-me o asno o ouvido.

SIEBEL

Da abóbada é que a voz do baixo
Melhor ressoa em vigor macho.

[1] No original, esta rubrica cênica traz o termo *Zeche*, que o dicionário de Adelung (obra de referência para Goethe) define como "sociedade composta por pessoas que bebem desbragadamente, uma festança". Albrecht Schöne faz o seguinte comentário a respeito dos nomes desses "alegres companheiros": "Frosch [sapo] como designação para um jovem 'estudante', Brander como *Brandfuchs* [espécie de raposa negra com o dorso cinza ou avermelhado] no segundo semestre, Siebel também como um 'cabeça musgosa' [veterano], e *Altmayer* como 'velho senhor'". Na insólita tradução (trata-se antes de uma adaptação) que Antonio Feliciano de Castilho publicou em 1872 do *Fausto I*, esses nomes aparecem como "Rans" (sugerindo "rã" e, assim, "sapo"), "Botafogo" (motivado pelo *Brand*, incêndio, presente em *Brander*) "Peneira" (*Sieb* em alemão, que ressoa em *Siebel*) e "Quinteirão" (já que *Meier* significa também uma espécie de administrador de quinta, um "quinteiro").

[2] No original, Goethe usa o termo *Runda*, que os bebedores de cerveja

FROSCH

So recht, hinaus mit dem, der etwas übel nimmt!
A! tara lara da!

ALTMAYER

A! tara lara da!

FROSCH

Die Kehlen sind gestimmt.

(Singt)

Das liebe heil'ge Röm'sche Reich,   2.090
Wie hält's nur noch zusammen?

BRANDER

Ein garstig Lied! Pfui! ein politisch Lied!
Ein leidig Lied! Dankt Gott mit jedem Morgen,
Daß ihr nicht braucht fürs Röm'sche Reich zu sorgen!
Ich halt' es wenigstens für reichlichen Gewinn,
Daß ich nicht Kaiser oder Kanzler bin.
Doch muß auch uns ein Oberhaupt nicht fehlen;
Wir wollen einen Papst erwählen.
Ihr wißt, welch eine Qualität
Den Ausschlag gibt, den Mann erhöht.   2.100

FROSCH *(singt)*

Schwing dich auf, Frau Nachtigall,
Grüß' mir mein Liebchen zehentausendmal.

SIEBEL

Dem Liebchen keinen Gruß! ich will davon nichts hören!

FROSCH

Assim! quem se ofender, fora daqui!
Tra-lá!

ALTMAYER

La-ra-ra-ri-ra-ri!

FROSCH

Afina a voz!

(Canta)

O santo, bom romano império,[3]
Como é que se sustenta ainda?

BRANDER

Um canto feio, ui! triste! insípido, político!
Um cantochão! Louvai Deus com critério
Não terdes de zelar pelo romano império!
Tenho eu por grande bem não ser o meu mister
Nem o de imperador, nem o de chanceler.
Mas não nos falte um chefe que nos reja;
Convém que um Papa aqui se eleja.[4]
Sabeis que qualidade alta
Decide o voto, o candidato exalta.

FROSCH *(canta)*

Ala a asa, amigo rouxinol,
Cem vezes vais saudar-me a amada ao pôr do sol.

SIEBEL

Não a saúdes, não! não quero ouvi-lo, afirmo!

(sobretudo os artesãos) pronunciavam antes de esvaziar o copo. O termo passou depois a designar o ritual de fazer circular o copo entre os participantes da "festança", que a cada vez tinham de entoar uma canção antes de beber.

[3] Referência ao Sacro Império Romano-Germânico (*Sacrum Romanum Imperium Nationis Germanicae*), título do primeiro *Reich* alemão, associado desde o ano de 962 com a tradição do Império Romano, e dissolvido formalmente em 1806.

[4] Significa eleger alguém que presida a festiva reunião. Os comentadores do *Fausto* apresentam alguns outros exemplos dessa prática estudantil. À luz de um ritual vigente entre os séculos XI e XVI na eleição de um novo Papa, Albrecht Schöne observa que a decisiva "qualidade alta" mencionada por Brander não seria tanto a resistência ao álcool como a "virilidade", o que se relacionava com a lenda sobre a eleição de uma Papisa chamada Johanna.

FROSCH

Dem Liebchen Gruß und Kuß! du wirst mir's nicht verwehren.

(Singt)

>Riegel auf! in stiller Nacht.
>Riegel auf! der Liebste wacht.
>Riegel zu! des Morgens früh.

SIEBEL

Ja, singe, singe nur und lob' und rühme sie!
Ich will zu meiner Zeit schon lachen.
Sie hat mich angeführt, dir wird sie's auch so machen.   2.110
Zum Liebsten sei ein Kobold ihr beschert!
Der mag mit ihr auf einem Kreuzweg schäkern;
Ein alter Bock, wenn er vom Blocksberg kehrt,
Mag im Galopp noch gute Nacht ihr meckern!
Ein braver Kerl von echtem Fleisch und Blut
Ist für die Dirne viel zu gut.
Ich will von keinem Gruße wissen,
Als ihr die Fenster eingeschmissen!

BRANDER *(auf den Tisch schlagend)*

Paßt auf! paßt auf! Gehorchet mir!
Ihr Herrn, gesteht, ich weiß zu leben;   2.120
Verliebte Leute sitzen hier,
Und diesen muß, nach Standsgebühr,
Zur guten Nacht ich was zum besten geben.
Gebt acht! Ein Lied vom neusten Schnitt!
Und singt den Rundreim kräftig mit!

(Er singt)

>Es war eine Ratt' im Kellernest,
>Lebte nur von Fett und Butter,
>Hatte sich ein Ränzlein angemäst't,

FROSCH

Saúdo e beijo a amada! e não hás de impedir-mo!

(Canta)

> Abre o trinco, é noite tranquila!
> Abre! o teu amado vigila!
> Cerra o trinco! é madrugada.

SIEBEL

> Pois canta, sim, exalta e louva a tua amada!
> Quero ver quem depois se ri.
> Já me logrou a mim, há de lograr-te a ti.
> Tenha ela um velho gnomo por amante,
> Com ele numa encruzilhada tope!
> Tornando do Blocksberg,[5] um bode claudicante
> Lhe bale as boas noites a galope!
> São, pra tal laia, homens reais
> De carne e de osso, bons demais.
> Nenhuma saudação à bela,
> A não ser apedrar-lhe os vidros da janela!

BRANDER *(batendo na mesa)*

> Senhores, atenção! ouvi-me!
> Eu sei viver, eh, confessai-o!
> Há gente aqui que o amor oprime,
> E sendo praxe, eu lhe distraio
> As mágoas da alma; aqui vai como ensaio
> Uma canção do último corte![6]
> Estribilhai com ritmo forte!

(Canta)

> Vivia de manteiga e banha,
> Na adega, um rato farto e fero;
> A pança lhe ficou tamanha

[5] Blocksberg é o nome de uma montanha na região do Harz em que, segundo a mitologia popular, bruxos e bruxas, demônios e outros espíritos malignos se reuniam na madrugada de 1º de maio para celebrar a orgiástica Noite de Valpúrgis, como se verá numa cena posterior da tragédia.

[6] Trata-se de uma canção composta nas chamadas "estrofes luteranas" (de sete versos), que o reformador alemão empregava, à época do Fausto histórico, na composição de seus cantos religiosos. Quanto ao conteúdo, a canção entoada por Brander pode ser lida como uma paródia grotesca da lírica amorosa petrarquiana: "Ficou-lhe o mundo tão pequeno,/ Como se amor no corpo houvesse".

Als wie der Doktor Luther.
Die Köchin hatt' ihr Gift gestellt;
Da ward's so eng ihr in der Welt,
Als hätte sie Lieb' im Leibe.

2.130

CHORUS *(jauchzend)*

Als hätte sie Lieb' im Leibe.

BRANDER

Sie fuhr herum, sie fuhr heraus,
Und soff aus allen Pfützen,
Zernagt', zerkratzt' das ganze Haus,
Wollte nichts ihr Wüten nützen;
Sie tät gar manchen Ängstesprung,
Bald hatte das arme Tier genung,
Als hätt' es Lieb' im Leibe.

2.140

CHORUS

Als hätt' es Lieb' im Leibe.

BRANDER

Sie kam für Angst am hellen Tag
Der Küche zugelaufen,
Fiel an den Herd und zuckt' und lag,
Und tät erbärmlich schnaufen.
Da lachte die Vergifterin noch:
Ha! sie pfeift auf dem letzten Loch,
Als hätte sie Lieb' im Leibe.

CHORUS

Als hätte sie Lieb' im Leibe.

Que nem a do Doutor Lutero.
A cozinheira armou veneno;
Ficou-lhe o mundo tão pequeno,
Como se amor no corpo houvesse.

CORO *(exultante)*

Como se amor no corpo houvesse.

BRANDER

Rolava, aflito, e o corpo em brasa,
Em todo charco frio,
Roendo, arranhando toda a casa,
Foi seu furor baldio.
Deu saltos de pavor no lixo,
Cansou-se, enfim, o pobre bicho,
Como se amor no corpo houvesse.

CORO

Como se amor no corpo houvesse.

BRANDER

Para a cozinha, em pleno dia,
De susto veio correndo,
E no fogão se contorcia,
A arfar, que era tremendo!
Riu-se a rainha das panelas:[7]
Ah! logo esticas as canelas,
Como se amor no corpo houvesse.

CORO

Como se amor no corpo houvesse.

[7] No original, este verso diz literalmente: "Riu-se ainda a envenenadora" (*Vergifterin*). Sendo, porém, a "cozinheira" que deu veneno ao rato (cuja "pança" é comparada satiricamente à de Lutero), a tradutora emprega "rainha das panelas" para estabelecer a rima com "esticas as canelas", expressão que corresponde ao tom grotesco (e bem mais chulo) do correspondente verso alemão, em que o rato "assobia pelo último buraco".

AUERBACHS KELLER IN LEIPZIG

SIEBEL

Wie sich die platten Bursche freuen!   2.150
Es ist mir eine rechte Kunst,
Den armen Ratten Gift zu streuen!

BRANDER

Sie stehn wohl sehr in deiner Gunst?

ALTMAYER

Der Schmerbauch mit der kahlen Platte!
Das Unglück macht ihn zahm und mild;
Er sieht in der geschwollnen Ratte
Sein ganz natürlich Ebenbild.

(Faust und Mephistopheles treten auf)

MEPHISTOPHELES

Ich muß dich nun vor allen Dingen
In lustige Gesellschaft bringen,
Damit du siehst, wie leicht sich's leben läßt.   2.160
Dem Volke hier wird jeder Tag ein Fest.
Mit wenig Witz und viel Behagen
Dreht jeder sich im engen Zirkeltanz,
Wie junge Katzen mit dem Schwanz.
Wenn sie nicht über Kopfweh klagen,
So lang' der Wirt nur weiter borgt,
Sind sie vergnügt und unbesorgt.

BRANDER

Die kommen eben von der Reise,
Man sieht's an ihrer wunderlichen Weise;
Sie sind nicht eine Stunde hier.   2.170

SIEBEL

Que alegre se acha o povo chato!
Esta arte agrada à populaça,
Dar-se veneno a um pobre rato!

BRANDER

Decerto estão em tua graça?[8]

ALTMAYER

O barrigão de bola calva!
Fá-lo a desgraça fraternal;
No rato inchado, sem ressalva,
Vê sua efígie natural.

(Fausto e Mefistófeles surgem)

MEFISTÓFELES

Devo trazer-te, antes de tudo,
A roda alegre e livre como esta;[9]
Da vida fácil, faze aqui o estudo;
Para este povo, todo dia é festa.
A graça é pouca, mas, havendo quem a aplauda,
Cada um revolve alegre em sua estreita roda,
Como gato, a brincar com a cauda.
Enquanto uma enxaqueca não os incomoda
E lhes dá crédito o patrão,
Ledos e sem cuidado estão.

BRANDER

São viajantes, vê-se, acabam de chegar,
A gente o nota em seu aspecto singular;
Chegaram não faz uma hora.

[8] Brander refere-se aqui a ratos e ratazanas, retomando a forma do plural no verso anterior de Siebel, que reprova o ato de se dar veneno a "pobres ratos".

[9] Trata-se, portanto, da primeira estação da "vida impetuosa e nula" (v. 1.861), pela qual Mefistófeles se propusera a arrastar Fausto imediatamente após o estabelecimento do pacto e da aposta.

AUERBACHS KELLER IN LEIPZIG

FROSCH

Wahrhaftig, du hast recht! Mein Leipzig lob' ich mir!
Es ist ein klein Paris, und bildet seine Leute.

SIEBEL

Für was siehst du die Fremden an?

FROSCH

Laßt mich nur gehn! Bei einem vollen Glase
Zieh' ich, wie einen Kinderzahn,
Den Burschen leicht die Würmer aus der Nase.
Sie scheinen mir aus einem edlen Haus,
Sie sehen stolz und unzufrieden aus.

BRANDER

Marktschreier sind's gewiß, ich wette!

ALTMAYER

Vielleicht.

FROSCH

Gib acht, ich schraube sie! 2.180

MEPHISTOPHELES *(zu Faust)*

Den Teufel spürt das Völkchen nie,
Und wenn er sie beim Kragen hätte.

FAUST

Seid uns gegrüßt, ihr Herrn!

Na Taberna de Auerbach em Leipzig

FROSCH

Deveras, tens razão! meu Leipzig que se adora!
Paris é, em miniatura, e educa a sua gente.

SIEBEL

Dos forasteiros, que me diz?

FROSCH

Já vai! com um copo cheio, na folgança,
Lhes tiro os vermes do nariz,[10]
Qual dentezinho de criança.
São de alta casa, isto é evidente,
Têm cara altiva e descontente.

[10] Expressão que significa fazer a pessoa dizer a verdade, extrair-lhe os seus segredos.

BRANDER

São charlatães da feira, digo!

ALTMAYER

Talvez.

FROSCH

Deixai, isso é comigo!

MEFISTÓFELES *(a Fausto)*

O diabo esses rapazes nunca sentirão,
Embora os tenha já na mão.

FAUSTO

Senhores, saudações!

SIEBEL

Viel Dank zum Gegengruß.

(Leise, Mephistopheles von der Seite ansehend)

Was hinkt der Kerl auf einem Fuß?

MEPHISTOPHELES

Ist es erlaubt, uns auch zu euch zu setzen?
Statt eines guten Trunks, den man nicht haben kann,
Soll die Gesellschaft uns ergetzen.

ALTMAYER

Ihr scheint ein sehr verwöhnter Mann.

FROSCH

Ihr seid wohl spät von Rippach aufgebrochen?
Habt ihr mit Herren Hans noch erst zu Nacht gespeist? 2.190

MEPHISTOPHELES

Heut sind wir ihn vorbeigereist!
Wir haben ihn das letzte Mal gesprochen.
Von seinen Vettern wußt' er viel zu sagen,
Viel Grüße hat er uns an jeden aufgetragen.

(Er neigt sich gegen Frosch)

ALTMAYER *(leise)*

Da hast du's! der versteht's!

SIEBEL

Ein pfiffiger Patron!

SIEBEL

Bem-vindos na taberna!

(Baixinho, olhando para Mefistófeles de soslaio)

Por que é que manca o bruto de uma perna?[11]

> [11] A observação de Siebel corresponde à crença popular referente à pata de cavalo do diabo.

MEFISTÓFELES

Rogamos o prazer de nos sentar também;
Em vez de um trago bom, que a gente não obtém,
Há de nos deliciar a boa companhia.

ALTMAYER

O cavalheiro, julgo, é de gosto exigente.

FROSCH

Saístes de Rippach a uma hora já tardia?[12]
Com Mestre João ceiastes, presumivelmente?

> [12] Rippach é o nome de uma aldeia nas proximidades de Leipzig; "mestre João" é Hans Arsch von Rippach, espécie de bobo da aldeia que fazia parte do anedotário local. Frosch supõe que os forasteiros não entenderiam a alusão zombeteira, mas Mefistófeles lhe dá o troco na mesma moeda.

MEFISTÓFELES

Passamos, hoje, à pressa; não o vimos;
Da última vez conosco esteve a sós;
Falou-nos muito de seus primos;
Enviou lembranças a cada um de vós.

(Inclina-se perante Frosch)

ALTMAYER *(baixinho)*

Aqui tens! ele entende!

SIEBEL

O camarada é esperto!

FROSCH

Nun, warte nur, ich krieg' ihn schon!

MEPHISTOPHELES

Wenn ich nicht irrte, hörten wir
Geübte Stimmen Chorus singen?
Gewiß, Gesang muß trefflich hier
Von dieser Wölbung widerklingen!

2.200

FROSCH

Seid Ihr wohl gar ein Virtuos?

MEPHISTOPHELES

O nein! die Kraft ist schwach, allein die Lust ist groß.

ALTMAYER

Gebt uns ein Lied!

MEPHISTOPHELES

Wenn ihr begehrt, die Menge.

SIEBEL

Nur auch ein nagelneues Stück!

MEPHISTOPHELES

Wir kommen erst aus Spanien zurück,
Dem schönen Land des Weins und der Gesänge.

(Singt)

Es war einmal ein König,
Der hatt' einen großen Floh —

FROSCH

Assim mesmo ainda o pego, é certo!

MEFISTÓFELES

Chegando, ouvi, a não ser que eu me iluda,
Vozes unidas a cantar em coro.
Devem ressoar, da abóboda graúda,
O canto e a música em sons de ouro.

FROSCH

Virtuose sois, pelo que vejo?

MEFISTÓFELES

Oh, não! é fraca a voz, porém grande o desejo.

ALTMAYER

Dai-nos um canto!

MEFISTÓFELES

Alguns, se o permitis.

SIEBEL

Mas seja interessante e novo!

MEFISTÓFELES

Viemos da Espanha há pouco, terra e povo
Do vinho e da canção feliz.

(Canta)

Era uma vez um rei,
De uma pulga era possessor...[13]

[13] Após a tentativa frustrada de Frosch de entoar uma "canção política" sobre o "santo, bom, romano império", agora é Mefisto que se apresenta com essa sátira burguesa às mazelas e aos constrangimentos da corte, logrando entusiasmar os "alegres companheiros". Provavelmente composta no processo de mudança do jovem Goethe para a corte de Weimar, essa "Canção da pulga" (musicada por Beethoven em seu *Opus* 75) parece encerrar uma referência irônica ao próprio autor, que de imediato caiu nas graças do duque Karl August, tornando-se membro do Concílio Secreto do ducado e, em seguida, ministro (como a pulga que se converte em favorito do rei na canção). No 15º livro da autobiografia *Poesia e verdade*, Goethe relata as advertências que seu pai lhe fizera em relação à vida na corte: "Queres ver os apertos da corte: não te poderás coçar onde sentires comichão".

FROSCH

Horcht! Einen Floh! Habt ihr das wohl gefaßt?
Ein Floh ist mir ein saubrer Gast. 2.210

MEPHISTOPHELES *(singt)*

Es war einmal ein König,
Der hatt' einen großen Floh
Den liebt' er gar nicht wenig,
Als wie seinen eignen Sohn.
Da rief er seinen Schneider,
Der Schneider kam heran:
Da, miß dem Junker Kleider
Und miß ihm Hosen an!

BRANDER

Vergeßt nur nicht, dem Schneider einzuschärfen,
Daß er mir aufs genauste mißt, 2.220
Und daß, so lieb sein Kopf ihm ist,
Die Hosen keine Falten werfen!

MEPHISTOPHELES

In Sammet und in Seide
War er nun angetan,
Hatte Bänder auf dem Kleide,
Hatt' auch ein Kreuz daran,
Und war sogleich Minister,
Und hatt einen großen Stern.
Da wurden seine Geschwister
Bei Hof auch große Herrn. 2.230

Und Herrn und Fraun am Hofe,
Die waren sehr geplagt,
Die Königin und die Zofe
Gestochen und genagt,

NA TABERNA DE AUERBACH EM LEIPZIG

FROSCH

Ouvistes? uma pulga! há de ser bom, pressinto!
Uma pulga é hóspede distinto.

MEFISTÓFELES *(canta)*

Era uma vez um rei,
De uma pulga era possessor,
Queria-a como a um filho,
Tinha-lhe tanto amor.
Seu alfaiate, prestes,
Chamou: "Ao nobre bicho
Mede as mais ricas vestes,
E calças a capricho!"

BRANDER

E que o alfaiate não se esqueça
De medir com apuro a obra,
E, se quiser bem à cabeça,
Não tenha a calça a menor dobra!

MEFISTÓFELES

A seda e a brocados
Fazia agora jus,
E a jaquetões bordados,
E a fitas e uma cruz.
E se tornou ministro,
Com ordem estrelada;
Seus manos, no registro
Da corte, gente grada.[14]

E a corte toda vinha
Morrendo de mordidas,
A pajem e a rainha,
Doídas e roídas,

[14] Isto é, os irmãos e irmãs (*Geschwister*) da pulga também se tornaram membros importantes da corte.

Auerbachs Keller in Leipzig

Und durften sie nicht knicken,
Und weg sie jucken nicht.
Wir knicken und ersticken
Doch gleich, wenn einer sticht.   2.240

CHORUS *(jauchzend)*

Wir knicken und ersticken
Doch gleich, wenn einer sticht.

FROSCH

Bravo! Bravo! Das war schön!

SIEBEL

So soll es jedem Floh ergehn!

BRANDER

Spitzt die Finger und packt sie fein!

ALTMAYER

Es lebe die Freiheit! Es lebe der Wein!

MEPHISTOPHELES

Ich tränke gern ein Glas, die Freiheit hoch zu ehren,
Wenn eure Weine nur ein bißchen besser wären.

SIEBEL

Wir mögen das nicht wieder hören!

MEPHISTOPHELES

Ich fürchte nur, der Wirt beschweret sich;
Sonst gäb' ich diesen werten Gästen
Aus unserm Keller was zum besten.   2.250

Sem poder rechaçá-las
Ou moê-las; era a ordem!
Podemos nós calcá-las
Tão logo, quando mordem.

CORO *(exultante)*

Podemos nós calcá-las
Tão logo, quando mordem.

FROSCH

Bravos! Bravos! Canção fina!

SIEBEL

De toda pulga seja a sina!

BRANDER

Pegai-as na unha, de fininho!

ALTMAYER

Um viva à liberdade e ao vinho![15]

MEFISTÓFELES

Quisera eu esvaziar um copo à liberdade,
Não fosse o vinho aqui de tão má qualidade.

SIEBEL

Sentimos que não vos agrade![16]

MEFISTÓFELES

Não o pudesse ter o patrão por afronta,
A tão ilustre roda eu dava
Algo a provar da nossa cava.

[15] Este brinde do beberrão Altmayer não constava do *Urfaust*, tendo sido inserido por Goethe no *Fragmento* de 1790 — portanto, após a eclosão da Revolução Francesa.

[16] No original, esta fala apresenta um tom mais ameaçador. Literalmente: "Não queremos ouvir isso de novo".

SIEBEL

Nur immer her! ich nehm's auf mich.

FROSCH

Schafft Ihr ein gutes Glas, so wollen wir Euch loben.
Nur gebt nicht gar zu kleine Proben;
Denn wenn ich judizieren soll,
Verlang' ich auch das Maul recht voll.

ALTMAYER *(leise)*

Sie sind vom Rheine, wie ich spüre.

MEPHISTOPHELES

Schafft einen Bohrer an!

BRANDER

                    Was soll mit dem geschehn?
Ihr habt doch nicht die Fässer vor der Türe?

ALTMAYER

Dahinten hat der Wirt ein Körbchen Werkzeug stehn.

MEPHISTOPHELES *(nimmt den Bohrer)*

(Zu Frosch)

Nun sagt, was wünschet Ihr zu schmecken?   2.260

FROSCH

Wie meint Ihr das? Habt Ihr so mancherlei?

MEPHISTOPHELES

Ich stell' es einem jeden frei.

SIEBEL

Dai, dai! fica o patrão por minha conta!

FROSCH

Sim, venha um copo bom, render-lhe-emos nós preito.
Mas que não seja a amostra pouca;
Se for pra judiciar direito,
Terei de ter bem cheia a boca.

ALTMAYER *(baixo)*

Do Reno são, pelo que sinto.

MEFISTÓFELES

Achai-me um furador!

BRANDER

                    Mas que uso ele vos traz?
Não tendes os barris à porta do recinto?

ALTMAYER

Na cesta do patrão há ferros, lá de trás.

MEFISTÓFELES *(toma o furador)*

(A Frosch)

Que provareis, senhor vizinho?

FROSCH

Quê! mais de um tendes ao dispor?

MEFISTÓFELES

Cada um escolha a seu humor.

AUERBACHS KELLER IN LEIPZIG

ALTMAYER *(zu Frosch)*

Aha! du fängst schon an, die Lippen abzulecken.

FROSCH

Gut! wenn ich wählen soll, so will ich Rheinwein haben.
Das Vaterland verleiht die allerbesten Gaben.

MEPHISTOPHELES *(indem er an dem Platz, wo Frosch sitzt,
ein Loch in den Tischrand bohrt)*

Verschafft ein wenig Wachs, die Pfropfen gleich zu machen!

ALTMAYER

Ach, das sind Taschenspielersachen.

MEPHISTOPHELES *(zu Brander)*

Und Ihr?

BRANDER

Ich will Champagner Wein,
Und recht moussierend soll er sein!

MEPHISTOPHELES *(bohrt; einer hat indessen
die Wachspfropfen gemacht und verstopft)*

BRANDER

Man kann nicht stets das Fremde meiden,   2.270
Das Gute liegt uns oft so fern.
Ein echter deutscher Mann mag keinen Franzen leiden,
Doch ihre Weine trinkt er gern.

SIEBEL *(indem sich Mephistopheles seinem Platze nähert)*

Ich muß gestehn, den sauren mag ich nicht,
Gebt mir ein Glas vom echten süßen!

ALTMAYER *(a Frosch)*

Eh! eh! já lambes o focinho.

FROSCH

Se for para escolher, quero eu vinho do Reno;
De todos é o melhor, e a pátria o dá em pleno.

MEFISTÓFELES *(enquanto broca uma abertura na beira da mesa,
no lugar em que Frosch está sentado)*

Cera, para igualar as tampas, por favor![17]

ALTMAYER

Ah, bem! são truques de escamoteador.

MEFISTÓFELES *(a Brander)*

E vós?

BRANDER

O que eu quero é champanhe,
Que em farta espuma o paladar me banhe!

MEFISTÓFELES *(continua brocando, enquanto um outro,
após aprontar os tampões de cera, tapa os buracos)*

BRANDER

Devemos aceitar o que é estrangeiro, às vezes,
Nem sempre o que é bom tens pertinho;
Um verdadeiro alemão não gosta dos franceses,
Mas gosta de beber seu vinho.

SIEBEL *(vendo que Mefistófeles se aproxima de seu lugar)*

Do azedo o gosto não me atrai,
Quero uma marca doce e clara!

[17] No original, literalmente: "Arranjai um pouco de cera, para fazer logo as rolhas!".

MEPHISTOPHELES *(bohrt)*

Euch soll sogleich Tokayer fließen.

ALTMAYER

Nein, Herren, seht mir ins Gesicht!
Ich seh' es ein, ihr habt uns nur zum besten.

MEPHISTOPHELES

Ei! Ei! Mit solchen edlen Gästen
Wär' es ein bißchen viel gewagt.
Geschwind! Nur grad' heraus gesagt!
Mit welchem Weine kann ich dienen?

2.280

ALTMAYER

Mit jedem! Nur nicht lang gefragt.

(Nachdem die Löcher alle gebohrt und verstopft sind)

MEPHISTOPHELES *(mit seltsamen Gebärden)*

Trauben trägt der Weinstock!
Hörner der Ziegenbock;
Der Wein ist saftig, Holz die Reben,
Der hölzerne Tisch kann Wein auch geben.
Ein tiefer Blick in die Natur!
Hier ist ein Wunder, glaubet nur!

Nun zieht die Pfropfen und genießt!

2.290

ALLE *(indem sie die Pfropfen ziehen
und jedem der verlangte Wein ins Glas läuft)*

O schöner Brunnen, der uns fließt!

MEFISTÓFELES *(brocando)*

Logo vos corre um bom Tokai.[18]

ALTMAYER

Não, não! olhai-me, amigos meus, na cara!
Bem vejo, é troça, nada mais!

MEFISTÓFELES

Com tão distintos comensais,
Seria aquilo algo atrevido!
Dizei, senhor, sem mais atraso,
Com que vos deixarei servido.

ALTMAYER

Com qualquer um! não vem ao caso.

(Depois de furados e tampados todos os buracos)

MEFISTÓFELES *(com gestos singulares)*

As cepas uvas dão!
Tem chifres o cabrão;
Dá suco o vinho, é de pau a videira,
Dá vinho a mesa de madeira.
Olhai dentro da natureza, vede!
Eis um milagre, amigos, crede![19]

Fora os tampões e sus à sede!

TODOS *(enquanto retiram os tampões*
e o vinho desejado lhes corre nos copos)

Ó bela fonte, que nos brota!

[18] O vinho de Tokai, produzido na região em torno da cidade húngara do mesmo nome (ou Tokay), é considerado um dos melhores vinhos suaves do mundo.

[19] No *Urfaust*, essa mágica do vinho, que parece encerrar uma alusão ao milagre operado por Jesus durante as núpcias de Caná (*João*, 2: 1-12), é realizada pelo próprio Fausto.

AUERBACHS KELLER IN LEIPZIG

MEPHISTOPHELES

Nur hütet euch, daß ihr mir nichts vergießt!

(Sie trinken wiederholt)

ALLE *(singen)*

Uns ist ganz kannibalisch wohl,
Als wie fünfhundert Säuen!

MEPHISTOPHELES

Das Volk ist frei, seht an, wie wohl's ihm geht!

FAUST

Ich hätte Lust, nun abzufahren.

MEPHISTOPHELES

Gib nur erst acht, die Bestialität
Wird sich gar herrlich offenbaren.

SIEBEL *(trinkt unvorsichtig,
der Wein fließt auf die Erde und wird zur Flamme)*

Helft! Feuer! helft! Die Hölle brennt!

MEPHISTOPHELES *(die Flamme besprechend)*

Sei ruhig, freundlich Element!　　　　　　　　　2.300

(Zu dem Gesellen)

Für diesmal war es nur ein Tropfen Fegefeuer.

SIEBEL

Was soll das sein? Wart! Ihr bezahlt es teuer!
Es scheinet, daß Ihr uns nicht kennt.

MEFISTÓFELES

Não derrameis nem uma gota!

(Bebem repetidamente)

TODOS *(cantam)*

Canibalmente bem estamos
Que nem quinhentos suínos!

MEFISTÓFELES

Vê como o povo está livre e à vontade![20]

FAUSTO

Convinha, acho, irmo-nos agora.[21]

MEFISTÓFELES

Espera um pouco, que a bestialidade
Vai revelar-se sem demora.

SIEBEL *(bebe com imprudência,
o vinho se derrama no chão e se transforma em labareda)*

Fogo! Acudi! Chama infernal!

MEFISTÓFELES *(exortando a chama)*

Calma, elemento fraternal!

(Para Siebel)

Do purgatório foi amostra assaz ligeira.[22]

SIEBEL

Que é isso? Sai-vos cara a brincadeira!
Vereis quem somos!

[20] A irônica observação de Mefistófeles refere-se tanto aos vivas dos beberrões à liberdade como (na nova versão da cena publicada em 1790) a lemas da Revolução Francesa.

[21] No auge da animação, Fausto, que se mantém passivo a maior parte do tempo, manifesta o desejo de ir embora, revelando-se o seu pouco interesse pelas coisas que Mefistófeles tem a oferecer-lhe.

[22] Na primeira cena "Quarto de trabalho" (v. 1.377) Mefistófeles dissera que a "chama" lhe estava "reservada"; agora ele demonstra o seu domínio sobre esse "elemento fraternal", dizendo em seguida ao "companheiro" Siebel ter sido apenas uma gota do fogo do purgatório.

FROSCH

Laß Er uns das zum zweiten Male bleiben!

ALTMAYER

Ich dächt', wir hießen ihn ganz sachte seitwärts gehn.

SIEBEL

Was, Herr? Er will sich unterstehn,
Und hier Sein Hokuspokus treiben?

MEPHISTOPHELES

Still, altes Weinfaß!

SIEBEL

Besenstiel!
Du willst uns gar noch grob begegnen?

BRANDER

Wart' nur, es sollen Schläge regnen! 2.310

ALTMAYER *(zieht einen Pfropf aus dem Tisch,
es springt ihm Feuer entgegen)*

Ich brenne! ich brenne!

SIEBEL

Zauberei!
Stoßt zu! der Kerl ist vogelfrei!

(Sie ziehen die Messer und gehn auf Mephistopheles los)

NA TABERNA DE AUERBACH EM LEIPZIG

FROSCH

Cena igual
Deixai de repetir tão cedo!

ALTMAYER

Convém pedir de manso que se aparte.

SIEBEL

Como, senhor? ousais, destarte,
Nos impingir vosso bruxedo?

MEFISTÓFELES

Cala, pau-d'água!

SIEBEL

Cabo de vassoura!
Inda nos vens com grosseria?[23]

BRANDER

Chover-te-á já pancadaria!

ALTMAYER *(retira um dos tampões da mesa;
jorra-lhe um jato de fogo ao encontro)*

Queimo! Ardo!

SIEBEL

Bruxaria! Cruz!
Sobre ele! está a prêmio! sus![24]

(Puxam das facas e avançam sobre Mefistófeles)

[23] A forma de tratamento na segunda pessoa do plural muda agora para a menos respeitosa da segunda pessoa do singular.

[24] Esse "estar a prêmio" corresponde no original ao termo *vogelfrei*, do qual o dicionário de Adelung diz que "é empregado apenas em relação a pessoas proscritas, que podem ser aprisionadas ou mortas por qualquer um que o queira ou consiga".

AUERBACHS KELLER IN LEIPZIG

MEPHISTOPHELES *(mit ernsthafter Gebärde)*

> Falsch Gebild und Wort
> Verändern Sinn und Ort!
> Seid hier und dort!

(Sie stehn erstaunt und sehn einander an)

ALTMAYER

> Wo bin ich? Welches schöne Land!

FROSCH

> Weinberge! Seh' ich recht?

SIEBEL

> Und Trauben gleich zur Hand!

BRANDER

> Hier unter diesem grünen Laube,
> Seht, welch ein Stock! Seht, welche Traube!

(Er faßt Siebeln bei der Nase.
Die andern tun es wechselseitig und heben die Messer)

MEPHISTOPHELES *(wie oben)*

> Irrtum, laß los der Augen Band!
> Und merkt euch, wie der Teufel spaße.

2.320

(Er verschwindet mit Faust,
die Gesellen fahren auseinander)

SIEBEL

> Was gibt's?

NA TABERNA DE AUERBACH EM LEIPZIG

MEFISTÓFELES *(com gestos solenes)*

> Som falso, falsa imagem,
> Mudai forma e paragem,
> Cá e lá, de passagem!

(Quedam-se espantados, a olhar uns para os outros)

ALTMAYER

Onde estou? que lindíssima região!

FROSCH

Vinhas, se enxergo bem!

SIEBEL

E as uvas logo à mão!

BRANDER

> Sob a folhagem, cá debaixo,
> Vede que cepa, vede o cacho!

*(Pega Siebel pelo nariz. Os demais o fazem
reciprocamente e levantam as facas)*

MEFISTÓFELES *(da mesma forma que antes)*

> Esvai-te, ótica quimera!
> De vós, destarte, o diabo escarneceu.

*(Desaparece com Fausto, os companheiros
largam um do outro repentinamente)*

SIEBEL

Que houve?

ALTMAYER

Wie?

FROSCH

War das deine Nase?

BRANDER *(zu Siebel)*

Und deine hab' ich in der Hand!

ALTMAYER

Es war ein Schlag, der ging durch alle Glieder!
Schafft einen Stuhl, ich sinke nieder!

FROSCH

Nein, sagt mir nur, was ist geschehn?

SIEBEL

Wo ist der Kerl? Wenn ich ihn spüre,
Er soll mir nicht lebendig gehn!

ALTMAYER

Ich hab' ihn selbst hinaus zur Kellertüre —
Auf einem Fasse reiten sehn — —
Es liegt mir bleischwer in den Füßen.

(Sich nach dem Tische wendend)

Mein! Sollte wohl der Wein noch fließen?

SIEBEL

Betrug war alles, Lug und Schein.

ALTMAYER

    Que foi?

FROSCH

    Teu nariz era?

BRANDER *(a Siebel)*

E tenho em minha mão o teu!

ALTMAYER

Que golpe foi! varou-me como um raio!
Dai-me um assento, irra, pois caio!

FROSCH

Que houve, afinal, mas quem mo diz?

SIEBEL

Onde é que o bruto se sonega?
Se me sai vivo, é por um triz!

ALTMAYER

Vi-o eu próprio a sair da porta da bodega,[25]
Montado sobre um dos barris...
Credo! meus pés de chumbo estão!

(Virando-se para a mesa)

E os vinhos, ainda correrão?

SIEBEL

Mentira foi, logro daninho.

[25] Nos livros populares sobre Fausto (desde a edição ampliada, 1589, da *Historia von D. Johann Fausten*), este desce a uma adega e volta cavalgando sobre um barril de vinho, que é oferecido aos estudantes de Leipzig. Uma vez, porém, que Fausto se mantém passivo durante as patuscadas da cena (ao contrário do que ocorre no *Urfaust*), Goethe atribui igualmente a Mefisto essa última feitiçaria.

FROSCH

Mir deuchte doch, als tränk' ich Wein.

BRANDER

Aber wie war es mit den Trauben?

ALTMAYER

Nun sag' mir eins, man soll kein Wunder glauben!

FROSCH

Mas, cismei que bebesse vinho.

BRANDER

E as uvas, quem as viu também?

ALTMAYER

E dizem que em milagres só simplórios creem!

Hexenküche

A cozinha da bruxa

Segundo palavras do próprio Goethe, que Eckermann registrou numa conversa datada de 10 de abril de 1829, essa cena foi escrita no jardim da Villa Borghese em Roma, na primeira metade de 1788. Para a publicação do *Fragmento* em 1790 foram acrescentadas algumas passagens alusivas aos acontecimentos revolucionários na França. Ao longo de sua vida, Goethe apresentou avaliações diferenciadas da Revolução Francesa, elaboradas a partir de vários pontos de vista. Contudo, sua primeira reação ao "mais terrível dos acontecimentos" foi de rejeição, pois o concebeu, antes de tudo, como violenta irrupção do irracionalismo, brutalizando o povo e trazendo consigo uma onda de excessos. Nessa perspectiva, os adendos redigidos após julho de 1789 buscam reforçar a atmosfera desvairada que reina nessa "cozinha da bruxa" com uma série de motivos que, para Goethe, apontam na direção do absurdo e do irracionalismo: superstições (como as relacionadas à peneira e ao espelho), crença na "fortuna" (loteria e jogos de azar, que não por acaso são praticados por macacos), alusões a uma política inconsequente (a "coroa" que deve ser colada com "sangue e suor"), fórmulas mágicas como as que acompanham a poção que acarreta o rejuvenescimento, ou seja, a "vil chanfana" ou "sarapatel do qual delírio emana", nos expressivos termos da tradução.

Razão e sensatez são, portanto, despachadas nessa cena que sintomaticamente se segue à renúncia ao mundo da ciência. "Ai de mim! sinto que enlouqueço", exclama assim o Fausto vidrado na imagem feminina que lhe oferece o espelho da bruxa, e nessa mesma chave exprime Mefisto a impressão que lhe causa o pandemônio protagonizado pelos monos: "Gira-se-me também o miolo aos quatro ventos"; e a própria bruxa, sucumbindo à escalada dos acontecimentos: "Perco a razão, perco o sentido"!

Ao lado da "Noite de Valpúrgis", esta cena que antecede imediatamente a aventura amorosa de Fausto pode ser considerada a mais "abstrusa" da tragédia e não deixa de ser surpreendente que Goethe a tenha escrito justamente na Itália, onde a sua estética clássica tomou forma mais definida. "A cozinha da bruxa" não constava do *Urfaust* porque nela o herói aparece como um professor relativamente jovem, ainda não necessitado da poção mágica que lhe subtrai "trinta anos da carcaça rota". Na versão definitiva, Mefistófeles recorre a tal rejuvenescimento por meio de feitiçaria para conduzir Fausto ao mundo da sensualidade e dos prazeres, de tal modo que o efeito dessa metamorfose já se faz sentir na próxima cena, que abre a temática amorosa em torno da figura de Margarida — mas, como se verá, não no sentido puramente sexual visado por Mefisto. [M.V.M.]

HEXENKÜCHE

(Auf einem niedrigen Herde steht ein großer Kessel über dem Feuer.
In dem Dampfe, der davon in die Höhe steigt, zeigen sich
verschiedene Gestalten. Eine Meerkatze sitzt bei dem Kessel
und schäumt ihn, und sorgt, daß er nicht überläuft. Der Meerkater
mit den Jungen sitzt darneben und wärmt sich. Wände und Decke
sind mit dem seltsamsten Hexenhausrat ausgeschmückt)

(Faust. Mephistopheles)

FAUST

Mir widersteht das tolle Zauberwesen!
Versprichst du mir, ich soll genesen
In diesem Wust von Raserei?
Verlang' ich Rat von einem alten Weibe? 2.340
Und schafft die Sudelköcherei
Wohl dreißig Jahre mir vom Leibe?
Weh mir, wenn du nichts Bessers weißt!
Schon ist die Hoffnung mir verschwunden.
Hat die Natur und hat ein edler Geist
Nicht irgendeinen Balsam ausgefunden?

MEPHISTOPHELES

Mein Freund, nun sprichst du wieder klug!
Dich zu verjüngen, gibt's auch ein natürlich Mittel;
Allein es steht in einem andern Buch,
Und ist ein wunderlich Kapitel. 2.350

FAUST

Ich will es wissen.

MEPHISTOPHELES

      Gut! Ein Mittel, ohne Geld
Und Arzt und Zauberei zu haben:
Begib dich gleich hinaus aufs Feld,

A COZINHA DA BRUXA

(Um grande caldeirão se acha no fogo sobre uma lareira baixa.
Percebem-se diversos vultos dentro do vapor que exala.
A fêmea de um cercopiteco[1] acha-se acocorada junto ao caldeirão,
a espumá-lo e zelando para que não transborde. O macho está
sentado com os filhotes ao lado, aquecendo-se. As paredes e o teto
estão adornados com os mais singulares apetrechos de feitiçaria)

(Fausto, Mefistófeles)

FAUSTO

Da mágica infernal repele-me a loucura;
Acaso me prometes cura
Neste sarapatel do qual delírio emana?
Peço conselhos de uma velha indouta?
E me subtrai a vil chanfana
Trinta anos da carcaça rota?
Tens só isso? ai de mim! já se me encobre
Toda a esperança! O engenho esperto
Da natureza, uma alma nobre,
Um bálsamo ainda não têm descoberto?

MEFISTÓFELES

Falaste, amigo, com razão extrema.
Há, para remoçar-te, um natural sistema;
Mas noutro livro está escrito,[2]
E é um capítulo esquisito.

FAUSTO

Quero sabê-lo.

MEFISTÓFELES

Bem! um meio há, para isso:
Sem médico se obtém, sem ouro e sem feitiço.
Vai para o campo, incontinentemente,

---

[1] Nome comum a um macaco africano de cauda longa, do gênero cercopithecus (do grego *kerkos*, cauda, e *pithekos*, macaco). Em alemão se diz *Meerkatzen* (gatos do mar), em virtude de sua semelhança com gatos e do fato de terem chegado à Europa pelo mar, isto é, em navios oriundos da África. Em algumas passagens do texto, Goethe escreve apenas *Katzen* (gatos).

[2] Provável alusão de Goethe a um livro que, desde 1785, estava sendo escrito pelo seu médico particular, Dr. Hufeland (publicado somente em 1797, com o título *A arte de prolongar a vida humana*). Mefistófeles reporta-se a recomendações desse médico no sentido de uma vida campestre, ativa, com alimentação natural: mesmo os "eruditos e intelectuais" deveriam dedicar algumas horas do dia ao trabalho nas plantações.

HEXENKÜCHE

Fang an zu hacken und zu graben,
Erhalte dich und deinen Sinn
In einem ganz beschränkten Kreise,
Ernähre dich mit ungemischter Speise,
Leb mit dem Vieh als Vieh, und acht es nicht für Raub,
Den Acker, den du erntest, selbst zu düngen;
Das ist das beste Mittel, glaub,   2.360
Auf achtzig Jahr dich zu verjüngen!

FAUST

Das bin ich nicht gewöhnt, ich kann mich nicht bequemen,
Den Spaten in die Hand zu nehmen.
Das enge Leben steht mir gar nicht an.

MEPHISTOPHELES

So muß denn doch die Hexe dran.

FAUST

Warum denn just das alte Weib!
Kannst du den Trank nicht selber brauen?

MEPHISTOPHELES

Das wär' ein schöner Zeitvertreib!
Ich wollt' indes wohl tausend Brücken bauen.
Nicht Kunst und Wissenschaft allein,   2.370
Geduld will bei dem Werke sein.
Ein stiller Geist ist Jahre lang geschäftig,
Die Zeit nur macht die feine Gärung kräftig.
Und alles, was dazu gehört,
Es sind gar wunderbare Sachen!
Der Teufel hat sie's zwar gelehrt;
Allein der Teufel kann's nicht machen.

(Die Tiere erblickend)

A COZINHA DA BRUXA

Maneja a enxada, ativa o arado,
Conserva-te a ti próprio e a tua mente
Num círculo chão, limitado,
Com alimento puro, nutre-te qual gado,
Vive entre o gado, em suores quotidianos,
Adubar pessoalmente o campo e o agro não temas;
Por remoçar-te de setenta anos,[3]
Crê-mo, o melhor é dos sistemas!

FAUSTO

Não me convém; não tenho o hábito disso;
Brandir a enxada é árduo serviço.
A vida rústica não é comigo.

MEFISTÓFELES

Pois venha a bruxa, então, amigo.

FAUSTO

Por que há de ser aquela velha?
Tu mesmo o líquido me aprontes!

MEFISTÓFELES

O passatempo pouco se aconselha!
Poderia, entretanto, edificar mil pontes.
Não só se trata de arte e ciência,
A empresa exige assaz paciência.
Um gênio quieto longos anos atuará;
Só o tempo ao fermento força dá,
E a tudo o que dele faz parte;
São cousas finas, não as menoscabo!
Tem-nos o diabo instruído da arte,[4]
Mas não é facultada ao diabo.

(Avistando os animais)

[3] No original, Goethe escreve oitenta anos, mas o sentido provável da formulação é "até aos oitenta anos de idade é possível rejuvenescer".

[4] No original, Mefisto está provavelmente querendo dizer neste verso que de fato foi o diabo que ensinou à bruxa a receita de tal poção, mas que ele próprio não pode prepará-la (talvez por causa do longuíssimo tempo que demanda a "fermentação").

Sieh, welch ein zierliches Geschlecht!
Das ist die Magd! das ist der Knecht!

(Zu den Tieren)

Es scheint, die Frau ist nicht zu Hause?   2.380

DIE TIERE

Beim Schmause,
Aus dem Haus
Zum Schornstein hinaus!

MEPHISTOPHELES

Wie lange pflegt sie wohl zu schwärmen?

DIE TIERE

So lange wir uns die Pfoten wärmen.

MEPHISTOPHELES *(zu Faust)*

Wie findest du die zarten Tiere?

FAUST

So abgeschmackt, als ich nur jemand sah!

MEPHISTOPHELES

Nein, ein Diskurs wie dieser da
Ist grade der, den ich am liebsten führe!

(Zu den Tieren)

So sagt mir doch, verfluchte Puppen,   2.390
Was quirlt ihr in dem Brei herum?

DIE TIERE

Wir kochen breite Bettelsuppen.

A COZINHA DA BRUXA

Que delicada espécie, observa!
Eis o criado! esta é a serva!

(Dirigindo-se aos animais)

Eh! não se acha a patroa em casa?

OS ANIMAIS

Levantou a asa,
Abriu o pé,
Afora, pela chaminé!

MEFISTÓFELES

Costuma demorar nas matas?

OS ANIMAIS

Até aquecermos nossas patas.

MEFISTÓFELES *(a Fausto)*

Como achas a mimosa bicharada?

FAUSTO

A súcia mais nojenta que eu já vi!

MEFISTÓFELES

Não, um discurso como este aqui,
É o que melhor sempre me agrada!

(Para os animais)

Dizei, bonecos repugnantes,
Na papa que estais remexendo?

OS ANIMAIS

É sopa aguada para mendicantes.[5]

[5] Numa carta a Schiller, Goethe emprega essa expressão (*Bettelsuppen*, sopas que são distribuídas a mendigos) para ironizar um drama contemporâneo: "uma sopa de mendigos, muito ao gosto do público alemão".

HEXENKÜCHE

MEPHISTOPHELES

Da habt ihr ein groß Publikum.

DER KATER *(macht sich herbei und schmeichelt dem Mephistopheles)*

O würfle nur gleich
Und mache mich reich,
Und laß mich gewinnen!
Gar schlecht ist's bestellt,
Und wär' ich bei Geld,
So wär' ich bei Sinnen.

MEPHISTOPHELES

Wie glücklich würde sich der Affe schätzen,   2.400
Könnt' er nur auch ins Lotto setzen!

(Indessen haben die jungen Meerkätzchen
mit einer großen Kugel gespielt und rollen sie hervor)

DER KATER

Das ist die Welt;
Sie steigt und fällt
Und rollt beständig;
Sie klingt wie Glas —
Wie bald bricht das!
Ist hohl inwendig.
Hier glänzt sie sehr,
Und hier noch mehr:
Ich bin lebendig!   2.410
Mein lieber Sohn,
Halt dich davon!
Du mußt sterben!
Sie ist von Ton,
Es gibt Scherben.

MEFISTÓFELES

Então tereis um público tremendo.

O CERCOPITECO *(acerca-se de Mefistófeles e lhe faz festas)*

Joga os dados, suplico,[6]
Torna-me rico!
Ganhar bem é preciso;
Somos tão pobres,
E tivesse eu os cobres,
Estaria com juízo.

MEFISTÓFELES

Por felizardo o mono se teria,
Pudesse ele jogar na loteria![7]

*(No entanto, os jovens macacos têm-se distraído
com uma bola grande, e a rolam para a frente)*

O CERCOPITECO

É assim o mundo;[8]
Sobe e cai, fundo,
Sem pausar, rola;
Qual vidro soa,
Que quebra à toa!
É cava a bola.
Luz muito aqui,
Mais ainda ali,
Vivo; e ele rola!
Meu filho, à fé!
Foge! pra trás!
Que morrerás!
De barro ele é,
E em pó se faz.

[6] A crendice popular associava esses macacos aos jogos de azar. Em um de seus textos (*Tischreden*), Lutero advertia para não se brincar com macacos e cercopitecos, pois neles se ocultava Satã.

[7] *Lotto*, no original, forma italiana do jogo de loteria, que chegou à Alemanha no século XVIII.

[8] Começa a delinear-se aqui a alegorização dos acontecimentos revolucionários na França. Por detrás da brincadeira dos macacos com a bola vislumbra-se também a antiga imagem da Roda da Fortuna (símbolo da inconstância do mundo), em que os grandes e poderosos sobem e descem.

HEXENKÜCHE

MEPHISTOPHELES

Was soll das Sieb?

DER KATER *(holt es herunter)*

Wärst du ein Dieb,
Wollt' ich dich gleich erkennen.

(Er läuft zur Kätzin und läßt sie durchsehen)

Sieh durch das Sieb!
Erkennst du den Dieb,
Und darfst ihn nicht nennen?

2.420

MEPHISTOPHELES *(sich dem Feuer nähernd)*

Und dieser Topf?

KATER UND KÄTZIN

Der alberne Tropf!
Er kennt nicht den Topf,
Er kennt nicht den Kessel!

MEPHISTOPHELES

Unhöfliches Tier!

DER KATER

Den Wedel nimm hier
Und setz' dich in Sessel!

(Er nötigt den Mephistopheles zu sitzen)

FAUST *(welcher diese Zeit über vor einem Spiegel gestanden,
sich ihm bald genähert, bald sich von ihm entfernt hat)*

Was seh' ich? Welch ein himmlisch Bild
Zeigt sich in diesem Zauberspiegel!

2.430

A COZINHA DA BRUXA

MEFISTÓFELES

Que uso tem o coador?[9]

O CERCOPITECO *(apanhando o coador e trazendo-o para baixo)*

Se és furtador,
Logo hei de vê-lo.

(Corre para a fêmea e faz com que ela espie pela peneira)

Pelo coador
Vês o furtador,
Sem conhecê-lo?

MEFISTÓFELES *(aproximando-se do fogo)*

E o caldeirão?

O MACHO E A FÊMEA

Grande asneirão!
O caldeirão
Não conhece, e a marmita!

MEFISTÓFELES

Cambada grosseirona!

O MACHO

O abano agita,[10]
Senta-te, eis a poltrona.

(Obriga Mefistófeles a sentar-se)

FAUSTO *(que durante esse tempo tem estado a mirar um espelho, alternativamente aproximando-se e afastando-se dele)*

Que vejo? que visão celeste
No espelho mágico se me revela![11]

[9] O coador, ou peneira (*Sieb*, no original), aparece, em crendices e superstições populares, em vários contextos: supunha-se que com a sua ajuda era possível reconhecer ladrões.

[10] Trata-se provavelmente de uma espécie de "espanador" (semelhante a uma cauda peluda); logo em seguida, Mefisto usará esse "abano" (a tradução diz então "ventarola") como um cetro alegórico.

[11] Projeções especulares de coisas futuras ou ocultas também faziam parte de superstições populares. Aqui, contudo, o espelho mágico pertence ao mundo das bruxas apenas como objeto, não naquilo que revela.

HEXENKÜCHE

O Liebe, leihe mir den schnellsten deiner Flügel,
Und führe mich in ihr Gefild!
Ach! wenn ich nicht auf dieser Stelle bleibe,
Wenn ich es wage, nah zu gehn,
Kann ich sie nur als wie im Nebel sehn! —
Das schönste Bild von einem Weibe!
Ist's möglich, ist das Weib so schön?
Muß ich an diesem hingestreckten Leibe
Den Inbegriff von allen Himmeln sehn?
So etwas findet sich auf Erden?   2.440

MEPHISTOPHELES

Natürlich, wenn ein Gott sich erst sechs Tage plagt,
Und selbst am Ende Bravo sagt,
Da muß es was Gescheites werden.
Für diesmal sieh dich immer satt;
Ich weiß dir so ein Schätzchen auszuspüren,
Und selig, wer das gute Schicksal hat,
Als Bräutigam sie heimzuführen!

(Faust sieht immerfort in den Spiegel.
Mephistopheles, sich in dem Sessel dehnend
und mit dem Wedel spielend, fährt fort zu sprechen)

Hier sitz' ich wie der König auf dem Throne,
Den Zepter halt' ich hier, es fehlt nur noch die Krone.

DIE TIERE *(welche bisher allerlei wunderliche*
Bewegungen durcheinander gemacht haben,
bringen dem Mephistopheles eine Krone mit großem Geschrei)

    O sei doch so gut,   2.450
    Mit Schweiß und mit Blut
    Die Krone zu leimen!

(Sie gehn ungeschickt mit der Krone um und zerbrechen
sie in zwei Stücke, mit welchen sie herumspringen)

Ah! suas asas Cupido me empreste
E me leve à paragem dela!
Mas, se não paro neste canto,
Se ouso avançar, como em neblina
A etérea aparição se fina!
De uma mulher visão de encanto!
Como! é tão bela a forma feminina?
Devo ver nesse corpo em lânguido quebranto
A síntese da criação divina?
Na terra há formosura tal?

MEFISTÓFELES

Pois sim, se lida um Deus seis dias a seu jeito[12]
E, no fim, a si próprio aplaude satisfeito,
Não poderá sair-se mal.
Por hoje, farta-te de olhar;
Posso encontrar-te um mimo tão gracioso;
Feliz quem a fortuna desfrutar
De lhe servir de amante e esposo!

(Fausto contempla constantemente o espelho.
Mefistófeles, estirando-se na poltrona
e brincando com a ventarola, continua a falar)

Num trono estou, como o rei em pessoa;[13]
O cetro tenho aqui, só me falta a coroa.

OS ANIMAIS *(que até agora têm estado a fazer*
movimentos singulares e sem nexo, trazem com
grande gritaria uma coroa para Mefistófeles)

Oh, com sangue e com suor[14]
Conserta ao redor
A coroa dos amos!

(Lidam desajeitadamente com a coroa e quebram-na
em dois pedaços, com os quais vão saltando e pulando)

[12] Mefisto comenta o embevecimento de Fausto com a visão feminina ("síntese da criação divina") que vislumbra no espelho mediante nova alusão blasfema: "Deus viu tudo o que tinha feito: e era muito bom. Houve uma tarde e uma manhã: sexto dia" (*Gênesis*, 1: 31).

[13] Mefistófeles dá continuidade à alegorização dos acontecimentos contemporâneos na França: coloca-se no lugar do rei e menciona o cetro e a coroa, a qual irá partir-se em seguida.

[14] Pelo visto, a coroa já tem uma rachadura, pois os animais exortam Mefisto a colá-la — mas "com sangue e suor"! Alguns comentadores, entre os quais Ernst Beutler, veem aqui uma alusão ao chamado "escândalo do colar", que entre 1785 e 1786 abalou a corte francesa (e, em especial, a reputação da rainha Marie Antoinette).

Nun ist es geschehn!
Wir reden und sehn,
Wir hören und reimen —

FAUST *(gegen den Spiegel)*

Weh mir! ich werde schier verrückt.

MEPHISTOPHELES *(auf die Tiere deutend)*

Nun fängt mir an fast selbst der Kopf zu schwanken.

DIE TIERE

Und wenn es uns glückt,
Und wenn es sich schickt,
So sind es Gedanken!   2.460

FAUST *(wie oben)*

Mein Busen fängt mir an zu brennen!
Entfernen wir uns nur geschwind!

MEPHISTOPHELES *(in obiger Stellung)*

Nun, wenigstens muß man bekennen,
Daß es aufrichtige Poeten sind.

*(Der Kessel, welchen die Kätzin bisher außer acht gelassen, fängt an, überzulaufen;
es entsteht eine große Flamme, welche zum Schornstein hinausschlägt.
Die Hexe kommt durch die Flamme mit entsetzlichem Geschrei heruntergefahren)*

DIE HEXE

Au! Au! Au! Au!
Verdammtes Tier! verfluchte Sau!
Versäumst den Kessel, versengst die Frau!
Verfluchtes Tier!

A COZINHA DA BRUXA

> Agora o fizemos!
> Ouvimos e vemos,
> Falamos, rimamos...

FAUSTO *(virado para o espelho)*

Ai de mim! sinto que enlouqueço.

MEFISTÓFELES *(indicando os animais)*

Gira-se-me também o miolo aos quatro ventos.

OS ANIMAIS

> E se for de sucesso,
> Granjeando apreço,
> Hão de ser pensamentos!

FAUSTO *(como antes)*

Meu peito principia a arder!
Fujamos, já, com prontidão!

MEFISTÓFELES *(na posição anterior)*

Bem, pelo menos se há de conceder
Que eles genuínos poetas são![15]

(O caldeirão, do qual a fêmea do cercopiteco se descuidou começa a transbordar: surge uma grande labareda que sobe pela chaminé. A bruxa desce pela chama abaixo com pavorosa gritaria)

A BRUXA

Ai! ai! ai! mona!
Peste maldita! que abandona
O caldeirão e esturra a dona!
Desgraçado animal!

[15] Mefistófeles refere-se aos animais como poetas "genuínos" (ou "sinceros", no original) porque eles admitem abertamente que buscam rimar apenas "pensamentos" em seus versos alegóricos.

HEXENKÜCHE

(Faust und Mephistopheles erblickend)

> Was ist das hier?
> Wer seid ihr hier?   2.470
> Was wollt ihr da?
> Wer schlich sich ein?
> Die Feuerpein
> Euch ins Gebein!

(Sie fährt mit dem Schaumlöffel in den Kessel
und spritzt Flammen nach Faust, Mephistopheles
und den Tieren. Die Tiere winseln)

MEPHISTOPHELES *(welcher den Wedel, den er in der Hand hält,*
umkehrt und unter die Gläser und Töpfe schlägt)

> Entzwei! entzwei!
> Da liegt der Brei!
> Da liegt das Glas!
> Es ist nur Spaß,
> Der Takt, du Aas,
> Zu deiner Melodei.   2.480

(Indem die Hexe voll Grimm und Entsetzen zurücktritt)

Erkennst du mich? Gerippe! Scheusal du!
Erkennst du deinen Herrn und Meister?
Was hält mich ab, so schlag' ich zu,
Zerschmettre dich und deine Katzengeister!
Hast du vorm roten Wams nicht mehr Respekt?
Kannst du die Hahnenfeder nicht erkennen?
Hab' ich dies Angesicht versteckt?
Soll ich mich etwa selber nennen?

DIE HEXE

> O Herr, verzeiht den rohen Gruß!
> Seh' ich doch keinen Pferdefuß.   2.490
> Wo sind denn Eure beiden Raben?

A COZINHA DA BRUXA

(Avistando Fausto e Mefistófeles)

Quem é o pessoal?
Quem sois? que tal?
Que quereis aqui?
Como achastes a entrada?
Brasa inflamada
Vos roa a ossada!

*(Introduz com violência a escumadeira no caldeirão
e despeja chamas sobre Fausto, Mefistófeles e os animais.
Estes começam a ganir de susto e de dor)*

MEFISTÓFELES *(virando para baixo o abano que tem na mão
e batendo a torto e a direito entre os vidros e as panelas)*

Ai! meto o pau!
Lá vai teu mingau!
Lá vai a caldeira!
É só brincadeira,
O ritmo, matreira,
Para o teu sarau.

(Enquanto a bruxa recua, cheia de fúria e de pavor)

Sabes quem sou? monstro, esqueleto infando!
Vês teu senhor e amo, e não pasmas?
Por pouco não te arraso e a este teu bando
Monstruoso de animais fantasmas!
Não tens respeito ao gibão rubro?
Não vês a pena azul de galo?
Meu rosto acaso não descubro?
Meu nome ignoras? devo eu declará-lo?

A BRUXA

Perdoai-me, ó mestre, a rude saudação!
Nenhum pé de cavalo vejo.
E os vossos corvos, onde estão?[16]

[16] Tradicionalmente corvos não são acompanhantes do demônio (e na lenda popular tampouco constituem requisito de Mefistófeles). Contudo, aparecerão efetivamente na cena de guerra no quarto ato da segunda parte da tragédia.

HEXENKÜCHE

MEPHISTOPHELES

Für diesmal kommst du so davon;
Denn freilich ist es eine Weile schon,
Daß wir uns nicht gesehen haben.
Auch die Kultur, die alle Welt beleckt,
Hat auf den Teufel sich erstreckt;
Das nordische Phantom ist nun nicht mehr zu schauen;
Wo siehst du Hörner, Schweif und Klauen?
Und was den Fuß betrifft, den ich nicht missen kann,
Der würde mir bei Leuten schaden;   2.500
Darum bedien' ich mich, wie mancher junge Mann,
Seit vielen Jahren falscher Waden.

DIE HEXE *(tanzend)*

Sinn und Verstand verlier' ich schier,
Seh' ich den Junker Satan wieder hier!

MEPHISTOPHELES

Den Namen, Weib, verbitt' ich mir!

DIE HEXE

Warum? Was hat er Euch getan?

MEPHISTOPHELES

Er ist schon lang' ins Fabelbuch geschrieben;
Allein die Menschen sind nichts besser dran,
Den Bösen sind sie los, die Bösen sind geblieben.
Du nennst mich Herr Baron, so ist die Sache gut;   2.510
Ich bin ein Kavalier, wie andre Kavaliere.
Du zweifelst nicht an meinem edlen Blut;
Sieh her, das ist das Wappen, das ich führe!

(Er macht eine unanständige Gebärde)

MEFISTÓFELES

Desta vez sais-te ainda do gracejo,
Pois faz deveras um bocado
Que não nos temos encontrado.
A cultura, outrossim, que lambe o mundo, à roda,
Tem-se estendido sobre o diabo;
O nórdico avejão já não está na moda;[17]
Onde vês garras, chifres, rabo?
E quanto ao pé, que não dispenso, sinto
Que em público me faz de malvisto e de intruso;
Eis por que, como mais de um fidalgão distinto,
Há tempos panturrilhas falsas uso.

A BRUXA *(dançando freneticamente)*

Perco a razão, perco o sentido,
Ao ver Dom Satanás de novo aqui metido!

MEFISTÓFELES

Mulher, proíbo esse apelido!

A BRUXA

Por quê? que vos tem ele feito?

MEFISTÓFELES

No livro das ficções de há muito está gravado;
Mas, para os homens, sem proveito,
O Gênio Mau se foi, mas os maus têm ficado.
Sou cavalheiro como os mais, aliás;
Podes chamar-me de Senhor Barão;[18]
De meu fidalgo sangue não duvidarás;
Olha pra cá, eis meu brasão!

(Faz um gesto obsceno)

[17] O "avejão" ou "fantasma" do Norte (*das nordische Phantom*, no original). Numa carta a Schiller de julho de 1797, Goethe dizia que os "fantasmas nórdicos" haviam sido recalcados pelas reminiscências do Sul (alusão a sua viagem à Itália, em 1786-88), e que o trabalho no *Fausto* fora deixado de lado.

[18] Após fazer um trocadilho com os termos "maligno" e "maus", que em alemão apresentam (respectivamente no acusativo e no nominativo) a mesma grafia (*Bösen*), Mefisto proíbe à bruxa qualquer tratamento arcaizante (como "Dom Satanás") e exige ser chamado de "Senhor Barão". Escolhe justamente o único título de nobreza que podia ser comprado — e daí advieram também expressões como "barão das finanças", "barão da indústria" etc.

HEXENKÜCHE

DIE HEXE *(lacht unmäßig)*

Ha! Ha! Das ist in Eurer Art!
Ihr seid ein Schelm, wie Ihr nur immer wart!

MEPHISTOPHELES *(zu Faust)*

Mein Freund, das lerne wohl verstehn!
Dies ist die Art, mit Hexen umzugehn.

DIE HEXE

Nun sagt, ihr Herren, was ihr schafft.

MEPHISTOPHELES

Ein gutes Glas von dem bekannten Saft!
Doch muß ich Euch ums älteste bitten;   2.520
Die Jahre doppeln seine Kraft.

DIE HEXE

Gar gern! Hier hab' ich eine Flasche,
Aus der ich selbst zuweilen nasche,
Die auch nicht mehr im mindsten stinkt;
Ich will euch gern ein Gläschen geben.

(Leise)

Doch wenn es dieser Mann unvorbereitet trinkt,
So kann er, wißt Ihr wohl, nicht eine Stunde leben.

MEPHISTOPHELES

Es ist ein guter Freund, dem es gedeihen soll;
Ich gönn' ihm gern das Beste deiner Küche.
Zieh deinen Kreis, sprich deine Sprüche,   2.530
Und gib ihm eine Tasse voll!

A BRUXA *(rindo-se imoderadamente)*

Ha! ha! pois sois vós, sem engano!
Fostes sempre ótimo magano!

MEFISTÓFELES *(a Fausto)*

Possa a lição, amigo, aproveitar-te!
Com bruxas lida-se destarte.

A BRUXA

Algo há, senhores, com que eu vos assista?

MEFISTÓFELES

Sim, um bom copo da bebida mista,
Mas venha a mais anosa, rogo:
Duplo vigor com o tempo só regista.[19]

A BRUXA

Pois não! cá tenho um vidro, cujo
Conteúdo também eu lambujo,
Que já não fede nada, é raro!
Dou-vos com gosto uma medida.

(Baixinho)

Mas, se o beber esse homem sem preparo,
Sabeis que não terá nem uma hora de vida.

MEFISTÓFELES

É amigo bom, eu quero que lhe valha;
Faz jus a teu extrato mais seguro;
Traça teu círculo, entoa o esconjuro,
Verte uma taça cheia, e dá-lha.

[19] Ingrediente essencial na poção que será ministrada a Fausto é, portanto, o "tempo", já que os longos anos de descanso e fermentação "duplicam", como diz o original, a sua eficácia.

HEXENKÜCHE

DIE HEXE *(mit seltsamen Gebärden, zieht einen Kreis und stellt wunderbare Sachen hinein; indessen fangen die Gläser an zu klingen, die Kessel zu tönen, und machen Musik. Zuletzt bringt sie ein großes Buch, stellt die Meerkatzen in den Kreis, die ihr zum Pult dienen und die Fackel halten müssen. Sie winkt Fausten, zu ihr zu treten)*

FAUST *(zu Mephistopheles)*

Nein, sage mir, was soll das werden?
Das tolle Zeug, die rasenden Gebärden,
Der abgeschmackteste Betrug,
Sind mir bekannt, verhaßt genug.

MEPHISTOPHELES

Ei Possen! Das ist nur zum Lachen;
Sei nur nicht ein so strenger Mann!
Sie muß als Arzt ein Hokuspokus machen,
Damit der Saft dir wohl gedeihen kann

(Er nötigt Fausten, in den Kreis zu treten)

DIE HEXE *(mit großer Emphase fängt an, aus dem Buche zu deklamieren)*

Du mußt verstehn!   2.540
Aus Eins mach Zehn,
Und Zwei laß gehn,
Und Drei mach gleich,
So bist du reich.
Verlier die Vier!
Aus Fünf und Sechs,
So sagt die Hex',
Mach Sieben und Acht,
So ist's vollbracht:
Und Neun ist Eins,
Und Zehn ist keins.   2.550
Das ist das Hexen-Einmaleins.

A COZINHA DA BRUXA

A BRUXA *(com gesticulações frenéticas, risca um círculo, dentro do qual*
coloca objetos diversos; os vidros começam a tinir, as caldeiras a ressoar
e a tilintar em sons de música. Finalmente, traz um grande livro
e coloca os monos dentro do círculo. Estes servem de suporte ao livro
e seguram a tocha. Ela acena a Fausto para que se aproxime)

FAUSTO *(a Mefistófeles)*

Não! dize, que há de sair disso?
O frenesi, o insípido feitiço,
O logro absurdo e repugnante,
Conheço, odeio-os já bastante.

MEFISTÓFELES

Ora, é pra rir! não te equivoques!
É demais rijo o teu conceito!
São artes de berliques e berloques,
Pra que a poção surta o mais forte efeito.

(Obriga Fausto a entrar dentro do círculo)

A BRUXA *(começa a declamar do livro, com grande ênfase)*

Vê, por quem és!
Do um, faze dez,
No dois e três
Um traço indicas
E rico ficas.
Põe fora o quatro!
Com cinco e seis,
Diz a bruxa, fareis
Sete e oito, e a conta
Quase está pronta:
E o nove é um,
Mas o dez é nenhum.
Das bruxas isto é a tabuada comum![20]

[20] Recorrendo a textos ocultistas da Idade Média e do Renascimento, a escritos cabalísticos sobre a simbologia dos números, comentadores procuraram em vão descobrir um sentido no *nonsense* que subjaz a essa "tabuada" da bruxa. Numa carta de dezembro de 1827, endereçada ao seu amigo berlinense Carl Friedrich Zelter, Goethe fala dos leitores alemães que se torturavam no esforço de extrair um sentido "da tabuada da bruxa e de alguns outros disparates" que ele teria espalhado em suas obras "com mãos generosas".

HEXENKÜCHE

FAUST

Mich dünkt, die Alte spricht im Fieber.

MEPHISTOPHELES

Das ist noch lange nicht vorüber,
Ich kenn' es wohl, so klingt das ganze Buch;
Ich habe manche Zeit damit verloren,
Denn ein vollkommner Widerspruch
Bleibt gleich geheimnisvoll für Kluge wie für Toren.
Mein Freund, die Kunst ist alt und neu.
Es war die Art zu allen Zeiten,   2.560
Durch Drei und Eins, und Eins und Drei
Irrtum statt Wahrheit zu verbreiten.
So schwätzt und lehrt man ungestört;
Wer will sich mit den Narrn befassen?
Gewöhnlich glaubt der Mensch, wenn er nur Worte hört,
Es müsse sich dabei doch auch was denken lassen.

DIE HEXE (fährt fort)

Die hohe Kraft
Der Wissenschaft,
Der ganzen Welt verborgen!
Und wer nicht denkt,   2.570
Dem wird sie geschenkt,
Er hat sie ohne Sorgen.

FAUST

Was sagt sie uns für Unsinn vor?
Es wird mir gleich der Kopf zerbrechen.
Mich dünkt, ich hör' ein ganzes Chor
Von hunderttausend Narren sprechen.

FAUSTO

Delira em febre a criatura?

MEFISTÓFELES

Nem terminou, isto ainda dura;
Conheço-o, é assim que o livro todo soa;
Que tempos não gastei nisso! É notório
Que uma contradição completa e boa
É de mistério igual para um sábio e um simplório.
É velha e nova, amigo, a arte;
Semear o erro em vez da verdade,[21]
Por três e um, e um e três, em toda parte,
Tem sido uso, e em qualquer idade.
Assim leciona-se e se palra a gosto,
A lidar com o bufão, quem estará disposto?
E os homens, quando estão a ouvir frases de estilo,
Pensam que deve haver o que pensar naquilo.

A BRUXA (continuando)

A superpotência
Da magna ciência,
Do mundo escondida!
Quem não pensa é quem
De presente a tem,
Sem canseira e lida.

FAUSTO

Mas, que é que diz? quanta doidice!
Estoura-me a cabeça aos poucos.
Palavra, é como se eu ouvisse
Falar um coro de mil loucos.

[21] Mefistófeles parece aproveitar-se agora das palavras abstrusas da bruxa para desferir um ataque contra o dogma religioso da Santíssima Trindade. Numa conversa datada de 4 de janeiro de 1824, em que Goethe se queixa da incompreensão que recebeu do público alemão em várias questões religiosas, científicas e políticas, Eckermann registra as seguintes palavras do poeta: "Eu acreditava em Deus e na Natureza e na vitória do nobre sobre o ruim; mas para aquela gente devota isso não era suficiente e eu devia acreditar também que três era um e um era três. Mas isso repugnava o sentimento de verdade de minha alma".

HEXENKÜCHE

MEPHISTOPHELES

> Genug, genug, o treffliche Sibylle!
> Gib deinen Trank herbei, und fülle
> Die Schale rasch bis an den Rand hinan;
> Denn meinem Freund wird dieser Trunk nicht schaden: 2.580
> Er ist ein Mann von vielen Graden,
> Der manchen guten Schluck getan.

DIE HEXE *(mit vielen Zeremonien, schenkt den Trank in eine Schale; wie sie Faust an den Mund bringt, entsteht eine leichte Flamme)*

MEPHISTOPHELES

> Nur frisch hinunter! Immer zu!
> Es wird dir gleich das Herz erfreuen.
> Bist mit dem Teufel du und du,
> Und willst dich vor der Flamme scheuen?

(Die Hexe löst den Kreis. Faust tritt heraus)

MEPHISTOPHELES

> Nun frisch hinaus! Du darfst nicht ruhn.

DIE HEXE

> Mög' Euch das Schlückchen wohl behagen!

MEPHISTOPHELES *(zur Hexe)*

> Und kann ich dir was zu Gefallen tun,
> So darfst du mir's nur auf Walpurgis sagen.   2.590

DIE HEXE

> Hier ist ein Lied! wenn Ihr's zuweilen singt,
> So werdet Ihr besondre Wirkung spüren.

A COZINHA DA BRUXA

MEFISTÓFELES

Basta, já basta, excelentíssima Sibila![22]
Teu suco mágico destila
E vai enchendo rente a taça,
Pra meu amigo não será desgraça:
Ele é homem de altos graus e nada mole,[23]
Que já tragou mais de um bom gole.

A BRUXA (*com muitas cerimônias, verte a beberagem numa taça;
no momento em que Fausto a leva aos lábios, surge uma chama ligeira*)

MEFISTÓFELES

Vamos, engole! com despacho!
Num ai, delícia em ti derrama.
Como! és tão íntimo com o diacho,
E te apavoras vendo a chama?

(*A bruxa dissolve o círculo. Fausto sai dele*)

MEFISTÓFELES

Não pares, não! pra fora, é isso!

A BRUXA

Faça-vos bom proveito o trago!

MEFISTÓFELES (*à bruxa*)

E se algo queres pelo teu serviço,
Ser-te-á em Valpúrgis por mim pago.[24]

A BRUXA

Entoai esta canção de vez em quando,[25]
É de efeito único seu uso.

[22] Originalmente "sibila" referia-se a uma vidente sábia, envolta em grande dignidade nas sagas gregas, romanas e medievais. No século XVIII passou a designar mulheres feias e velhas, portanto também bruxas.

[23] Os graus acadêmicos a que Mefisto pode estar se referindo são "mestre", "professor" e "doutor".

[24] Referência antecipatória à "Noite de Valpúrgis", a celebração orgiástica que será representada numa cena posterior, imediatamente antes do desfecho da tragédia amorosa.

[25] Para Albrecht Schöne a "canção" que a bruxa passa agora a Fausto e Mefisto seria uma espécie de texto pornográfico para intensificar o efeito do afrodisíaco ministrado: uma paródia aos folhetos com canções pias e edificantes distribuídos após o serviço religioso.

HEXENKÜCHE

MEPHISTOPHELES *(zu Faust)*

Komm nur geschwind und laß dich führen;
Du mußt notwendig transpirieren,
Damit die Kraft durch Inn- und Äußres dringt.
Den edlen Müßiggang lehr' ich hernach dich schätzen,
Und bald empfindest du mit innigem Ergetzen,
Wie sich Cupido regt und hin und wider springt.

FAUST

Laß mich nur schnell noch in den Spiegel schauen!
Das Frauenbild war gar zu schön! 2.600

MEPHISTOPHELES

Nein! Nein! Du sollst das Muster aller Frauen
Nun bald leibhaftig vor dir sehn.

(Leise)

Du siehst, mit diesem Trank im Leibe,
Bald Helenen in jedem Weibe.

MEFISTÓFELES *(a Fausto)*

Vem, vem, depressa, eu te conduzo;
Terás de transpirar do modo mais profuso,
Para que dentro e fora a força vá atuando.
Da nobre ociosidade o apreço, após, te ensino,
E em breve sentirás, com o gozo mais genuíno,
Cupido a estrebuchar-se em lépido desmando.

FAUSTO

Só quero ainda espreitar no espelho a aparição!
Mulher nunca houve como aquela!

MEFISTÓFELES

Não! não! há de surgir-te, em carne e osso, a visão,
Do sexo em breve a flor mais bela.

(Baixo)

Com esse licor na carne abstêmia,
Verás Helena em cada fêmea.[26]

[26] Mefisto dá a entender aqui que o modelo feminino mostrado pelo espelho irá encarnar-se em breve, pois a poção rejuvenescedora (e afrodisíaca) o fará enxergar Helena — a mais bela e desejável das mulheres — em toda "fêmea". Não se trata ainda de uma antecipação do motivo em torno de Helena de Troia, que se desdobrará na segunda parte da tragédia.

Straße

Rua

Começa aqui a sequência de cenas em torno da figura de Margarida (*Margarete*, no original, nome que, em alemão, designa também a flor margarida: *Margaretenblume* ou *Margerite*). Goethe usará com frequência a forma diminutiva *Gretchen*, que em português corresponderia a "Guida". Esporadicamente usará também *Margretlein*, *Gretelchen* e *Gretel*, formas não incorporadas pela tradutora (ao contrário de *Gretchen*).

Observe-se que Goethe cria implicitamente um contraste entre os espaços anteriores a esta cena em rua aberta: enquanto Fausto está vindo da "cozinha da bruxa", a moça acaba de deixar a igreja. Das palavras posteriores de Mefistófeles pode-se depreender que, na verdade, este já havia espionado e de certo modo "eleito" Margarida para a aventura amorosa de Fausto. [M.V.M.]

STRASSE

(Faust. Margarete vorübergehend)

FAUST

> Mein schönes Fräulein, darf ich wagen,
> Meinen Arm und Geleit Ihr anzutragen?

MARGARETE

> Bin weder Fräulein, weder schön,
> Kann ungeleitet nach Hause gehn.

(Sie macht sich los und ab)

FAUST

> Beim Himmel, dieses Kind ist schön!
> So etwas hab' ich nie gesehn.   2.610
> Sie ist so sitt- und tugendreich,
> Und etwas schnippisch doch zugleich.
> Der Lippe Rot, der Wange Licht,
> Die Tage der Welt vergess' ich's nicht!
> Wie sie die Augen niederschlägt,
> Hat tief sich in mein Herz geprägt;
> Wie sie kurz angebunden war,
> Das ist nun zum Entzücken gar!

(Mephistopheles tritt auf)

FAUST

> Hör, du mußt mir die Dirne schaffen!

MEPHISTOPHELES

> Nun, welche?

FAUST

>   Sie ging just vorbei.   2.620

RUA

(Fausto. Margarida passando pela rua)

FAUSTO

Formosa dama,[1] ousar-vos-ia
Oferecer meu braço e companhia?

MARGARIDA

Nem dama, nem formosa sou,
Posso ir pra casa a sós, e vou.

(Desprende-se e sai)

FAUSTO

Por Deus, essa menina é linda!
Igual não tenho visto ainda.
Tanta virtude e graça tem,
A par do arzinho de desdém.
A boca rubra, a luz da face,
Lembrá-las-ei até o trespasse!
O modo por que abaixa a vista,
Fundo, em minha alma se regista,
Sua aspereza e pudicícia,
Aquilo então é uma delícia!

(Entra Mefistófeles)

FAUSTO

Escuta, tens de arranjar-me a mocinha![2]

MEFISTÓFELES

Bem, qual?

FAUSTO

Passou cá, justamente.

[1] *Fräulein*, no original ("senhorita"), tratamento então reservado a moças de elevada classe social.

[2] *Dirne*, no original, palavra empregada aqui no sentido primeiro de jovem solteira e virgem (mocinha, portanto), e não como "meretriz, prostituta", significado que o termo adquiriu a partir de meados do século XVI.

STRASSE

MEPHISTOPHELES

Da die? Sie kam von ihrem Pfaffen,
Der sprach sie aller Sünden frei;
Ich schlich mich hart am Stuhl vorbei.
Es ist ein gar unschuldig Ding,
Das eben für nichts zur Beichte ging;
Über die hab' ich keine Gewalt!

FAUST

Ist über vierzehn Jahr doch alt.

MEPHISTOPHELES

Du sprichst ja wie Hans Liederlich,
Der begehrt jede liebe Blum' für sich,
Und dünkelt ihm, es wär' kein' Ehr'   2.630
Und Gunst, die nicht zu pflücken wär';
Geht aber doch nicht immer an.

FAUST

Mein Herr Magister Lobesan,
Lass' Er mich mit dem Gesetz in Frieden!
Und das sag' ich Ihm kurz und gut:
Wenn nicht das süße junge Blut
Heut nacht in meinen Armen ruht,
So sind wir um Mitternacht geschieden.

MEPHISTOPHELES

Bedenkt, was gehn und stehen mag!
Ich brauche wenigstens vierzehn Tag',   2.640
Nur die Gelegenheit auszuspüren.

FAUST

Hätt' ich nur sieben Stunden Ruh',

RUA

MEFISTÓFELES

Aquela? ora! do padre vinha
Que de pecados a achou inocente;
Passei ao confessionário rente:
É jovem muito ingênua e boa,
Que foi à confissão à toa;
Sobre essa eu não tenho poder!

FAUSTO

Mas, quatorze anos já há de ter.[3]

MEFISTÓFELES

Falas tal qual João Corruptor:[4]
Pra si cobiça cada flor
E julga que a honra não existe,
Nem favor, que se não conquiste;
Mas não dá certo toda vez.

FAUSTO

Meu mestre na arte da honradez,[5]
Deixe-me em paz com sermões seus!
Saiba, para o que der e vier,
Se eu hoje à noite não tiver
Nos braços o anjo de mulher,
À meia-noite, dou-lhe o adeus.

MEFISTÓFELES

Mas pensa bem, mais calma e juízo!
De uns quinze dias eu preciso,
Té que um bom azo se defina.

FAUSTO

Tivesse eu sete horas de prazo,

[3] Idade a partir da qual, segundo o direito vigente, começavam a maioridade e a maturidade sexual. O contexto deixa claro que Fausto não tem em mente uma proposta de casamento, mas deseja antes a sedução.

[4] *Hans Liederlich*, no original, expressão empregada exatamente no sentido da solução encontrada pela tradutora.

[5] Comparado a um galã sedutor de mocinhas, Fausto, ardendo de desejo, replica no mesmo tom e chama Mefisto de *Herr Magister Lobesan*, expressão zombeteira que no século XVIII se aplicava a pessoas professorais e moralistas (originalmente, *lobesan*, ou *lobesam*, é um adjetivo e significa "louvável"). "Meu mestre na arte da honradez" capta com precisão o sentido da expressão alemã.

STRASSE

Brauchte den Teufel nicht dazu,
So ein Geschöpfchen zu verführen.

MEPHISTOPHELES

Ihr sprecht schon fast wie ein Franzos;
Doch bitt' ich, laßt's Euch nicht verdrießen:
Was hilft's, nur grade zu genießen?
Die Freud' ist lange nicht so groß,
Als wenn Ihr erst herauf, herum,
Durch allerlei Brimborium,   2.650
Das Püppchen geknetet und zugericht't,
Wie's lehret manche welsche Geschicht'.

FAUST

Hab' Appetit auch ohne das.

MEPHISTOPHELES

Jetzt ohne Schimpf und ohne Spaß.
Ich sag' Euch: mit dem schönen Kind
Geht's ein- für allemal nicht geschwind.
Mit Sturm ist da nichts einzunehmen;
Wir müssen uns zur List bequemen.

FAUST

Schaff mir etwas vom Engelsschatz!
Führ mich an ihren Ruheplatz!
Schaff mir ein Halstuch von ihrer Brust,   2.660
Ein Strumpfband meiner Liebeslust!

MEPHISTOPHELES

Damit Ihr seht, daß ich Eurer Pein
Will förderlich und dienstlich sein,
Wollen wir keinen Augenblick verlieren,
Will Euch noch heut in ihr Zimmer führen.

Do diabo não faria caso,
Seduziria essa menina.

MEFISTÓFELES

Como um francês te gabas já;[6]
Porém, não fiques maldisposto:
Por que fruir de relance o gosto?[7]
Mais vivo e bem maior será
Se antes moldares e aprestares,
Com cem quindins preliminares,
A ponto, a bonequinha humana;
Ensina-o mais de uma história italiana.[8]

FAUSTO

Tenho apetite bom sem isso.

MEFISTÓFELES

Pois sem pilhéria e rebuliço,
Com a belezinha, afirmo, ora essa!
Não vai a coisa tão depressa.
Com força, a presa não apanhas;
Só mesmo usando de artimanhas.

FAUSTO

Traze-me algo do anjo formoso!
Leva-me ao seu lugar de pouso!
Traze-me um lenço do seu seio,
Um laço ao meu ardente anseio!

MEFISTÓFELES

Hás de ver com que afã te ajudo
Em teu penar de amor agudo.
A empresa em breve se promova!
Te levo ainda hoje à sua alcova.

[6] Mefistófeles se apoia na tendência então difundida de se atribuir ao "francês" (*Franzos*, no original) um comportamento dissoluto e depravado, de tal forma que a sífilis era chamada de "doença dos franceses".

[7] Literalmente Mefisto pergunta neste verso o que adiantaria gozar de maneira tão rápida e direta — ou seja, dá a entender que o esforço da conquista intensificaria o prazer erótico.

[8] *Welsche Geschicht'*, no original, que significa antes "românico" (*welsch*), designando sobretudo o elemento italiano, francês e espanhol. Mefistófeles dá a entender assim o seu domínio de obras das literaturas românicas, como o *Decamerone* de Boccaccio.

STRASSE

FAUST

Und soll sie sehn? sie haben?

MEPHISTOPHELES

Nein!
Sie wird bei einer Nachbarin sein.
Indessen könnt Ihr ganz allein
An aller Hoffnung künft'ger Freuden   2.670
In ihrem Dunstkreis satt Euch weiden.

FAUST

Können wir hin?

MEPHISTOPHELES

Es ist noch zu früh.

FAUST

Sorg du mir für ein Geschenk für sie!

(Ab)

MEPHISTOPHELES

Gleich schenken? Das ist brav! Da wird er reüssieren!
Ich kenne manchen schönen Platz
Und manchen altvergrabnen Schatz;
Ich muß ein bißchen revidieren.

(Ab)

RUA

FAUSTO

Vê-la-ei, então? há de ser minha?

MEFISTÓFELES

Não, estará numa vizinha.
No entanto, a sós, na alcovazinha,
Do gozo a vir, em sua esfera,
Poderás fruir à farta a espera.

FAUSTO

Vem, pois!

MEFISTÓFELES

É cedo ainda.

FAUSTO

Entrementes[9]
Para ela arranja-me uns presentes.

(Sai)

MEFISTÓFELES

Presentes, já? Bem! Bem! não falhas na conquista![10]
Sei de alguns belos logradouros,
Que em terra ocultam bons tesouros;
Hei de passar isso em revista.

(Sai)

[9] Divergindo neste ponto do original alemão (como também em outras passagens), a tradutora faz o advérbio "entrementes" completar a medida do verso anterior (e rimar com o seguinte), valendo-se aqui de um procedimento métrico que Goethe utiliza com frequência no *Fausto*, conforme mostra o original pouco acima (verso 2.667), em que o "não" de Mefisto pertence metricamente à pergunta ansiosa de Fausto.

[10] Mefistófeles emprega neste segundo hemistíquio do verso o verbo *reüssieren*, derivado do francês *réussir* (conseguir, ter êxito): *Da wird er reüssieren!* Exprimindo-se ainda num verso alexandrino (de origem francesa), o próprio Mefisto procura falar, aludindo a Fausto, como "um francês que se gaba".

Abend

Crepúsculo

A esta segunda cena da chamada "tragédia de Gretchen", Goethe deu o título de *Abend*, o "anoitecer" ou "crepúsculo" da tarde. Na indicação cênica que vem a seguir, o adjetivo alemão *reinlich*, traduzido por "asseado", vai além do significado de limpeza e asseio próprio de uma jovem burguesa que, com o "gênio da ordem e harmonia" — como dirá Fausto em seguida —, sabe "desdobrar na mesa a guarnição" e, enquanto método eficiente de limpar o assoalho, "encrespar no chão a areia fina". *Reinlich* ou *rein* (como dirá Mefistófeles no verso traduzido como "Têm poucas jovens tanto alinho") está conotando também "pureza, espiritualidade, religiosidade", qualidades que farão de Margarida uma oponente natural de Mefistófeles. [M.V.M.]

ABEND

(Ein kleines reinliches Zimmer)

MARGARETE *(ihre Zöpfe flechtend und aufbindend)*

Ich gäb' was drum, wenn ich nur wüßt',
Wer heut der Herr gewesen ist!
Er sah gewiß recht wacker aus,   2.680
Und ist aus einem edlen Haus;
Das konnt' ich ihm an der Stirne lesen —
Er wär' auch sonst nicht so keck gewesen.

(Ab)

(Mephistopheles. Faust)

MEPHISTOPHELES

Herein, ganz leise, nur herein!

FAUST *(nach einigem Stillschweigen)*

Ich bitte dich, laß mich allein!

MEPHISTOPHELES *(herumspürend)*

Nicht jedes Mädchen hält so rein.

(Ab)

FAUST *(rings aufschauend)*

Willkommen, süßer Dämmerschein,
Der du dies Heiligtum durchwebst!
Ergreif mein Herz, du süße Liebespein,
Die du vom Tau der Hoffnung schmachtend lebst!   2.690
Wie atmet rings Gefühl der Stille,
Der Ordnung, der Zufriedenheit!
In dieser Armut welche Fülle!
In diesem Kerker welche Seligkeit!

CREPÚSCULO

(Um quarto pequenino e asseado)

MARGARIDA *(trançando e prendendo o cabelo)*

O senhor de hoje, quem me dera
Saber-lhe o nome, quem ele era!
Tinha, certo é, figura altiva
E de alta casa se deriva;
Na fronte dele isso se lia...[1]
Prova-o também sua ousadia.

(Sai)

(Mefistófeles, Fausto)

MEFISTÓFELES

Entra, entra, vamos, de mansinho!

FAUSTO *(depois de algum silêncio)*

Por favor, deixa-me sozinho!

MEFISTÓFELES *(farejando ao redor)*

Têm poucas jovens tanto alinho.

(Sai)

FAUSTO *(olhando em volta)*

Salve, ó clarão crepuscular
Que neste asilo[2] te entreteces!
Enche-me o coração, do amor doce penar,
Que na aura da esperança o teu langor aqueces!
Como respira aqui quietude,
Senso de acordo, de confiança,
Nesta escassez, que plenitude!
Neste cubículo,[3] ah, que bem-aventurança!

[1] Como fará mais tarde em relação a Mefistófeles (vv. 3.471-85), Margarida constrói aqui algumas suposições sobre o altivo "senhor" que a abordou na rua a partir de seus traços fisionômicos. Demonstra assim, pela primeira vez, seus conhecimentos intuitivos na chamada *fisiognomonia*, teoria fortemente ligada à obra de Johann Kaspar Lavater (por alguns anos, amigo próximo de Goethe) e que gozou de grande prestígio na segunda metade do século XVIII (ver nota ao v. 3.537).

[2] *Heiligtum*, no original, que significa santuário, templo sagrado.

[3] *Kerker*, no original, cárcere — com esta palavra Goethe cria uma associação retrospectiva com o "quarto de trabalho" de Fausto (apostrofado então de "cárcere") e também já faz uma referência antecipatória ao futuro "cárcere" real de Margarida.

ABEND

(Er wirft sich auf den ledernen Sessel am Bette)

O nimm mich auf, der du die Vorwelt schon
Bei Freud' und Schmerz im offnen Arm empfangen!
Wie oft, ach! hat an diesem Väterthron
Schon eine Schar von Kindern rings gehangen!
Vielleicht hat, dankbar für den heil'gen Christ,
Mein Liebchen hier, mit vollen Kinderwangen,   2.700
Dem Ahnherrn fromm die welke Hand geküßt.
Ich fühl', o Mädchen, deinen Geist
Der Füll' und Ordnung um mich säuseln,
Der mütterlich dich täglich unterweist,
Den Teppich auf den Tisch dich reinlich breiten heißt,
Sogar den Sand zu deinen Füßen kräuseln.
O liebe Hand! so göttergleich!
Die Hütte wird durch dich ein Himmelreich.
Und hier!

(Er hebt einen Bettvorhang auf)

    Was faßt mich für ein Wonnegraus!
Hier möcht' ich volle Stunden säumen.   2.710
Natur! hier bildetest in leichten Träumen
Den eingebornen Engel aus!
Hier lag das Kind, mit warmem Leben
Den zarten Busen angefüllt,
Und hier mit heilig reinem Weben
Entwirkte sich das Götterbild!

Und du! Was hat dich hergeführt?
Wie innig fühl' ich mich gerührt!
Was willst du hier? Was wird das Herz dir schwer?
Armsel'ger Faust! ich kenne dich nicht mehr.   2.720

Umgibt mich hier ein Zauberduft?
Mich drang's, so grade zu genießen,
Und fühle mich in Liebestraum zerfließen!
Sind wir ein Spiel von jedem Druck der Luft?

CREPÚSCULO

(Lança-se na poltrona de couro ao lado da cama)

Recebe-me, ora, ó tu, que já acolheste, antanho,
No braço um mundo extinto em regozijo e em dor!
Trono patriarcal, que já mais de um rebanho
Alegre circundou, de criançada em flor!
Aqui, com rosas infantis na face,
Na noite de Natal, talvez o meu amor
Do venerando avô a murcha mão beijasse.
Sinto flutuar, cá, ó menina,
Teu gênio da ordem e harmonia,
Que, maternal, teus passos guia,
Que a desdobrar na mesa a guarnição te ensina,
Até a encrespar no chão a areia fina.[4]
Ó mão tão doce e angelical!
Fazes da choça um reino celestial.
E aqui!

[4] Para evitar que a sujeira grudasse ao assoalho, costumava-se espalhar sobre este areia fina.

(Ergue o reposteiro da cama)

Abala-me que extático tremor!
Voar-me-iam, horas, aqui, breves!
Aqui, ó natureza, em sonhos leves,
Moldaste o inato anjo de amor;
Aqui lhe enchia o tenro seio
Da vida a quente e doce aragem,
E aqui, num santo, puro enleio,
Teceu-se a encantadora imagem!

E tu! que foi que aqui te trouxe?
Que emoção sinto, estranha e doce!
Que me põe na alma este langor espesso?
Mísero Fausto! ah, já não te conheço.

Paira um vapor de encanto neste espaço?
Só me impelia a sede de gozar,
E em mágica de amor sinto que me desfaço!
Somos joguetes dos tremores do ar?

ABEND

Und träte sie den Augenblick herein,
Wie würdest du für deinen Frevel büßen!
Der große Hans, ach wie so klein!
Läg', hingeschmolzen, ihr zu Füßen.

MEPHISTOPHELES

Geschwind! ich seh' sie unten kommen.

FAUST

Fort! Fort! Ich kehre nimmermehr!   2.730

MEPHISTOPHELES

Hier ist ein Kästchen leidlich schwer,
Ich hab's wo anders hergenommen.
Stellt's hier nur immer in den Schrein,
Ich schwör' Euch, ihr vergehn die Sinnen;
Ich tat Euch Sächelchen hinein,
Um eine andre zu gewinnen.
Zwar Kind ist Kind und Spiel ist Spiel.

FAUST

Ich weiß nicht, soll ich?

MEPHISTOPHELES

                    Fragt Ihr viel?
Meint Ihr vielleicht den Schatz zu wahren?   2.740
Dann rat' ich eurer Lüsternheit,
Die liebe schöne Tageszeit
Und mir die weitre Müh' zu sparen.
Ich hoff' nicht, daß Ihr geizig seid!
Ich kratz' den Kopf, reib' an den Händen —

(Er stellt das Kästchen in den Schrein und drückt das Schloß wieder zu)

CREPÚSCULO

E se ela neste instante entrasse cá,
Como expiarias o teu desrespeito!
Grande homem, quão pequeno, ah!
Jazer-lhe-ias aos pés, desfeito!

MEFISTÓFELES

Ligeiro! anda! ela chega ali em frente.

FAUSTO

Vem! vem! jamais hei de tornar!

MEFISTÓFELES

Eis um estojo, assaz decente,
Que retirei de outro lugar.[5]
Vamos, ali dentro o coloques,
Perde ela o juízo, abrindo o cofre,
Pus dentro um molho de berloques,
Conquistaria a outra, de chofre.[6]
Mas é brinquedo e ela é criança.

FAUSTO

Não sei, devo?

MEFISTÓFELES

      Irra, este homem cansa!
Pensas, quiçá, ficar tu com a riqueza?
Aconselhar-te-ei, pois, meu caro,
Poupar teu tempo e o dia claro,
E a mim, o esforço de outra empresa.
Espero que não és avaro!
Esfrego as mãos, coço a cabeça —

(Põe a caixinha no baú e torna a apertar a fechadura)

[5] Isto é, roubou o estojo (ou a caixinha, *Kästchen*) de outro lugar.

[6] Isto é, conquistaria uma mulher muito mais exigente e mimada — na primeira versão da tragédia encontra-se "princesa" em lugar de "outra".

ABEND

Nur fort! geschwind! —,
Um Euch das süße junge Kind
Nach Herzens Wunsch und Will' zu wenden;
Und Ihr seht drein,
Als solltet Ihr in den Hörsaal hinein,
Als stünden grau leibhaftig vor Euch da   2.750
Physik und Metaphysika!
Nur fort!

(Ab)

MARGARETE *(mit einer Lampe)*

Es ist so schwül, so dumpfig hie,

(Sie macht das Fenster auf)

Und ist doch eben so warm nicht drauß.
Es wird mir so, ich weiß nicht wie —
Ich wollt', die Mutter käm' nach Haus.
Mir läuft ein Schauer übern ganzen Leib —
Bin doch ein töricht furchtsam Weib!

(Sie fängt an zu singen, indem sie sich auszieht)

  Es war ein König in Thule
  Gar treu bis an das Grab,   2.760
  Dem sterbend seine Buhle
  Einen goldnen Becher gab.

  Es ging ihm nichts darüber,
  Er leert' ihn jeden Schmaus;
  Die Augen gingen ihm über,
  So oft er trank daraus.

  Und als er kam zu sterben,
  Zählt' er seine Städt' im Reich,
  Gönnt' alles seinem Erben,
  Den Becher nicht zugleich.   2.770

Fora daqui! vem vindo —,
A fim de que o bocado fresco e lindo
A teu desejo se amoleça;
E fazes cara de mortório,
Como se entrasses no auditório,
E te surgissem, lá, corporalmente,
A física e a metafísica à frente!
Vamos!

(Saem)

MARGARIDA *(com uma lâmpada)*

Que abafo aqui me prende o peito!

(Ela abre a janela)

E fora é fresco o ar. Que brasa!
Não sei que sinto... estou de um jeito...
Tornasse minha mãe pra casa!
Um frio o corpo todo me arrepiou...
Que tola e assustadiça eu sou!

(Começa a cantar, enquanto despe os agasalhos)[7]

Havia um rei em Tule,[8]
Té ao túmulo constante,
Ao qual, morrendo dera
Um copo de ouro a amante.

A bem algum quis tanto,
Nas festas o esvaziava;
Quando bebia, em pranto
O olhar se lhe arrasava.

E no ato derradeiro,
Reino, honras e tesouro,
Legou tudo ao herdeiro,
Menos a taça de ouro.

[7] Goethe escreveu esta balada em 1774, durante uma viagem pela região do Reno (publicada pela primeira vez em 1782, numa antologia de canções). Falando de amor, morte e fidelidade para além da morte, a balada exprime e antecipa os elementos essenciais da história de Fausto e Margarida. De maneira inconsciente e como que instantânea, a moça parece intuir aqui o seu futuro destino, o que se manifesta em sua reação corporal: "Não sei que sinto... estou de um jeito... [...] Um frio o corpo todo me arrepiou...". A balada "O Rei de Tule" foi musicada, entre vários outros compositores, por Schubert, Schumann e Liszt.

[8] Tule era o nome de uma ilha (e um reino lendário) que os antigos acreditavam localizar-se no ponto mais setentrional da Terra. No original, *Thule* está rimando com *Buhle*, que significa precisamente "amante",

Er saß beim Königsmahle,
Die Ritter um ihn her,
Auf hohem Vätersaale,
Dort auf dem Schloß am Meer.

Dort stand der alte Zecher,
Trank letzte Lebensglut,
Und warf den heiligen Becher
Hinunter in die Flut.

Er sah ihn stürzen, trinken
Und sinken tief ins Meer,   2.780
Die Augen täten ihm sinken,
Trank nie einen Tropfen mehr.

(Sie eröffnet den Schrein, ihre Kleider einzuräumen,
und erblickt das Schmuckkästchen)

Wie kommt das schöne Kästchen hier herein?
Ich schloß doch ganz gewiß den Schrein.
Es ist doch wunderbar! Was mag wohl drinne sein?
Vielleicht bracht's jemand als ein Pfand,
Und meine Mutter lieh darauf.
Da hängt ein Schlüsselchen am Band,
Ich denke wohl, ich mach' es auf!
Was ist das? Gott im Himmel! Schau,   2.790
So was hab' ich mein' Tage nicht gesehn!
Ein Schmuck! Mit dem könnt' eine Edelfrau
Am höchsten Feiertage gehn.
Wie sollte mir die Kette stehn?
Wem mag die Herrlichkeit gehören?

(Sie putzt sich damit auf und tritt vor den Spiegel)

Wenn nur die Ohrring' meine wären!
Man sieht doch gleich ganz anders drein.
Was hilft euch Schönheit, junges Blut?
Das ist wohl alles schön und gut,
Allein man läßt's auch alles sein;   2.800

Ergueu-se à mesa real,
De seus barões rodeado,
No alto paço ancestral,
Pela maré banhado.

Sorveu, ereto, o ancião,
A última gota ardente;
E a santa taça em mão,
Lançou-a na corrente.

Flutuar viu-a, e afundar
Nos fluxos abismais.
Nublou-se o seu olhar,
Não bebeu nunca mais.

(Abre o cofre para recolher as roupas
e avista a caixinha das joias)

Que linda caixa! como veio ter cá?
O cofre não fechei, quiçá?
É esquisito! dentro, que haverá?
Talvez a dessem em penhor
À minha mãe. A chave oscila
No laço do cordão de cor,
Não sei se posso... vou abri-la!
Que é isso? Deus do Céu! à fé,
Em minha vida não vi cousa igual!
Que adorno! a uma fidalga, até,[9]
Não ficaria em festas santas mal!
Ornar-me-ia o colar? que tal?
De quem tanto esplendor, meu Deus?

(Enfeita-se com as joias e vai mirar-se no espelho)

Fossem somente os brincos meus!
Dão logo um outro aspecto à gente!
De que nos serve a graça, o viço?
É belo e bom, não se desmente,
Porém a cousa fica nisso;

como está na tradução (não se trata, portanto, da rainha). Numa versão anterior desta canção, Jenny Klabin Segall também estabelece rima entre o primeiro e o terceiro versos da estrofe: "Em Thule houve, noutra era,/ Um rei, fiel té ao jazigo./ Morrendo, a amante dera-/ -Lhe u'a taça de ouro antigo".

[9] Até o século XVIII vigoravam prescrições que regulamentavam os trajes das mulheres citadinas (e também o uso de joias) de acordo com a sua posição social. Diferenciava-se assim uma dama nobre de uma jovem burguesa e esta, por sua vez, de moças de condição inferior, inclusive de prostitutas.

ABEND

Man lobt euch halb mit Erbarmen.
Nach Golde drängt,
Am Golde hängt
Doch alles. Ach wir Armen!

CREPÚSCULO

Quase com dó nos louvam ricos, nobres.
Para o ouro tende,
E do ouro pende,
Mas tudo! Ai de nós pobres!

Spaziergang

Passeio

A indicação de cena "passeio" significa aqui um caminho ao ar livre, onde se encontra Fausto à espera de Mefistófeles, que saíra com a finalidade de fazer novas averiguações. Na primeira versão da tragédia a cena intitulava-se "Alameda" (*Allee*). [M.V.M.]

SPAZIERGANG

(Faust in Gedanken auf und ab gehend.
Zu ihm Mephistopheles)

MEPHISTOPHELES

Bei aller verschmähten Liebe! Beim höllischen Elemente!
Ich wollt', ich wüßte was Ärgers, daß ich's fluchen könnte!

FAUST

Was hast? was kneift dich denn so sehr?
So kein Gesicht sah ich in meinem Leben!

MEPHISTOPHELES

Ich möcht' mich gleich dem Teufel übergeben,
Wenn ich nur selbst kein Teufel wär'! 2.810

FAUST

Hat sich dir was im Kopf verschoben?
Dich kleidet's, wie ein Rasender zu toben!

MEPHISTOPHELES

Denkt nur, den Schmuck, für Gretchen angeschafft,
Den hat ein Pfaff hinweggerafft! —
Die Mutter kriegt das Ding zu schauen,
Gleich fängt's ihr heimlich an zu grauen:
Die Frau hat gar einen feinen Geruch,
Schnuffelt immer im Gebetbuch,
Und riecht's einem jeden Möbel an,
Ob das Ding heilig ist oder profan; 2.820
Und an dem Schmuck da spürt' sie's klar,
Daß dabei nicht viel Segen war.
Mein Kind, rief sie, ungerechtes Gut
Befängt die Seele, zehrt auf das Blut.
Wollen's der Mutter Gottes weihen,

PASSEIO

(Fausto, andando de lado a lado, imerso em pensamentos.
Mefistófeles vem juntar-se a ele)

MEFISTÓFELES

Com mil traições de amor! com o inferno e os elementos!
Quisera eu conhecer praguedos mais odientos!

FAUSTO

Mas que tens? que te aborreceu?
Nunca vi cara assim tão brava!

MEFISTÓFELES

Irra! ao demônio me entregava,
Se não fosse o demônio eu!

FAUSTO

Deslocou-se algo em tua mente?
Orna-te esbravejar como um demente!

MEFISTÓFELES

Pois vê, do adorno que eu pra Gretchen trouxe,
Um padre há pouco apoderou-se!
A mãe chegou; a cousa espia,
No íntimo logo se arrepia:
Tem a mulher olfato raro,
Do livro de horas vem-lhe o faro;
Sente em qualquer traste, de plano,
Se é objeto sagrado ou se é profano;
No adereço logo fareja
Não ser lá cousa benfazeja.
"Filha", exclamou, "posse indevida[1]
Turba a alma, absorve sangue e vida.
Vamos doá-la à Virgem Maria,

[1] A mãe de Margarida é muito religiosa, vive com o nariz metido no livro de orações (como dão a entender as palavras de Mefistófeles) e com frequência parece aconselhar-se com o padre. Ambos valem-se de expressões bíblicas, e assim Goethe faz ressoar aqui palavras de um provérbio de Salomão (10: 2): "Bens indevidos não aproveitam", na tradução de Lutero.

SPAZIERGANG

Wird uns mit Himmels-Manna erfreuen!
Margretlein zog ein schiefes Maul,
Ist halt, dacht' sie, ein geschenkter Gaul,
Und wahrlich! gottlos ist nicht der,
Der ihn so fein gebracht hierher.   2.830
Die Mutter ließ einen Pfaffen kommen;
Der hatte kaum den Spaß vernommen,
Ließ sich den Anblick wohl behagen.
Er sprach: So ist man recht gesinnt!
Wer überwindet, der gewinnt.
Die Kirche hat einen guten Magen,
Hat ganze Länder aufgefressen,
Und doch noch nie sich übergessen;
Die Kirch' allein, meine lieben Frauen,
Kann ungerechtes Gut verdauen.   2.840

FAUST

Das ist ein allgemeiner Brauch,
Ein Jud' und König kann es auch.

MEPHISTOPHELES

Strich drauf ein Spange, Kett' und Ring',
Als wären's eben Pfifferling',
Dankt' nicht weniger und nicht mehr,
Als ob's ein Korb voll Nüsse wär',
Versprach ihnen allen himmlischen Lohn —
Und sie waren sehr erbaut davon.

FAUST

Und Gretchen?

MEPHISTOPHELES

       Sitzt nun unruhvoll,
Weiß weder, was sie will noch soll,   2.850

Que celeste maná em troca envia!"[2]
Fez Margarida arzinho amuado,
Pensou: "Ora! é cavalo dado,[3]
E ímpio não será, com certeza,
Quem para cá trouxe a riqueza".
Chamou a mãe um padre, à pressa,
Mal este ouviu a boa peça,
Gostou, é visto, e alto e bom som
Falou: "É proceder direito!
Quem sacrifica, haure proveito.
Tem a Igreja estômago bom;
Tragou países, em montão,
E nunca teve indigestão;
A Igreja só, beatas mulheres,
Digere ilícitos haveres".

FAUSTO

É praxe pública, ao que sei,
Pode-o um judeu, e o pode um rei.[4]

MEFISTÓFELES

Nisso embolsou brincos, fivelas
E anéis, qual reles bagatelas,
Deu umas poucas graças chãs,
Como por cesto de avelãs,
Prometeu-lhes mercês das celestes alçadas...
E as deixou muito edificadas.

FAUSTO

E Gretchen?

MEFISTÓFELES

    Irrequieta anda ela,
Não sabe o que quer, deve e anela,

---

[2] Expressão bíblica para uma dádiva do céu, o alimento que Deus faz chegar ao povo de Israel no deserto. O verso parece apoiar-se numa passagem do *Apocalipse* (2: 17): "Ao vencedor darei do Maná escondido".

[3] Ao qual "não se olham os dentes" — ou "não se examina a boca", como se diz em alemão no ditado aludido por Mefisto: *Einem geschenkten Gaul schaut man nicht ins Maul.*

[4] As palavras de Fausto referem-se aqui à estigmatização cristã da prática da usura (da qual a autoridade real e o judeu estariam excluídos) e às guerras de conquista (das quais também a Igreja tanto se beneficiou).

SPAZIERGANG

Denkt ans Geschmeide Tag und Nacht,
Noch mehr an den, der's ihr gebracht.

FAUST

Des Liebchens Kummer tut mir leid.
Schaff du ihr gleich ein neu Geschmeid'!
Am ersten war ja so nicht viel.

MEPHISTOPHELES

O ja, dem Herrn ist alles Kinderspiel!

FAUST

Und mach, und richt's nach meinem Sinn!
Häng dich an ihre Nachbarin!
Sei, Teufel, doch nur nicht wie Brei,
Und schaff einen neuen Schmuck herbei!   2.860

MEPHISTOPHELES

Ja, gnäd'ger Herr, von Herzen gerne.

FAUST *(ab)*

MEPHISTOPHELES

So ein verliebter Tor verpufft
Euch Sonne, Mond und alle Sterne
Zum Zeitvertreib dem Liebchen in die Luft.

(Ab)

Tem sempre as joias no sentido,
Mais ainda quem lhas tem trazido.

FAUSTO

Com seu desgosto me aborreço.
Tens de arranjar-lhe outro adereço!
O antigo, aliás, pouco valia.

MEFISTÓFELES

Sim, para meu senhor é tudo ninharia!

FAUSTO

Anda, e acomoda-o à ideia minha![5]
Vai lá e apega-te à vizinha!
Em frouxidão, Diabo, não caias,
Corre a trazer novas alfaias!

MEFISTÓFELES

Com gosto, praza-o à Vossa Graça!

FAUSTO *(sai)*

MEFISTÓFELES

Louco amoroso há de esbanjar
Sol, lua e estrelas, qual fumaça,
Pra gáudio do benzinho, ao ar.

(Sai)

[5] Isto é, executa o que estou ordenando: providenciar um novo presente para Gretchen (e insinuar-se na casa da vizinha).

Der Nachbarin Haus

A casa da vizinha

Entra agora em cena uma nova personagem, Marta Schwerdtlein, a vizinha de Margarida. Mefistófeles fez averiguações e descobriu que o senhor Schwerdtlein abandonou a mulher e agora "dentro do mundo anda metido". Pretextando trazer a notícia da morte do marido, introduz-se na casa de Marta para promover a aproximação entre Fausto e Margarida. Guardadas as proporções, a senhora Marta, espevitada e alcoviteira, desempenhará para sua jovem vizinha um papel semelhante ao que Mefisto exerce para Fausto nessa aventura amorosa. [M.V.M.]

DER NACHBARIN HAUS

MARTHE *(allein)*

Gott verzeih's meinem lieben Mann,
Er hat an mir nicht wohl getan!
Geht da stracks in die Welt hinein,
Und läßt mich auf dem Stroh allein.
Tät ihn doch wahrlich nicht betrüben,
Tät ihn, weiß Gott, recht herzlich lieben.   2.870

(Sie weint)

Vielleicht ist er gar tot! — O Pein! — —
Hätt' ich nur einen Totenschein!

(Margarete kommt)

MARGARETE

Frau Marthe!

MARTHE

       Gretelchen, was soll's?

MARGARETE

Fast sinken mir die Kniee nieder!
Da find' ich so ein Kästchen wieder
In meinem Schrein, von Ebenholz,
Und Sachen herrlich ganz und gar,
Weit reicher, als das erste war.

MARTHE

Das muß Sie nicht der Mutter sagen;
Tät's wieder gleich zur Beichte tragen.   2.880

MARGARETE

Ach seh' Sie nur! ach schau' Sie nur!

MARTA *(sozinha)*

> Deus perdoe meu rico marido,
> Não fez lá cousa que me valha!
> Dentro do mundo anda metido
> E a sós me deixa sobre a palha.[1]
> Contudo, mal nenhum lhe fiz,
> Deus é que sabe quanto o quis.

(Põe-se a chorar)

> Morreu, talvez! Que dor! Coitado!
> Tivesse ao menos o atestado!

(Margarida entra)

MARGARIDA

> Ah, dona Marta!

MARTA

> Gretchen, que há?

MARGARIDA

> Em pé que não me sustento!
> Encontro um outro estojo — lá,
> Dentro do cofre, há um momento,
> Com maravilhas! bem mais rico
> Do que o primeiro, certifico.

MARTA

> Com sua mãe não fale, não;
> Logo o traria à confissão.

MARGARIDA

> Mas veja só! mas que me diz!

---

[1] A senhora Marta faz ressoar aqui a expressão jocosa "viúva da palha" (*Strohwitwe*), que designava uma mulher abandonada pelo marido, isto é, deixada sozinha no "leito de palha".

DER NACHBARIN HAUS

MARTHE *(putzt sie auf)*

O du glücksel'ge Kreatur!

MARGARETE

Darf mich, leider, nicht auf der Gassen,
Noch in der Kirche mit sehen lassen.

MARTHE

Komm du nur oft zu mir herüber,
Und leg den Schmuck hier heimlich an;
Spazier ein Stündchen lang dem Spiegelglas vorüber,
Wir haben unsre Freude dran;
Und dann gibt's einen Anlaß, gibt's ein Fest,
Wo man's so nach und nach den Leuten sehen läßt.   2.890
Ein Kettchen erst, die Perle dann ins Ohr;
Die Mutter sieht's wohl nicht, man macht ihr auch was vor.

MARGARETE

Wer konnte nur die beiden Kästchen bringen?
Es geht nicht zu mit rechten Dingen!

(Es klopft)

Ach Gott! mag das meine Mutter sein?

MARTHE *(durchs Vorhängel guckend)*

Es ist ein fremder Herr — Herein!

(Mephistopheles tritt auf)

MEPHISTOPHELES

Bin so frei, grad' hereinzutreten,
Muß bei den Frauen Verzeihn erbeten.

MARTA *(enfeita-a com as joias)*

Ó criatura mais feliz!

MARGARIDA

Que pena não poder deixar que eu seja
Vista assim na rua ou na igreja.[2]

> [2] Em virtude das prescrições que proibiam a uma jovem burguesa ostentar joias como essas.

MARTA

Pois vem me visitar a miúdo;
Aqui o enfeite envergas. A exibi-lo
Ante o espelho andas, vendo tudo,
Temos nosso prazer naquilo;
Depois, nalguma feira, algum festejo,
De usá-lo, aos poucos tens o ensejo.
Na orelha, um dia, o brinco, em seguida o colar;
Iludes tua mãe, se acaso o reparar.

MARGARIDA

Quem é que os dois estojos me traria?
Por modo certo, isso não vai!

(Batem à porta)

Será a minha mãe? Jesus, Maria!

MARTA *(espiando pela cortina)*

É um cavalheiro estranho... Entrai!

(Entra Mefistófeles)

MEFISTÓFELES

É liberdade eu entrar deste jeito,
Perdoem-me as senhoras tê-lo feito.

305

DER NACHBARIN HAUS

(Tritt ehrerbietig vor Margareten zurück)

Wollte nach Frau Marthe Schwerdtlein fragen!

MARTHE

Ich bin's, was hat der Herr zu sagen? 2.900

MEPHISTOPHELES *(leise zu ihr)*

Ich kenne Sie jetzt, mir ist das genug;
Sie hat da gar vornehmen Besuch.
Verzeiht die Freiheit, die ich genommen,
Will Nachmittage wiederkommen.

MARTHE *(laut)*

Denk, Kind, um alles in der Welt!
Der Herr dich für ein Fräulein hält.

MARGARETE

Ich bin ein armes junges Blut;
Ach Gott! der Herr ist gar zu gut:
Schmuck und Geschmeide sind nicht mein.

MEPHISTOPHELES

Ach, es ist nicht der Schmuck allein; 2.910
Sie hat ein Wesen, einen Blick so scharf!
Wie freut mich's, daß ich bleiben darf.

MARTHE

Was bringt Er denn? Verlange sehr —

MEPHISTOPHELES

Ich wollt', ich hätt' eine frohere Mär!
Ich hoffe, Sie läßt mich's drum nicht büßen:
Ihr Mann ist tot und läßt Sie grüßen.

(Recua, respeitosamente, perante Margarida)

Posso ver dona Marta Schwerdtlein, por favor?

MARTA

Sou eu, que me traz o senhor?

MEFISTÓFELES *(baixinho, para ela)*

Conheço-a agora e me é o bastante.
Tem tão distinta visitante!
Perdoai a liberdade que tomei;
Hoje à tardinha, voltarei.

MARTA *(em voz alta)*

Jesus, menina! ouviste bem?
Por dama esse senhor te tem.

MARGARIDA

Meu Deus, sou jovem da pobreza,
Do cavalheiro é gentileza:
Não me pertence o rico adorno.

MEFISTÓFELES

Não é só isso; é o seu contorno,
O seu donaire, o firme olhar!
Como me apraz poder ficar.

MARTA

Pois bem, senhor, de que se trata?...

MEFISTÓFELES

Quisera eu ter nova mais grata![3]
Não vá levar-ma a mal; é que, em termos escassos,
Seu marido está morto e manda abraços.

[3] Mefisto emprega neste verso o antigo substantivo alemão *Mär*, exatamente com o significado de "nova", "notícia". (Da forma diminutiva de *Mär* originou-se *Märchen*, "conto maravilhoso" ou "conto de fada".) Em seguida vem um exemplo clássico de *hysteron proteron* (ou "histerologia", o posterior como anterior): o senhor Schwerdtlein está morto e manda lembranças.

DER NACHBARIN HAUS

MARTHE

Ist tot? das treue Herz! O weh!
Mein Mann ist tot! Ach, ich vergeh'!

MARGARETE

Ach! liebe Frau, verzweifelt nicht!

MEPHISTOPHELES

So hört die traurige Geschicht'!

2.920

MARGARETE

Ich möchte drum mein' Tag' nicht lieben,
Würde mich Verlust zu Tode betrüben.

MEPHISTOPHELES

Freud' muß Leid, Leid muß Freude haben.

MARTHE

Erzählt mir seines Lebens Schluß!

MEPHISTOPHELES

Er liegt in Padua begraben
Beim heiligen Antonius,
An einer wohlgeweihten Stätte
Zum ewig kühlen Ruhebette.

MARTHE

Habt Ihr sonst nichts an mich zu bringen?

MEPHISTOPHELES

Ja, eine Bitte, groß und schwer;

2.930

A CASA DA VIZINHA

MARTA

Meu homem morto? ai de mim, ai!
Morreu! a vida, ah, se me vai!

MARGARIDA

Calma, querida! por quem sois!

MEFISTÓFELES

Ouvi-me a triste história, pois.

MARGARIDA

Por isso nem desejo amar, na vida:
De morte afligir-me-ia uma perda querida.

MEFISTÓFELES

Traz prazer dor, dor prazer traz.

MARTA

Contai de sua vida o termo!

MEFISTÓFELES

Em Pádua sepultado jaz,
Perto de Santo Antônio, em ermo,[4]
Mas bento, consagrado pouso,
Para o eternal, frio repouso.

MARTA

Nada mais tendes para mim?

MEFISTÓFELES

Sim, um pedido, de alto empenho;

[4] Não por acaso, Mefisto insere em sua história inventada justamente o santo (nascido em Lisboa em 1195 e morto em Pádua em 1231) a que se atribui também o papel de "casamenteiro": em seguida a pretensa viúva dona Marta passa a assediar Mefisto com a intenção de contrair novas núpcias.

Der Nachbarin Haus

Lass' Sie doch ja für ihn dreihundert Messen singen!
Im übrigen sind meine Taschen leer.

MARTHE

Was! nicht ein Schaustück? Kein Geschmeid'?
Was jeder Handwerksbursch im Grund des Säckels spart,
Zum Angedenken aufbewahrt,
Und lieber hungert, lieber bettelt!

MEPHISTOPHELES

Madam, es tut mir herzlich leid;
Allein er hat sein Geld wahrhaftig nicht verzettelt.
Auch er bereute seine Fehler sehr,
Ja, und bejammerte sein Unglück noch viel mehr.   2.940

MARGARETE

Ach! daß die Menschen so unglücklich sind!
Gewiß, ich will für ihn manch Requiem noch beten.

MEPHISTOPHELES

Ihr wäret wert, gleich in die Eh' zu treten:
Ihr seid ein liebenswürdig Kind.

MARGARETE

Ach nein, das geht jetzt noch nicht an.

MEPHISTOPHELES

Ist's nicht ein Mann, sei's derweil ein Galan.
's ist eine der größten Himmelsgaben,
So ein lieb Ding im Arm zu haben.

MARGARETE

Das ist des Landes nicht der Brauch.

A CASA DA VIZINHA

Pra que mandeis rezar trezentas missas, vim;[5]
No mais, bolsos vazios tenho.

MARTA

Quê! nem um brinde, alguma gema?
O que todo artesão oculta, poupa, embora
Se encontre em situação extrema,
Mesmo que esmole, ande faminto!

MEFISTÓFELES

Madama, extremamente o sinto;
Mas não pôs seu dinheiro fora.
Também seus erros deplorou, de fato,
E mais ainda o afligia o seu destino ingrato.

MARGARIDA

Ah, pobres homens, sempre na desdita!
Direi por ele, é certo, as rezas d'alma todas.

MEFISTÓFELES

Seríeis digna, já, de celebrar as bodas;
Jovem gentil sois, e bonita.

MARGARIDA

Oh, não! é cedo, por enquanto.

MEFISTÓFELES

Não sendo esposo, um galã seja, entanto.
É dom do céu ter-se um pedaço
Tão meigo e encantador no braço.

MARGARIDA

Da terra aqui, não é costume.

[5] Mefistófeles indica aqui um número absurdamente elevado de missas a serem celebradas pela alma do pretenso falecido, o que pressupõe um custo financeiro também extremamente alto.

DER NACHBARIN HAUS

MEPHISTOPHELES

Brauch oder nicht! Es gibt sich auch.   2.950

MARTHE

Erzählt mir doch!

MEPHISTOPHELES

        Ich stand an seinem Sterbebette,
Es war was besser als von Mist,
Von halbgefaultem Stroh; allein er starb als Christ,
Und fand, daß er weit mehr noch auf der Zeche hätte.
„Wie", rief er, „muß ich mich von Grund aus hassen,
So mein Gewerb, mein Weib so zu verlassen!
Ach, die Erinnrung tötet mich.
Vergäb' sie mir nur noch in diesem Leben!"

MARTHE *(weinend)*

Der gute Mann! ich hab' ihm längst vergeben.

MEPHISTOPHELES

„Allein, weiß Gott! sie war mehr schuld als ich."   2.960

MARTHE

Das lügt er! Was! am Rand des Grabs zu lügen!

MEPHISTOPHELES

Er fabelte gewiß in letzten Zügen,
Wenn ich nur halb ein Kenner bin.
„Ich hatte", sprach er, „nicht zum Zeitvertreib zu gaffen,
Erst Kinder, und dann Brot für sie zu schaffen,
Und Brot im allerweitsten Sinn,
Und konnte nicht einmal mein Teil in Frieden essen."

312

MEFISTÓFELES

Costume ou não! contanto que se arrume.

MARTA

Contai-me o mais!

MEFISTÓFELES

No leito o vi, de morte,
De estrume é que não foi; no chão[6]
De palha rota, sim; porém, morreu cristão
Sentindo na consciência uma aflição mais forte.
Gemia: "Ah! quanto não me devo odiar!
Deixar assim a esposa, o ofício assim, e o lar!
Cruéis memórias que me comem!
Perdoasse-me ainda a minha mulherzinha!".

MARTA *(chorando)*

Perdoei-lhe há tempos já, pobre homem!

MEFISTÓFELES

"Mas, sabe-o Deus! mais culpa do que eu tinha."

MARTA

Mentira! Como! à extrema, e ainda mentia?

MEFISTÓFELES

Decerto era o delírio da agonia,
Se eu sou no assunto algo entendido.
"Nenhuma folga", arfava, "eu tinha, ou diversão,
Provendo-a de pimpolhos e de pão,
E pão no mais amplo sentido,
E nem podia em paz comer a minha parte."

[6] Literalmente, diz Mefisto neste verso que o leito de morte do senhor Schwerdtlein era [feito] de algo um pouco melhor do que estrume, isto é, de "palha rota" (já meio apodrecida: *von halbgefaultem Stroh*).

MARTHE

Hat er so aller Treu', so aller Lieb' vergessen,
Der Plackerei bei Tag und Nacht!

MEPHISTOPHELES

Nicht doch, er hat Euch herzlich dran gedacht.   2.970
Er sprach: „Als ich nun weg von Malta ging,
Da betet' ich für Frau und Kinder brünstig;
Uns war denn auch der Himmel günstig,
Daß unser Schiff ein türkisch Fahrzeug fing,
Das einen Schatz des großen Sultans führte.
Da ward der Tapferkeit ihr Lohn,
Und ich empfing denn auch, wie sich gebührte,
Mein wohlgemeßnes Teil davon."

MARTHE

Ei wie? Ei wo? Hat er's vielleicht vergraben?

MEPHISTOPHELES

Wer weiß, wo nun es die vier Winde haben.   2.980
Ein schönes Fräulein nahm sich seiner an,
Als er in Napel fremd umherspazierte;
Sie hat an ihm viel Lieb's und Treu's getan,
Daß er's bis an sein selig Ende spürte.

MARTHE

Der Schelm! der Dieb an seinen Kindern!
Auch alles Elend, alle Not
Konnt' nicht sein schändlich Leben hindern!

MEPHISTOPHELES

Ja seht! dafür ist er nun tot.

A CASA DA VIZINHA

MARTA

Todo o carinho e amor ele olvidou, destarte!
De dia e noite a lida brava!

MEFISTÓFELES

Não, não! com muito afeto o recordava.
Contou-me mais: "Quando eu saí de Malta,
Fervente, orei por prole e esposa ao Pai Divino;
Também não nos ficou em falta,[7]
Nossa nau apresou um barco levantino;
Do Grão-Sultão tinha um tesouro em carga;
E em prêmio ao destemor e arrojo
Também eu recebi, à larga,
O meu quinhão desse despojo".

MARTA

Como? onde? quê? onde o ocultou?

MEFISTÓFELES

               Lamento!
Mas quem lá sabe aonde o levou o vento.
Tomou dele uma bela dama conta,
Para que em Nápoles sozinho não andasse;
Provas de amor deu-lhe ela de tal monta,
Que ele as sentiu até o seu trespasse.[8]

MARTA

Biltre! Ladrão pra com seus filhos!
Tanta miséria e desconforto,
Sem pôr-lhe à má vida empecilhos!

MEFISTÓFELES

Pois sim! por isso é que está morto.

[7] Isto é, o "Pai Divino" (o "céu", como está no original) teria sido favorável às orações do senhor Schwerdtlein.

[8] Mefistófeles sugere com essas palavras que "a bela dama" (*schönes Fräulein*, ironicamente o mesmo tratamento com que Fausto abordara Margarida) que em Nápoles tomou conta do senhor Schwerdtlein transmitiu-lhe, junto com "as provas de amor", a sífilis, também conhecida então como *Le mal de Naples*. A alusão não parece ser inteiramente compreensível à senhora Marta (e muito menos a Margarida).

DER NACHBARIN HAUS

Wär' ich nun jetzt an Eurem Platze,
Betraurt' ich ihn ein züchtig Jahr,
Visierte dann unterweil nach einem neuen Schatze.

2.990

MARTHE

Ach Gott! wie doch mein erster war,
Find' ich nicht leicht auf dieser Welt den andern!
Es konnte kaum ein herziger Närrchen sein.
Er liebte nur das allzuviele Wandern;
Und fremde Weiber, und fremden Wein,
Und das verfluchte Würfelspiel.

MEPHISTOPHELES

Nun, nun, so konnt' es gehn und stehen,
Wenn er Euch ungefähr so viel
Von seiner Seite nachgesehen.
Ich schwör' Euch zu, mit dem Beding
Wechselt' ich selbst mit Euch den Ring!

3.000

MARTHE

O es beliebt dem Herrn, zu scherzen!

MEPHISTOPHELES *(für sich)*

Nun mach' ich mich beizeiten fort!
Die hielte wohl den Teufel selbst beim Wort.

(Zu Gretchen)

Wie steht es denn mit Ihrem Herzen?

MARGARETE

Was meint der Herr damit?

316

A CASA DA VIZINHA

Chorava-o, fosse isso comigo,
Virtuosamente um ano inteiro,[9]
Mirava, entanto, um novo amigo.

MARTA

Meu Deus! como era o meu primeiro,
Não acho um outro neste mundo!
Nunca houve mais jovial gaiatozinho.
Só que era andejo e vagabundo,
E ao mulherio estranho e ao vinho,
Como ao maldito jogo dado.

MEFISTÓFELES

Dava-se um jeito assim, contanto
Que ele vos tenha, por seu lado,
Perdoado e permitido o tanto.
Trocava, juro, com tal fiança,
Convosco, eu próprio, a áurea aliança.[10]

MARTA

Oh, praz a mofa à Vossa Graça?

MEFISTÓFELES *(à parte)*

Pois vou em tempo abrindo o pé!
Esta tomava à letra o próprio diabo até!

(A Gretchen)

Seu coração, como é que passa?

MARGARIDA

Não entendi, senhor.

[9] O chamado "ano de luto", em cujo período a viúva corria o risco, se contraísse novo matrimônio, de ver-se privada da herança.

[10] Mefisto sugere assim que, sob a condição de um cônjuge fazer vistas grossas às escapadas do outro, ele próprio estaria disposto a trocar a aliança com dona Marta.

DER NACHBARIN HAUS

MEPHISTOPHELES *(für sich)*

        Du gut's, unschuldig's Kind!

(Laut)

  Lebt wohl, ihr Fraun!

MARGARETE

      Lebt wohl!

MARTHE

          O sagt mir doch geschwind!
Ich möchte gern ein Zeugnis haben,
Wo, wie und wann mein Schatz gestorben und begraben.   3.010
Ich bin von je der Ordnung Freund gewesen,
Möcht' ihn auch tot im Wochenblättchen lesen.

MEPHISTOPHELES

Ja, gute Frau, durch zweier Zeugen Mund
Wird allerwegs die Wahrheit kund;
Habe noch gar einen feinen Gesellen,
Den will ich Euch vor den Richter stellen.
Ich bring' ihn her.

MARTHE

      O tut das ja!

MEPHISTOPHELES

Und hier die Jungfrau ist auch da? —
Ein braver Knab'! ist viel gereist,
Fräuleins alle Höflichkeit erweist.   3.020

A CASA DA VIZINHA

MEFISTÓFELES *(à parte)*

Menina inocente, essa!

(Em voz alta)

Por ora, adeus!

MARGARIDA

Adeus!

MARTA

Oh, dizei mais, à pressa,
Meu pobre bem! quisera um atestado
De quando e onde morreu, como foi enterrado.
Fui sempre da ordem muito amiga,
Pretendo mais que morto o hebdomadário o diga.[11]

MEFISTÓFELES

Pois não, digna senhora, um duplo testemunho[12]
Duma verdade impõe em toda parte o cunho;
Tenho um amigo, ótimo companheiro,
Levá-lo-ei ante o juiz, ligeiro.
Desejais vê-lo?

MARTA

Oh, sim, trazei-o cá!

MEFISTÓFELES

E a nossa jovem, não virá?
É rapaz fino, assíduo viajante,
Com damas não vi mais galante.[13]

[11] *Wochenblättchen*, no original: "folhinha semanal", em que a Igreja publicava seus anúncios e notícias (como falecimentos). A senhora Marta diz neste verso que gostaria agora, antes de tudo ("pretendo mais"), de ver o nome do marido anunciado oficialmente como morto.

[12] Em casos assim (isto é, atestar a morte de alguém ocorrida no estrangeiro), o direito alemão em vigência na época exigia o testemunho de pelo menos duas pessoas — de acordo, portanto, com prescrições bíblicas, como no *Deuteronômio* (19: 15) ou no *Evangelho segundo São João* (8: 17): "E está escrito na vossa Lei que o testemunho de duas pessoas é válido". Como Marta precisa do atestado de óbito para definir a sua situação, Mefistófeles encontra pretexto para introduzir Fausto nesse círculo.

[13] Nessa observação sobre o "rapaz fino", que sabe dispensar toda cortesia a damas e donzelas, está presente uma discreta alusão à origem das duas caixinhas colocadas no quarto de Margarida.

DER NACHBARIN HAUS

MARGARETE

Müßte vor dem Herren schamrot werden.

MEPHISTOPHELES

Vor keinem Könige der Erden.

MARTHE

Da hinterm Haus in meinem Garten.
Wollen wir der Herrn heut' abend warten.

MARGARIDA

Teria, ante ele, de corar de pejo fundo.

MEFISTÓFELES

Ante nenhum rei deste mundo.

MARTA

À tarde em meu jardim, junto aos olmeiros,
Esperaremos pelos cavalheiros.

Straße

Rua

Começa aqui a segunda cena que traz o título "Rua". Enquanto na primeira Fausto exortara Mefistófeles a trazer Margarida a seus braços ("Escuta, tens de arranjar-me a mocinha!"), esta se abre com palavras de extrema impaciência: "Como é? Vai indo? A espera farta!". Já incapaz de resistir ao desejo de possuir Margarida, Fausto termina a cena exprimindo a disposição, uma vez que o seu coração não lhe deixa escolha, de sujeitar-se às maquinações de Mefisto — "mormente porque devo". [M.V.M.]

STRASSE

(Faust. Mephistopheles)

FAUST

Wie ist's? Will's fördern? Will's bald gehn?

MEPHISTOPHELES

Ah bravo! Find' ich Euch in Feuer?
In kurzer Zeit ist Gretchen Euer.
Heut' abend sollt Ihr sie bei Nachbar' Marthen sehn:
Das ist ein Weib wie auserlesen
Zum Kuppler- und Zigeunerwesen!   3.030

FAUST

So recht!

MEPHISTOPHELES

Doch wird auch was von uns begehrt.

FAUST

Ein Dienst ist wohl des andern wert.

MEPHISTOPHELES

Wir legen nur ein gültig Zeugnis nieder,
Daß ihres Ehherrn ausgereckte Glieder
In Padua an heil'ger Stätte ruhn.

FAUST

Sehr klug! Wir werden erst die Reise machen müssen!

MEPHISTOPHELES

Sancta Simplicitas! darum ist's nicht zu tun;
Bezeugt nur, ohne viel zu wissen.

RUA

(Fausto, Mefistófeles)

FAUSTO

Como é? Vai indo? A espera farta!

MEFISTÓFELES

Bravos, que ardor! Até remoça;
Em breve Gretchen será vossa.
Vê-la-eis na tal vizinha Marta:
Isso é mulher digna de nota
Para o alto ofício de alcaiota![1]

FAUSTO

Melhor!

MEFISTÓFELES

Mas algo pedem-nos por isso.

FAUSTO

Vale outro tanto um bom serviço.

MEFISTÓFELES

Só damos o atestado mais valioso
De que o esqueleto de seu digno esposo
Jaz em Pádua em santíssimo local.

FAUSTO

Que esperto foste! Empreenderemos tal jornada!

MEFISTÓFELES

Sancta Simplicitas![2] ninguém falou de tal!
Atestai, sem saber de nada.

[1] No original Mefistófeles diz tratar-se de uma mulher "como que eleita para o ofício de alcaiota [alcoviteira] e cigana".

[2] Expressão atribuída ao reformador boêmio Jan Huss (1369?-1415). Prestes a ser queimado vivo (por ter dado definições pretensamente heréticas de Deus) e avistando um camponês simplório que trazia mais lenha para a fogueira, Huss teria exclamado então: "Sancta Simplicitas!".

STRASSE

FAUST

Wenn Er nichts Bessers hat, so ist der Plan zerrissen.

MEPHISTOPHELES

O heil'ger Mann! Da wärt Ihr's nun!   3.040
Ist es das erstemal in Eurem Leben,
Daß Ihr falsch Zeugnis abgelegt?
Habt Ihr von Gott, der Welt und was sich drin bewegt,
Vom Menschen, was sich ihm in Kopf und Herzen regt,
Definitionen nicht mit großer Kraft gegeben?
Mit frecher Stirne, kühner Brust?
Und wollt Ihr recht ins Innre gehen,
Habt Ihr davon, Ihr müßt es grad' gestehen,
So viel als von Herrn Schwerdtleins Tod gewußt!

FAUST

Du bist und bleibst ein Lügner, ein Sophiste.   3.050

MEPHISTOPHELES

Ja, wenn man's nicht ein bißchen tiefer wüßte.
Denn morgen wirst, in allen Ehren,
Das arme Gretchen nicht betören
Und alle Seelenlieb' ihr schwören?

FAUST

Und zwar von Herzen.

MEPHISTOPHELES

                    Gut und schön!
Dann wird von ewiger Treu' und Liebe,
Von einzig überallmächt'gem Triebe —
Wird das auch so von Herzen gehn?

RUA

FAUSTO

Se isso é o melhor que tens, a cousa está anulada.

MEFISTÓFELES

Ó santo homem! que mais não vai levar a mal?[3]
É a primeira vez que falso testemunho
Destes na vida? e, sem mentira,
De Deus, do mundo e do que adentro lhe respira,
Do homem, e do que a alma e o cérebro lhe inspira,
Não destes já definições de forte cunho,
Com fronte audaz, sereno peito?
E sendo franco, me confessareis
Que não soubestes mais, a esse respeito,
Do que da morte do senhor Schwerdtlein sabeis.

FAUSTO

Um mentiroso és, e um sofista.

MEFISTÓFELES

Sei-o eu melhor, pois salta à vista!
E ainda amanhã, com pressa desmedida,
Não hás de seduzir a pobre Margarida,
Jurando-lhe paixão sem-par por toda a vida?

FAUSTO

Sim, e de coração.

MEFISTÓFELES

Bem, bem!
E a eterna aliança, a fé ardente,
O único impulso onipotente...
Do coração virá também?

[3] A repentina recusa de Fausto em participar do "falso testemunho" sobre a morte do senhor Schwertdlein é ironizada por Mefisto como postura de um "santo homem" — comparável talvez ao próprio Jan Huss, que preferiu ser queimado vivo a abjurar suas concepções religiosas (e, portanto, suas "definições" de Deus, do homem e do mundo).

STRASSE

FAUST

Laß das! Es wird! — Wenn ich empfinde,
Für das Gefühl, für das Gewühl   3.060
Nach Namen suche, keinen finde,
Dann durch die Welt mit allen Sinnen schweife,
Nach allen höchsten Worten greife,
Und diese Glut, von der ich brenne,
Unendlich, ewig, ewig nenne,
Ist das ein teuflisch Lügenspiel?

MEPHISTOPHELES

Ich hab' doch recht!

FAUST

        Hör! merk dir dies —
Ich bitte dich, und schone meine Lunge —:
Wer recht behalten will und hat nur eine Zunge,
Behält's gewiß.   3.070
Und komm, ich hab' des Schwätzens Überdruß,
Denn du hast recht, vorzüglich weil ich muß.

RUA

FAUSTO

Virá! deixa isso!... quando eu sinto,
Para o tumulto, o ardente culto,
Não acho nome, em labirinto
Do mundo com os sentidos todos vago,
Os termos máximos indago,
E a esse fervor que me consome,
De infindo, eterno, eterno, dou o nome,
Do inferno é jogo mentiroso e oculto?[4]

MEFISTÓFELES

Tenho eu razão!

FAUSTO

Pois ouve lá! —
É o que te rogo, e poupa o meu pulmão —
Quem possui língua e quer à força ter razão,
Sem dúvida a terá.
Mas vamos, que a palrice a mal já levo,
Pois tens razão, mormente porque devo.

[4] Fausto tematiza aqui a impossibilidade de exprimir os sentimentos com palavras — a mesma inefabilidade que expressará no diálogo posterior com Margarida a respeito da religião: "Não tenho nome para tal!/ O sentimento é tudo;/ Nome é vapor e som,/ Nublando ardor celeste".

Garten

Jardim

O palco desta cena localiza-se provavelmente atrás da casa de Marta, inacessível ao olhar dos que passam pela rua. Pressupõe-se que Fausto já tenha prestado o seu falso testemunho acerca da morte do senhor Schwerdtlein — Goethe deixa implícito assim, como tantas outras vezes nesta tragédia, que um passo fundamental para o desenvolvimento da ação dramática se desenrolou "atrás do palco", às escondidas do espectador. Embora já tenha aceitado o "braço e companhia" que Fausto lhe oferecera ao vê-la passando pela rua, Margarida só passa a comportar-se e a falar de maneira solta e descontraída após consultar a flor (vv. 3.181-84) e assegurar-se pelo seu oráculo do amor de Fausto.

Em seis fragmentos cênicos, Goethe faz desfilar diante do espectador (ou do leitor) os pares Margarida-Fausto e Marta-Mefistófeles, um procedimento coreográfico que já assomara na cena "Diante da porta da cidade" e que se repetirá depois na dança das bruxas na "Noite de Valpúrgis". [M.V.M.]

GARTEN

(Margarete an Faustens Arm.
Marthe mit Mephistopheles auf und ab spazierend)

MARGARETE

Ich fühl' es wohl, daß mich der Herr nur schont,
Herab sich läßt, mich zu beschämen.
Ein Reisender ist so gewohnt,
Aus Gütigkeit fürlieb zu nehmen;
Ich weiß zu gut, daß solch erfahrnen Mann
Mein arm Gespräch nicht unterhalten kann.

FAUST

Ein Blick von dir, ein Wort mehr unterhält
Als alle Weisheit dieser Welt.   3.080

(Er küßt ihre Hand)

MARGARETE

Inkommodiert Euch nicht! Wie könnt Ihr sie nur küssen?
Sie ist so garstig, ist so rauh!
Was hab' ich nicht schon alles schaffen müssen!
Die Mutter ist gar zu genau.

(Gehn vorüber)

MARTHE

Und Ihr, mein Herr, Ihr reist so immer fort?

MEPHISTOPHELES

Ach, daß Gewerb' und Pflicht uns dazu treiben!
Mit wieviel Schmerz verläßt man manchen Ort,
Und darf doch nun einmal nicht bleiben!

JARDIM

(Margarida, de braço dado com Fausto.
Marta com Mefistófeles, passeando de um lado a outro)

MARGARIDA

Bem sinto que me poupa o cavalheiro,
Pra confundir-me, com certeza;
Contenta-se com pouco um forasteiro,
Por hábito, por gentileza;
Sei que a senhor tão experimentado
Gosto algum pode dar meu pobre palavreado.

FAUSTO

Mais gosto um dito, um teu olhar encerra,
Do que todo o saber da terra.

(Beija-lhe a mão)

MARGARIDA

Não vos incomodeis! como a podeis beijar?[1]
Tão feia é, áspera e indecente!
Quanto não tive já de trabalhar!
É minha mãe tão exigente.

(Passam adiante)

MARTA

E vós, senhor, sempre em viagem?

MEFISTÓFELES

Por força, ah! do dever, do ofício, é vida nossa!
Quanta vez deixa a gente aflita uma paragem
Sem que permanecer lá possa!

[1] Beijando a mão de Margarida, Fausto trata-a efetivamente como uma nobre *Fräulein*, a "formosa dama" de sua abordagem inicial. A despeito de sua resistência a essa forma de tratamento, Margarida parece agora querer adaptar-se a ela, como sugere aqui o uso do alexandrino, tornado ainda mais precioso pela forma verbal de procedência francesa: *Inkommodiert Euch nicht!*

GARTEN

MARTHE

In raschen Jahren geht's wohl an,
So um und um frei durch die Welt zu streifen;   3.090
Doch kömmt die böse Zeit heran,
Und sich als Hagestolz allein zum Grab zu schleifen,
Das hat noch keinem wohlgetan.

MEPHISTOPHELES

Mit Grausen seh' ich das von weiten.

MARTHE

Drum, werter Herr, beratet Euch in Zeiten.

(Gehn vorüber)

MARGARETE

Ja, aus den Augen aus dem Sinn!
Die Höflichkeit ist Euch geläufig;
Allein Ihr habt der Freunde häufig,
Sie sind verständiger, als ich bin.

FAUST

O Beste! glaube, was man so verständig nennt,   3.100
Ist oft mehr Eitelkeit und Kurzsinn.

MARGARETE

Wie?

FAUST

Ach, daß die Einfalt, daß die Unschuld nie
Sich selbst und ihren heil'gen Wert erkennt!

JARDIM

MARTA

> Na mocidade é que vai bem,
> Vaguear-se assim, de terra em terra nova;
> Vêm breve as horas más, porém,
> E, como solteirão, rojar-se a sós à cova,
> Não foi bom ainda pra ninguém.

MEFISTÓFELES

> De longe o vejo com pavor.

MARTA

> É pensar nisso, enquanto tempo for.

(Passam adiante)

MARGARIDA

> Longe da vista, sim! e longe mais da mente!
> Da cortesia é-vos tão fluente o engenho;[2]
> Amigos encontrais constantemente,
> Que têm mais juízo do que eu tenho.

FAUSTO

> Crê-mo, ah, querida! o que assim chamam de ajuizado
> Vaidade e miopia é muita vez.

MARGARIDA

> ### Como?

FAUSTO

> Ah, jamais sabe a inocência, a singelez,
> Reconhecer-se a si, e ao seu valor sagrado!

[2] Margarida usa neste verso a mesma palavra (*Höflichkeit*: "cortesia") que Mefisto empregara anteriormente (v. 3.020) para caracterizar Fausto como "rapaz fino, assíduo viajante" e aludir à origem das caixinhas com as joias.

GARTEN

Daß Demut, Niedrigkeit, die höchsten Gaben
Der liebevoll austeilenden Natur —

MARGARETE

Denkt Ihr an mich ein Augenblickchen nur,
Ich werde Zeit genug an Euch zu denken haben.

FAUST

Ihr seid wohl viel allein?

MARGARETE

Ja, unsre Wirtschaft ist nur klein,
Und doch will sie versehen sein.   3.110
Wir haben keine Magd; muß kochen, fegen, stricken
Und nähn, und laufen früh und spat;
Und meine Mutter ist in allen Stücken
So akkurat!
Nicht daß sie just so sehr sich einzuschränken hat;
Wir könnten uns weit eh'r als andre regen:
Mein Vater hinterließ ein hübsch Vermögen,
Ein Häuschen und ein Gärtchen vor der Stadt.
Doch hab' ich jetzt so ziemlich stille Tage;
Mein Bruder ist Soldat,   3.120
Mein Schwesterchen ist tot.
Ich hatte mit dem Kind wohl meine liebe Not;
Doch übernähm' ich gern noch einmal alle Plage,
So lieb war mir das Kind.

FAUST

                        Ein Engel, wenn dir's glich.

MARGARETE

Ich zog es auf, und herzlich liebt' es mich.

JARDIM

Ser a humildade, a alvura, o dom mais alto, enfim,
Da natureza generosa e amante...

MARGARIDA

Pensai um mero instantezinho em mim;
Para pensar em vós, terei tempo, eu, bastante.

FAUSTO

Viveis, decerto, algo isolada?

MARGARIDA

Sim, nossa casa é miúda, um nada,
Contudo tem de ser tratada.
Não temos serva; eu coso, e lavo, e corro a miúdo.
E esfrego cada nicho;
E tem a minha mãe, em tudo,
Tanto capricho!
Nem precisava restringir-se assim;
Mais que outros poderíamos folgar:
Deixou meu pai fortuna regular,
Ante a cidade a casa e um canto de jardim.
Mas tenho agora dias de sossego;
Meu mano é militar,[3]
Morreu minha irmãzinha.
Trabalho assaz com a pequenina eu tinha;
Mas dessem-mo outra vez, tinha-lhe tanto apego!

[3] Referência antecipatória a Valentim, que surgirá abruptamente na posterior cena "Noite" com a intenção de vingar a afronta a sua família.

FAUSTO

Se te igualava, era um anjinho.

MARGARIDA

Queria-me ela muito, criava-a com carinho.

GARTEN

Es war nach meines Vaters Tod geboren.
Die Mutter gaben wir verloren,
So elend wie sie damals lag,
Und sie erholte sich sehr langsam, nach und nach.
Da konnte sie nun nicht dran denken,   3.130
Das arme Würmchen selbst zu tränken,
Und so erzog ich's ganz allein,
Mit Milch und Wasser; so ward's mein.
Auf meinem Arm, in meinem Schoß
War's freundlich, zappelte, ward groß.

FAUST

Du hast gewiß das reinste Glück empfunden.

MARGARETE

Doch auch gewiß gar manche schwere Stunden.
Des Kleinen Wiege stand zu Nacht
An meinem Bett; es durfte kaum sich regen,
War ich erwacht;   3.140
Bald mußt' ich's tränken, bald es zu mir legen,
Bald, wenn's nicht schwieg, vom Bett aufstehn
Und tänzelnd in der Kammer auf und nieder gehn,
Und früh am Tage schon am Waschtrog stehn;
Dann auf dem Markt und an dem Herde sorgen,
Und immer fort wie heut so morgen.
Da geht's, mein Herr, nicht immer mutig zu;
Doch schmeckt dafür das Essen, schmeckt die Ruh.

(Gehn vorüber)

MARTHE

Die armen Weiber sind doch übel dran:
Ein Hagestolz ist schwerlich zu bekehren.   3.150

338

JARDIM

Meu pai morrera quando veio à vida,
A mãe julgávamos perdida,
Jazia fraca, que era um susto,
E, tão só se refez, melhorou com lentidão, a custo.
Nem pôde, então, pensar a gente
Em que aleitasse ela a inocente,
E, assim, criei-a, eu, sozinha,[4]
Com leite e água, e ficou minha.
No braço meu, no colo meu,
Ria, esperneava, assim cresceu.

> [4] O desvelo que Margarida teve com sua irmãzinha ajuda a compreender melhor a extensão e profundidade de sua tragédia posterior.

FAUSTO

Sentiste, julgo, a máxima ventura.

MARGARIDA

Mas, também mais de uma hora dura.
De noite me ficava ao pé
Da cama o berço da nenê;
Mal se movia, estava eu já desperta,
Dobrando-lhe a coberta,
Pondo-a comigo ou aleitando a pequenina,
A andar com ela na alcova, a rir-lhe e a fazer nina,
E madrugando, pra lavar na tina,
Correr à feira e ao lume, e sempre o mesmo afã,
Hoje como ontem e amanhã.
Às vezes, meu senhor, perde-se o ânimo, então;
Mas, por isso, a comida, o sono, gosto dão.

(Passam adiante)

MARTA

Pobres mulheres, passam mesmo mal;
Tão árduo é converter-se um solteirão.

GARTEN

MEPHISTOPHELES

Es käme nur auf Euresgleichen an,
Mich eines Bessern zu belehren.

MARTHE

Sagt grad', mein Herr, habt Ihr noch nichts gefunden?
Hat sich das Herz nicht irgendwo gebunden?

MEPHISTOPHELES

Das Sprichwort sagt: Ein eigner Herd,
Ein braves Weib sind Gold und Perlen wert.

MARTHE

Ich meine, ob Ihr niemals Lust bekommen?

MEPHISTOPHELES

Man hat mich überall recht höflich aufgenommen.

MARTHE

Ich wollte sagen: ward's nie Ernst in Eurem Herzen?

MEPHISTOPHELES

Mit Frauen soll man sich nie unterstehn zu scherzen. 3.160

MARTHE

Ach, Ihr versteht mich nicht!

MEPHISTOPHELES

                Das tut mir herzlich leid!
Doch ich versteh' — daß Ihr sehr gütig seid.

(Gehn vorüber)

JARDIM

MEFISTÓFELES

Bastava quem vos fosse igual,
Para ensinar-me uma melhor lição.

MARTA

Dizei, senhor, que achastes, já, em suma?
Nunca empenhastes vosso afeto em parte alguma?

MEFISTÓFELES

Diz o provérbio: Esposa digna e lar feliz
Têm preço de ouro e de rubis.[5]

MARTA

Quero dizer, não desejastes, já, na vida?...

MEFISTÓFELES

Em toda parte tive uma ótima acolhida.

MARTA

Digo, jamais sentistes afeição mais séria?

MEFISTÓFELES

Com damas não me atreveria a uma pilhéria.

MARTA

Ah, não me compreendeis!

MEFISTÓFELES

        Sinto-o deveras! pois
Compreendo muito... quão bondosa sois.

(Passam adiante)

[5] No original, Mefistófeles diz literalmente: "Um fogão próprio,/ Uma mulher honesta, valem ouro e pérolas". Ele funde (ou contamina) assim o provérbio alemão *Eigener Herd ist Goldes wert* ("Um fogão próprio vale ouro") com o provérbio bíblico que diz que uma "mulher talentosa vale muito mais do que pérolas" (*Provérbios*, 31: 10).

GARTEN

FAUST

Du kanntest mich, o kleiner Engel, wieder,
Gleich als ich in den Garten kam?

MARGARETE

Saht Ihr es nicht? ich schlug die Augen nieder.

FAUST

Und du verzeihst die Freiheit, die ich nahm?
Was sich die Frechheit unterfangen,
Als du jüngst aus dem Dom gegangen?

MARGARETE

Ich war bestürzt, mir war das nie geschehn;
Es konnte niemand von mir Übels sagen.   3.170
Ach, dacht' ich, hat er in deinem Betragen
Was Freches, Unanständiges gesehn?
Es schien ihn gleich nur anzuwandeln,
Mit dieser Dirne gradehin zu handeln.
Gesteh' ich's doch! Ich wußte nicht, was sich
Zu Eurem Vorteil hier zu regen gleich begonnte;
Allein gewiß, ich war recht bös' auf mich,
Daß ich auf Euch nicht böser werden konnte.

FAUST

Süß Liebchen!

MARGARETE

       Laßt einmal!

*(Sie pflückt eine Sternblume und zupft die Blätter ab,
eins nach dem andern)*

JARDIM

FAUSTO

E me reconheceste, alma benquista,
Assim que no jardim entrei?

MARGARIDA

Não o notastes? abaixei a vista.

FAUSTO

E me perdoaste a liberdade que tomei,
O atrevimento meu, de há dias,
Quando da catedral saías?

MARGARIDA

Jamais me acontecera, e estava na aflição;
Nenhum jus tinha feito ao juízo mau da gente;
Pensava: "Ah, Deus! viu-te ele na feição,
No porte, algo de ousado, de imprudente?
Pareceu-lhe ato natural
Namorar rapariga tal".[6]
Mas, que o confesse! eu não sei que de amigo,
Em favor vosso, senti logo após;
Só sei que muito me zanguei comigo,
Por não poder zangar-me contra vós.

FAUSTO

Amor meu!

MARGARIDA

                    Um momento!

*(Colhe um bem-me-quer
e desfolha as pétalas uma a uma)*

[6] Margarida expressa neste verso o seu espanto perante a liberdade que se permitiu Fausto em "tratar de maneira direta com tal rapariga", como diz o original. Ela se caracteriza aqui como *Dirne*, a mesma palavra usada por Fausto quando do primeiro encontro (e que na tradução aparece como "mocinha": "Escuta, tens de arranjar-me a mocinha", v. 2.619).

343

GARTEN

FAUST

Was soll das? Einen Strauß?

MARGARETE

Nein, es soll nur ein Spiel.

FAUST

Wie?

MARGARETE

Geht! Ihr lacht mich aus. 3.180

(Sie rupft und murmelt)

FAUST

Was murmelst du?

MARGARETE *(halb laut)*

Er liebt mich — liebt mich nicht.

FAUST

Du holdes Himmelsangesicht!

MARGARETE *(fährt fort)*

Liebt mich — Nicht — Liebt mich — Nicht —

(Das letzte Blatt ausrupfend, mit holder Freude)

Er liebt mich!

FAUST

Ja, mein Kind! Laß dieses Blumenwort

JARDIM

FAUSTO

Que é? um ramo?

MARGARIDA

Nada,

É brincadeira.

FAUSTO

Como?

MARGARIDA

Haveis de dar risada!

(Vai arrancando as pétalas e murmurando)

FAUSTO

Que dizes?

MARGARIDA *(a meia-voz)*

Bem-me-quer... mal-me-quer...[7]

FAUSTO

Angélica alma de mulher!

MARGARIDA *(continuando)*

Bem-me-quer... mal-me-quer... me-quer...

(Desfolhando a última pétala, com júbilo encantador)

Bem-me-quer!

FAUSTO

Sim, meu anjo, e te seja a sentença

[7] No original, Margarida colhe uma sécia (*Sternblume*: literalmente, flor-estrela) e desfolha as pétalas pronunciando "ele me ama... não me ama, me ama...".

345

GARTEN

Dir Götterausspruch sein. Er liebt dich!
Verstehst du, was das heißt? Er liebt dich!

(Er faßt ihre beiden Hände)

MARGARETE

Mich überläuft's!

FAUST

O schaudre nicht! Laß diesen Blick,
Laß diesen Händedruck dir sagen,
Was unaussprechlich ist: 3.190
Sich hinzugeben ganz und eine Wonne
Zu fühlen, die ewig sein muß!
Ewig! — Ihr Ende würde Verzweiflung sein.
Nein, kein Ende! Kein Ende!

MARGARETE *(drückt ihm die Hände, macht sich los und läuft weg.
Er steht einen Augenblick in Gedanken, dann folgt er ihr)*

MARTHE *(kommend)*

Die Nacht bricht an.

MEPHISTOPHELES

Ja, und wir wollen fort.

MARTHE

Ich bät' Euch, länger hier zu bleiben,
Allein es ist ein gar zu böser Ort.
Es ist, als hätte niemand nichts zu treiben
Und nichts zu schaffen,
Als auf des Nachbarn Schritt und Tritt zu gaffen,   3.200
Und man kommt ins Gered', wie man sich immer stellt.
Und unser Pärchen?

JARDIM

Da flor celeste juízo. Bem te quer!
Compreendes o que significa? Bem te quer!

(Toma-lhe as duas mãos)

MARGARIDA

Ah, que tremor![8]

FAUSTO

Não estremeças! Que este olhar,
Que esta pressão da mão te diga
O que é inexprimível:
Dar-se de todo e sentir na alma
Um êxtase que deve ser eterno!
Eterno! sim! — seu fim seria o desespero.
Não, não, sem fim! sem fim!

MARGARIDA *(aperta-lhe as mãos, desprende-se dele e foge.*
Fausto fica um instante absorto em pensamentos, depois lhe segue os passos)

MARTA *(chegando)*

Já cai a noite.

MEFISTÓFELES

Sim, e é tempo de irmos, vejo.

MARTA

Rogava-vos permanecer,
Mas é tão mau aqui o lugarejo.
É como se ninguém tivesse que fazer,
Outro interesse ou outra ideia
Que não a de espreitar a vida alheia,
E com ou sem razão, na intriga a gente cai.
Do casalzinho, que é?

[8] *Mich überläuft's!* ("estremece-me ou arrepia-me!"), no original. Goethe inseriu na concepção da personagem de Margarida algumas alusões e referências à figura da "amada" no *Cântico dos cânticos*, que ele traduziu parcialmente em 1775. Em outubro deste ano escreve ao seu amigo Merck: "Traduzi o *Cântico dos cânticos* de Salomão, que é a mais magnífica coleção de canções de amor criada por Deus. [...] Escrevi muito no *Fausto*". A forma verbal empregada por Goethe nesse verso pronunciado por Margarida (*Mich überläuft's*) é a mesma de sua tradução dos versos bíblicos "Meu amado põe a mão/ pela fenda da porta:/ as entranhas me estremecem" (*Cântico dos cânticos*, 5: 4).

GARTEN

MEPHISTOPHELES

Ist den Gang dort aufgeflogen.
Mutwill'ge Sommervögel!

MARTHE

Er scheint ihr gewogen.

MEPHISTOPHELES

Und sie ihm auch. Das ist der Lauf der Welt.

MEFISTÓFELES

Voou pelo atalho além.
Pássaros folgazões![9]

MARTA

Querer-lhe-á ele bem?

MEFISTÓFELES

Qual ela a ele. É assim que o mundo vai.

[9] *Mutwill'ge Sommervögel!*, no original. A palavra *Sommervögel* significa literalmente "pássaros de verão" (isto é, que só aparecem no verão), mas no século XVIII designava também mariposas e borboletas. No contexto deste final de cena, simboliza portanto algo leviano, despreocupado, adejando como borboletas.

Ein Gartenhäuschen

Um caramanchão

Goethe intitulou esta breve cena *Ein Gartenhäuschen*, que designa "um caraman-chão" ou, literalmente, "uma casinha de jardim". O relacionamento leve e descontraído en-tre Fausto e Margarida (agora sim verdadeiros "pássaros folgazões") faz supor que entre esta cena e a anterior, ligadas aparentemente de forma imediata, estão implícitos acon-tecimentos que levaram a uma aproximação mais estreita entre os dois amantes. [M.V.M.]

Ein Gartenhäuschen

*(Margarete springt herein, steckt sich hinter die Tür,
hält die Fingerspitze an die Lippen, und guckt durch die Ritze)*

MARGARETE

Er kommt!

FAUST *(kommt)*

Ach Schelm, so neckst du mich!
Treff' ich dich!

(Er küßt sie)

MARGARETE *(ihn fassend und den Kuß zurückgebend)*

Bester Mann! von Herzen lieb' ich dich!

(Mephistopheles klopft an)

FAUST *(stampfend)*

Wer da?

MEPHISTOPHELES

Gut Freund!

FAUST

Ein Tier!

MEPHISTOPHELES

Es ist wohl Zeit zu scheiden.

MARTHE *(kommt)*

Ja, es ist spät, mein Herr.

Um caramanchão

*(Margarida corre para dentro, oculta-se por detrás da porta,
põe a ponta do dedo nos lábios e espia pela abertura)*

MARGARIDA

Vem vindo!

FAUSTO *(entra)*

Assim brincas comigo, arteira!
Peguei-te!

(Beija-a)

MARGARIDA *(abraçando-o e retribuindo o beijo)*

Amado meu! amo-te com a alma inteira!

(Mefistófeles bate à porta)

FAUSTO *(batendo o pé)*

Quem é?

MEFISTÓFELES

Amigo!

FAUSTO

Um bruto!

MEFISTÓFELES

Anda, sê breve![1]

MARTA *(entrando)*

É tarde, sim, senhor.

[1] Já é hora de ir embora (ou separar-se), diz Mefisto neste semiverso, após interromper cinicamente o idílio amoroso de Fausto pronunciando a senha (*Gut Freund!*) que se usava para sinalizar a aproximação com intenções amistosas.

EIN GARTENHÄUSCHEN

FAUST

        Darf ich Euch nicht geleiten?

MARGARETE

Die Mutter würde mich — Lebt wohl!

FAUST

                    Muß ich denn gehn?

Lebt wohl!

MARTHE

    Ade!

MARGARETE

     Auf baldig Wiedersehn!   3.210

(Faust und Mephistopheles ab)

MARGARETE

Du lieber Gott! was so ein Mann
Nicht alles, alles denken kann!
Beschämt nur steh' ich vor ihm da,
Und sag' zu allen Sachen ja.
Bin doch ein arm unwissend Kind,
Begreife nicht, was er an mir find't.

(Ab)

FAUSTO

Permitis que vos leve?

MARGARIDA

Céus! minha mãe me... Adeus!

FAUSTO

Devo ir, pois, sem que insista?
Adeus, então!

MARTA

Adeus!

MARGARIDA

Até em breve, até à vista!

(Fausto e Mefistófeles saem)

MARGARIDA

Um homem desses, ah, Deus Santo!
Quanto não sabe e diz, mas quanto!
Ante ele, envergonhada fico,
E a tudo o que diz, "sim" replico.
Pobre e ignorante sou, assim,
Não sei o que ele vê em mim.

(Sai)

Wald und Höhle

Floresta e gruta

Com algumas variantes, 28 versos do final desta cena ("Mas vamos! que aflição cruciante" até "Julga logo ser o fim de tudo.") já constavam da primeira versão da tragédia (*Urfaust*), mas inseridos no contexto da aparição de Valentim, o irmão de Gretchen (quando esta, portanto, já está grávida). Goethe empreendeu a redação definitiva de "Floresta e gruta" durante ou logo após a viagem pela Itália, para a publicação, em 1790, do *Fragmento*, inserindo-a porém entre as cenas "Na fonte" e "Diante dos muros fortificados da cidade" (portanto, também após a consumação do ato sexual entre os amantes). Somente no *Fausto I* ela é antecipada e, interrompendo a sequência de cenas em torno de Gretchen, atua como elemento retardador do desfecho trágico. Enquanto Fausto desenvolve o seu grandioso monólogo inicial em versos brancos (sem rima), logo que Mefistófeles se põe em cena começa a falar de forma rimada (nos chamados "versos madrigais").

Em vista dessa gênese intrincada e de concepções cambiantes, alguns comentadores e críticos apontam nesta cena contradições e discrepâncias internas — visão que, no entanto, não é compartilhada por Erich Trunz ou Albrecht Schöne. Este último, buscando demonstrar que Goethe tinha plena consciência dessa descontinuidade (e de eventuais objeções futuras por parte de críticos), cita as seguintes palavras suas (no contexto de uma longa conversa que teve com Heinrich Luden a respeito do *Fausto* em 1806): "Na poesia não há contradições. Estas existem apenas no mundo real, não no mundo da poesia. Aquilo que o poeta cria, tem de ser aceito tal como ele o criou. O seu mundo é exatamente como foi feito. Aquilo que o espírito poético gerou precisa ser acolhido pela sensibilidade poética. A análise fria destrói a poesia e não produz nenhuma realidade. Restam apenas destroços, que não servem para nada e apenas estorvam". [M.V.M.]

WALD UND HÖHLE

FAUST *(allein)*

Erhabner Geist, du gabst mir, gabst mir alles,
Warum ich bat. Du hast mir nicht umsonst
Dein Angesicht im Feuer zugewendet.
Gabst mir die herrliche Natur zum Königreich,   3.220
Kraft, sie zu fühlen, zu genießen. Nicht
Kalt staunenden Besuch erlaubst du nur,
Vergönnest mir, in ihre tiefe Brust,
Wie in den Busen eines Freunds, zu schauen.
Du führst die Reihe der Lebendigen
Vor mir vorbei, und lehrst mich meine Brüder
Im stillen Busch, in Luft und Wasser kennen.
Und wenn der Sturm im Walde braust und knarrt,
Die Riesenfichte stürzend Nachbaräste
Und Nachbarstämme quetschend niederstreift,   3.230
Und ihrem Fall dumpf hohl der Hügel donnert,
Dann führst du mich zur sichern Höhle, zeigst
Mich dann mir selbst, und meiner eignen Brust
Geheime tiefe Wunder öffnen sich.
Und steigt vor meinem Blick der reine Mond
Besänftigend herüber, schweben mir
Von Felsenwänden, aus dem feuchten Busch
Der Vorwelt silberne Gestalten auf
Und lindern der Betrachtung strenge Lust.

O daß dem Menschen nichts Vollkommnes wird,   3.240
Empfind’ ich nun. Du gabst zu dieser Wonne,
Die mich den Göttern nah und näher bringt,
Mir den Gefährten, den ich schon nicht mehr
Entbehren kann, wenn er gleich, kalt und frech,
Mich vor mir selbst erniedrigt, und zu Nichts,
Mit einem Worthauch, deine Gaben wandelt.
Er facht in meiner Brust ein wildes Feuer
Nach jenem schönen Bild geschäftig an.
So tauml’ ich von Begierde zu Genuß,
Und im Genuß verschmacht’ ich nach Begierde.   3.250

FAUSTO *(sozinho)*

Sublime Gênio, tens-me dado tudo,[1]
Tudo o que eu te pedi. Não me mostraste
Em vão, dentro do fogo, o teu semblante.
Por reino deste-me a infinita natureza,
E forças para senti-la, penetrá-la.
Não me outorgaste só contato estranho e frio,
Deixaste-me sondar-lhe o fundo seio,
Como se fosse o peito de um amigo.
Expões-me a multidão dos seres vivos,
E a conhecer, na plácida silveira,
Nos ares, na água, os meus irmãos, me ensinas.
E quando o furacão no mato ruge,
Desmoronando-se, o gigante pinho
Vizinhos troncos e hastes espedaça,
E, troando, o morro a queda lhe acompanha;
Então me levas à tranquila gruta,
Revelas-me a mim mesmo, e misteriosos
Prodígios se abrem dentro do meu peito.[2]
E, suavizante, ala-se-me ante o olhar
A lua límpida: flutuantes surgem
Das rochas úmidas, do argênteo bosque,
Alvas visões de antanho, a mitigar
O gozo austero da contemplação.

Mas nunca é doada a perfeição ao homem,
Ah! como o sinto agora! A esse êxtase
Que mais e mais dos deuses me aproxima,
Juntaste o companheiro que não posso
Já dispensar, embora, com insolência,
Me avilte ante mim próprio, e um mero bafo seu
Reduza as tuas dádivas a nada.
Fomenta-me no peito intenso fogo
Que por aquela linda imagem arde.[3]
E assim, baqueio do desejo ao gozo,
E no gozo arfo, a ansiar pelo desejo.

[1] Provavelmente, Fausto dirige-se aqui ao Gênio da Terra, que lhe surgira na cena "Noite" dentro de uma "labareda". Como, porém, o Gênio então invocado por Fausto o repelira (vv. 1746-7), alguns comentadores entendem que a apóstrofe dirige-se antes a Deus, o "Altíssimo", ou a um Lúcifer que, conforme um esboço que Goethe acabou descartando, seria também responsável pela criação do mundo. Para fundamentar contudo a hipótese de que se trata aqui do Gênio da Terra, basta considerar que este estaria concedendo a Fausto somente agora o que lhe fôra pedido anteriormente. Quanto à suposição de Fausto de que esse mesmo gênio lhe dera a companhia funesta, mas agora imprescindível, de Mefisto, o leitor que conhece o "Prólogo no céu" sabe que isso remonta à decisão do próprio Deus.

[2] Ao lado da força para penetrar e sentir a Natureza, que lhe revela (na "floresta") a "multidão dos seres vivos", Fausto agradece ao Gênio da Terra a revelação (na "gruta") de seu próprio íntimo.

[3] Referência à "visão celeste" que o espelho

WALD UND HÖHLE

(Mephistopheles tritt auf)

MEPHISTOPHELES

Habt Ihr nun bald das Leben gnug geführt?
Wie kann's Euch in die Länge freuen?
Es ist wohl gut, daß man's einmal probiert;
Dann aber wieder zu was Neuen!

FAUST

Ich wollt', du hättest mehr zu tun,
Als mich am guten Tag zu plagen.

MEPHISTOPHELES

Nun, nun! ich lass' dich gerne ruhn,
Du darfst mir's nicht im Ernste sagen.
An dir Gesellen, unhold, barsch und toll,
Ist wahrlich wenig zu verlieren.   3.260
Den ganzen Tag hat man die Hände voll!
Was ihm gefällt und was man lassen soll,
Kann man dem Herrn nie an der Nase spüren.

FAUST

Das ist so just der rechte Ton!
Er will noch Dank, daß er mich ennuyiert.

MEPHISTOPHELES

Wie hättst du, armer Erdensohn,
Dein Leben ohne mich geführt?
Vom Kribskrabs der Imagination
Hab' ich dich doch auf Zeiten lang kuriert;
Und wär' ich nicht, so wärst du schon   3.270
Von diesem Erdball abspaziert.
Was hast du da in Höhlen, Felsenritzen

FLORESTA E GRUTA

(Entra Mefistófeles)

MEFISTÓFELES

Inda não basta de levar tal vida?
Não te põe a paciência à prova?
Como experiência há de ser entretida,
Mas venha logo cousa nova!

FAUSTO

Nada mais tens em que ocupar-te
Do que em me vir turbar a paz?

MEFISTÓFELES

Bem, bem! deixo-te já de parte,
Não mo repitas, tanto faz.
Contigo, inculto e rude companheiro,
Pouco se perde; há quem o diz!
Tem-se trabalho o dia inteiro,
E o que praz e não praz ao cavalheiro,
Jamais lhe está escrito no nariz.

FAUSTO

Bons modos! vens-me aborrecer,[4]
E exiges graças, ainda assim.

MEFISTÓFELES

Que vida, pobre térreo ser,
É a que levavas tu, sem mim?
Da comichão das fantasias
Por muito te curou a minha escola;
E não fosse eu, já te terias
Safado da terrestre bola.
Porque é que em mata, rocha e gruta suja,

---

mágico mostrou a Fausto na cena "A cozinha da bruxa", visão que se confunde agora com a imagem de Margarida.

[4] No original, Fausto usa aqui — arremedando os "bons modos" (ou o "tom justo", *der rechte Ton*) de Mefisto — o verbo de procedência francesa *ennuyieren*, aborrecer, entediar.

WALD UND HÖHLE

Dich wie ein Schuhu zu versitzen?
Was schlurfst aus dumpfem Moos und triefendem Gestein,
Wie eine Kröte, Nahrung ein?
Ein schöner, süßer Zeitvertreib!
Dir steckt der Doktor noch im Leib.

FAUST

Verstehst du, was für neue Lebenskraft
Mir dieser Wandel in der Öde schafft?
Ja, würdest du es ahnen können,   3.280
Du wärest Teufel gnug, mein Glück mir nicht zu gönnen.

MEPHISTOPHELES

Ein überirdisches Vergnügen!
In Nacht und Tau auf den Gebirgen liegen,
Und Erd' und Himmel wonniglich umfassen,
Zu einer Gottheit sich aufschwellen lassen,
Der Erde Mark mit Ahnungsdrang durchwühlen,
Alle sechs Tagewerk' im Busen fühlen,
In stolzer Kraft ich weiß nicht was genießen,
Bald liebewonniglich in alles überfließen,
Verschwunden ganz der Erdensohn,   3.290
Und dann die hohe Intuition —

(Mit einer Gebärde)

Ich darf nicht sagen, wie — zu schließen.

FAUST

Pfui über dich!

MEPHISTOPHELES

            Das will Euch nicht behagen;
Ihr habt das Recht, gesittet Pfui zu sagen.
Man darf das nicht vor keuschen Ohren nennen,

FLORESTA E GRUTA

Te enterras como uma coruja?
E, passatempo alegre e lindo,
Qual sapo, estás sustento haurindo
Do líquen úmido e dos fossos?
Anda-te ainda o doutor nos ossos.

FAUSTO

Não vês que vida nova, que energia,
O andar na solidão me cria?[5]
És diabo assaz, pudesses compreendê-lo,
Para roubar-me o meu feliz desvelo.

MEFISTÓFELES

Um prazer suprarreal, celeste!
Jazer na escuridão e orvalho no ermo agreste,
Cingir a terra e o céu num rapto abraço,
Sentir-se divindade em arrogante inchaço,
Da terra revolver com ímpeto o tutano,
Viver da criação o afã no Eu soberano,
Gozar eu não sei quê com macho peito,
No todo extravasar-se em êxtase perfeito,
Desvanecido o térreo ente,
E pôr termo à intuição potente...[6]

(Com um gesto obsceno)

Não me perguntes de que jeito.

FAUSTO

Vergonha sobre ti!

MEFISTÓFELES

        Ouvi-lo não te é grato,
E poderás gritar vergonha com recato.[7]
Não deve ouvir a orelha casta e infensa

---

[5] "Andar" corresponde no original a *Wandel*, que significa também "mudança", conotando a transformação que se deu no íntimo de Fausto (provocada pela experiência amorosa).

[6] Mefistófeles parafraseia ironicamente o sentimento (ou "intuição") panteísta de Fausto com metáforas sugestivas de uma pantomima masturbatória atribuída ao apaixonado que se entrega, na solidão da "floresta e gruta", a um prazer "suprarreal, celeste": "jazer na escuridão", "cingir a terra e o céu num rapto abraço", "arrogante inchaço", "revolver com ímpeto o tutano", "afã no Eu soberano", "gozar com macho peito", "extravasar-se em êxtase perfeito".

[7] Neste verso Mefisto vale-se ironicamente do tratamento solene da segunda pessoa do plural: "Tendes o direito de gritar (dizer) vergonha (*Pfui*) com recato". Passa então para a antiga forma de tratamento na terceira pessoa do singular (*Er*, "ele"), retornando por fim ao "tu" (*Du*): "Já estás de novo rechaçado".

WALD UND HÖHLE

Was keusche Herzen nicht entbehren können.
Und kurz und gut, ich gönn' Ihm das Vergnügen,
Gelegentlich sich etwas vorzulügen;
Doch lange hält Er das nicht aus.
Du bist schon wieder abgetrieben,   3.300
Und, währt es länger, aufgerieben
In Tollheit oder Angst und Graus!
Genug damit! Dein Liebchen sitzt dadrinne,
Und alles wird ihr eng und trüb.
Du kommst ihr gar nicht aus dem Sinne,
Sie hat dich übermächtig lieb.
Erst kam deine Liebeswut übergeflossen,
Wie vom geschmolznen Schnee ein Bächlein übersteigt;
Du hast sie ihr ins Herz gegossen,
Nun ist dein Bächlein wieder seicht.   3.310
Mich dünkt, anstatt in Wäldern zu thronen,
Ließ' es dem großen Herren gut,
Das arme affenjunge Blut
Für seine Liebe zu belohnen.
Die Zeit wird ihr erbärmlich lang;
Sie steht am Fenster, sieht die Wolken ziehn
Über die alte Stadtmauer hin.
Wenn ich ein Vöglein wär'! so geht ihr Gesang
Tage lang, halbe Nächte lang.
Einmal ist sie munter, meist betrübt,   3.320
Einmal recht ausgeweint,
Dann wieder ruhig, wie's scheint,
Und immer verliebt.

FAUST

Schlange! Schlange!

MEPHISTOPHELES *(für sich)*

Gelt! daß ich dich fange!

O que a alma casta não dispensa.
E, aliás, o gosto não te estou negando
De te iludir de vez em quando;
Mas, muito tempo não se atura.
Já estás de novo rechaçado,
E, se durar mais, esfalfado
No pavor, susto e na loucura.
Basta! lá dentro o teu benzinho espera,
Triste e sombria é-lhe a atmosfera.
Coitada, não lhe sais da mente,
Tem-te ela amor arquipotente.
De início transbordou tua paixão,
Como ao sol se esparrama, após a neve, o riacho,
Verteste-lha no coração;
Teu curso agora está já baixo.[8]
Julgo que, em vez de entronizar-se em matas,
O que a esse grão senhor convinha,
Era pagar com provas gratas
O amor da pobre inocentinha.
Tão longo lhe é o tempo, entanto;
Da janela olha a lua, a deslizar, tranquila,
Sobre o velho muro da vila.
"Se eu fosse um passarinho!" assim vai seu canto[9]
De noite, o dia todo, em quebranto.
Anda alegre uma vez, quase sempre em negrume,
Mais outra de choro prostrada,
De novo, após, calma, ao que se presume,
E sempre apaixonada.

FAUSTO

Cobra! cobra![10]

MEFISTÓFELES *(à parte)*

Que vale? enleia-te a manobra?[11]

[8] Mefisto reveste sua caracterização do amor de Fausto em imagens tomadas ao regime das águas: o curso d'água que absorvera a neve derretida e se tornara impetuoso está agora "baixo", raso.

[9] Alusão a versos recolhidos por Herder em uma coletânea de "canções populares" (*Volkslieder*): "Se eu fosse um passarinho/ E tivesse duas asinhas/ Voaria até você".

[10] Impropério alusivo à tentativa de sedução (como a da serpente no Paraíso) encetada por Mefisto.

[11] Este verso de Mefisto quer dizer algo como "quer apostar que eu [como serpente] ainda te enleio?".

WALD UND HÖHLE

FAUST

Verruchter! hebe dich von hinnen,
Und nenne nicht das schöne Weib!
Bring die Begier zu ihrem süßen Leib
Nicht wieder vor die halb verrückten Sinnen!

MEPHISTOPHELES

Was soll es denn? Sie meint, du seist entflohn,   3.330
Und halb und halb bist du es schon.

FAUST

Ich bin ihr nah, und wär' ich noch so fern,
Ich kann sie nie vergessen, nie verlieren;
Ja, ich beneide schon den Leib des Herrn,
Wenn ihre Lippen ihn indes berühren.

MEPHISTOPHELES

Gar wohl, mein Freund! Ich hab' Euch oft beneidet
Ums Zwillingspaar, das unter Rosen weidet.

FAUST

Entfliehe, Kuppler!

MEPHISTOPHELES

Schön! Ihr schimpft, und ich muß lachen.
Der Gott, der Bub und Mädchen schuf,
Erkannte gleich den edelsten Beruf,   3.340
Auch selbst Gelegenheit zu machen.
Nur fort, es ist ein großer Jammer!
Ihr sollt in Eures Liebchens Kammer,
Nicht etwa in den Tod.

FAUSTO

Perverso! foge e não me acenes
Com a imagem da formosa criatura!
Não tragas de seu corpo aspirações infrenes
Ante os sentidos prenhes de loucura![12]

MEFISTÓFELES

Mas que é que tens? pensa que em fuga estás,
E mais ou menos é isso, aliás.

FAUSTO

Dela estou perto, e ao longe, aonde eu me for,
Jamais posso olvidar, jamais perder-lhe o encanto;
Invejo até o corpo do Senhor,
Quando seu lábio o toca no ato santo.[13]

MEFISTÓFELES

Pois sim, amigo, eu também tive inveja basta
De vosso par de gêmeos que entre rosas pasta.[14]

FAUSTO

Foge, alcaiote!

MEFISTÓFELES

Bem! ralhais, e rindo estou,
Já que o Deus que homem e mulher criou
Logo inventou também o nobre ofício
De armar o ensejo mais propício.
Mas vamos! que aflição cruciante!
À alcova ireis de vossa amante,
E não à morte, não!

[12] Após empregar palavras de sabor bíblico ("foge" ou, de modo mais literal, "vai-te daqui", como Lutero traduz *Mateus*, 4: 10), Fausto ordena a Mefisto não mais trazer "o desejo pelo seu doce corpo" (de Margarida) ante os seus sentidos "já meio enlouquecidos".

[13] Referência à hóstia sagrada ou ao crucifixo, beijado sobretudo na Sexta-Feira Santa.

[14] Mefisto cita aqui, de maneira elíptica, versos do *Cântico dos cânticos* (4: 5): "Teus seios são dois filhotes, filhos gêmeos de gazela,/ pastando entre açucenas". Na tradução de Lutero lê-se "rosas", ao passo que a tradução parcial de Goethe também registra "açucenas" (*Lilien*).

WALD UND HÖHLE

FAUST

Was ist die Himmelsfreud' in ihren Armen?
Laß mich an ihrer Brust erwarmen!
Fühl' ich nicht immer ihre Not?
Bin ich der Flüchtling nicht? der Unbehauste?
Der Unmensch ohne Zweck und Ruh',
Der wie ein Wassersturz von Fels zu Felsen brauste   3.350
Begierig wütend nach dem Abgrund zu?
Und seitwärts sie, mit kindlich dumpfen Sinnen,
Im Hüttchen auf dem kleinen Alpenfeld,
Und all ihr häusliches Beginnen
Umfangen in der kleinen Welt.
Und ich, der Gottverhaßte,
Hatte nicht genug,
Daß ich die Felsen faßte
Und sie zu Trümmern schlug!
Sie, ihren Frieden mußt' ich untergraben!   3.360
Du, Hölle, mußtest dieses Opfer haben!
Hilf, Teufel, mir die Zeit der Angst verkürzen!
Was muß geschehn, mag's gleich geschehn!
Mag ihr Geschick auf mich zusammenstürzen
Und sie mit mir zugrunde gehn!

MEPHISTOPHELES

Wie's wieder siedet, wieder glüht!
Geh ein und tröste sie, du Tor!
Wo so ein Köpfchen keinen Ausgang sieht,
Stellt er sich gleich das Ende vor.
Es lebe, wer sich tapfer hält!   3.370
Du bist doch sonst so ziemlich eingeteufelt.
Nichts Abgeschmackters find' ich auf der Welt
Als einen Teufel, der verzweifelt.

FAUSTO

Que é nos seus braços o celeste enleio?
Ao calor doce de seu seio,
Não lhe verei sempre a aflição?
Não sou eu o sem lar, a alma erradia e brava,
O monstro sem descanso e ofício,
Que, em ávido furor, se arroja como lava,[15]
De pedra em pedra, para o precipício?
E de lado, ela, com sentidos infantis,
Na humilde choça sobre o prado alpino,[16]
A atuar, doméstica e feliz,
No âmbito de seu mundo pequenino.
E a mim, pária em degredo,
Não bastou que agarrasse
Penhascos e rochedo,
E que os despedaçasse?
Fui arruiná-la, a ela, à sua paz!
Tu, esta vítima exigiste, Satanás!
À ardente espera, põe, demônio, fim!
O que há de ser, logo aconteça!
Possa ruir seu destino sobre mim,
E que comigo ela pereça!

MEFISTÓFELES

Como efervesce e arde! É mercê
Ir consolá-la, asno testudo!
Onde tal cabecinha a solução não vê,
Julga ser logo o fim de tudo.
Viva quem mantém rijo o pulso!
És endiabrado já, sem exagero,
E na terra o que sei de mais insulso,
É um diabo que anda em desespero.

[15] Esta cena traz várias imagens da Natureza que remetem à esfera humana, como a comparação do amor de Fausto com as mudanças de estado do riacho ou, no monólogo de abertura, o "gigante pinho" que em sua queda arrasta consigo "vizinhos troncos e hastes". Agora Fausto, "monstro sem descanso e ofício", compara-se a uma "queda-d'água" (*Wassersturz*) que em "ávido furor" vai se arrojando rumo ao "precipício" (e arrastará Margarida consigo).

[16] Esta referência topográfica incongruente com a situação concreta de Margarida tem, conforme observa Albrecht Schöne, um sentido figurado e remonta a um poema de Albrecht von Haller ("Os Alpes", 1792) muito difundido entre os contemporâneos de Goethe. O poema constrói uma antítese entre a vida agitada e vã dos citadinos (dominada pela ambição, concupiscência, desejo de glória e fortuna), e a serena e idílica existência dos habitantes dos Alpes suíços.

Gretchens Stube

Quarto de Gretchen

Estes versos pronunciados por Gretchen junto à roca de fiar foram musicados por vários compositores, entre os quais Schubert, Berlioz, Wagner e Verdi. Goethe, porém, parece tê-los concebido para serem antes falados no palco, com o ritmo monótono da máquina de fiar atuando como *basso continuo* para o tema da inquietação que perpassa os versinhos. Albrecht Schöne chama a atenção, mais uma vez, para leves alusões à lírica amorosa no Antigo Testamento, que envolvem a jovem burguesa com a aura da amada no *Cântico dos cânticos* (como, por exemplo, 3: 1-2): "Em meu leito, pela noite,/ procurei o amado da minha alma./ Procurei-o e não o encontrei!/ Vou levantar-me,/ vou rondar pela cidade,/ pelas ruas, pelas praças,/ procurando o amado da minha alma.../ Procurei-o e não o encontrei!...".

A palavra de Gretchen, feminina, singela, impregnada pelo tom da canção popular, constitui um contraponto ao monólogo anterior de Fausto, masculino, dilacerado, mas ansiando também por apreensão filosófica da Natureza. [M.V.M.]

GRETCHENS STUBE

GRETCHEN *(am Spinnrade allein)*

Meine Ruh' ist hin,
Mein Herz ist schwer;
Ich finde sie nimmer
Und nimmermehr.

Wo ich ihn nicht hab',
Ist mir das Grab,
Die ganze Welt   3.380
Ist mir vergällt.

Mein armer Kopf
Ist mir verrückt,
Mein armer Sinn
Ist mir zerstückt.

Meine Ruh' ist hin,
Mein Herz ist schwer;
Ich finde sie nimmer
Und nimmermehr.

Nach ihm nur schau' ich   3.390
Zum Fenster hinaus,
Nach ihm nur geh' ich
Aus dem Haus.

Sein hoher Gang,
Sein' edle Gestalt,
Seines Mundes Lächeln,
Seiner Augen Gewalt,

Und seiner Rede
Zauberfluß,
Sein Händedruck,   3.400
Und ach sein Kuß!

GRETCHEN *(à roda de fiar, sozinha)*

Fugiu-me a paz[1]
Do coração;
Já não a encontro,
Procuro-a em vão.

Ausente o amigo
Tudo é um jazigo,
Soçobra o mundo
Em tédio fundo.

Meu pobre senso
Se desatina,
A mísera alma
Se me alucina.

Fugiu-me a paz
Do coração;
Já não a encontro,
Procuro-a em vão.

Só por ele olho
Do quarto afora,
Só por ele ando
Na rua agora.

Seu porte altivo,
Ar varonil,
O seu sorriso
E olhar gentil,

De sua voz
O som almejo,
Seu trato meigo,
Ai, e seu beijo!

[1] Literalmente, na estrutura paratática do original: "Minha paz foi embora,/ Meu coração está pesado (pesaroso)". Na terceira estrofe, "senso" corresponde a "cabeça": a maior concretude do substantivo alemão evidencia com mais clareza o procedimento goethiano de exprimir a angústia amorosa da moça mediante imagens tomadas à esfera corporal ("coração", "cabeça", "peito").

GRETCHENS STUBE

Meine Ruh' ist hin,
Mein Herz ist schwer;
Ich finde sie nimmer
Und nimmermehr.

Mein Busen drängt
Sich nach ihm hin.
Ach dürft' ich fassen
Und halten ihn,

Und küssen ihn,
So wie ich wollt',
An seinen Küssen
Vergehen sollt'!

QUARTO DE GRETCHEN

Fugiu-me a paz
Do coração;
Já não a encontro,
Procuro-a em vão.

Meu peito[2] anela
Por seus abraços.
Pudesse eu tê-lo
Sem fim nos braços,

Ah, e beijá-lo
Té não poder.
Nem que aos seus beijos
Fosse morrer!

[2] Na primeira versão da tragédia lê-se "ventre" ou "regaço" (*Schoss*) em lugar de "peito": "Meu ventre! Deus! anseia por ele". A alteração atenuante mostra a autocensura de Goethe em relação ao texto destinado à publicação.

Marthens Garten

Jardim de Marta

É nesta cena ambientada no jardim da senhora Marta que se encontra o famoso questionamento de Margarida acerca do Cristianismo de Fausto, tornado proverbial na língua alemã como a "pergunta de Gretchen" (*Gretchenfrage*): "Dize-me, pois, como é com a religião?".

A temática religiosa e a amorosa entrelaçam-se aqui intimamente, tanto para a moça (cujo instinto certeiro quer a todo custo retirar o amante da esfera de influência de Mefistófeles) como para Fausto, que em seu grandioso hino à inefabilidade do divino promove a fusão entre as palavras "amor!" e "Deus!". Contudo, o discurso religioso de Fausto mostra-se ao mesmo tempo impregnado por uma retórica da sedução e não por acaso ele já traz no bolso o "vidrinho" que lhe proporcionará acesso ao quarto da moça, mas acarretando também a morte da mãe.

Após este encontro no jardim de Marta (e o *rendez-vous* combinado para a noite), Fausto e Margarida aparecerão juntos em cena apenas no final da tragédia, quando a moça já estará acorrentada como infanticida, aguardando a execução. Goethe deixa portanto implícitos, situando-os atrás do palco (e assim abandonando-os à capacidade imaginativa do leitor), os acontecimentos que se estendem entre esta cena no "Jardim de Marta" e a cena final no "Cárcere". [M.V.M.]

Marthens Garten

(Margarete. Faust)

MARGARETE

Versprich mir, Heinrich!

FAUST

Was ich kann!

MARGARETE

Nun sag, wie hast du's mit der Religion?
Du bist ein herzlich guter Mann,
Allein ich glaub', du hältst nicht viel davon.

FAUST

Laß das, mein Kind! Du fühlst, ich bin dir gut;
Für meine Lieben ließ' ich Leib und Blut,
Will niemand sein Gefühl und seine Kirche rauben.   3.420

MARGARETE

Das ist nicht recht, man muß dran glauben!

FAUST

Muß man?

MARGARETE

Ach! wenn ich etwas auf dich könnte!
Du ehrst auch nicht die heil'gen Sakramente.

FAUST

Ich ehre sie.

JARDIM DE MARTA

(Margarida, Fausto)

MARGARIDA

Promete, Henrique![1]

FAUSTO

O que eu puder!

MARGARIDA

Dize-me, pois, como é com a religião?
És tão bom homem, mas será mister
Ver que tens pouca devoção.

FAUSTO

Sentes que te amo, deixa o mais, querida;
A quem amo, daria sangue e vida;
Não vou roubar a crença e a igreja de ninguém.

MARGARIDA

Não basta, não, devemos crer também!

FAUSTO

Devemos?

MARGARIDA

Contigo, ah, se algo eu pudesse!
Os sacramentos não honras e a prece.[2]

FAUSTO

Venero-os, sim.

[1] Apenas Margarida chama Fausto por esse nome (aqui pela primeira vez e, depois, no fecho da tragédia). Talvez para manter distância em relação à sua pessoa, Goethe evita o nome Johann, que aparece nos livros populares sobre a lenda do Doutor Fausto. Henrique era também o primeiro nome do médico, jurista, filósofo e teólogo alemão Agrippa von Nettesheim (1486-1535), do qual se dizia que circulava pelas cidades com um "satânico cão negro" e entregara-se à magia após desiludir-se com as ciências. Em 1527 publicou a obra *Declamatio de incertitudine et vanitate scientiarum et artium*. No início da *Tragicall History of Doctor Faustus* de Christopher Marlowe, que Goethe só veio a ler em 1818, diz Fausto: "Quero tornar-me aquilo que Agrippa foi,/ Cujo nome toda a Europa ainda venera".

[2] Entre os sacramentos a que se refere Margarida está o "matrimônio" (ao lado, segundo a doutrina católica, do "batismo", "crisma", "eucaristia", "confissão" "extrema-unção", "absolvição sacramental").

MARTHENS GARTEN

MARGARETE

     Doch ohne Verlangen.
Zur Messe, zur Beichte bist du lange nicht gegangen.
Glaubst du an Gott?

FAUST

     Mein Liebchen, wer darf sagen:
Ich glaub' an Gott?
Magst Priester oder Weise fragen,
Und ihre Antwort scheint nur Spott
Über den Frager zu sein.

MARGARETE

     So glaubst du nicht?   3.430

FAUST

Mißhör mich nicht, du holdes Angesicht!
Wer darf ihn nennen?
Und wer bekennen:
Ich glaub' ihn.
Wer empfinden,
Und sich unterwinden
Zu sagen: ich glaub' ihn nicht?
Der Allumfasser,
Der Allerhalter,
Faßt und erhält er nicht   3.440
Dich, mich, sich selbst?
Wölbt sich der Himmel nicht dadroben?
Liegt die Erde nicht hierunten fest?
Und steigen freundlich blickend
Ewige Sterne nicht herauf?
Schau' ich nicht Aug' in Auge dir,
Und drängt nicht alles
Nach Haupt und Herzen dir,

JARDIM DE MARTA

MARGARIDA

Mas sem desejo.
À confissão, à missa, não te vejo.
Não crês em Deus?

FAUSTO

Benzinho meu, que lábios
Podem dizer: "Eu creio em Deus"?
Pergunta-o a sacerdotes, sábios,
E em réplica ouvirás dos seus
Escárnios, só, do indagador.[3]

MARGARIDA

Não crês, então?

FAUSTO

Compreende bem, meu doce coração!
Quem o pode nomear?[4]
Quem professar:
"Eu creio nele"?
Quem conceber
E ousar dizer:
"Não creio nele"?
Ele, do todo o abrangedor,[5]
O universal sustentador,
Não abrange e não sustém ele
A ti, a mim, como a si próprio?
Lá no alto não se arqueia o céu?
Não jaz a terra aqui embaixo, firme?
E em brilho suave não se elevam
Perenes astros para o alto?
Não fita o meu olhar o teu,
E não penetra tudo
Ao coração e ao juízo teu,

[3] A formulação elíptica da tradução torna estes versos menos claros do que no original. Fausto quer dizer que dos lábios dos sacerdotes e sábios só se ouvirão escárnios sobre aquele que lhes fizer a pergunta acerca de Deus.

[4] O hino à inefabilidade e inescrutabilidade de Deus, que Fausto desenvolve na sequência, vem impregnado de concepções panteístas, compartilhadas em larga escala pelo próprio Goethe, desde a juventude leitor e estudioso da obra de Spinoza.

[5] *Allumfasser*, no original, palavra empregada por Herder em sua tradução, em ritmo jâmbico, do *Apocalipse* (1774-75). "Universal sustentador", designação de Deus que vem em seguida, traduz o termo alemão *Allerhalter*.

MARTHENS GARTEN

Und webt in ewigem Geheimnis
Unsichtbar sichtbar neben dir?   3.450
Erfüll davon dein Herz, so groß es ist,
Und wenn du ganz in dem Gefühle selig bist,
Nenn es dann, wie du willst,
Nenn's Glück! Herz! Liebe! Gott!
Ich habe keinen Namen
Dafür! Gefühl ist alles;
Name ist Schall und Rauch,
Umnebelnd Himmelsglut.

MARGARETE

Das ist alles recht schön und gut;
Ungefähr sagt das der Pfarrer auch,   3.460
Nur mit ein bißchen andern Worten.

FAUST

Es sagen's allerorten
Alle Herzen unter dem himmlischen Tage,
Jedes in seiner Sprache;
Warum nicht ich in der meinen?

MARGARETE

Wenn man's so hört, möcht's leidlich scheinen,
Steht aber doch immer schief darum;
Denn du hast kein Christentum.

FAUST

Liebs Kind!

MARGARETE

      Es tut mir lang schon weh,
Daß ich dich in der Gesellschaft seh'.   3.470

JARDIM DE MARTA

E obra invisível, em mistério eterno,
Visivelmente ao lado teu?
Disso enche o coração, até ao extremo.
E quando transbordar de um êxtase supremo,
Então nomeia-o como queiras,
Ventura! amor! coração! Deus!
Não tenho nome para tal!
O sentimento é tudo;[6]
Nome é vapor e som,
Nublando ardor celeste.

> [6] O discurso de Fausto sobre a inefabilidade de Deus deixa entrever também, como neste verso que absolutiza o "sentimento", traços do movimento pré-romântico *Sturm und Drang* (Tempestade e Ímpeto).

MARGARIDA

Tudo isso há de ser belo e bom;
Diz nosso padre quase o que disseste,
Tão só de modo algo diverso.

FAUSTO

É o que dizem no universo
Todos os corações sob a etérea paragem,
Cada qual em sua linguagem;
Porque na minha, eu, não?

MARGARIDA

Ouvindo-o assim, soa a razão;
Mas, assim mesmo é erro, ao que cismo,
Porque te falta o Cristianismo.

FAUSTO

Benzinho meu!

MARGARIDA

Dói-me, de há muito para cá,
Ver-te em companhia tão má.

MARTHENS GARTEN

FAUST

Wieso?

MARGARETE

Der Mensch, den du da bei dir hast,
Ist mir in tiefer innrer Seele verhaßt;
Es hat mir in meinem Leben
So nichts einen Stich ins Herz gegeben,
Als des Menschen widrig Gesicht.

FAUST

Liebe Puppe, fürcht ihn nicht!

MARGARETE

Seine Gegenwart bewegt mir das Blut.
Ich bin sonst allen Menschen gut;
Aber wie ich mich sehne, dich zu schauen,
Hab' ich vor dem Menschen ein heimlich Grauen,   3.480
Und halt' ihn für einen Schelm dazu!
Gott verzeih' mir's, wenn ich ihm unrecht tu'!

FAUST

Es muß auch solche Käuze geben.

MARGARETE

Wollte nicht mit seinesgleichen leben!
Kommt er einmal zur Tür herein,
Sieht er immer so spöttisch drein
Und halb ergrimmt;
Man sieht, daß er an nichts keinen Anteil nimmt;
Es steht ihm an der Stirn geschrieben,
Daß er nicht mag eine Seele lieben.   3.490
Mir wird's so wohl in deinem Arm,

JARDIM DE MARTA

FAUSTO

Como isso?

MARGARIDA

Esse homem que anda ao teu redor,
Odeio-o na mais funda alma interior;
Em toda a minha vida, nada
No coração já me deu tal pontada,
Como desse homem a vulgar feição.

FAUSTO

Meu anjo, não o temas, não!

MARGARIDA

Ferve-me o sangue quando está presente.
Sempre quis bem a toda gente;
Mas, como almejo ver o teu semblante,
Dele íntimo pavor me rói,
E além do mais o tenho por tratante!
Se eu for injusta, Deus que me perdoe!

FAUSTO

Deve havê-los também dessa categoria.[7]

MARGARIDA

Viver com tais, eu não queria!
Quando entra pela porta adentro, eu pasmo
Ao ver-lhe o olhar mau de sarcasmo
E a cara meio irada;
Vê-se, não lhe interessa nada;
Está-lhe gravado na testa
Que todo humano ser detesta.
Tão bem me sinto nos teus braços,

[7] Goethe usa neste verso o substantivo *Kauz* (*Käuze*, no plural), literalmente uma espécie de coruja e, em sentido figurado (tratando-se de um pássaro noturno que parece sempre isolar-se), uma pessoa esquisita. Portanto: "Deve havê-los [tais esquisitões] também dessa categoria".

MARTHENS GARTEN

So frei, so hingegeben warm,
Und seine Gegenwart schnürt mir das Innre zu.

FAUST

Du ahnungsvoller Engel du!

MARGARETE

Das übermannt mich so sehr,
Daß, wo er nur mag zu uns treten,
Mein' ich sogar, ich liebte dich nicht mehr.
Auch, wenn er da ist, könnt' ich nimmer beten,
Und das frißt mir ins Herz hinein;
Dir, Heinrich, muß es auch so sein.   3.500

FAUST

Du hast nun die Antipathie!

MARGARETE

Ich muß nun fort.

FAUST

                    Ach, kann ich nie
Ein Stündchen ruhig dir am Busen hängen,
Und Brust an Brust und Seel' in Seele drängen?

MARGARETE

Ach, wenn ich nur alleine schlief'!
Ich ließ' dir gern heut nacht den Riegel offen;
Doch meine Mutter schläft nicht tief,
Und würden wir von ihr betroffen,
Ich wär' gleich auf der Stelle tot!

JARDIM DE MARTA

Entregue e livre de embaraços,
E dele o aspecto me fecha a garganta.

FAUSTO

Presságio da inocência santa!

MARGARIDA

Causa-me aquilo angústias tais,
Basta que de nós se aproxime,
E julgo até não te amar mais.
Mas o que o coração me oprime,
Quando está perto, nem rezar consigo;
O mesmo, Henrique, há de se dar contigo.

FAUSTO

É antipatia, já se vê!

MARGARIDA

     Deus nosso!
Devo ir-me, é tarde!

FAUSTO

     Ah, nunca posso
Pender-te ao seio uma horazinha em calma,
Penetrar peito em peito, e alma em alma?

MARGARIDA

Dormisse eu só! com que abandono
Deixar-te-ia hoje o trinco aberto;
Mas minha mãe! tão leve tem o sono:
E se nos surpreendesse, é certo
Que eu morreria de mil mortes!

MARTHENS GARTEN

FAUST

Du Engel, das hat keine Not.   3.510
Hier ist ein Fläschchen! Drei Tropfen nur
In ihren Trank umhüllen
Mit tiefem Schlaf gefällig die Natur.

MARGARETE

Was tu' ich nicht um deinetwillen?
Es wird ihr hoffentlich nicht schaden!

FAUST

Würd' ich sonst, Liebchen, dir es raten?

MARGARETE

Seh' ich dich, bester Mann, nur an,
Weiß nicht, was mich nach deinem Willen treibt;
Ich habe schon so viel für dich getan,
Daß mir zu tun fast nichts mehr übrig bleibt.   3.520

(Ab)

(Mephistopheles tritt auf)

MEPHISTOPHELES

Der Grasaff'! ist er weg?

FAUST

                    Hast wieder spioniert?

MEPHISTOPHELES

Ich hab's ausführlich wohl vernommen,
Herr Doktor wurden da katechisiert,
Hoff', es soll Ihnen wohl bekommen.

FAUSTO

Meu coração, com isso não te importes.
Eis um vidrinho! junta-lhe à poção[8]
Três gotas só, dentro da taça,
Que em fundo sono a envolverão.

MARGARIDA

Tem algo que eu por ti não faça?
Espero não causar-lhe mal!

FAUSTO

Anjinho, indicar-te-ia tal?

MARGARIDA

Olho-te, amado, e já não sei que encanto
Me impele a agir a teu prazer;
Por ti já tenho feito tanto,
Que pouco mais me resta ainda fazer.

(Sai)

(Entra Mefistóleles)

MEFISTÓFELES

O macaquinho![9] foi-se?

FAUSTO

Eis nosso espreitador!

MEFISTÓFELES

Ouvi todo o sermão, com efeito;
Catequizaram o senhor doutor;
Possa fazer-vos bom proveito.

[8] Como a origem do frasco que Fausto traz no bolso não é explicitada, fica em aberto quem seria o verdadeiro responsável pela morte da mãe de Gretchen. Alguns comentadores, entre os quais Erich Trunz, supõem que a culpa aqui caberia a Mefistófeles, que, em vez de uma substância sonífera, entrega a Fausto veneno mortal.

[9] *Grasaff'*, no original, palavra que de fato contém em si o substantivo "macaco" (*Affe*). Em linguagem coloquial, esta palavra designa uma pessoa imatura, ou também tola e convencida. Goethe, porém, que a introduziu na linguagem literária, emprega-a com frequência (sobretudo em cartas) para referir-se carinhosamente a meninas e moças.

MARTHENS GARTEN

Die Mädels sind doch sehr interessiert,
Ob einer fromm und schlicht nach altem Brauch.
Sie denken: duckt er da, folgt er uns eben auch.

FAUST

Du Ungeheuer siehst nicht ein,
Wie diese treue liebe Seele
Von ihrem Glauben voll,   3.530
Der ganz allein
Ihr selig machend ist, sich heilig quäle,
Daß sie den liebsten Mann verloren halten soll.

MEPHISTOPHELES

Du übersinnlicher sinnlicher Freier,
Ein Mägdelein nasführet dich.

FAUST

Du Spottgeburt von Dreck und Feuer!

MEPHISTOPHELES

Und die Physiognomie versteht sie meisterlich:
In meiner Gegenwart wird's ihr, sie weiß nicht wie,
Mein Mäskchen da weissagt verborgnen Sinn;
Sie fühlt, daß ich ganz sicher ein Genie,   3.540
Vielleicht wohl gar der Teufel bin.
Nun, heute nacht —?

FAUST

        Was geht dich's an?

MEPHISTOPHELES

Hab' ich doch meine Freude dran!

JARDIM DE MARTA

Essas meninas dão muito valor
À crença e à fé, conforme o velho estilo.
Pensam: seguir-nos-á também, quem segue aquilo.

FAUSTO

Não vês tu, monstro malquerente,
Como aquela alma amante e pura
E que em fé se derrama —
Que unicamente
Salva,[10] a seu ver — qual santa se tortura,
Por ter de ver perdido o homem a quem ama.

MEFISTÓFELES

Galã sensual, suprassensual,
Pelo nariz te leva uma donzela.

FAUSTO

Do fogo e lodo ente infernal!

MEFISTÓFELES

Sim, e a fisionomia, isso é com ela![11]
Ao ver-me, fica em aflição,
Meu rosto senso oculto augura;
Sente que um gênio sou, se não
O próprio diabo, porventura.[12]
Pois hoje à noite...?

FAUSTO

        Isso é contigo?

MEFISTÓFELES

É prazer meu também, amigo!

[10] No caso, a fé católica.

[11] Agindo como espião, Mefisto ouviu Gretchen exprimir a sua repulsa instintiva por ele. Assim, refere-se a ela como uma pessoa versada em "estudos fisiognomômicos", que na época designavam a ciência ou arte de estabelecer o caráter e a personalidade de uma pessoa a partir dos traços de seu rosto. Entre 1775 e 1778, Lavater publicou os *Fragmentos fisiognomônicos para a promoção do conhecimento humano*, que despertaram intenso interesse em Goethe, levando-o a colaborar, até 1782, com o projeto dessa pretensa teoria científica.

[12] Albrecht Schöne aponta aqui um gracejo que pode ter passado desapercebido até para contemporâneos de Goethe. Instado a elaborar um parecer fisiognomônico a partir da silhueta de um desconhecido, Lavater concluiu: "o gênio primordial, o mais grandioso e criativo". Informado depois de que se tratava de um homicida, ele corrigiu o seu parecer: "a fisionomia de um monstro, o diabo encarnado", e se justificou: "Confesso que de início não pude perceber, pela simples silhueta, esse grau extremo do diabólico".

Am Brunnen

Na fonte

Ainda no século XVIII, os citadinos costumavam buscar água nas fontes comunitárias das ruas ou bairros, já que pouquíssimas casas tinham abastecimento próprio. Essas fontes constituíam-se assim em "centros de comunicação", onde circulavam notícias e boatos. Como mostra Goethe mediante a figura de Luisinha (*Lieschen*, no original), essas conversas junto à fonte exerciam também a função de controle sobre a vida alheia, de estigmatização social, como se dá aqui em relação à pequena Bárbara (*Bärbelchen*) — exemplo que, por sua vez, já prenuncia a exclusão social e a tragédia de Gretchen. Observe-se que os versos que esta pronuncia a caminho de casa, octossilábicos e em rima emparelhada, destacam-se com nitidez dos versos metricamente irregulares que configuram a conversa anterior com a indignada Luisinha.

Tanto esta cena como a seguinte já constavam da primeira versão da tragédia, e Bertolt Brecht, por ocasião da encenação do *Urfaust*, em 1952, no Berliner Ensemble, tematizou-as em dois poemas. O primeiro deles, em versos livres e estrofes irregulares, intitula-se "Luisinha e Gretchen na fonte": "Luisinha pela manhã tira água/ Da fonte. Gretchen chega cantarolando/ E coloca os baldes no chão.// Para ambas a fonte tem água./ Para todos uma fonte tem água.// Sentada sobre a mureta da fonte, Gretchen ouve// Pela boca de Luisinha, a história/ Da pequena Bárbara e seu namorado infiel.// Luisinha conta com maldade,/ Enquanto enche os baldes, que/ Bárbara agora alimenta dois/ Quando come ou quando bebe. Na água/ Da fonte o seu reflexo, vaidoso,/ Mira a maliciosa.// Gretchen não deve ter pena de Bárbara./ Chegou a vez dela. Ela tira água./ Sai de lá então com um olhar/ Preso à ponta dos pés". [M.V.M.]

AM BRUNNEN

(Gretchen und Lieschen mit Krügen)

LIESCHEN

Hast nichts von Bärbelchen gehört?

GRETCHEN

Kein Wort. Ich komm' gar wenig unter Leute.

LIESCHEN

Gewiß, Sibylle sagt' mir's heute!
Die hat sich endlich auch betört.
Das ist das Vornehmtun!

GRETCHEN

Wieso?

LIESCHEN

Es stinkt!
Sie füttert zwei, wenn sie nun ißt und trinkt.

GRETCHEN

Ach!   3.550

LIESCHEN

So ist's ihr endlich recht ergangen.
Wie lange hat sie an dem Kerl gehangen!
Das war ein Spazieren,
Auf Dorf und Tanzplatz Führen,
Mußt' überall die Erste sein,
Kurtesiert' ihr immer mit Pastetchen und Wein;
Bild't' sich was auf ihre Schönheit ein,
War doch so ehrlos, sich nicht zu schämen,

(Gretchen e Luisinha com jarras)

LUISINHA

Nada de Bárbara hás ouvido?

GRETCHEN

Não, nada. Vou tão pouco para a vila.

LUISINHA

Pois é, contou-mo hoje a Sibila![1]
Perdeu, enfim, juízo e sentido.
Vem da arrogância!

GRETCHEN

Como?

LUISINHA

Mata a fome[2]
De dois, agora, quando bebe e come.

GRETCHEN

Oh!

LUISINHA

Para ela é, afinal, bem feito.
Que tempos não andou com o tal sujeito!
Isso era só dança e recreio,
Risada, diversão, passeio,
Tinha de estar sempre na ponta,
Cortejava-a com vinho e doces; e ela, tonta,
A ter-se de beleza em conta,
Tão desregrada já, que, à fé,

[1] O nome da moça que contou a Luisinha sobre a gravidez de Bárbara é também o nome que se dava às antigas e lendárias profetisas, entre as quais Cassandra. Assim, os seus mexericos a respeito de Bárbara revelam-se como uma profecia daquilo que acontecerá a Gretchen.

[2] No original, o terceiro segmento deste verso diz: "Fede!" — isto é, a história da pequena Bárbara "fede", pois quando come e bebe, ela agora alimenta também a criança de que está grávida.

AM BRUNNEN

Geschenke von ihm anzunehmen.
War ein Gekos' und ein Geschleck';   3.560
Da ist denn auch das Blümchen weg!

GRETCHEN

Das arme Ding!

LIESCHEN

       Bedauerst sie noch gar!
Wenn unsereins am Spinnen war,
Uns nachts die Mutter nicht hinunterließ,
Stand sie bei ihrem Buhlen süß,
Auf der Türbank und im dunkeln Gang
Ward ihnen keine Stunde zu lang.
Da mag sie denn sich ducken nun,
Im Sünderhemdchen Kirchbuß' tun!

GRETCHEN

Er nimmt sie gewiß zu seiner Frau.   3.570

LIESCHEN

Er wär' ein Narr! Ein flinker Jung'
Hat anderwärts noch Luft genung.
Er ist auch fort.

GRETCHEN

       Das ist nicht schön!

LIESCHEN

Kriegt sie ihn, soll's ihr übel gehn.
Das Kränzel reißen die Buben ihr,
Und Häckerling streuen wir vor die Tür!

Presentes lhe aceitou, até.
Arrulho era e efusão de amor,
Até que enfim se foi a flor![3]

GRETCHEN

Coitada!

LUISINHA

Ainda tens pena dela?
Quando fiávamos na cela,
De noite a mãe nos tinha sempre ao lado,
Folgava ela com o namorado;
No umbral da porta, no vestíbulo sombrio,
Passavam voando horas, a fio.
Pois pague agora: em cilício se veja,
Fazendo expiação na igreja![4]

GRETCHEN

Decerto vai tomá-la por esposa.

LUISINHA

Só sendo tolo! um rapaz lesto
Alhures tem espaço, atesto.
Já anda longe.

GRETCHEN

É triste!

LUISINHA

Qual!
Pegando-o ainda, ela passa mal.
O povo arranca-lhe a grinalda e palha[5]
Moída ao pé de sua porta espalha.

[3] *Blümchen* ("florzinha"), no original, termo que no dicionário de Johann Cristoph Adelung, utilizado por Goethe, é definido como a "limpeza ou higiene mensal" (*monathliche Reinigung*), que não veio para Bárbara.

[4] *Kirchbuss'*, no original, prática de expressar publicamente, do alto do púlpito e diante de todos na igreja, o pedido de desculpa e absolvição daqueles que se uniram sexualmente antes do matrimônio. Somente após esse ritual os "pecadores" podiam então comungar, mas como os últimos da fila. Num escrito de 1780, intitulado *Considerações sobre a abolição da expiação na igreja*, Goethe defendeu, diante do Conselho Secreto de Weimar, a aplicação dessa prática apenas em relação a "transgressores" renitentes e incorrigíveis.

[5] Somente as moças virgens e irrepreensíveis podiam vestir véu e grinalda. Em caso contrário, o "povo" podia arrancar a grinalda à noiva e, em vez de flores, espalhar "palha moída" (*Häckerling*) diante da porta de sua casa.

AM BRUNNEN

(Ab)

GRETCHEN *(nach Hause gehend)*

Wie konnt' ich sonst so tapfer schmälen,
Wenn tät ein armes Mägdlein fehlen!
Wie konnt' ich über andrer Sünden
Nicht Worte gnug der Zunge finden!   3.580
Wie schien mir's schwarz, und schwärzt's noch gar,
Mir's immer doch nicht schwarz gnug war,
Und segnet' mich und tat so groß,
Und bin nun selbst der Sünde bloß!
Doch — alles, was dazu mich trieb,
Gott! war so gut! ach war so lieb!

(Sai)

GRETCHEN *(a caminho de casa)*

Quão rija era antes a ira minha,
Se errava alguma pobrezinha!
Como exprobrava a culpa alheia
Com valentia, a boca cheia!
E a enegrecia, em voz severa,
E negra assaz inda não me era,
E me ufanava, a fronte alta,
E agora estou na mesma falta!
Mas, tudo o que pra tal me trouxe,
Céus! foi tão bom! ah, foi tão doce!

Zwinger

Diante dos muros fortificados da cidade

No original esta cena intitula-se apenas *Zwinger*, que designava, segundo o dicionário de J. C. Adelung, o "estreito espaço entre a muralha da cidade e as casas". A imagem de devoção no nicho da muralha mostra a "Mãe dolorosa", tal como costumava ser representada levantando os olhos para o Filho agonizando na cruz. Estrofes diversificadas, formas métricas, rítmicas e rímicas cambiantes conferem aos versos de Margarida intensa expressão de inquietude emocional e angústia. As três primeiras estrofes apoiam-se no hino *Stabat Mater dolorosa*, composto por volta de 1300 por Jacopone de Todi. Os primeiros versos dessa sequência hínica, incorporada pela liturgia católica, dizem: *Stabat Mater dolorosa/ Juxta crucem lacrymosa/ Dum pendebat Filius* — "Estava a mãe dolorosa/ em lágrimas ao pé da cruz/ da qual pendia o Filho" (tradução de Paulo Rónai).

No original goethiano, os três primeiros versos repetem-se no final da canção e, com sutis variações que convertem essa prece de angústia na oração de bem-aventurança da penitente Margarida, retornarão no final do *Fausto II*, constituindo-se assim uma das mais expressivas correspondências entre as duas partes da tragédia. Na primeira edição do *Fausto I*, Jenny Klabin Segall manteve a recorrência, no final da canção, dos três versos iniciais: "Inclina,/ Ó Mãe das Dores, Mãe Divina,/ O ouvido a meu mortal transporte!".

Essa canção inspirou a Brecht, durante o trabalho de encenação do *Urfaust*, o poema (também em versos livres) "Inclina, ó tu dolorosa": "Em seu quarto, diante da pequenina/ Imagem da Madona ajoelha-se a angustiada/ Ajoelha-se a oprimida, ajoelha-se/ A grande pecadora atormentada.// Para Maria ergueu as mãos/ Mais uma vez a desesperada. Tal coisa/ Fazia já como criancinha, sempre/ Que se encontrava em tormento e aflição.// E a torturada pede a Maria, a suave/ Excelente intercessora, que a salve da vergonha/ E morte. Ela mesma plena de dores, colheu/ Pela manhã flores para a mãe dolorosa.// Em silêncio reza assim a açoitada./ Nenhum som em sua prece, como no coração/ Nenhuma esperança mais em Maria,/ A quem reza, apenas um costume que vem de longe". [M.V.M.]

ZWINGER

(In der Mauerhöhle ein Andachtsbild der Mater dolorosa, Blumenkrüge davor)

GRETCHEN *(steckt frische Blumen in die Krüge)*

Ach neige,
Du Schmerzenreiche,
Dein Antlitz gnädig meiner Not!

Das Schwert im Herzen,   3.590
Mit tausend Schmerzen
Blickst auf zu deines Sohnes Tod.

Zum Vater blickst du,
Und Seufzer schickst du
Hinauf um sein' und deine Not.

Wer fühlet,
Wie wühlet
Der Schmerz mir im Gebein?
Was mein armes Herz hier banget,
Was es zittert, was verlanget,   3.600
Weißt nur du, nur du allein!

Wohin ich immer gehe,
Wie weh, wie weh, wie wehe
Wird mir im Busen hier!
Ich bin, ach, kaum alleine,
Ich wein', ich wein', ich weine,
Das Herz zerbricht in mir.

Die Scherben vor meinem Fenster
Betaut' ich mit Tränen, ach,
Als ich am frühen Morgen   3.610
Dir diese Blumen brach.

Schien hell in meine Kammer
Die Sonne früh herauf,

DIANTE DOS MUROS FORTIFICADOS DA CIDADE

*(Numa gruta da parede, uma imagem santa da Mater Dolorosa,
com jarras de flores a guarnecê-la)*

GRETCHEN *(põe flores frescas dentro da jarra)*

> Inclina,
> Ó tu das Dores, Mãe Divina,[1]
> A meu penar tua alma luz!
>
> No seio a espada,
> Vês, traspassada,[2]
> Teu Filho morto sobre a Cruz.
>
> Transes mortais
> Envias, e ais
> Ao Pai do Céu por teu Jesus:
>
> Quem sente
> Que ardente
> Penar me abrasa, ah! quem?
> O que meu ser triste anseia,
> O que treme, o que pranteia,
> Só tu sabes, mais ninguém!
>
> Por onde ande, onde eu for,
> Que dor, que dor, que dor,
> Meu coração traspassa!
> Mal a sós me demoro,
> Eu choro, eu choro, eu choro,
> Meu peito se espedaça.
>
> As flores na janela[3]
> De lágrimas cobri,
> Quando de madrugada,
> As apanhei pra ti.
>
> Quando o sol me alumia
> Cedo o quartinho estreito,

[1] Gretchen suplica à mãe de Deus que baixe os olhos, voltados ao Crucificado e aos céus, para a sua oração junto ao nicho da muralha. No original, Goethe estabelece uma rima entre *neige* ("inclina"), com o "g" sendo pronunciado como "ch" na fala de Frankfurt, e *Schmerzenreiche*: "plena de dores", a Mater Dolorosa. (Em outros momentos do *Fausto*, Goethe também cria rimas entre o alemão culto e a pronúncia dialetal da Saxônia.)

[2] Um pensamento imagético difundido sobretudo pela sequência *Stabat Mater dolorosa*, subjacente à prece de Gretchen, e que remonta à profecia (*Lucas*, 2: 35) que Simeão faz a Maria: "— e a ti, uma espada traspassará tua alma!".

[3] "Flores" correspondem no original a *Scherben*, com o significado atual de "cacos", "estilhaços", mas que no século XVIII designavam, conforme definição do dicionário de Adelung, "um recipiente de barro ou porcelana onde se colocam flores".

ZWINGER

Saß ich in allem Jammer
In meinem Bett schon auf.

Hilf! rette mich von Schmach und Tod!
Ach neige,
Du Schmerzenreiche,
Dein Antlitz gnädig meiner Not!

Sentada em agonia
Me encontra, já, no leito.

Da morte, ah! salva-me! do horror!
Inclina,
Ó Mãe Divina,
Clemente olhar a meu dolor!

Nacht

Noite

A primeira versão da tragédia contém apenas alguns fragmentos desta cena, mas pospostos às exéquias para a mãe de Gretchen, na cena "Catedral". Ao redigir a versão definitiva para o *Fausto I*, nos primeiros meses de 1806, Goethe antecipa a morte de Valentim, conferindo assim maior expressividade aos remorsos e tormentos que acometem Gretchen durante a missa na catedral. Assumindo o clássico papel de hipócrita e farisaico "pai de família" — bastante difundido em dramas do final do século XVIII, como em *Cabala e amor* (1784), de Friedrich Schiller — Valentim amaldiçoa publicamente a irmã, expondo-a assim à estigmatização social que a constrangerá por fim ao infanticídio.

Marcada pela oscilação dos tempos verbais ("me achava", "exaltava", "escuto e apalmo") e por uma sintaxe que no original alemão soa por vezes estranha, a fala de Valentim sugere que a sua aparição ocorre aqui em estado de embriaguez. Como observa Hans Arens em seus comentários ao *Fausto I*, publicados em 1982, a cena "Noite" vai ganhando uma crescente estrutura operística: após a "ária" cantada por Mefistófeles com acompanhamento de cítara (*Zither*), Valentim avança sobre Fausto e Mefisto com a sua espada e, mortalmente ferido, dispõe as pessoas ao seu redor, pronuncia as suas patéticas palavras e "morre com um grande acorde final da orquestra imaginária". [M.V.M.]

NACHT

(Straße vor Gretchens Türe)

VALENTIN *(Soldat, Gretchens Bruder)*

Wenn ich so saß bei einem Gelag,   3.620
Wo mancher sich berühmen mag,
Und die Gesellen mir den Flor
Der Mägdlein laut gepriesen vor,
Mit vollem Glas das Lob verschwemmt —
Den Ellenbogen aufgestemmt
Saß ich in meiner sichern Ruh',
Hört' all dem Schwadronieren zu,
Und streiche lächelnd meinen Bart,
Und kriege das volle Glas zur Hand
Und sage: Alles nach seiner Art!   3.630
Aber ist eine im ganzen Land,
Die meiner trauten Gretel gleicht,
Die meiner Schwester das Wasser reicht?
Topp! Topp! Kling! Klang! das ging herum;
Die einen schrieen: Er hat recht,
Sie ist die Zier vom ganzen Geschlecht!
Da saßen alle die Lober stumm.
Und nun! — um's Haar sich auszuraufen
Und an den Wänden hinaufzulaufen! —
Mit Stichelreden, Naserümpfen   3.640
Soll jeder Schurke mich beschimpfen!
Soll wie ein böser Schuldner sitzen,
Bei jedem Zufallswörtchen schwitzen!
Und möcht' ich sie zusammenschmeißen,
Könnt' ich sie doch nicht Lügner heißen.

Was kommt heran? Was schleicht herbei?
Irr' ich nicht, es sind ihrer zwei.
Ist er's, gleich pack' ich ihn beim Felle,
Soll nicht lebendig von der Stelle!

NOITE

(Rua em frente à porta de Gretchen)

VALENTIM *(soldado, irmão de Gretchen)*

Quando se me achava nalguma festança,
Em que mais de um cai na gabança,
E a companhia, com clamor,
Das jovens exaltava a flor,
Sentado, eu, firme, em vinho imersas,
Fanfarronices e conversas,
Seguro e com orgulho calmo,
Toda a bazófia escuto e apalmo
Sorrindo a barba, a olhar à roda,
E com o copo cheio em mão
Digo: cada um à sua moda!
Mas uma só há na região,
Que iguale a Margarida minha,
Que aos pés me chegue da irmãzinha?
"Viva! Saúde! Tem razão!"[1]
Gritavam uns e outros, em torno,
"Do sexo inteiro ela é o adorno!"
Calava-se o maior gabão.
E agora!... é de endoidar, no duro!
Dar com a cabeça contra um muro!
Com mofas, troça, e mais que o valha,
Insultar-me-á qualquer canalha!
Devo calar-me com despeito,
A cada chiste em suor desfeito!
E se estraçoasse o bando todo,
Não posso refutar-lhe o lodo.[2]

Quem anda ali? quem chega perto?
Vêm vindo dois, se vejo certo.
Sendo ele, agarro-o já, num ai,
Vivo é que daqui não me sai!

[1] *Topp! Topp! Kling! Klang!*, no original, conotando o fechamento de uma aposta e a sua celebração com brindes.

[2] "Lodo" não tem aqui o sentido de "mentira", mas — infelizmente para o presumido senso de justiça de Valentim — de "verdade". No original, ele diz: "Não poderia contudo chamar-lhes mentirosos".

NACHT

(Faust. Mephistopheles)

FAUST

Wie von dem Fenster dort der Sakristei   3.650
Aufwärts der Schein des ew'gen Lämpchens flämmert
Und schwach und schwächer seitwärts dämmert,
Und Finsternis drängt ringsum bei!
So sieht's in meinem Busen nächtig.

MEPHISTOPHELES

Und mir ist's wie dem Kätzlein schmächtig,
Das an den Feuerleitern schleicht,
Sich leis' dann um die Mauern streicht;
Mir ist's ganz tugendlich dabei,
Ein bißchen Diebsgelüst, ein bißchen Rammelei.
So spukt mir schon durch alle Glieder   3.660
Die herrliche Walpurgisnacht.
Die kommt uns übermorgen wieder,
Da weiß man doch, warum man wacht.

FAUST

Rückt wohl der Schatz indessen in die Höh',
Den ich dort hinten flimmern seh?

MEPHISTOPHELES

Du kannst die Freude bald erleben,
Das Kesselchen herauszuheben.
Ich schielte neulich so hinein,
Sind herrliche Löwentaler drein.

FAUST

Nicht ein Geschmeide? nicht ein Ring?   3.670
Meine liebe Buhle damit zu zieren?

NOITE

(Fausto, Mefistófeles)

FAUSTO

> Como dos vidros, lá, da sacristia,
> Para o alto a eterna lâmpada vislumbra,
> E ao lado expira na penumbra,
> E em torno a escuridão se amplia,
> Assim soturno sinto o peito.

MEFISTÓFELES

> Sou eu como o gatinho estreito,[3]
> Que por escadas escorrega,
> De manso em paredões se esfrega;
> Virtude assaz naquilo sinto,
> De roubo e de luxúria algum discreto instinto.
> A esplêndida noitada, assim,
> Já de Valpúrgis sinto em mim.
> Torna ela depois de amanhã,
> Pois não será vigília vã!

FAUSTO

> Sobe o tesouro, entanto? Vejo[4]
> Fulgir de longe o seu chamejo.

MEFISTÓFELES

> Em breve, o gosto auferirás,
> De retirar a caldeirinha.
> Adentro espiei-lhe, dias faz,
> E que ducados não continha!

FAUSTO

> Nem um anel ou broche, um brinde
> Com que meu bem se enfeite e alinde?

[3] *Kätzlein schmächtig*, no original. No contexto dessa fala de Mefistófeles, o adjetivo *schmächtig* tem menos o sentido de "franzino", como opta a tradutora ("estreito"), como um sentido derivado do verbo *schmachten*, "languir", "anelar" ou "suspirar por algo". Mefisto está exprimindo sua alegria pela aproximação da Noite de Valpúrgis, que coincide, no hemisfério Norte, com a chegada da primavera. Assim como essa estação marca a época do acasalamento dos gatos, muitos bruxos e feiticeiras aparecerão para a sua festa orgiástica sob a fantasia desses felinos.

[4] Mais uma vez, Fausto deseja levar um presente ("um mimo") a Margarida e alude assim à lenda de um "tesouro" que se alçava refulgente do interior da terra.

NACHT

MEPHISTOPHELES

Ich sah dabei wohl so ein Ding,
Als wie eine Art von Perlenschnüren.

FAUST

So ist es recht! Mir tut es weh,
Wenn ich ohne Geschenke zu ihr geh'.

MEPHISTOPHELES

Es sollt' Euch eben nicht verdrießen,
Umsonst auch etwas zu genießen.
Jetzt, da der Himmel voller Sterne glüht,
Sollt Ihr ein wahres Kunststück hören:
Ich sing' ihr ein moralisch Lied,   3.680
Um sie gewisser zu betören.

(Singt zur Zither)

Was machst du mir
Vor Liebchens Tür,
Kathrinchen, hier
Bei frühem Tagesblicke?
Laß, laß es sein!
Er läßt dich ein,
Als Mädchen ein,
Als Mädchen nicht zurücke.

Nehmt euch in acht!   3.690
Ist es vollbracht,
Dann gute Nacht,
Ihr armen, armen Dinger!
Habt ihr euch lieb,
Tut keinem Dieb
Nur nichts zu Lieb',
Als mit dem Ring am Finger.

NOITE

MEFISTÓFELES

Vi algo, sim, como colar
De pérolas a vislumbrar.

FAUSTO

Bom! isso sim! sempre o lastimo,
Quando vou vê-la sem um mimo.

MEFISTÓFELES

Não sei por que vos pesa à mente
Gozar algo gratuitamente.
Mas, hoje, ouvir-me-eis obra real de artista,
Já que, estrelado, o céu cintila:
Canto-lhe um fado moralista,[5]
Pra mais depressa seduzi-la.

(Canta com acompanhamento da guitarra)

Do umbral, responde!
Que ali te esconde,
Cat'rininha, aonde,
Tão cedo, aonde é que vais?
Filha, cautela!
Ele abre a cela,
Entras donzela,
Donzela já não sais.

Tem juízo, tem!
Ele te obtém,
E... passa bem!
Adeus, amor, folguedo!
Não deves, não,
Dar a um ladrão
Mercês, senão
Com a aliança já no dedo.

[5] Certamente um cinismo de Mefistófeles, pois a "canção moralista" (*moralisch Lied*) que ele se propõe a cantar tem a função única de voltar a seduzir Gretchen, dessa vez ainda "mais depressa". Goethe "plagia" aqui alguns versos entoados por Ofélia no *Hamlet* (IV, 5): *Tomorrow is Saint Valentine's day/ [...]/ Let in the maid, that out a maid/ Never departed more*. Reforça-se assim a sugestão de uma correspondência entre o grupo Fausto-Margarida-Valentim e as personagens shakespearianas Hamlet-Ofélia-Laertes. Numa conversa com Eckermann datada de 18 de janeiro de 1825, Goethe defende o direito do escritor de fazer

NACHT

VALENTIN *(tritt vor)*

Wen lockst du hier? beim Element!
Vermaledeiter Rattenfänger!
Zum Teufel erst das Instrument!   3.700
Zum Teufel hinterdrein den Sänger!

MEPHISTOPHELES

Die Zither ist entzwei! an der ist nichts zu halten.

VALENTIN

Nun soll es an ein Schädelspalten!

MEPHISTOPHELES *(zu Faust)*

Herr Doktor, nicht gewichen! Frisch!
Hart an mich an, wie ich Euch führe.
Heraus mit Eurem Flederwisch!
Nur zugestoßen! ich pariere.

VALENTIN

Pariere den!

MEPHISTOPHELES

     Warum denn nicht?

VALENTIN

Auch den!

MEPHISTOPHELES

     Gewiß!

Noite

VALENTIM *(surgindo-lhe à frente)*

A quem atrais com a zanguizarra?
Maldito, torpe sedutor!
Para o diabo, antes, a guitarra!
Ao diabo, após, o cantador!

MEFISTÓFELES

Foi-se a guitarra! já não tem conserto.

VALENTIM

E agora o crânio, passo a moer-to![6]

MEFISTÓFELES *(a Fausto)*

Senhor doutor, sus! com despacho!
Conduzo eu! junto a mim, meu caro!
Vamos, pra fora com o penacho![7]
Sobre ele, aí! anda! eu aparo.

VALENTIM

Apara-me este!

MEFISTÓFELES

E como, em cheio!

VALENTIM

E este!

MEFISTÓFELES

Decerto!

empréstimos junto a outras obras literárias (como ele próprio fôra "plagiado" por Lord Byron e Walter Scott): "Assim, o meu Mefistófeles canta uma canção de Shakespeare. E por que ele não o deveria? Por que eu deveria dar-me ao trabalho de inventar uma canção própria se a de Shakespeare veio a calhar e disse exatamente o que precisava ser dito?". E, à continuação: "Se, por isso, a exposição do meu *Fausto* tem alguma semelhança com a do *Livro de Jó*, isso é inteiramente correto e, portanto, as pessoas deveriam antes louvar-me do que censurar-me".

[6] Depreende-se dessas palavras que Valentim está empunhando uma espada maciça e pesada, um "montante", que era brandido com ambas as mãos. Ainda que com a ajuda de Mefistófeles, Fausto agirá aqui em legítima defesa.

[7] *Flederwisch*, no original, espécie de "espanador" ou "penacho", designação jocosa para uma espada portada mais como enfeite.

NACHT

VALENTIN

Ich glaub', der Teufel ficht!
Was ist denn das? Schon wird die Hand mir lahm.   3.710

MEPHISTOPHELES *(zu Faust)*

Stoß zu!

VALENTIN *(fällt)*

O weh!

MEPHISTOPHELES

Nun ist der Lümmel zahm!
Nun aber fort! Wir müssen gleich verschwinden:
Denn schon entsteht ein mörderlich Geschrei.
Ich weiß mich trefflich mit der Polizei,
Doch mit dem Blutbann schlecht mich abzufinden.

MARTHE *(am Fenster)*

Heraus! Heraus!

GRETCHEN *(am Fenster)*

Herbei ein Licht!

MARTHE *(wie oben)*

Man schilt und rauft, man schreit und ficht.

VOLK

Da liegt schon einer tot!

MARTHE *(heraustretend)*

Die Mörder, sind sie denn entflohn?

VALENTIM

       É o diabo, creio!
Mas que é isso? já se me entorpece o braço!

MEFISTÓFELES *(a Fausto)*

Toca!

VALENTIM *(cai)*

    Ai de mim!

MEFISTÓFELES

       Está manso o mandraço!
Mas vem! fuja-se antes do alarme,
Já surge um barulho infernal;
Sei com a polícia acomodar-me,
Mas não com o foro criminal.[8]

MARTA *(à janela)*

Socorro aqui!

GRETCHEN *(à janela)*

     Venha uma luz!

MARTA *(como acima)*

Esgrimem, lutam, gritam! Cruz!

POVO

Jaz um aqui, que já morreu!

MARTA *(saindo de casa)*

Fugiu o assassino, então?

[8] *Blutbann*, no original, espécie de jurisdição para crimes mais graves (envolvendo o derramamento de "sangue", *Blut*) e que pronunciava sentenças de morte. Sobre esta instância Mefistófeles afirma não ter poder, mas saberia arranjar-se com a "polícia" — *Polizei*, no original —, que também pode estar significando, como a antiga palavra portuguesa, o "conjunto das leis e regras impostas ao cidadão para assegurar a moral, a ordem e a segurança públicas".

NACHT

GRETCHEN *(heraustretend)*

Wer liegt hier?

VOLK

Deiner Mutter Sohn. 3.720

GRETCHEN

Allmächtiger! welche Not!

VALENTIN

Ich sterbe! das ist bald gesagt
Und bälder noch getan.
Was steht ihr Weiber, heult und klagt?
Kommt her und hört mich an!

(Alle treten um ihn)

Mein Gretchen, sieh! du bist noch jung,
Bist gar noch nicht gescheit genung,
Machst deine Sachen schlecht.
Ich sag' dir's im Vertrauen nur:
Du bist doch nun einmal eine Hur'; 3.730
So sei's auch eben recht.

GRETCHEN

Mein Bruder! Gott! Was soll mir das?

VALENTIN

Laß unsern Herrgott aus dem Spaß.
Geschehn ist leider nun geschehn,
Und wie es gehn kann, so wird's gehn.
Du fingst mit einem heimlich an,
Bald kommen ihrer mehre dran,

GRETCHEN *(saindo)*

Quem jaz aqui?

POVO

É o teu irmão.[9]

GRETCHEN

Que mortal transe! Jesus meu!

VALENTIM

Eu morro! isso se diz num ai,
E mais depressa é sucedido.
Mulheres, choros e ais calai.
E vinde dar-me ouvido!

(Acercam-se todos dele)

Vê, Gretchen, nova ainda és, desperta!
Ainda não és bastante esperta,
No ofício andas sem zelo.
Só to digo em segredo: escuta!
Já que és mesmo uma prostituta,[10]
Vai, trata então de sê-lo!

GRETCHEN

Que dizes! mano meu! por Cristo!

VALENTIM

Deixa o Senhor por fora disto.
O que está feito, feito está,
E assim como puder, irá.
Com um meteste-te em segredo,
Hão de seguir mais outros, cedo,

[9] "É o filho da tua mãe", diz-se literalmente no original, em provável correspondência com versos (traduzidos por Goethe) do *Cântico dos cânticos*, em que a amada diz: "Os filhos da minha mãe se voltaram contra mim".

[10] Exposta à estigmatização social e sob pressão material, uma moça desonrada e abandonada era via de regra constrangida, de maneira inexorável, à prostituição.

NACHT

Und wenn dich erst ein Dutzend hat,
So hat dich auch die ganze Stadt.

Wenn erst die Schande wird geboren, 3.740
Wird sie heimlich zur Welt gebracht,
Und man zieht den Schleier der Nacht
Ihr über Kopf und Ohren;
Ja, man möchte sie gern ermorden.
Wächst sie aber und macht sich groß,
Dann geht sie auch bei Tage bloß,
Und ist doch nicht schöner geworden.
Je häßlicher wird ihr Gesicht,
Je mehr sucht sie des Tages Licht.

Ich seh' wahrhaftig schon die Zeit, 3.750
Daß alle brave Bürgersleut',
Wie von einer angesteckten Leichen,
Von dir, du Metze! seitab weichen.
Dir soll das Herz im Leib verzagen,
Wenn sie dir in die Augen sehn!
Sollst keine goldne Kette mehr tragen!
In der Kirche nicht mehr am Altar stehn!
In einem schönen Spitzenkragen
Dich nicht beim Tanze wohlbehagen!
In eine finstre Jammerecken 3.760
Unter Bettler und Krüppel dich verstecken
Und, wenn dir dann auch Gott verzeiht,
Auf Erden sein vermaledeit!

MARTHE

Befehlt Eure Seele Gott zu Gnaden!
Wollt Ihr noch Lästrung auf Euch laden?

VALENTIN

Könnt' ich dir nur an den dürren Leib,
Du schändlich kupplerisches Weib!

420

E tendo-te dez à vontade,
Ter-te-á, também, toda a cidade.

Quando, de início, a infâmia nasce,
Trazem-na ocultamente ao mundo,
E põem-lhe o manto mais profundo
Da noite sobre o ouvido e a face;
Matar-na-iam, até, com gosto.
Mas, quando fica alta e crescida,
Também de dia anda despida,
Sem que se lhe embeleze o rosto.
E quanto mais cresce em feiura,
A luz do dia mais procura.

Já vejo o tempo, francamente,
Em que todo burguês decente,
Qual de um cadáver roto e infecto,
Fugir-te-á, marafona, o aspecto![11]
Vai se gelar teu coração,
Quando encontrares seu olhar!
Na igreja não te deixarão
Chegar aos pés do santo altar!
Com colar de ouro e flor na trança,[12]
Já não te alegrarás na dança!
Em negros antros e jazigos
Hás de ocultar-te entre mendigos;
E se o Céu te outorgar mercê,
Maldita sobre a terra sê!

MARTA

Ponde a alma em mãos do Pai Supremo!
Quereis morrer como blasfemo?

VALENTIM

Pudesse estraçalhar-te a ossada,
Alcoviteira amaldiçoada!

[11] Amaldiçoando a irmã publicamente como "meretriz" (ou "marafona"), Valentim diz que todos os burgueses honrados desviarão dela o rosto (ou o "aspecto") como de um cadáver infectado pela peste.

[12] Referência às prescrições que vetavam às prostitutas (assim como às moças de baixa extração social) o uso de colares de ouro ou mesmo dourados.

NACHT

Da hofft’ ich aller meiner Sünden
Vergebung reiche Maß zu finden.

GRETCHEN

Mein Bruder! Welche Höllenpein! 3.770

VALENTIN

Ich sage, laß die Tränen sein!
Da du dich sprachst der Ehre los,
Gabst mir den schwersten Herzensstoß.
Ich gehe durch den Todesschlaf
Zu Gott ein als Soldat und brav.

(Stirbt)

Veria, então, os meus pecados
Em tudo ricamente expiados.

GRETCHEN

Meu mano! que infernal tormento!

VALENTIM

Repito, deixa ais e lamento!
Quando pisaste a honra no chão,
É que me abriste o coração.
Morrendo, eu entro para o Além,
Como soldado e homem de bem.[13]

(Morre)

[13] A respeito do desenlace desta cena, Ernst Beutler escreve: "Com a morte de Valentim, Gretchen perde, exatamente no momento em que mais necessita de ajuda, os seus únicos protetores: o amado e, ao mesmo tempo, o irmão. Fausto foge como assassino. O irmão tomba em defesa de Gretchen ou, muito mais, de sua própria respeitabilidade. De modo algum tão honrado como presume ser, ao morrer ele estigmatiza a própria irmã [...] como meretriz e, com essa traição, empurra-a mais profundamente para a desgraça. Gretchen está só, proscrita, exposta a tudo e a todos". Vale lembrar que Thomas Mann tomou o título ("Como soldado e homem de bem") do capítulo da *Montanha mágica* que narra a morte de Joachim Ziemssen, primo do herói Hans Castorp e também soldado, ao verso que Valentim pronuncia antes de expirar.

Dom

Catedral

Somente a primeira versão da tragédia deixa explícito que se trata aqui da missa pela alma da mãe de Gretchen, envenenada pelo "sonífero" que proporcionou a Fausto o acesso noturno ao quarto da filha. Como já apontado, no *Urfaust* esta cena antecede o duelo entre Fausto e Valentim, o que, se por um lado a torna menos expressiva em si (uma vez que ao desespero de Gretchen na catedral ainda não se soma a morte do irmão), confere por outro lado crescente intensidade dramática à sequência "Fonte", "Diante dos muros fortificados da cidade", "Catedral".

Enquanto as falas de Gretchen e do "Espírito mau" se articulam em versos não rimados e em ritmo livre, as estrofes latinas do coro ecoam em andamento rasante, firmemente "amarradas" pelo ritmo, métrica e rima. Goethe retirou essas estrofes do hino composto pelo franciscano Tomás de Celano (aproximadamente entre 1190 e 1260) e que desde então passou a integrar o "ofício dos mortos" (ou a "sequência do dia de Finados"). Das dezoito estrofes que compõem o hino *Dies irae, dies illa*, Goethe aproveitou apenas três (justamente aquelas que falam da angústia e do desespero do pecador em face do Juízo Final), deixando de lado as estrofes que apelam à misericórdia divina e imploram a remissão dos pecados. Embora tenha crescido num ambiente luterano, Goethe interessou-se desde jovem pelo catolicismo e, como rememora em sua autobiografia *Poesia e verdade*, familiarizou-se com "a fé, os costumes e as relações internas e externas da Igreja mais antiga" mediante o contato estreito com famílias católicas e com o superintendente da Catedral de Frankfurt.

Quanto ao "Espírito mau", é importante observar ainda que a sua aparição não se dá sob o comando de Mefistófeles, mas parece configurar-se antes como projeção dos remorsos e da má consciência da "pecadora" — uma criação psíquica que se autonomiza e surge "por detrás de Gretchen".

No romance *O adolescente* (terceira parte, 5º capítulo), Dostoiévski faz o seu personagem Trichátov comentar esta cena "Catedral" como uma ópera baseada no entrelaçamento (e duelo) de diferentes vozes: a de Gretchen, a dos hinos medievais, e a do "Espírito mau", poderoso "tenor" que vai se impondo num *crescendo* e acaba por esmagar a moça "como um grito do universo inteiro".

E vale lembrar mais uma vez que, em maio de 1949, Bertolt Brecht anotou no seu *Diário de trabalho*, em relação à cena "Catedral", que não seria difícil "encená-la como espécie de execução espiritual e física de Gretchen, levada a cabo pela Igreja, e sobretudo como execução moral, já que ela é incitada aqui ao homicídio". [M.V.M.]

DOM

(Amt, Orgel und Gesang)

(Gretchen unter vielem Volke. Böser Geist hinter Gretchen)

BÖSER GEIST

Wie anders, Gretchen, war dir's,
Als du noch voll Unschuld
Hier zum Altar tratst,
Aus dem vergriffnen Büchelchen
Gebete lalltest,   3.780
Halb Kinderspiele,
Halb Gott im Herzen!
Gretchen!
Wo steht dein Kopf?
In deinem Herzen
Welche Missetat?
Betst du für deiner Mutter Seele, die
Durch dich zur langen, langen Pein hinüberschlief?
Auf deiner Schwelle wessen Blut?
— Und unter deinem Herzen   3.790
Regt sich's nicht quillend schon
Und ängstet dich und sich
Mit ahnungsvoller Gegenwart?

GRETCHEN

Weh! Weh!
Wär' ich der Gedanken los,
Die mir herüber und hinüber gehen
Wider mich!

CHOR

Dies irae, dies illa
Solvet saeclum in favilla.

(Orgelton)

(Ofício divino, órgão e canto)

(Gretchen no meio do povo. Espírito Mau por detrás de Gretchen)

ESPÍRITO MAU

> Quão outra, Gretchen, te sentias,
> Quando ainda plena de inocência
> Deste altar santo te acercavas,
> A balbuciar do livro gasto
> As orações,
> Em parte folgas infantis,
> Em parte Deus no coração!
> Gretchen!
> Tua cabeça, onde anda?
> No coração
> Tens que delito?
> Pela alma de tua mãe oras
> Que adormeceu por ti a interminável pena?[1]
> De quem o sangue em teu umbral?[2]
> E, borbulhante, já não se move algo
> Sob o teu coração,
> E te angustia, a ti e a si,
> Com existência pressagiosa?[3]

GRETCHEN

> Ai de mim! ai!
> Como fugir dos pensamentos,
> Que me andam, contra mim,
> De cá, de lá!

CORO

> *Dies irae, dies illa,*
> *Solvet saeclum in favilla.*[4]

(Sons de órgão)

[1] A "longa, longa pena", no original; referência à estada de purificação no Purgatório para as pessoas que faleceram sem os sacramentos (e, portanto, sem terem os pecados absolvidos).

[2] Evidentemente o sangue de Valentim, cuja morte o "Espírito mau" atribui também a Gretchen.

[3] Esses versos dão a entender que a criança no ventre de Gretchen já estaria pressentindo a ameaça de infanticídio.

[4] "O dia da cólera, aquele dia,/ Dissolverá o mundo em cinzas". São versos da primeira estrofe do hino, traduzida da seguinte forma por Alphonsus de Guimaraens: "Oh! dia de ira, aquele dia!/ Di-lo Davi, e a Pitonisa:/ Revolve o mundo em cinza fria".

BÖSER GEIST

Grimm faßt dich!   3.800
Die Posaune tönt!
Die Gräber beben!
Und dein Herz,
Aus Aschenruh
Zu Flammenqualen
Wieder aufgeschaffen,
Bebt auf!

GRETCHEN

Wär' ich hier weg!
Mir ist, als ob die Orgel mir
Den Atem versetzte,   3.810
Gesang mein Herz
Im Tiefsten löste.

CHOR

Judex ergo cum sedebit,
Quidquid latet adparebit,
Nil inultum remanebit.

GRETCHEN

Mir wird so eng!
Die Mauernpfeiler
Befangen mich!
Das Gewölbe
Drängt mich! — Luft!   3.820

BÖSER GEIST

Verbirg dich! Sünd' und Schande
Bleibt nicht verborgen.
Luft? Licht?
Weh dir!

ESPÍRITO MAU

Furor te agarra!
Troa a trombeta!
Sepulcros tremem!
E das dormentes cinzas,
Para infernais tormentos
Já ressurgido,[5]
Teu coração
Palpita, freme!

GRETCHEN

Visse-me eu longe!
Sinto os sons do órgão
A me estacar o alento,
Canto a premir-me
No mais profundo o coração.

CORO

Judex ergo cum sedebit,
Quidquid latet adparebit,
Nil inultum remanebit.[6]

GRETCHEN

Que abafo sinto!
Sufocam-me
Estas pilastras!
A abóbada
Me oprime!... Ar!

ESPÍRITO MAU

Oculta-te! Pecado e opróbrio
Jamais se ocultam!
Ar? Luz?
Mísera, tu!

[5] Isto é, ressuscitado pela "trombeta" do Juízo Final para a eterna danação no fogo do Inferno (os "tormentos infernais"). O "Espírito mau" explicita assim o conteúdo de algumas estrofes da sequência *Dies irae, dies illa.*

[6] Sexta estrofe da sequência: "Quando o Juiz sentar-se para o julgamento/ Tudo o que estiver oculto, aparecerá:/ Nada ficará impune". Na elaborada tradução de Alphonsus de Guimaraens: "E Aquele que os mortos reúne/ Há de julgar o que se esconde,/ E nada ficará impune".

DOM

CHOR

Quid sum miser tunc dicturus?
Quem patronum rogaturus?
Cum vix justus sit securus.

BÖSER GEIST

Ihr Antlitz wenden
Verklärte von dir ab.
Die Hände dir zu reichen,
Schauert's den Reinen.
Weh!

CHOR

Quid sum miser tunc dicturus?

GRETCHEN

Nachbarin! Euer Fläschchen! —

(Sie fällt in Ohnmacht)

CORO

> *Quid sum miser tunc dicturus?*
> *Quem patronum rogaturus?*
> *Cum vix justus sit securus.*[7]

ESPÍRITO MAU

Almas glorificadas
Desviam de ti seu semblante,
Oferecer-te as mãos
Aos Puros arrepia.
Ai de ti, ai!

CORO

> *Quid sum miser tunc dicturus?*

GRETCHEN

Vizinha! os vossos sais![8]

(Cai sem sentidos)

[7] Sétima estrofe da sequência: "O que eu, mísero, direi então?/ A quem suplicar como intercessor?/ Se mesmo o justo não está seguro?". Na tradução de Alphonsus de Guimaraens: "Que direi ante o Trono augusto?/ Só tu, com as tuas vestes alvas/ Não sofrerás, Alma do Justo!".

[8] Margarida solicita à sua vizinha no banco da igreja o seu "frasquinho" (*Fläschen*) com sais, isto é, o "pequeno frasco de cheirar" usado em casos de desmaio, muito frequentes no século XVIII. Para a encenação de 1829 no Teatro de Weimar, este verso foi alterado, com o consentimento de Goethe, para: "Vizinha! Estou com vertigens!". Segundo Albrecht Schöne, procurou-se evitar assim que o desmaio fosse entendido apenas como sintoma da gravidez (quando tem a ver muito mais com a angústia em que a moça se encontra).

Walpurgisnacht

Noite de Valpúrgis

No final da cena "A cozinha da bruxa" encontra-se a primeira referência antecipatória à "Noite de Valpúrgis": "E se algo queres pelo teu serviço,/ Ser-te-á em Valpúrgis por mim pago". Com estas palavras de Mefistófeles, dirigidas à bruxa que ministrara a poção rejuvenescedora a Fausto, explicita-se um vínculo entre as duas cenas situadas inteiramente na esfera demoníaca, as quais emolduram a história de amor de Gretchen, conduzida em seguida a seu trágico desfecho.

A "Noite de Valpúrgis" tem uma gênese intrincada e intermitente, que se estende entre 1797 e 1805 — não consta, portanto, nem do *Urfaust* nem do *Fragmento* publicado em 1790. Como registrado nos arquivos da Biblioteca de Weimar, em 1801 Goethe retirou vários livros sobre demonologia e feitiçaria, que lhe forneceram subsídios para a configuração desta cena. São livros de baixa qualidade estética, com toscas ilustrações de reuniões de bruxas, feiticeiros e demônios, geralmente com Satã ocupando a posição central e uma bruxa beijando o seu traseiro. Conforme demonstram comentadores do *Fausto*, Goethe baseou-se especialmente numa gravura em cobre de meados do século XVII, de autoria de Michael Herr, intitulada *Verdadeiro esboço e representação da festa amaldiçoada e ímpia dos feiticeiros*.

A indicação "Noite de Valpúrgis" remete à data de 1º de maio, em que a Igreja católica comemora o dia de Santa Valpúrgis, nascida na Inglaterra por volta do ano de 710 e falecida na Alemanha em 779. Segundo uma lenda popular do Harz (norte da Alemanha), onde Goethe situa a cena, na madrugada de 30 de abril para 1º de maio, seres demoníacos reuniam-se no cume da montanha mais alta dessa região (o *Brocken* ou, mais coloquialmente, *Blocksberg*, com 1.142 metros) para promover um culto orgiástico a Satã. Fausto é conduzido assim, "pela esfera da magia e do sonho", a um terreno em que impera soberanamente o elemento satânico-mefistofélico, com a densa rede de conotações sexuais que Goethe procurou plasmar mediante uma plenitude "orgiástica" de sons e ritmos cambiantes, mesclados com uma profusão caótica de imagens e temas: no início, uma visão vigorosa e anímica da natureza; em seguida, a figuração da montanha que resplandece em seus veios de metal, o sortilégio noturno das florestas, e, por fim, o desdobramento das cenas com toda uma legião de entes fantasmagóricos e réprobos. À movimentação tresloucada dessas cenas nórdicas de "Valpúrgis" — espécie de "ópera" grotesca em que as falas das personagens misturam-se com trechos cantados (coros e semicoros das bruxas, o canto alternado inicial) — Goethe irá contrapor, no *Fausto II*, a "Noite de Valpúrgis clássica", envolta numa atmosfera meridional de serenidade e encanto para a celebração da beleza e de Eros.

Em meados de 1808, numa conversa com seu amigo Johannes Daniel Falk (1768--1826), Goethe referiu-se pela primeira vez a um "saco de Valpúrgis" (*Walpurgissack*), "destinado a acolher alguns poemas intimamente relacionados às cenas de bruxas no *Fausto*, quando não ao próprio Blocksberg". Dava a entender assim que originalmente a "Noite de Valpúrgis" se estendia para além dos limites configurados na versão "canônica" do *Fausto I*: na verdade, englobava ainda a ascensão de Fausto e Mefistófeles até o topo da montanha, onde a cena atingia o seu ponto culminante, com as reverências prestadas a Satanás, audiências e "homilias", e por fim o culto propriamente satânico, com grotescas e caóticas orgias sexuais que, para Fausto, encontrariam todavia o seu ponto de viragem na "aparição" de Margarida no patíbulo, pronta para a execução.

Para o mencionado "saco de Valpúrgis" migraram portanto as passagens que, seja por escrúpulos de autocensura, seja por razões internas à tragédia, foram excluídas da versão publicada em 1808. Sobre este ponto há uma longa controvérsia na filologia goethiana: já em 1836 Friedrich W. Riemer defendia a publicação dessas passagens, argumentando que assim a figura de Satã se imporia como *Simia Dei* ("macaqueador de Deus") e sua aparição no alto do Blocksberg se configuraria como *pendant* e contraponto necessário ao "Prólogo no céu". Aderindo a essa perspectiva, Albrecht Schöne — que sobre o assunto publicou em 1982 o estudo *Götterzeichen, Liebeszauber, Satanskult. Neue Einblicke in alte Goethetexte* [Sinais dos deuses, feitiço amoroso, culto satânico. Novas miradas em velhos textos de Goethe] — faz a seguinte observação: "O que Goethe planejava inserir na cena da montanha Brocken era, para além de muitos detalhes, o ritual estruturante da 'Synagoga Satanea', um culto satânico que havia sido codificado nas investidas da Igreja para exterminar as grandes heresias medievais e exterminar a feitiçaria". Assim, a supressão das passagens obscenas e blasfemas teria, para Schöne, fraturado o cerne da "Noite de Valpúrgis", pois toda a série de símbolos e temas em torno da riqueza e da sexualidade, que atravessam a história de Fausto e Margarida e se estendem para o *Fausto II*, deveria encontrar o seu momento culminante nesse "sermão" em que Satã, no cume da montanha, profere a consagração do ouro, do falo e da vagina.

Para outros comentadores, entre eles Erich Trunz, a inclusão do ritual satânico no Blocksberg destruiria a imagem do "mal" que se desdobra ao longo de todo o enredo, emoldurada entre o "Prólogo no céu" e as "Furnas montanhosas" no final do *Fausto II*, os polos em que se manifesta a "ordem divina". Encarnado no companheiro inseparável de Fausto — que não é caracterizado nem como um demônio supremo nem subalterno, isto é, que execute ordens alheias —, o "mal" atua ao longo da tragédia como uma força intrinsecamente ligada ao mundo humano, sempre empenhada em subverter e aniquilar a ação do "bem". Sendo assim, essa concepção se romperia com uma cena que mostrasse Satanás em seu domínio soberano, acessível apenas a seres demoníacos, como um "Príncipe do mal" alheio aos esforços humanos. Na visão de Trunz, aqui se fundamentaria a razão mais profunda para o "corte" operado por Goethe na cena "Noite de Valpúrgis": "Importava-lhe apenas fazer com que Fausto, após a dança com a bruxa, divisasse a imagem de Gretchen. Com isto, o essencial já estava dito". De qualquer modo, para que o leitor possa formar um juízo mais definido a respeito dessa controvérsia, uma tradução do chamado "Saco de Valpúrgis", até hoje inédito entre nós, foi incluída no final deste volume. [M.V.M.]

WALPURGISNACHT

(Harzgebirg. Gegend von Schierke und Elend)

(Faust. Mephistopheles)

MEPHISTOPHELES

Verlangst du nicht nach einem Besenstiele?
Ich wünschte mir den allerderbsten Bock.
Auf diesem Weg sind wir noch weit vom Ziele.

FAUST

So lang' ich mich noch frisch auf meinen Beinen fühle,
Genügt mir dieser Knotenstock.
Was hilft's, daß man den Weg verkürzt! —   3.840
Im Labyrinth der Täler hinzuschleichen,
Dann diesen Felsen zu ersteigen,
Von dem der Quell sich ewig sprudelnd stürzt,
Das ist die Lust, die solche Pfade würzt!
Der Frühling webt schon in den Birken,
Und selbst die Fichte fühlt ihn schon;
Sollt' er nicht auch auf unsre Glieder wirken?

MEPHISTOPHELES

Fürwahr, ich spüre nichts davon!
Mir ist es winterlich im Leibe,
Ich wünschte Schnee und Frost auf meiner Bahn.   3.850
Wie traurig steigt die unvollkommne Scheibe
Des roten Monds mit später Glut heran,
Und leuchtet schlecht, daß man bei jedem Schritte
Vor einen Baum, vor einen Felsen rennt!
Erlaub', daß ich ein Irrlicht bitte!
Dort seh' ich eins, das eben lustig brennt.
He da! mein Freund! darf ich dich zu uns fodern?
Was willst du so vergebens lodern?
Sei doch so gut und leucht' uns da hinauf!

Noite de Valpúrgis

(Montanhas do Harz. Região de Schierke e Elend)[1]

(Fausto, Mefistófeles)

MEFISTÓFELES

> Não te faz falta uma forquilha?[2]
> Quisera eu ter um bode harto e veloz.
> Até o nosso alvo é longa ainda esta trilha!

FAUSTO

> Enquanto lassidão o andar não me empecilha,
> Basta-me este bordão de nós.
> De que serve abreviar a rota?
> Transpor do vale atalhos e o maninho,
> Galgar a rocha de que brota
> A fonte em seu perpétuo redemoinho,
> Eis o sabor que dá gosto ao caminho!
> Na bétula urde a primavera, já,
> E o pinho, até, lhe sente o viço;
> Também em nós vigor não influirá?

MEFISTÓFELES

> Deveras, nada sinto disso!
> Corta-me a carne um frio de geada;
> Quisera ver flocos de neve sobre a via.
> Quão triste ascende a esfera mutilada
> Da rubra lua ao céu, em ignição tardia,
> E reluz mal: faz com que a gente choque
> Num tronco, a cada passo, ou num rochedo!
> Convém que um fogo-fátuo[3] a nós convoque;
> Vejo um que lá arde, alegre, no arvoredo.
> Eh, lá! posso chamar-te, camarada?
> Por que hás de chamejar por nada?
> Vem, por favor, luzir-nos no percurso!

[1] Schierke e Elend são nomes de aldeias nas proximidades do Monte Brocken. Entre o inverno de 1777 e o outono de 1784, Goethe fez três grandes viagens pela região e a conhecia portanto muito bem. Em dezembro de 1777 escreveu aí o seu grande hino "Viagem de inverno pelo Harz", em que também fala dos veios de metal nas montanhas.

[2] No original, Mefisto diz "cabo de vassoura" e deseja a si mesmo o bode (o animal fedido do demônio) "mais devasso".

[3] No original *Irrlicht* (luz errante), inflamação ou pequena chama produzida pela emanação de gases em pântanos. A crendice popular interpretava esse fenômeno como um demônio que, com seu curso "ziguezagueante", confundia as pessoas. Em seu *Ulisses*, no início do episódio localizado no bordel de Bella Cohen (correspondente ao encontro com a feiticeira Circe no canto X da *Odisseia*), James Joyce coloca fogos-fátuos com a mesma função sinalizadora explicitada aqui por Mefisto: "Vem, por favor, luzir-nos no percurso!".

WALPURGISNACHT

IRRLICHT

Aus Ehrfurcht, hoff' ich, soll es mir gelingen,   3.860
Mein leichtes Naturell zu zwingen;
Nur zickzack geht gewöhnlich unser Lauf.

MEPHISTOPHELES

Ei! Ei! Er denkt's den Menschen nachzuahmen.
Geh' Er nur grad', in 's Teufels Namen!
Sonst blas' ich Ihm Sein Flackerleben aus.

IRRLICHT

Ich merke wohl, Ihr seid der Herr vom Haus,
Und will mich gern nach Euch bequemen.
Allein bedenkt! der Berg ist heute zaubertoll,
Und wenn ein Irrlicht Euch die Wege weisen soll,
So müßt Ihr's so genau nicht nehmen.   3.870

FAUST, MEPHISTOPHELES, IRRLICHT *(im Wechselgesang)*

In die Traum- und Zaubersphäre
Sind wir, scheint es, eingegangen.
Führ' uns gut und mach' dir Ehre,
Daß wir vorwärts bald gelangen
In den weiten, öden Räumen!

Seh' die Bäume hinter Bäumen,
Wie sie schnell vorüberrücken,
Und die Klippen, die sich bücken,
Und die langen Felsennasen,
Wie sie schnarchen, wie sie blasen!   3.880

Durch die Steine, durch den Rasen
Eilet Bach und Bächlein nieder.
Hör' ich Rauschen? hör' ich Lieder?
Hör' ich holde Liebesklage,
Stimmen jener Himmelstage?

NOITE DE VALPÚRGIS

FOGO-FÁTUO

Por devoção, por tempo breve,
Tento abafar meu gênio leve;
Ziguezagueante é nosso habitual curso.

MEFISTÓFELES

Eh, eh! quer imitar da raça humana o jeito?[4]
Pelo demônio, ande direito!
Se não, lhe apago a bruxuleante brasa.

FOGO-FÁTUO

Percebo-o bem, sois o patrão da casa,
E com prazer presto o serviço.
Mas, vede! hoje, no morro, impera a bruxaria,
E se vos indicar um fogo-fátuo a via,
Terá de ser sem compromisso.

FAUSTO, MEFISTÓFELES, FOGO-FÁTUO *(em canto alternado)*

Pela esfera da magia
E do sonho, andamos, ora;
Cumpre o ofício e sê bom guia!
Por transpormos sem demora
As desertas, vastas plagas.

Vê a deslizar, em vagas,
Árvores entre arvoredos,
E vergando-se, os rochedos;
Como exalam sopros, roncos,[5]
Seus narizes longos, broncos!

Por folhedos, pedras, troncos,
Correm fonte e arroio abaixo.
Ouço cantos, ouço o riacho?
Do amor ouço a queixa grave,
Vozes daquela era suave?

[4] A tradução mantém aqui a forma de tratamento em terceira pessoa (*Er*), com que Mefisto se dirige ao fogo-fátuo: "Eh, eh, [ele] quer imitar da raça humana o jeito?/ Pelo demônio, [que ele] ande direito!".

[5] Ao atravessar os penedos de granito situados entre Schierke e Elend (conhecidos como "rochedos roncadores"), ventos fortes de sudoeste produzem um barulho semelhante ao de "roncos".

WALPURGISNACHT

Was wir hoffen, was wir lieben!
Und das Echo, wie die Sage
Alter Zeiten, hallet wider.

Uhu! Schuhu! tönt es näher,
Kauz und Kiebitz und der Häher,   3.890
Sind sie alle wach geblieben?
Sind das Molche durchs Gesträuche?
Lange Beine, dicke Bäuche!
Und die Wurzeln, wie die Schlangen,
Winden sich aus Fels und Sande,
Strecken wunderliche Bande,
Uns zu schrecken, uns zu fangen;
Aus belebten derben Masern
Strecken sie Polypenfasern
Nach dem Wandrer. Und die Mäuse   3.900
Tausendfärbig, scharenweise,
Durch das Moos und durch die Heide!
Und die Funkenwürmer fliegen
Mit gedrängten Schwärmezügen
Zum verwirrenden Geleite.

Aber sag' mir, ob wir stehen,
Oder ob wir weitergehen?
Alles, alles scheint zu drehen,
Fels und Bäume, die Gesichter
Schneiden, und die irren Lichter,   3.910
Die sich mehren, die sich blähen.

MEPHISTOPHELES

Fasse wacker meinen Zipfel!
Hier ist so ein Mittelgipfel,
Wo man mit Erstaunen sieht,
Wie im Berg der Mammon glüht.

Noite de Valpúrgis

Da esperança e amor em maio?
E, qual saudação de antanho,
O eco soa, vago e estranho.

"Mocho! chocho!" soa perto!
Ficou tudo, hoje, desperto?
A coruja, o bufo, o gaio?
São lagartos nas urtigas?
Perna longa, amplas barrigas!
E raízes, como cobras,
Torcem-se e no chão se encolhem,
Tendem laços, redes, dobras,
Que dão susto, que o andar tolhem,
Tendem para os viandantes
Fibras vivas, palpitantes
De polipo. E os camundongos,
Em tropéis cerrados, longos,
Correm pelo musgo e campos!
E aos enxames, em revolta,
Para desnorteante escolta,
Vão voejando os pirilampos.

Dize-me, porém, paramos,
Ou a rota continuamos?
Rochas, troncos, verdes ramos,
Tudo gira, e em louca trama
Fogos-fátuos, cuja flama
Se incha entre urze, mata e grama.

MEFISTÓFELES

Pega na orla do meu manto!
Isto é um píncaro alto um tanto,
Donde vês, com pasmo, o ouro[6]
Refulgir no sorvedouro.

[6] No original, Mefistófeles menciona o nome *Mammon*, mas exatamente no sentido de "ouro", da "riqueza" escondida nos veios de metal da montanha (um motivo recorrente no *Fausto II*). Logo em seguida, porém, "Mamon" aparecerá como divindade demoníaca, a personificação do dinheiro e riqueza (conforme explicitado em nota ao v. 1.599 da segunda cena "Quarto de trabalho").

WALPURGISNACHT

FAUST

Wie seltsam glimmert durch die Gründe
Ein morgenrötlich trüber Schein!
Und selbst bis in die tiefen Schlünde
Des Abgrunds wittert er hinein.
Da steigt ein Dampf, dort ziehen Schwaden,   3.920
Hier leuchtet Glut aus Dunst und Flor,
Dann schleicht sie wie ein zarter Faden,
Dann bricht sie wie ein Quell hervor.
Hier schlingt sie eine ganze Strecke
Mit hundert Adern sich durchs Tal,
Und hier in der gedrängten Ecke
Vereinzelt sie sich auf einmal.
Da sprühen Funken in der Nähe,
Wie ausgestreuter goldner Sand.
Doch schau! in ihrer ganzen Höhe   3.930
Entzündet sich die Felsenwand.

MEPHISTOPHELES

Erleuchtet nicht zu diesem Feste
Herr Mammon prächtig den Palast?
Ein Glück, daß du's gesehen hast;
Ich spüre schon die ungestümen Gäste.

FAUST

Wie rast die Windsbraut durch die Luft!
Mit welchen Schlägen trifft sie meinen Nacken!

MEPHISTOPHELES

Du mußt des Felsens alte Rippen packen,
Sonst stürzt sie dich hinab in dieser Schlünde Gruft.
Ein Nebel verdichtet die Nacht.   3.940
Höre, wie's durch die Wälder kracht!
Aufgescheucht fliegen die Eulen.

FAUSTO

No abismo como fulge, estranha,[7]
A luz de um auroreal clarão,
Que das voragens da montanha
Penetra o mais profundo vão!
Aqui um vapor ascende ao cume,
E corre lá qual frágil fio,
De fumo e véu fulgura um lume,
Que após resvala como um rio.
No vale ali, um bom pedaço,
Em cem filões se desenrola,
E aqui, neste restrito espaço,
Para e de súbito se isola.
Flamejam chispas na fundura,
Como áureo pó que se esparrama.
Mas vê! em toda a sua altura
O morro se ilumina e inflama.

MEFISTÓFELES

Não acende, hoje, o deus Mamon
Em seu solar luzes festivas?
Pudeste vê-lo, isso é que é bom!
Já ouço os árdegos convivas.

FAUSTO

Como recorta o vento os ares!
Como me malha a nuca o seu arranco!

MEFISTÓFELES

Da penha agarra as costas seculares,[8]
Ou te arremessará neste abismal barranco.
Condensa-se a noite em garoa.
Ouve, como a floresta atroa!
Fogem mochos sobre águas brunas.

[7] Esta descrição da montanha iluminada para o culto a Satã sugere por vezes imagens de uma erupção vulcânica. Goethe, que participara ativamente da Comissão de Minas do Ducado de Weimar (inclusive negociando a compra de diamantes com Wilhelm Eschwege, administrador por muitos anos das minas brasileiras e portuguesas), vale-se também de termos técnicos oriundos de seus conhecimentos de mineralogia e engenharia de minas.

[8] No original, literalmente: "Precisas agarrar as velhas costelas do rochedo".

WALPURGISNACHT

Hör', es splittern die Säulen
Ewig grüner Paläste.
Girren und Brechen der Äste!
Der Stämme mächtiges Dröhnen!
Der Wurzeln Knarren und Gähnen!
Im fürchterlich verworrenen Falle
Übereinander krachen sie alle,
Und durch die übertrümmerten Klüfte   3.950
Zischen und heulen die Lüfte.
Hörst du Stimmen in der Höhe?
In der Ferne, in der Nähe?
Ja, den ganzen Berg entlang
Strömt ein wütender Zaubergesang!

HEXEN IM CHOR

Die Hexen zu dem Brocken ziehn,
Die Stoppel ist gelb, die Saat ist grün.
Dort sammelt sich der große Hauf,
Herr Urian sitzt oben auf.
So geht es über Stein und Stock,   3.960
Es f—t die Hexe, es st—t der Bock.

STIMME

Die alte Baubo kommt allein,
Sie reitet auf einem Mutterschwein.

CHOR

So Ehre denn, wem Ehre gebührt!
Frau Baubo vor! und angeführt!
Ein tüchtig Schwein und Mutter drauf,
Da folgt der ganze Hexenhauf.

STIMME

Welchen Weg kommst du her?

Ouve, lascam-se as colunas
De eternamente verdes paços.
Arrulho e quebra dos braços!
Troada possante dos troncos!
Dos pés rangidos e roncos!
Em confusão e horríferos tombos,
Uns sobre os outros caem aos rimbombos,
E por escombros e arrombamentos
Sibilam e uivam os ventos.
Ouves vozes, no planalto?
Perto, longe, embaixo, no alto?
Sim, pelo morro todo, em levanto,
Corre um furioso, mágico canto!

BRUXAS EM CORO

Das bruxas corre ao Brocken a horda,
O restolhal de pó transborda.[9]
Junta-se ali todo o montão,
No topo monta Dom Urião.[10]
Por paus e pedras tudo acode,
... a bruxa, ... o bode.[11]

VOZ

A velha Baubo vem sozinha;[12]
Numa mãe-porca se avizinha.

CORO

Honra, pois, a quem honra cabe!
A velha à frente, já se sabe!
Porca robusta e anciã peralta,
Das bruxas segue toda a malta.

VOZ

Por onde vieste?

[9] No original: "O restolho está amarelo, a seara, verde". Ainda por volta de Valpúrgis (1º de maio), viam-se lado a lado restos da ceifa passada e a nova semeadura em brotação.

[10] De início, *Herr Urian* designava uma pessoa desconhecida ou cujo nome não podia ser dito. Por extensão, passou a aplicar-se também ao demônio, e assim referem-se as bruxas a Satã entronizado no alto da montanha.

[11] Desde a publicação do *Fausto I* em 1808, as edições costumam trazer neste verso as chamadas "reticências de decoro". O manuscrito de Goethe registra *farzt* (grafia antiga de *furzt*, peida) e *stinckt* (grafia antiga de *stinkt*, fede): "Peida a bruxa, fede o bode".

[12] Em sagas antigas, Baubo (a Vulva personificada) é uma velha criada de Deméter, a quem conta histórias cômicas e devassas para distrair-lhe dos sofrimentos causados pelo rapto de sua filha Perséfone. Goethe introduz assim uma figura da mitologia clássica em meio à agitação despudorada das bruxas nórdicas.

STIMME

Übern Ilsenstein!
Da guckt' ich der Eule ins Nest hinein.
Die macht' ein Paar Augen!

STIMME

O fahre zur Hölle!   3.970
Was reitst du so schnelle!

STIMME

Mich hat sie geschunden,
Da sieh nur die Wunden!

HEXEN. CHOR

Der Weg ist breit, der Weg ist lang,
Was ist das für ein toller Drang?
Die Gabel sticht, der Besen kratzt,
Das Kind erstickt, die Mutter platzt.

HEXENMEISTER. HALBES CHOR

Wir schleichen wie die Schneck' im Haus,
Die Weiber alle sind voraus.
Denn, geht es zu des Bösen Haus,   3.980
Das Weib hat tausend Schritt voraus.

ANDRE HÄLFTE

Wir nehmen das nicht so genau,
Mit tausend Schritten macht's die Frau;
Doch, wie sie auch sich eilen kann,
Mit einem Sprunge macht's der Mann.

STIMME *(oben)*

Kommt mit, kommt mit, vom Felsensee!

VOZ

> A Pedra Ilse[13] é o caminho!
> Vi lá a coruja e espiei-lhe o ninho.
> E que olhos fez!

VOZ

> Oh, possa o inferno levar-te!
> Por que corres destarte!

VOZ

> Moeram-me as magas,
> Vê minhas chagas![14]

CORO DAS BRUXAS

> É larga a estrada, é longa a estrada,
> Por que tão louca trapalhada?
> Desanca o pau, raspa a vassoura,
> Sufoca o filho, a mãe estoura.[15]

SEMICORO DOS BRUXOS

> Seguimos nós pacatamente,
> Todo o femeaço está à frente.
> Pois, indo para o inferno a gente,
> Tem passos mil a fêmea à frente.[16]

A OUTRA METADE

> Não nos perturba isso, sequer,
> Com passos mil fá-lo-á a mulher;
> Mas, corra o que puder, detrás
> Vem o homem e de um salto o faz.

VOZ *(do alto)*

> Aqui, do Lago! aqui, do Salto!

[13] Ilsenstein fica a cerca de 6 km do Monte Brocken.

[14] Num galope veloz, as bruxas ("magas") abalroaram a "Voz", causando-lhe ferimentos.

[15] Em suas cavalgadas sobre forquilhas e cabos de vassoura, bruxas grávidas pariam natimortos.

[16] No percurso para o cume do Blocksberg as bruxas mantêm larga dianteira sobre os feiticeiros, de acordo com a superstição medieval de que a mulher estava bem à frente do homem no caminho para o "mal". Como observa Albrecht Schöne, o *Malleus maleficarum* [O martelo das bruxas, 1487], manual de perseguição às bruxas usado pela Inquisição, codificou a noção de que o sexo masculino, sob o qual Cristo veio ao mundo, seria menos vulnerável à ação do demônio do que a mulher, movida por insaciável apetite sexual. Contudo, o segundo semicoro explicita a afinidade de ambos os sexos com o demônio: se a mulher "tem passos mil" à frente, "vem o homem e de um salto o faz".

WALPURGISNACHT

STIMMEN *(von unten)*

Wir möchten gerne mit in die Höh'.
Wir waschen, und blank sind wir ganz und gar;
Aber auch ewig unfruchtbar.

BEIDE CHÖRE

Es schweigt der Wind, es flieht der Stern,   3.990
Der trübe Mond verbirgt sich gern.
Im Sausen sprüht das Zauberchor
Viel tausend Feuerfunken hervor.

STIMME *(von unten)*

Halte! Halte!

STIMME *(von oben)*

Wer ruft da aus der Felsenspalte?

STIMME *(unten)*

Nehmt mich mit! Nehmt mich mit!
Ich steige schon dreihundert Jahr,
Und kann den Gipfel nicht erreichen.
Ich wäre gern bei meinesgleichen.

BEIDE CHÖRE

Es trägt der Besen, trägt der Stock,   4.000
Die Gabel trägt, es trägt der Bock;
Wer heute sich nicht heben kann,
Ist ewig ein verlorner Mann.

HALBHEXE *(unten)*

Ich tripple nach, so lange Zeit;
Wie sind die andern schon so weit!

NOITE DE VALPÚRGIS

VOZES *(embaixo)*

Também queremos voar ao alto.
Lavamo-nos e o corpo está luzente,
Mas infecundo eternamente.

AMBOS OS COROS

Cala-se o vento, foge o astro,
Retrai-se a lua de alabastro.
Correndo expele o mago coro
Mil chispas de flamante estouro.

VOZ *(embaixo)*

Para! Para!

VOZ *(do alto)*

Que voz ressoa ali da enxara?

VOZ *(embaixo)*

Levai-me lá! levai-me lá!
Trezentos anos subo já,
E não atinjo o pico à frente.
Quisera estar com minha gente!

AMBOS OS COROS

Levar-te, hoje, a vassoura pode,
Leva a forquilha e leva o bode;
Quem hoje não puder subir,
Perdido está para o porvir.

SEMIBRUXA[17] *(embaixo)*

Sigo eu há tanto tempo em vão;
Os outros já tão longe estão!

[17] Como espécie de semibruxa ou bruxa ainda não consumada (*intermedio Malificam*) refere-se o *Malleus maleficarum*, de acordo com Schöne, àquelas que ainda não se entregaram de corpo e alma ao diabo, isto é, ainda não prestaram o chamado *Homagium*. Já as vozes que pouco antes soaram "embaixo" parecem vir dessas bruxas intermediárias.

WALPURGISNACHT

Ich hab' zu Hause keine Ruh,
Und komme hier doch nicht dazu.

CHOR DER HEXEN

Die Salbe gibt den Hexen Mut,
Ein Lumpen ist zum Segel gut,
Ein gutes Schiff ist jeder Trog;   4.010
Der flieget nie, der heut nicht flog.

BEIDE CHÖRE

Und wenn wir um den Gipfel ziehn,
So streichet an dem Boden hin,
Und deckt die Heide weit und breit
Mit eurem Schwarm der Hexenheit.

(Sie lassen sich nieder)

MEPHISTOPHELES

Das drängt und stößt, das rauscht und klappert!
Das zischt und quirlt, das zieht und plappert!
Das leuchtet, sprüht und stinkt und brennt!
Ein wahres Hexenelement!
Nur fest an mir! sonst sind wir gleich getrennt.   4.020
Wo bist du?

FAUST (in der Ferne)

Hier!

MEPHISTOPHELES

Was! dort schon hingerissen?
Da werd' ich Hausrecht brauchen müssen.
Platz! Junker Voland kommt. Platz! süßer Pöbel, Platz!
Hier, Doktor, fasse mich! und nun, in einem Satz,

NOITE DE VALPÚRGIS

Embaixo nunca vi descanso,
E aqui tampouco os mais alcanço.

CORO DAS BRUXAS

Dá ânimo a pomada às bruxas,[18]
De velas servem as capuchas,
Qualquer barril é nave boa;
Quem não voar hoje, nunca voa.

AMBOS OS COROS

E ao circundarmos pico e colo,
Esparramai-vos pelo solo.
E recobri urze e folhedo
Com vosso enxame do bruxedo.

(Pousam-se todos)

MEFISTÓFELES

Isso arfa, apita, uiva, estrebucha!
Esbarra, empurra, aflui, repuxa!
Faísca, fulge e fede à farta!
Bruxedo que não se descarta!
Vem, junto a mim! ou algo nos aparta.
Onde é que estás?

FAUSTO *(de longe)*

Aqui!

MEFISTÓFELES

Pra lá levado já?[19]
Terei de usar lei de patrão; eh, lá!
Lugar! vem Dom Satã![20] Alto, gentil corja, alto!
Agarra-me, doutor! e, agora, um grande salto

[18] Segundo livros, relatos e protocolos estudados por Goethe, os participantes do "sabá das bruxas" costumavam, antes do voo para o Blocksberg, untar as frontes, axilas e partes sexuais com uma pomada preparada com substâncias narcóticas e alucinógenas.

[19] Fausto parece já estar sendo arrastado pela "massa", como dirá pouco depois, que ruma "para o demônio".

[20] No original, Mefistófeles impõe aqui presença como *Junker Voland*, um antigo nome do diabo (derivado do médio alto alemão *vâlant*, o "pavoroso, assustador"). Voland é também o nome que o escritor russo Mikhail Bulgákov, em seu romance *O mestre e Margarida*, dá ao diabo que tumultua a Moscou stalinista dos anos 1930. A obra de Bulgákov traz como epígrafe os versos de Mefisto "Sou parte da Energia/ Que sempre o Mal pretende e que o Bem sempre cria" (v. 1.335).

WALPURGISNACHT

Laß uns aus dem Gedräng' entweichen;
Es ist zu toll, sogar für meinesgleichen.
Dort neben leuchtet was mit ganz besondrem Schein,
Es zieht mich was nach jenen Sträuchen.
Komm, komm! wir schlupfen da hinein.

FAUST

Du Geist des Widerspruchs! Nur zu! du magst mich führen.　　4.030
Ich denke doch, das war recht klug gemacht:
Zum Brocken wandeln wir in der Walpurgisnacht,
Um uns beliebig nun hieselbst zu isolieren.

MEPHISTOPHELES

Da sieh nur, welche bunten Flammen!
Es ist ein muntrer Klub beisammen.
Im Kleinen ist man nicht allein.

FAUST

Doch droben möcht' ich lieber sein!
Schon seh' ich Glut und Wirbelrauch.
Dort strömt die Menge zu dem Bösen;
Da muß sich manches Rätsel lösen.　　4.040

MEPHISTOPHELES

Doch manches Rätsel knüpft sich auch.
Laß du die große Welt nur sausen,
Wir wollen hier im Stillen hausen.
Es ist doch lange hergebracht,
Daß in der großen Welt man kleine Welten macht.
Da seh' ich junge Hexchen nackt und bloß,
Und alte, die sich klug verhüllen.
Seid freundlich, nur um meinetwillen;
Die Müh' ist klein, der Spaß ist groß.
Ich höre was von Instrumenten tönen!　　4.050

NOITE DE VALPÚRGIS

Que deste aperto nos extraia;
Isto é demais, até pra minha laia.
Atrai-me algo a esse bosque em cujo centro
Um brilho todo especial raia.
Vem, vem! enfiemo-nos lá dentro.

FAUSTO

Gênio da oposição! Bem, hei de acompanhar-te!
Mas a esperteza admiro; aos cimos
Do Brocken, nesta noite, os passos dirigimos,
Para ficarmos cá, de parte.[21]

MEFISTÓFELES

Pois vê que flamejar garrido!
É um clube alegre reunido.
Nunca estás só com o povo miúdo.

FAUSTO

Quisera no alto estar, contudo!
Vejo fogo e espirais de escuma.
Para o demônio a massa ruma.
Mais de um enigma, lá, se solve.

MEFISTÓFELES

E mais de um, lá, também se envolve.
Fiquemos cá, onde é quieto, e desande
A bel-prazer o mundo grande!
É praxe antiga e de ótimos efeitos
Serem, no grande mundo, os pequeninos feitos.[22]
Lá, jovens bruxas nuas vejo,
E anciãs que, espertas, cobrem a nudez.
Por minha causa, sê cortês;
É pouco esforço e bom gracejo.
Ouço soar instrumentos por ali!

[21] Fausto parece consentir em segregar-se da torrente ascendente de bruxas e feiticeiros e, assim, abrir mão da verdadeira meta da Noite de Valpúrgis.

[22] Literalmente: "Serem, no grande mundo, os pequenos mundos feitos". Atrás dessa observação de Mefistófeles pode estar a concepção goethiana (de matriz pansófica) da relação entre o Macrocosmo e o Microcosmo: designando este o ser humano, "feitos" poderia estar significando "gerados", o que daria às palavras de Mefisto o caráter de uma exortação ao ato sexual.

WALPURGISNACHT

Verflucht Geschnarr! Man muß sich dran gewöhnen.
Komm mit! Komm mit! Es kann nicht anders sein,
Ich tret' heran und führe dich herein,
Und ich verbinde dich aufs neue.
Was sagst du, Freund? das ist kein kleiner Raum.
Da sieh nur hin! du siehst das Ende kaum.
Ein Hundert Feuer brennen in der Reihe;
Man tanzt, man schwatzt, man kocht, man trinkt, man liebt;
Nun sage mir, wo es was Bessers gibt?

FAUST

Willst du dich nun, um uns hier einzuführen,   4.060
Als Zaubrer oder Teufel produzieren?

MEPHISTOPHELES

Zwar bin ich sehr gewohnt, inkognito zu gehn,
Doch läßt am Galatag man seinen Orden sehn.
Ein Knieband zeichnet mich nicht aus,
Doch ist der Pferdefuß hier ehrenvoll zu Haus.
Siehst du die Schnecke da? Sie kommt herangekrochen;
Mit ihrem tastenden Gesicht
Hat sie mir schon was abgerochen.
Wenn ich auch will, verleugn' ich hier mich nicht.
Komm nur! von Feuer gehen wir zu Feuer,   4.070
Ich bin der Werber, und du bist der Freier.

(Zu einigen, die um verglimmende Kohlen sitzen)

Ihr alten Herrn, was macht ihr hier am Ende?
Ich lobt' euch, wenn ich euch hübsch in der Mitte fände,
Von Saus umzirkt und Jugendbraus;
Genug allein ist jeder ja zu Haus.

454

NOITE DE VALPÚRGIS

Tens de habituar-te àquilo; atroz charivari!
Vem, vem, pois deve ser! Eu entro
E te conduzo para dentro.
E, assim, mais uma vez te obrigo.[23]
Não é pequeno espaço, eh! que achas, meu amigo?
Mal vês-lhe o termo! observa esta fogueira,
Ardem cem outras na fileira;
A gente bebe, ri, dança, anda, ama ao redor;
Dize-me, pois, onde há cousa melhor?

FAUSTO

Como, ali dentro, te introduzirás?
Far-te-ás de mágico ou de Satanás?

MEFISTÓFELES

Se o incógnito[24] usualmente me assinala,
As ordens sempre exibo em ocasiões de gala.
A jarreteira não me condecora,
Mas ao pé de cavalo aqui ninguém ignora.
Não vês o caracol que para cá se arrasta?
A rastejar, tateante e cego,
Já me cheirou algo da casta.
Quisesse-o, até, aqui não me renego.
Vem, pois! de fogo em fogo, andemos rente,
Sou o cortejador e és tu o pretendente.

(A umas figuras sentadas em torno de brasas meio extintas)

No fim, dignos anciãos?[25] Estimaria
Ver-vos no centro, a pândega e a folia
Dos jovens ao redor de vós;
Basta cada um estar em casa a sós.

---

[23] Após ter conduzido Fausto até Margarida, Mefisto sugere estar "obrigando-o" agora pela segunda vez, à medida que o leva à jovem bruxa. Pouco depois dirá Mefisto: "Sou o cortejador e és tu o pretendente".

[24] Como em sua aparição na "Cozinha da bruxa", ao disfarçar o pé de cavalo com "panturrilhas falsas".

[25] Os "velhos senhores" (como diz o original) sentados "em torno de brasas meio extintas" mostram-se como rabugentos representantes do *Ancien Régime*: tipos reacionários que a geração mais jovem, desde a Revolução Francesa, costumava "mandar para o diabo" (e que Goethe coloca, portanto, no Blocksberg).

WALPURGISNACHT

GENERAL

Wer mag auf Nationen trauen,
Man habe noch so viel für sie getan;
Denn bei dem Volk, wie bei den Frauen,
Steht immerfort die Jugend oben an.

MINISTER

Jetzt ist man von dem Rechten allzu weit,   4.080
Ich lobe mir die guten Alten;
Denn freilich, da wir alles galten,
Da war die rechte goldne Zeit.

PARVENU

Wir waren wahrlich auch nicht dumm,
Und taten oft, was wir nicht sollten;
Doch jetzo kehrt sich alles um und um,
Und eben da wir's fest erhalten wollten.

AUTOR

Wer mag wohl überhaupt jetzt eine Schrift
Von mäßig klugem Inhalt lesen!
Und was das liebe junge Volk betrifft,   4.090
Das ist noch nie so naseweis gewesen.

MEPHISTOPHELES *(der auf einmal sehr alt erscheint)*

Zum jüngsten Tag fühl' ich das Volk gereift,
Da ich zum letzten Mal den Hexenberg ersteige,
Und weil mein Fäßchen trübe läuft,
So ist die Welt auch auf der Neige.

TRÖDELHEXE

Ihr Herren, geht nicht so vorbei!
Laßt die Gelegenheit nicht fahren!

NOITE DE VALPÚRGIS

GENERAL

Não, em nações já não me fio!
Podeis render-lhes préstimos sem conta;
O povo é como o mulherio,
A juventude sempre põe na ponta.

MINISTRO

Tudo está roto, agora, é desaforo!
Só os bons velhos ainda exalto;
Pois, se houve alguma idade de ouro,
Foi quando estávamos nós no alto.

PARVENU

Também tivemos tino pra gozar
Mais de um ilícito regalo;
Mas, hoje, tudo está de pernas para o ar,
Quando mais pretendemos conservá-lo.

AUTOR

Inda há quem leia ou quem estude
Escritas de teor algo inteligente?
E no que toca à cara juventude,
Jamais foi tão impertinente.

MEFISTÓFELES (que de repente aparece muito velho)

Para o supremo juízo a grei madureceu,
Pois pela última vez, no Blocksberg, hoje, me acho,
E já que corre turvo o barrilzinho meu,[26]
Também o mundo vem abaixo.[27]

UMA BRUXA VENDILHONA

Senhores, não passeis destarte!
De perto olhai-me o sortimento!

[26] Quando o nível do vinho diminui, a borra deposita-se no fundo do "barrilzinho" e a bebida adquire uma coloração "turva".

[27] Schöne interpreta estes versos obscuros de Mefisto não como paródia ao palavreado saudosista dos "velhos senhores", mas como verdadeira tomada de partido em prol do *Ancien Régime*, que veio abaixo com a Revolução Francesa. Ao mesmo tempo, os versos encerrariam alusões a um escrito de Johann Bengel, de 1748, sobre o *Apocalipse de João*, elogiado por Goethe em *Poesia e verdade*. Bengel calculara a volta de Cristo para o ano de 1836, uma profecia que muitos viam confirmar-se com o advento do "terror" jacobino, sob a liderança do "Anticristo" Robespierre. Assim, em versos que Goethe não chegou a incluir nesta cena, Mefisto diz: "O mundo se decompõe como um peixe podre/ Não vamos querer nós embalsamá-lo". Uma vez, porém, que o diabo só pode urdir suas armadilhas enquanto o mundo subsistir, Bengel declarava em sua escatologia: "O pouco tempo do diabo já declina". É o que dá a entender Mefisto e, por isso, ele estaria subindo pela última vez o Blocksberg. Pela

WALPURGISNACHT

Aufmerksam blickt nach meinen Waren,
Es steht dahier gar mancherlei.
Und doch ist nichts in meinem Laden, 4.100
Dem keiner auf der Erde gleicht,
Das nicht einmal zum tücht'gen Schaden
Der Menschen und der Welt gereicht.
Kein Dolch ist hier, von dem nicht Blut geflossen,
Kein Kelch, aus dem sich nicht, in ganz gesunden Leib,
Verzehrend heißes Gift ergossen,
Kein Schmuck, der nicht ein liebenswürdig Weib
Verführt, kein Schwert, das nicht den Bund gebrochen,
Nicht etwa hinterrücks den Gegenmann durchstochen.

MEPHISTOPHELES

Frau Muhme! Sie versteht mir schlecht die Zeiten. 4.110
Getan geschehn! Geschehn getan!
Verleg' Sie sich auf Neuigkeiten!
Nur Neuigkeiten ziehn uns an.

FAUST

Daß ich mich nur nicht selbst vergesse!
Heiß' ich mir das doch eine Messe!

MEPHISTOPHELES

Der ganze Strudel strebt nach oben;
Du glaubst zu schieben und du wirst geschoben.

FAUST

Wer ist denn das?

MEPHISTOPHELES

      Betrachte sie genau!
Lilith ist das.

NOITE DE VALPÚRGIS

Não é ocasião que se descarte;
Escolha vedes a contento.
Pois nada há, em meu armazém,
Que sobre a terra igual não tem,
Que alguma vez tremendos danos
Já não causasse ao mundo e humanos:
Punhal nenhum que sangue não bebesse;
Nenhuma taça que, veneno abraseador,
Em corpo são já não vertesse;
Adorno algum, que uma donzela em flor
Não seduzisse; aço, que, em plena paz,
Traiçoeiro, não varasse o aliado por detrás.[28]

MEFISTÓFELES

Não entendeis os tempos, cara prima!
Fora com o visto! adeus! sem ócio!
Só o que é novo à compra anima,
Mais novidade no negócio!

FAUSTO

Não deixes que a mim próprio esqueça!
Que feira! gira-me a cabeça![29]

MEFISTÓFELES

Para o alto aflui toda a enxurrada;
A gente crê que empurra, e vai sendo empurrada.[30]

FAUSTO

Quem é aquela?

MEFISTÓFELES

        Olha-a com atenção!
Lilith é.

---

mesma razão, versos suprimidos por Goethe faziam Satã usurpar, nesta "última" Noite de Valpúrgis, o papel que caberia a Cristo no dia do Juízo Final.

[28] As coisas que a "bruxa vendilhona" tem em seu "armazém" podem despertar lembranças em Fausto: "adorno" que seduz "uma donzela em flor", "taça" que verte "veneno abraseador", "aço" que vara o adversário pelas costas (no original, *Gegenmann*, oponente em que se converteu o antigo "aliado"). Por isso, Mefisto busca desviar a atenção de Fausto das mercadorias apregoadas por sua "cara prima": "Fora com o visto! adeus! sem ócio!".

[29] *Messe*, no original, que tanto pode significar "feira" como "missa". Assim, Fausto pode estar se referindo à "missa negra" que se desenrola mais acima. O pouco que a bruxa tem a oferecer dificilmente poderia constituir uma "feira" (ou "quermesse", palavra cuja etimologia aglutina os dois significados) capaz de "girar" a cabeça de Fausto e fazê-lo esquecer-se de si mesmo.

[30] Mefistófeles já dissuadira Fausto de prosseguir o

WALPURGISNACHT

FAUST

Wer?

MEPHISTOPHELES

Adams erste Frau.
Nimm dich in acht vor ihren schönen Haaren,
Vor diesem Schmuck, mit dem sie einzig prangt.
Wenn sie damit den jungen Mann erlangt,
So läßt sie ihn so bald nicht wieder fahren.

4.120

FAUST

Da sitzen zwei, die Alte mit der Jungen;
Die haben schon was Rechts gesprungen!

MEPHISTOPHELES

Das hat nun heute keine Ruh.
Es geht zum neuen Tanz; nun komm! wir greifen zu.

FAUST *(mit der Jungen tanzend)*

Einst hatt' ich einen schönen Traum:
Da sah ich einen Apfelbaum,
Zwei schöne Äpfel glänzten dran,
Sie reizten mich, ich stieg hinan.

4.130

DIE SCHÖNE

Der Äpfelchen begehrt ihr sehr,
Und schon vom Paradiese her.
Von Freuden fühl' ich mich bewegt,
Daß auch mein Garten solche trägt.

MEPHISTOPHELES *(mit der Alten)*

Einst hatt' ich einen wüsten Traum;
Da sah ich einen gespaltnen Baum,

NOITE DE VALPÚRGIS

FAUSTO

Quem?

MEFISTÓFELES

A esposa número um de Adão.[31]
Cautela com a formosa trança,
Que, unicamente, a adorna até à ilharga;
Quando com ela algum mancebo alcança,
Tão cedo a presa já não larga.

FAUSTO

A velha e a moça, lá, sentadas na fileira,
Pularam já, que não é brincadeira.

MEFISTÓFELES

Bom, hoje a gente não descansa;
Música nova; então! vamos entrar na dança.

FAUSTO *(dançando com a jovem)*

Um lindo sonho outrora tive;
Numa macieira me detive,[32]
Duas maçãs lhe espiei, tão belas,
Que na árvore trepei, por elas.

A BELDADE

Já as maçãs nas férteis hastes
Do jardim de Éden almejastes.
Quanta alegria sinto em mim,
Por ter iguais em meu jardim.

MEFISTÓFELES *(com a velha)*

Um sonho obsceno outrora tive;
Num tronco aberto me detive,

caminho "para o alto"; assim, esses dois versos poderiam ser vistos como "resíduos" da concepção original da "Noite de Valpúrgis", com o culto satânico em seu centro.

[31] Como Deus, segundo o *Gênesis*, criou primeiro o ser humano à sua imagem, "homem e mulher ele os criou" (1: 27), e somente depois teria criado Eva a partir da costela de Adão, originou-se uma antiga concepção rabínica segundo a qual a primeira mulher teria sido Lilith. De acordo com essa lenda, Lilith, mulher de longos cabelos e grande beleza, afastou-se de Adão para unir-se ao diabo, povoando o mundo com pequenos demônios.

[32] Fausto exprime aqui o seu sonho com imagens tomadas novamente ao *Cântico dos cânticos*, em que a amada compara o amado com a "macieira entre as árvores do bosque" (2: 3). Este a compara ao "talhe da palmeira" e em seguida diz: "'Subirei à palmeira/ para colher dos seus frutos!'/ Sim, teus seios são cachos de uva,/ e o sopro das tuas narinas perfuma/ como o aroma das maçãs" (7: 8-9).

WALPURGISNACHT

Der hatt' ein — — —;
So — es war, gefiel mir's doch.

DIE ALTE

Ich biete meinen besten Gruß   4.140
Dem Ritter mit dem Pferdefuß!
Halt' Er einen — — bereit,
Wenn Er — — — nicht scheut.

PROKTOPHANTASMIST

Verfluchtes Volk! was untersteht ihr euch?
Hat man euch lange nicht bewiesen:
Ein Geist steht nie auf ordentlichen Füßen?
Nun tanzt ihr gar, uns andern Menschen gleich!

DIE SCHÖNE *(tanzend)*

Was will denn der auf unser Ball?

FAUST *(tanzend)*

Ei! der ist eben überall.
Was andre tanzen, muß er schätzen.   4.150
Kann er nicht jeden Schritt beschwätzen,
So ist der Schritt so gut als nicht geschehn.
Am meisten ärgert ihn, sobald wir vorwärtsgehn.
Wenn ihr euch so im Kreise drehen wolltet,
Wie er's in seiner alten Mühle tut,
Das hieß' er allenfalls noch gut;
Besonders wenn ihr ihn darum begrüßen solltet.

PROKTOPHANTASMIST

Ihr seid noch immer da! Nein, das ist unerhört.
Verschwindet doch! Wir haben ja aufgeklärt!
Das Teufelspack, es fragt nach keiner Regel.   4.160

NOITE DE VALPÚRGIS

Um... era o que tinha;[33]
Mas, assim mesmo, me convinha.

A VELHA

Permita o ilustre par saudá-lo,
Senhor do pé mor de cavalo!
Tenha um... ao dispor,[34]
Se não temer seja o que for.

PROCTOFANTASMISTA[35]

A que vos atreveis, vil crápula, ralé!
Há muito se provou, de modo concludente,
Que nunca espíritos estão de pé;
E vos vejo a dançar como se fosseis gente!

A BELDADE (dançando)

Que quer no baile aquele lá?

FAUSTO (dançando)

Em toda parte o bruto está!
Tem de avaliar a dança alheia.
Se um passo não parafraseia,
Torna-se o passo inexistente.
O que mais o enfurece é irmos para a frente.
Girássemos somente à roda,
Como o faz em seu velho moinho,[36]
Não o acharia tão ruinzinho;
Mormente lhe elogiasse alguém a moda.

PROCTOFANTASMISTA

É o cúmulo! ainda aqui? Súcia de demos![37]
Sumi-vos, afinal! já tudo esclarecemos!
Não seguem leis aqueles sem-vergonhas!

---

[33] Aqui também ocorrem as "reticências de decoro". O manuscrito de Goethe traz *ungeheures Loch*, um "buraco descomunal".

[34] No manuscrito de Goethe lê-se *rechten Pfropf*, uma "rolha certa". O substantivo alemão é masculino, daí o artigo "um" na tradução.

[35] Neologismo criado a partir da palavra grega *prõktós*, "ânus", e *Phantasmist*, alguém que vê fantasmas: algo como "Visionário do ânus". Em *Deus e o diabo no* Fausto *de Goethe*, Haroldo de Campos usa "Retrovedor fantásmeo" e "Nadegofantasmista". Trata-se de uma sátira ao iluminista Christoph Friedrich Nicolai (1733-1811), que criticara mordazmente o *Werther*, provocando a animosidade de Goethe. Em 1797 circularam boatos de que havia fantasmas no castelo da família Humboldt, em Tegel. Apesar de seu racionalismo, Nicolai afirma, em palestra na Academia de Ciências, ter sido ele próprio atormentado por aparições fantasmagóricas, que só cessaram após a aplicação de sanguessugas na parte do corpo citada por Goethe.

[36] Provável referência satírica à revista *Allgemeine Deutsche Bibliothek*,

WALPURGISNACHT

Wir sind so klug, und dennoch spukt's in Tegel.
Wie lange hab' ich nicht am Wahn hinausgekehrt,
Und nie wird's rein; das ist doch unerhört!

DIE SCHÖNE

So hört doch auf, uns hier zu ennuyieren!

PROKTOPHANTASMIST

Ich sag's euch Geistern ins Gesicht,
Den Geistesdespotismus leid' ich nicht;
Mein Geist kann ihn nicht exerzieren.

(Es wird fortgetanzt)

Heut', seh' ich, will mir nichts gelingen;
Doch eine Reise nehm' ich immer mit
Und hoffe noch, vor meinem letzten Schritt,   4.170
Die Teufel und die Dichter zu bezwingen.

MEPHISTOPHELES

Er wird sich gleich in eine Pfütze setzen,
Das ist die Art, wie er sich soulagiert,
Und wenn Blutegel sich an seinem Steiß ergetzen,
Ist er von Geistern und von Geist kuriert.

(Zu Faust, der aus dem Tanz getreten ist)

Was lässest du das schöne Mädchen fahren,
Das dir zum Tanz so lieblich sang?

FAUST

Ach! mitten im Gesange sprang
Ein rotes Mäuschen ihr aus dem Munde.

Tão sábio sou, e ainda há fantasmas e visonhas![38]
Há quanto tempo estou varrendo essas quimeras,
E nunca fica limpo, é o cúmulo, deveras!

A BELDADE

Já basta de enfastiar a gente!

PROCTOFANTASMISTA

Na cara, espíritos, eu vo-lo digo,
Ao despotismo espiritual não ligo;
Não pode praticá-lo a minha mente.

(A dança continua)

Já vejo que hoje não consigo nada;
Mas algo sempre levo da jornada,
E, antes do fim, espero ainda que a grei
Dos poetas e demônios domarei.

MEFISTÓFELES

Sentar-se-á logo em charco lodacento,
Destarte, alívio enfim procura;
Com sanguessugas a chuchar-lhe o assento,
De espíritos e mais do Espírito acha a cura.

(A Fausto, que saiu da dança)

Por que é que largas da formosa jovem
Que à dança aliava o suave canto?

FAUSTO

Ui! lhe pulou da boca, entanto,
Um rato vermelhinho e vil.

fundada por Nicolai para difundir suas ideias iluministas e que, segundo Goethe, girava em círculos.

[37] No original, Goethe faz os versos desta estrofe matraqueada pelo "proctofantasmista" girar de fato "à roda", com o esquema rímico *a b c c b a*, o último verso retornando portanto à expressão que fecha o primeiro: *das ist unerhört*, "isto é inaudito".

[38] No original, "Somos tão inteligentes, e ainda há fantasmas em Tegel".

WALPURGISNACHT

MEPHISTOPHELES

Das ist was Rechts! das nimmt man nicht genau;   4.180
Genug, die Maus war doch nicht grau.
Wer fragt darnach in einer Schäferstunde?

FAUST

Dann sah ich —

MEPHISTOPHELES

Was?

FAUST

Mephisto, siehst du dort
Ein blasses, schönes Kind allein und ferne stehen?
Sie schiebt sich langsam nur vom Ort,
Sie scheint mit geschloßnen Füßen zu gehen.
Ich muß bekennen, daß mir deucht,
Daß sie dem guten Gretchen gleicht.

MEPHISTOPHELES

Laß das nur stehn! dabei wird's niemand wohl.
Es ist ein Zauberbild, ist leblos, ein Idol.   4.190
Ihm zu begegnen, ist nicht gut;
Vom starren Blick erstarrt des Menschen Blut,
Und er wird fast in Stein verkehrt,
Von der Meduse hast du ja gehört.

FAUST

Fürwahr, es sind die Augen einer Toten,
Die eine liebende Hand nicht schloß.
Das ist die Brust, die Gretchen mir geboten,
Das ist der süße Leib, den ich genoß.

MEFISTÓFELES

E só por isso estás birrento?
Pois basta que não foi cinzento!
Quem liga a tal, numa hora pastoril?

FAUSTO

Depois, vi...

MEFISTÓFELES

Quê?

FAUSTO

Mefisto, ao longe e a sós,
Não vês uma formosa e pálida donzela?[39]
Com lentidão se arrasta para nós,
De pés atados é o andar dela.
Confesso-o, julgo-a parecida
Com minha boa Margarida.

MEFISTÓFELES

Deixa isso em paz! essa visão faz mal!
Miragem é, sem vida; um ídolo fatal.[40]
Causa, encontrá-la, mágoa e dano,
O teso olhar, que gela o sangue humano,
Faz com que a gente a pedra se reduza;
A história sabes da Medusa.

FAUSTO

Deveras, de uma morta é o olhar aberto,
Que mão alguma lhe cerrou com amor;
É o seio que me foi por Margarida oferto,
É o doce corpo do qual tive a flor.

[39] Dá-se aqui o ponto de virada no andamento da cena, com a aparição fantasmagórica de Margarida, que se encontra agora, sem que Fausto o saiba, no cárcere, à espera do carrasco. Enquanto a jovem bruxa nua leva Fausto a exteriorizar a sexualidade, o seu íntimo adquire forma nessa visão da amada, que não apenas se presentifica mas também antecipa o futuro, isto é, a decapitação, uma vez que traz ao redor do pescoço "Um único, purpúreo fio,/ Fino qual lâmina de faca!".

[40] Mefisto também nota a aparição, mas busca desqualificá-la como "miragem sem vida", um "ídolo" (Idol, no original, do grego eidolon: ilusão ou sombra); lembra ainda, como advertência a Fausto, a antiga saga de Medusa, cujo aspecto petrificava aquele que a contemplava, até que teve a cabeça decapitada por Perseu. Fausto, porém, já "saiu da dança", afastando-se em seu íntimo, graças à visão de Margarida, de toda a agitação no Blocksberg. Mefisto procurará distraí-lo com o teatro de Valpúrgis, que se segue a esta cena.

WALPURGISNACHT

MEPHISTOPHELES

Das ist die Zauberei, du leicht verführter Tor!
Denn jedem kommt sie wie sein Liebchen vor.   4.200

FAUST

Welch eine Wonne! welch ein Leiden!
Ich kann von diesem Blick nicht scheiden.
Wie sonderbar muß diesen schönen Hals
Ein einzig rotes Schnürchen schmücken,
Nicht breiter als ein Messerrücken!

MEPHISTOPHELES

Ganz recht! ich seh' es ebenfalls.
Sie kann das Haupt auch unterm Arme tragen;
Denn Perseus hat's ihr abgeschlagen. —
Nur immer diese Lust zum Wahn!
Komm doch das Hügelchen heran,   4.210
Hier ist's so lustig wie im Prater;
Und hat man mir's nicht angetan,
So seh' ich wahrlich ein Theater.
Was gibt's denn da?

SERVIBILIS

                    Gleich fängt man wieder an.
Ein neues Stück, das letzte Stück von sieben;
So viel zu geben, ist allhier der Brauch.
Ein Dilettant hat es geschrieben,
Und Dilettanten spielen's auch.
Verzeiht, ihr Herrn, wenn ich verschwinde;
Mich dilettiert's, den Vorhang aufzuziehn.   4.220

MEPHISTOPHELES

Wenn ich euch auf dem Blocksberg finde,
Das find' ich gut; denn da gehört ihr hin.

468

MEFISTÓFELES

Ingênuo toleirão! é mágica, mais nada!
Cada um vê nela a sua bem-amada.

FAUSTO

Quanta delícia! que penar!
Fugir não posso àquele olhar.
Como há de ornar aquele colo esguio
Um único, purpúreo fio,
Fino qual lâmina de faca!

MEFISTÓFELES

Vejo-o também, pois se destaca.
Leva a cabeça sob o braço, à escolha;
Perseu o sabe: decepou-lha.
Sempre esse gosto das quimeras!
Galga a colina, que é que esperas?
Divertimento aqui não falta;[41]
E, se não me iludir, deveras,
Vejo lá perto uma ribalta.
Que há por aqui?

SERVIBILIS[42]

       Tão logo recomeça;
De sete estreia-se a última peça;[43]
A norma é dar tantas assim.
Se um diletante escreveu essa,
São-no os atores, outrossim.
Perdoai, senhores, se me sumo, é praxe
Um diletante erguer o pano.

MEFISTÓFELES

Contanto que no Blocksberg eu vos ache,
Que é lugar vosso, sem engano.[44]

[41] Literalmente, no original: "Aqui é tão divertido como no Prater", famoso parque de diversões em Viena.

[42] Do latim *servilis*, um "ajudante" ou "serviçal", designando o "espírito" a serviço do teatro que ocupa agora a cena.

[43] Provável referência de Goethe ao antigo "drama satírico", peça cômico-grotesca que no teatro grego se seguia, com a finalidade de "relaxar" o público, à trilogia de tragédias. Com a apresentação da sétima e última peça, os ambiciosos "diletantes" podem estar almejando superar a tetralogia grega.

[44] Empenhado, ao lado de Schiller, em distinguir a verdadeira arte do mero diletantismo, Goethe sugere que o lugar dos "diletantes" é no Blocksberg — ou seja, está mandando-os "para o diabo".

Walpurgisnachtstraum

oder

Oberons und Titanias goldne Hochzeit

Intermezzo

Sonho da Noite de Valpúrgis
ou
As bodas de ouro de Oberon e Titânia

Intermezzo

Entre janeiro e agosto de 1796, Goethe e Schiller escreveram cerca de mil epigramas, que depois, selecionados por Schiller e reduzidos a 400, foram publicados por este no *Almanaque das Musas para o ano de 1797*. Em grande parte, eram epigramas satíricos (um ataque ao "diletantismo" e mediocridade da vida literária e cultural da época), formalmente influenciados pelos *Epigrammata* e *Xenia* do poeta latino Marcial, e receberam por isso o título de *Xenien* (do grego *xenion*, "dom de hospitalidade"). Disposto a continuar a polêmica literária, Goethe logo envia a Schiller, para publicação no número subsequente da revista, uma nova remessa de quadras satíricas, emolduradas desta vez pelo motivo da briga e reconciliação de Oberon e Titânia, o casal de elfos que figura na comédia shakespeariana *Sonhos de uma noite de verão*. Schiller, porém, desaconselha a publicação ("basta de polêmica") e manda o material de volta. Em dezembro de 1797, Goethe escreve então ao amigo: "Foi movido por um ato de bom senso que você deixou de lado as 'Bodas de ouro de Oberon'; nesse meio-tempo esses versos dobraram de tamanho e eu devo acreditar que encontrarão o seu lugar mais adequado no *Fausto*".

Como espécie de "apêndice" à "Noite de Valpúrgis", que por sua vez já possui em certa medida o caráter de *intermezzo*, entrou assim no *Fausto* esta cena que desde o início tem sido objeto de controvérsias entre os intérpretes. Um juízo crasso a respeito desta inserção foi proferido pelo importante esteta Friedrich Theodor Vischer que, em seus "Novos subsídios para a crítica do poema" (1875), escreve: "O conjunto é uma interpolação de palha satírica num poema eterno, um ato que se deve considerar como leviandade irresponsável". Alguns outros comentadores e intérpretes, ao contrário, esforçam-se em justificar este *intermezzo*, como Jochen Schmidt mais recentemente (2001): "De qualquer modo, o 'Sonho da Noite de Valpúrgis' cumpre uma função psicológica na estratégia mefistofélica de desviar a atenção de Fausto e, paradoxalmente, é a sua própria nulidade que se torna significativa no contexto, uma vez que o fracasso já vem inscrito nessa tentativa".

Seja como for, vale lembrar ainda que o próprio Goethe sugeriu a exclusão deste *intermezzo* para a encenação do *Fausto* levada ao palco do Teatro de Weimar em 1812. [M.V.M.]

WALPURGISNACHTSTRAUM

THEATERMEISTER

Heute ruhen wir einmal,
Miedings wackre Söhne.
Alter Berg und feuchtes Tal,
Das ist die ganze Szene!

HEROLD

Daß die Hochzeit golden sei,
Solln funfzig Jahr sein vorüber;
Aber ist der Streit vorbei,
Das Golden ist mir lieber.   4.230

OBERON

Seid ihr Geister, wo ich bin,
So zeigt's in diesen Stunden;
König und die Königin,
Sie sind aufs neu verbunden.

PUCK

Kommt der Puck und dreht sich quer
Und schleift den Fuß im Reihen,
Hundert kommen hinterher,
Sich auch mit ihm zu freuen.

ARIEL

Ariel bewegt den Sang
In himmlisch reinen Tönen;   4.240
Viele Fratzen lockt sein Klang,
Doch lockt er auch die Schönen.

OBERON

Gatten, die sich vertragen wollen,
Lernen's von uns beiden!

Sonho da Noite de Valpúrgis

DIRETOR DO TEATRO

Hoje estamos em repouso,
Bravos filhos de Mieding;[1]
Ao val lento e ao morro anoso
O cenário se restringe.

ARAUTO

Pra que sejam de ouro as bodas,
Meio século se deve ir;
Mas, depois das brigas todas,
Sempre o ouro hei de preferir.[2]

OBERON

Se flutuais na esfera minha,
Gênios, descobri a face;
Vosso rei, vossa rainha,
Têm formado novo enlace.

PUCK[3]

Gira o Puck e em viravolta
No bailado arrasta o pé,
Vêm mais cem de sua escolta,
Tomar parte no banzé.

ARIEL[4]

Moves tu o canto, Ariel,
Com tons puros, celestiais;
Se a corja atraem teus sons de mel,
Também a formosura atrais.

OBERON

Não quereis, casais, brigar?
A lição é com nós dois!

[1] Johann Martin Mieding foi o primeiro diretor de teatro em Weimar. Seus "filhos" são cenógrafos e outros profissionais de teatro, que estão hoje "em repouso" justamente porque os diletantes ocuparam a cena.

[2] O "ouro" está metaforizando a concórdia que voltou a estabelecer-se entre Oberon, o rei dos elfos nos *Sonhos de uma noite de verão* de Shakespeare, e a rainha Titânia. O "arauto" apregoa esse "ouro" como sendo ainda mais valioso do que as próprias "bodas de ouro" do casal de elfos.

[3] Encabeçando o cortejo de espíritos que se apresentarão nesta cena vem Puck, que atua como duende na comédia shakespeariana.

[4] Espécie de "espírito etéreo" na última peça de Shakespeare, *A tempestade*. Ariel chama-se também a primeira figura a aparecer no *Fausto II*, sem que porém fique explícito tratar-se da mesma personagem.

WALPURGISNACHTSTRAUM

Wenn sich zweie lieben sollen,
Braucht man sie nur zu scheiden.

TITANIA

Schmollt der Mann und grillt die Frau,
So faßt sie nur behende,
Führt mir nach dem Mittag Sie,
Und Ihn an Nordens Ende.   4.250

ORCHESTER TUTTI *(fortissimo)*

Fliegenschnauz' und Mückennas'
Mit ihren Anverwandten,
Frosch im Laub und Grill' im Gras,
Das sind die Musikanten!

SOLO

Seht, da kommt der Dudelsack!
Es ist die Seifenblase.
Hört den Schneckeschnickeschnack
Durch seine stumpfe Nase.

GEIST, DER SICH ERST BILDET

Spinnenfuß und Krötenbauch
Und Flügelchen dem Wichtchen!   4.260
Zwar ein Tierchen gibt es nicht,
Doch gibt es ein Gedichtchen.

EIN PÄRCHEN

Kleiner Schritt und hoher Sprung
Durch Honigtau und Düfte;
Zwar du trippelst mir genung,
Doch geht's nicht in die Lüfte.

Desejais que se ame um par?
Basta separá-lo, pois!

TITÂNIA

Ralha o esposo e embirra a saia,
Pegai nele e na consorte.
Para os fins do sul enviai-a,
Conduzi-o aos fins do norte.

ORQUESTRA TUTTI[5] *(fortissimo)*

Moscas, sapos e a caterva
De seus múltiplos afins,
Rã na mata e grilo na erva,
Isso são os musiquins!

SOLO

Vê, a cornamusa vem!
É a bolha de sabão!
Ouve o nhegue-nhague-nhem,[6]
Por seu chato narigão.

GÊNIO EM VIAS DE FORMAÇÃO

Ventre de rã, pé de aranha,
E asas para o duendezinho!
Um bichinho não se ganha,
Mas se ganha um poemazinho.[7]

UM CASALZINHO

Por eflúvios, pelo orvalho,
Grande salto e passo miúdo;
Pateias muito, é bom trabalho,
Não te elevas no ar, contudo.

[5] A orquestra, que inicia em *fortissimo* o acompanhamento do desfile de espíritos, apresenta-se como composta de moscas, sapos, grilos (e "seus múltiplos afins") que zumbem, coaxam, estridulam etc.

[6] *Schneckeschnickeschnack*, no original, expressão onomatopaica do som produzido pela gaita de foles (ou "cornamusa").

[7] Esse "poemazinho", compósito de elementos tão disparatados ("ventre de rã", "pé de aranha", "asas"), é uma daquelas construções que Goethe costumava chamar de *Tragelaph* (em grego, um misto de "bode" e "veado").

WALPURGISNACHTSTRAUM

NEUGIERIGER REISENDER

> Ist das nicht Maskeraden-Spott?
> Soll ich den Augen trauen,
> Oberon den schönen Gott
> Auch heute hier zu schauen!   4.270

ORTHODOX

> Keine Klauen, keinen Schwanz!
> Doch bleibt es außer Zweifel:
> So wie die Götter Griechenlands,
> So ist auch er ein Teufel.

NORDISCHER KÜNSTLER

> Was ich ergreife, das ist heut
> Fürwahr nur skizzenweise;
> Doch ich bereite mich bei Zeit
> Zur italien'schen Reise.

PURIST

> Ach! mein Unglück führt mich her:
> Wie wird nicht hier geludert!   4.280
> Und von dem ganzen Hexenheer
> Sind zweie nur gepudert.

JUNGE HEXE

> Der Puder ist so wie der Rock
> Für alt' und graue Weibchen;
> Drum sitz' ich nackt auf meinem Bock
> Und zeig' ein derbes Leibchen.

MATRONE

> Wir haben zu viel Lebensart,
> Um hier mit euch zu maulen,

VIAJANTE CURIOSO[8]

Mascarada é, ou miragem?
Devo fiar nos olhos meus?
Ver aqui, nesta paragem,
Oberon, o belo deus?

ORTODOXO[9]

Duvidar, só gente néscia!
Não tem garras, não tem rabo,
Mas, qual deuses da áurea Grécia,
Também ele há de ser diabo.

ARTISTA NÓRDICO

Do que aqui percebo e encaro,
Mero esboço em mim assoma;
Mas, em tempo me preparo
Para a viagem de arte a Roma.[10]

PURISTA[11]

Traz-me cá minha desdita:
Que orgia, bruxas desgraçadas!
E de toda a mó maldita,
Duas só estão empoadas.

JOVEM BRUXA

Pó e saia apenas são
Pra velhas; não lhes vou na pista!
Monto, pois, o meu cabrão
Corpo rijo e nu à vista.

MATRONA

Convosco não brigamos, pois
Somos muito aristocratas;

---

[8] Provável alusão ao iluminista berlinense Christoph Friedrich Nicolai, que já aparecera como "proctofantasmista" na cena anterior.

[9] Goethe parece aludir aqui a um tipo de crítico embotado por uma moralidade cristã ortodoxa, como o contemporâneo Friedrich Leopold zu Stolberg, que condenara o poema filosófico "Os deuses da Grécia", de Schiller.

[10] "Para a viagem italiana", no original. Sobre o pintor contemporâneo Johann Heinrich Menken (portanto, um "artista nórdico") que enviara quadros para um concurso de pintura em Weimar, escreveu Goethe: "Vivesse ele na Itália, então a Natureza faria exigências inteiramente diferentes ao seu belo natural [*schönes Naturell*]". Vale lembrar que o próprio Goethe empreendeu a sua famosa "viagem italiana" entre setembro de 1786 e junho de 1788.

[11] Neste contexto, um crítico tomado de falsos pudores, que alega repugnar-se com a visão da Natureza "nua" e deplora que apenas duas bruxas estejam "empoadas".

WALPURGISNACHTSTRAUM

Doch, hoff' ich, sollt ihr jung und zart,
So wie ihr seid, verfaulen.   4.290

KAPELLMEISTER

Fliegenschnauz und Mückennas',
Umschwärmt mir nicht die Nackte!
Frosch im Laub und Grill' im Gras,
So bleibt doch auch im Takte!

WINDFAHNE *(nach der einen Seite)*

Gesellschaft wie man wünschen kann.
Wahrhaftig lauter Bräute!
Und Junggesellen, Mann für Mann,
Die hoffnungsvollsten Leute.

WINDFAHNE *(nach der andern Seite)*

Und tut sich nicht der Boden auf,
Sie alle zu verschlingen,   4.300
So will ich mit behendem Lauf
Gleich in die Hölle springen.

XENIEN

Als Insekten sind wir da,
Mit kleinen scharfen Scheren,
Satan, unsern Herrn Papa,
Nach Würden zu verehren.

HENNINGS

Seht, wie sie in gedrängter Schar
Naiv zusammen scherzen!
Am Ende sagen sie noch gar,
Sie hätten gute Herzen.   4.310

SONHO DA NOITE DE VALPÚRGIS

Mas, jovens e alvas como sois,
Inda hei de ver-vos putrefatas.

REGENTE DE ORQUESTRA

Moscas, rãs, toda a caterva,
Não rondeis a bruxa nua!
Sapo na água e grilo na erva,
O compasso não se obstrua!

CATA-VENTO[12] *(para um lado)*

Da sociedade é a fina flor;
Noivas vejo aqui a rodo!
E solteirões! tem, sem favor,
Futuro rico o bando todo.

CATA-VENTO *(para o outro lado)*

E não se abrindo o solo prestes,
Tragando a mó ao pego interno,
Despencar-me-ei, com salto lestes,
De súbito no inferno.

XENIES[13]

Com torqueses mui pontudas,
Nós, insetos, viemos cá,
Pra prestar honras graúdas
A Satã, nosso papá.

HENNINGS[14]

Ouve o ingênuo telim-tlim
Com que brinca a turba em coro.
Hão de declarar, no fim,
Que seus corações são de ouro.

[12] Pessoas que se deixam levar pela direção em que sopra o vento; no contexto, "vira-casacas" que, "virando-se para um lado", julgam com simpatia e amabilidade os entes reunidos no Blocksberg, mas, voltando-se "para o outro lado", proferem sobre estes um juízo aniquilador.

[13] Em uma carta de setembro de 1796, Goethe refere-se às "xênies" (ou "xênias") satíricas que estava escrevendo em parceria com Schiller como "naturezas aladas de toda espécie: pássaros, borboletas e vespas".

[14] Referência ao literato August von Hennings, que em sua revista *Gênio da Época* lançara sobre Goethe e Schiller a acusação de imoralidade.

WALPURGISNACHTSTRAUM

MUSAGET

Ich mag in diesem Hexenheer
Mich gar zu gern verlieren;
Denn freilich diese wüßt' ich eh'r
Als Musen anzuführen.

CI-DEVANT GENIUS DER ZEIT

Mit rechten Leuten wird man was.
Komm, fasse meinen Zipfel!
Der Blocksberg, wie der deutsche Parnaß,
Hat gar einen breiten Gipfel.

NEUGIERIGER REISENDER

Sagt, wie heißt der steife Mann?
Er geht mit stolzen Schritten.   4.320
Er schnopert, was er schnopern kann.
„Er spürt nach Jesuiten."

KRANICH

In dem Klaren mag ich gern
Und auch im Trüben fischen;
Darum seht ihr den frommen Herrn
Sich auch mit Teufeln mischen.

WELTKIND

Ja für die Frommen, glaubet mir,
Ist alles ein Vehikel;
Sie bilden auf dem Blocksberg hier
Gar manches Konventikel.   4.330

TÄNZER

Da kommt ja wohl ein neues Chor?
Ich höre ferne Trommeln.

MUSAGET[15]

Gosto ter ao meu redor
Estas multidões confusas;
Sei apresentar melhor
Bruxas do que as nove musas.

CI-DEVANT GÊNIO DA ÉPOCA

Com figurões ficas mestrão;
A mim te agarres, se tens tino!
O Blocksberg e o Parnaso alemão
Têm ambos espaçoso pino.

VIAJANTE CURIOSO

O homem rijo, quem será,
Que tão arrogante passa?
Cheira cá, fareja lá;
De jesuítas se acha à caça.[16]

O GROU[17]

Gosto de pescar no claro
Como em turva embocadura;
Eis porque o beatão preclaro
Com demônios se mistura.

O MUNDANO[18]

Sim, para os beatos, podeis crer-mo,
Tudo serve de veículo;
Formam no Blocksberg íngreme e ermo,
De vez em quando, um conventículo.

DANÇARINO

Não vem lá um coro novo?
Ouço tamborins distantes.

---

[15] "Musaget", isto é, o "condutor das musas", intitulavam-se os suplementos da revista editada por Hennings, a qual passou a chamar-se, a partir de 1801, *Gênio do Século XIX* — por isso "*Ci-devant* [anteriormente] *Gênio da Época*". Goethe alude ainda aos nobres pós-Revolução Francesa, ditos "*ci-devant nobles*".

[16] Possível alusão ao iluminista Nicolai, que era conhecido por "farejar" maquinações de "jesuítas" por toda parte, e também ao "grou" Lavater, que aparece em seguida.

[17] Em 1829, Eckermann registra estas palavras de Goethe sobre Lavater: "A verdade rigorosa não era o seu elemento; enganava-se a si mesmo e aos outros. Por isso houve uma ruptura radical entre nós dois [...] O seu modo de andar era o de um grou, e assim ele aparece no Blocksberg".

[18] Durante uma viagem pelo Reno em 1774, na companhia de Lavater e Basedow, o teólogo e o pedagogo fanáticos, Goethe anotou: "Profeta à direita, profeta à esquerda, o mundano no meio", referindo-se a si mesmo.

WALPURGISNACHTSTRAUM

Nur ungestört! es sind im Rohr
Die unisonen Dommeln.

TANZMEISTER

Wie jeder doch die Beine lupft!
Sich, wie er kann, herauszieht!
Der Krumme springt, der Plumpe hupft
Und fragt nicht, wie es aussieht.

FIDELER

Das haßt sich schwer, das Lumpenpack,
Und gäb' sich gern das Restchen;   4.340
Es eint sie hier der Dudelsack,
Wie Orpheus' Leier die Bestjen.

DOGMATIKER

Ich lasse mich nicht irre schrein,
Nicht durch Kritik noch Zweifel.
Der Teufel muß doch etwas sein;
Wie gäb's denn sonst auch Teufel?

IDEALIST

Die Phantasie in meinem Sinn
Ist diesmal gar zu herrisch.
Fürwahr, wenn ich das alles bin,
So bin ich heute närrisch.   4.350

REALIST

Das Wesen ist mir recht zur Qual
Und muß mich baß verdrießen;
Ich stehe hier zum ersten Mal
Nicht fest auf meinen Füßen.

Continuai! na cana é o povo
De alcavarões[19] unissonantes.

MESTRE DA DANÇA[20]

Cada um remexe-se, estrebucha,
Faz o melhor que pode.
Pula o corcunda, arfa a gorducha,
Sem que a aparência os incomode.

RABEQUISTA

De morte odeiam-se deveras;
Mísera populaça!
Como a lira de Orfeu as feras,
A cornamusa é que a congraça.[21]

DOGMÁTICO[22]

Que importam críticas, desgabo,
Dúvidas e gritaria?
Deve ser qualquer cousa o diabo;
Se não, como é que os haveria?

IDEALISTA

Da fantasia o rebuliço
Me azoina aqui o juízo todo.
Deveras, se sou tudo isso,
Não sou mais do que um doido.[23]

REALISTA

Que chinfrim vulgar e baixo!
Só raiva pode influir-me;
Pela primeira vez não me acho
Aqui sobre os pés firme.[24]

[19] Espécie de garça que vive entre canas e juncos. Com estas aves estridentes, o "dançarino" introduz um novo grupo: como se verá, filósofos falastrões que não se entendem entre si.

[20] Goethe redigiu as falas do "mestre da dança" e do "rabequista" (que aludem à "mísera populaça" dos filósofos) em 1826, o único acréscimo ao texto do *Fausto* publicado em 1808.

[21] De forma pejorativa, os filósofos, reconciliados pela "cornamusa", são comparados às "feras" amansadas por Orfeu.

[22] Alusão a "dogmáticos" pré-kantianos que deduzem a existência de um ser a partir do conceito. Como nota Erich Schmidt, trata-se aqui de "um contraponto divertido à prova ontológica da existência de Deus".

[23] Ao contrário do "dogmático", para quem o "Sonho da Noite de Valpúrgis" é realidade, o "idealista" enxerga nesta fantasmagoria uma mera emanação do seu "eu", julgando-se um "doido".

[24] Sempre "firme" sobre os pés, o "realista" confessa estar inseguro em face das aparições desta noite.

WALPURGISNACHTSTRAUM

SUPERNATURALIST

Mit viel Vergnügen bin ich da
Und freue mich mit diesen;
Denn von den Teufeln kann ich ja
Auf gute Geister schließen.

SKEPTIKER

Sie gehn den Flämmchen auf der Spur,
Und glaub'n sich nah dem Schatze.   4.360
Auf Teufel reimt der Zweifel nur,
Da bin ich recht am Platze.

KAPELLMEISTER

Frosch im Laub und Grill' im Gras,
Verfluchte Dilettanten!
Fliegenschnauz' und Mückennas',
Ihr seid doch Musikanten!

DIE GEWANDTEN

Sanssouci, so heißt das Heer
Von lustigen Geschöpfen;
Auf den Füßen geht's nicht mehr,
Drum gehn wir auf den Köpfen.   4.370

DIE UNBEHÜLFLICHEN

Sonst haben wir manchen Bissen erschranzt,
Nun aber Gott befohlen!
Unsere Schuhe sind durchgetanzt,
Wir laufen auf nackten Sohlen.

IRRLICHTER

Von dem Sumpfe kommen wir,
Woraus wir erst entstanden;

SUPERNATURALISTA

Junto-me ao recreio vosso
Com prazer, como ninguém;
Já que dos demônios posso
Deduzir gênios do bem.[25]

CÉPTICO

Seguindo a chama abaixo, acima,
Creem que o tesouro luz; mas cismo,
Se errôneo com demônio rima,
Que mais me vale o cepticismo.[26]

REGENTE DE ORQUESTRA

Sapo na água, grilo na erva,
Miseráveis diletantes!
Moscas, rãs, toda a caterva,
Músicos sois? sois farsantes!

OS DESEMBARAÇADOS[27]

Sans-souci se chama a banda
De ledíssimos mariolas;
Sobre os pés ninguém já anda,
Mas andamos sobre as bolas.

OS DESAJEITADOS[28]

Tivemos mais de um bom repasto,
Mas, ora, é um deus que nos acuda!
Nosso calçado está já gasto,
A sola tem de andar desnuda.

FOGOS-FÁTUOS[29]

Viemos para cá, do charco
De que somos fátuos filhos;

---

[25] A aparição dos seres demoníacos confirma para o "supernaturalista" sua fé no mundo sobrenatural, e este deduz daí a existência de "gênios do bem".

[26] O "tesouro" indicado pela "chama", que se move "abaixo, acima", sinaliza a existência do "demônio", o qual rima com "errôneo", reforçando o ceticismo do personagem. No original, *Teufel* (demônio) rima com *Zweifel* (dúvida).

[27] O "regente" introduziu um terceiro grupo, com conotações políticas: figuras típicas da sociedade pós-Revolução Francesa. À frente do grupo, surgem os "desembaraçados", que se adaptam sem preocupação (*Sans-souci*), oportunistas sempre bem-sucedidos.

[28] Os antigos nobres e membros da corte forçados a deixar a França. Uma das "Xênias", do *Almanaque das Musas* de 1797, diz: "Do aristocrata em farrapos, livrai-me, ó deuses,/ E também do *sans-cullote* com dragonas e patente".

[29] Arrivistas que ascenderam do nada (como "fogos-fátuos" que se originam de pântanos) para brilhar artificialmente na nova ordem social.

WALPURGISNACHTSTRAUM

Doch sind wir gleich im Reihen hier
Die glänzenden Galanten.

STERNSCHNUPPE

Aus der Höhe schoß ich her
Im Stern- und Feuerscheine,   4.380
Liege nun im Grase quer —
Wer hilft mir auf die Beine?

DIE MASSIVEN

Platz und Platz! und ringsherum!
So gehn die Gräschen nieder,
Geister kommen, Geister auch
Sie haben plumpe Glieder.

PUCK

Tretet nicht so mastig auf
Wie Elefantenkälber,
Und der Plumpst' an diesem Tag
Sei Puck, der Derbe, selber.   4.390

ARIEL

Gab die liebende Natur,
Gab der Geist euch Flügel,
Folget meiner leichten Spur,
Auf zum Rosenhügel!

ORCHESTER (pianissimo)

Wolkenzug und Nebelflor
Erhellen sich von oben.
Luft im Laub und Wind im Rohr,
Und alles ist zerstoben.

SONHO DA NOITE DE VALPÚRGIS

Formamos, pois, na ronda o arco
Dos galantes peralvilhos.

ESTRELA CADENTE[30]

Caí de órbitas supernas,
No clarão de fogo e estrelas,
Jazo na erva; minhas pernas!
Quem me ajuda a soerguê-las?

OS MACIÇOS[31]

Mais lugar! ali e além!
Dobram-se ervas, caem arbustos,
Gênios vêm, gênios também
Podem ter membros robustos.

PUCK

Não piseis, súcia brutaz,
Com patadas de elefante;
Quem faça hoje patatrás,
Seja Puck, o rude infante.

ARIEL

Deu-te o empíreo, amante e vasto,
Deu-te o gênio asas viçosas,
Segue meu ligeiro rasto
Para o morro, lá, das rosas!

ORQUESTRA (pianissimo)

Nuvrejão, véu de neblina,
Dissolvem-se na aurora.
Vento na haste, ar na campina,
E tudo se evapora.

[30] Celebridades que, como estrelas cadentes, brilham por um instante e depois se extinguem.

[31] A "massa" compacta que abre caminho com os cotovelos e passa indistintamente por cima de tudo — à frente vem Puck, também um espírito grosseiro: "Quem faça hoje patatrás,/ Seja Puck, o rude infante". Em seguida à fala de Puck, Ariel, espírito etéreo e delicado, convoca os elfos a dirigirem-se ao "morro das rosas", onde fica o feérico palácio de Oberon. Com isso, a cena se esvazia, restando à orquestra fazer soar, em pianissimo, o acorde final para o encerramento desse intermezzo da "Noite de Valpúrgis".

Trüber Tag — Feld

Dia sombrio — Campo

Enquanto as cenas "Na fonte", "Diante dos muros fortificados da cidade", "Noite" e "Catedral", imediatamente anteriores ao complexo da "Noite de Valpúrgis", mostram o recrudescimento da aflição de Margarida, abre-se aqui a série de acontecimentos que levam rápida e inexoravelmente para a catástrofe final. Entre essas duas sequências cênicas Goethe deixou implícitos, situando-os por assim dizer "atrás do palco", o nascimento e o assassinato (por afogamento) da criança, a prisão de Gretchen, o processo e a sua condenação à morte.

Com algumas leves diferenças, esta cena já se encontra no *Urfaust*, intitulada apenas "Fausto, Mefistófeles", que aqui aparece como indicação cênica. Muito provavelmente, Goethe a escreveu, assim como as duas cenas subsequentes, já em 1772, após a execução em Frankfurt, no dia 14 de janeiro, da infanticida de 24 anos Susanna Margaretha Brandt, cujo processo ele acompanhara detalhadamente. A frase de Mefisto: "Ela não é a primeira", que faz ferver a revolta e a indignação de Fausto, foi tomada aos autos do processo, examinados aliás também pelo pai de Goethe em sua própria casa.

Na versão original da tragédia, as três últimas cenas estão redigidas em prosa, no estilo característico do movimento *Sturm und Drang* ("Tempestade e Ímpeto"), impregnado de exclamações, interjeições, elipses, repetições de palavras, imagens arrojadas etc. Somente em relação à cena "Dia sombrio — Campo", Goethe manteve a versão em prosa, suspendendo assim um dos princípios que nortearam a redação final do *Fausto I*, explicitado com as seguintes palavras numa carta a Schiller datada de 5 de maio de 1798: "Algumas cenas trágicas estavam escritas em prosa; em virtude de sua naturalidade e força elas tornaram-se agora, comparadas com o material restante, inteiramente insuportáveis. Por isso procuro atualmente transpô-las para versos, pois assim a ideia irá transluzir como que através de um véu, mas o efeito imediato do assunto monstruoso será abafado".

Findo o mundo ominoso e demoníaco da "Noite de Valpúrgis", que por sua vez se seguiu à esfera poética e espiritualizada das cenas em torno de Gretchen, o leitor ou espectador se vê aqui diante da mais crassa realidade, e poderá estranhar talvez a ausência de qualquer autocrítica por parte de Fausto, já que todas as suas invectivas e maldições se dirigem exclusivamente contra Mefistófeles. [M.V.M.]

TRÜBER TAG — FELD

(Faust. Mephistopheles)

FAUST

Im Elend! Verzweifelnd! Erbärmlich auf der Erde lange verirrt und nun gefangen! Als Missetäterin im Kerker zu entsetzlichen Qualen eingesperrt das holde unselige Geschöpf! Bis dahin! dahin! — Verräterischer, nichtswürdiger Geist, und das hast du mir verheimlicht! — Steh nur, steh! Wälze die teuflischen Augen ingrimmend im Kopf herum! Steh und trutze mir durch deine unerträgliche Gegenwart! Gefangen! Im unwiederbringlichen Elend! Bösen Geistern übergeben und der richtenden gefühllosen Menschheit! Und mich wiegst du indes in abgeschmackten Zerstreuungen, verbirgst mir ihren wachsenden Jammer und lässest sie hülflos verderben!

MEPHISTOPHELES

Sie ist die Erste nicht.

FAUST

Hund! abscheuliches Untier! — Wandle ihn, du unendlicher Geist! wandle den Wurm wieder in seine Hundsgestalt, wie er sich oft nächtlicher Weile gefiel, vor mir herzutrotten, dem harmlosen Wandrer vor die Füße zu kollern und sich dem niederstürzenden auf die Schultern zu hängen. Wandl' ihn wieder in seine Lieblingsbildung, daß er vor mir im Sand auf dem Bauch krieche, ich ihn mit Füßen trete, den Verworfnen! — Die Erste nicht! — Jammer! Jammer! von keiner Menschenseele zu fassen, daß mehr als ein Geschöpf in die Tiefe dieses Elendes versank, daß nicht das erste genug tat für die Schuld aller übrigen in seiner windenden Todesnot vor den Augen des ewig Verzeihenden! Mir

DIA SOMBRIO — CAMPO

(Fausto, Mefistófeles)

FAUSTO

Na desventura, em desespero! Miseravelmente errante sobre a terra e finalmente prisioneira![1] Encarcerada como criminosa, entregue a sofrimentos cruéis, a meiga, infausta criatura! Até este ponto! Até este ponto! — E mo ocultaste tu, traiçoeiro, infame Gênio! — Pois sim, queda-te ali! Revolve em fúria os olhos demoníacos dentro da fronte! Provoca-me com teu aspecto odioso! Encarcerada! em infortúnio irremediável! Entregue a gênios maus e à humanidade justiceira e impiedosa! E a mim, no entanto, embalas com insulsas diversões,[2] dela me ocultas o crescente desespero e a entregas, indefesa, à perdição!

MEFISTÓFELES

Não é ela a primeira.

FAUSTO

Bruto! Monstro execrando! — Transforma-o tu, Gênio Infinito![3] Sim, torna a dar-lhe a vil feição de cão, que ele adotava, outrora, em folgas noturnais, quando, trotando à minha frente, se arrojava aos pés do caminhante incauto e aos ombros lhe saltava após lançá-lo ao solo. Sim, torna a dar-lhe a sua forma predileta, a fim de que ante mim se roje sobre o ventre, para que aos pés na poeira o pise, a esse maldito! — Não é ela a primeira! — Lástima! Miséria! Humana alma haverá que o possa conceber? Ter soçobrado mais de uma criatura já em tão funda aflição? Não ter já a primeira, ao estorcer-se em seu mortal tormento, pago pra sempre a culpa das demais perante o olhar d'Aquele que perdoa eternamente![4] A mim traspassa-me, até ao

[1] Estas palavras sugerem que Margarida já havia empreendido uma tentativa de fuga. Na cena "Cárcere" ela recusará decididamente uma nova proposta nesse sentido.

[2] Possível referência às "diversões" desdobradas nas duas cenas anteriores, ambientadas no Blocksberg na noite de 1º de maio. Como esta referência já se encontra no *Urfaust* (mas não as próprias cenas), pode-se supor que Goethe tenha concebido a "Noite de Valpúrgis" logo no início do trabalho na tragédia.

[3] Fausto dirige-se aqui ao Gênio da Terra (*Erdgeist*), que lhe aparecera fugazmente na primeira cena "Noite". Estas palavras dão a entender que Fausto considera Mefistófeles como um enviado do Gênio da Terra, sem atentar à discrepância entre a autoapresentação de Mefisto ("Sou parte da Energia/ Que sempre o Mal pretende e que o Bem sempre cria./ O Gênio sou que sempre nega!") e a daquele outro espírito ("Do Tempo assim movo o tear milenário,/ E da divindade urdo o vivo vestuário."). Esta exortação de Fausto ao "Gênio Infinito", assim como sua apóstrofe ao

TRÜBER TAG — FELD

wühlt es Mark und Leben durch, das Elend dieser Einzigen; du grinsest gelassen über das Schicksal von Tausenden hin!

MEPHISTOPHELES

Nun sind wir schon wieder an der Grenze unsres Witzes, da wo euch Menschen der Sinn überschnappt. Warum machst du Gemeinschaft mit uns, wenn du sie nicht durchführen kannst? Willst fliegen und bist vorm Schwindel nicht sicher? Drangen wir uns dir auf, oder du dich uns?

FAUST

Fletsche deine gefräßigen Zähne mir nicht so entgegen! Mir ekelt's! — Großer herrlicher Geist, der du mir zu erscheinen würdigtest, der du mein Herz kennest und meine Seele, warum an den Schandgesellen mich schmieden, der sich am Schaden weidet und am Verderben sich letzt?

MEPHISTOPHELES

Endigst du?

FAUST

Rette sie! oder weh dir! Den gräßlichsten Fluch über dich auf Jahrtausende!

MEPHISTOPHELES

Ich kann die Bande des Rächers nicht lösen, seine Riegel nicht öffnen. — Rette sie! — Wer war's, der sie ins Verderben stürzte? Ich oder du?

FAUST (blickt wild umher)

DIA SOMBRIO — CAMPO

âmago dos ossos, o infortúnio duma só; e escarneces tu, plácido e sorridente, o fado de milhares!

MEFISTÓFELES

Tornamos aos confins do vosso entendimento, lá, onde a vós, mortais, o juízo se alucina. Por que é que entraste em comunhão conosco, se és incapaz de sustentá-la? Almejas voar e não te sentes livre da vertigem? Pois fomos nós que a ti nos impusemos, ou foste tu que te impuseste a nós?[5]

FAUSTO

Deixa de arreganhar assim os teus vorazes dentes! Nauseias-me! — Sublime, imenso Espírito, ó tu que te dignaste aparecer-me, que o coração e a alma me conheces, por que me aferras ao nefando bruto que com a desgraça se deleita e se compraz com a perdição?[6]

MEFISTÓFELES

Inda não terminaste?

FAUSTO

Tens de salvá-la, ou ai de ti! A mais horrenda maldição te acompanhe por milênios!

MEFISTÓFELES

Não me é possível desprender os laços da justiça vingadora, não posso abrir os seus cadeados.[7] — Tens de salvá-la! — E quem foi que a lançou à perdição? Fui eu ou foste-o tu?

FAUSTO (*lança ao redor olhares de revolta e de desespero*)

"Sublime Gênio" na cena "Floresta e gruta", geraram uma discussão interminável na bibliografia secundária sobre as relações entre Mefistófeles e o espírito invocado na cena "Noite".

[4] No *Urfaust*, em cujo final ainda não se ouve a "voz do alto" que anuncia o perdão e a salvação de Margarida, lê-se apenas "perante o olhar do Eterno".

[5] Aproveitando-se do equívoco de Fausto em associá-lo com o espírito invocado na cena "Noite", Mefisto faz de si e do Gênio da Terra um "nós".

[6] Com algumas variações, Fausto retoma aqui um pensamento que explicitara em versos da cena "Floresta e gruta": "Juntaste o companheiro que não posso/ Já dispensar, embora, com insolência,/ Me avilte ante mim próprio, e um mero bafo seu/ Reduza as tuas dádivas a nada".

[7] Isto é, os "cadeados" da autoridade terrena, sobre cujas instâncias (no contexto, o "cárcere" de Margarida) o diabo, segundo a crendice popular, não tinha poder.

TRÜBER TAG — FELD

MEPHISTOPHELES

Greifst du nach dem Donner? Wohl, daß er euch elenden Sterblichen nicht gegeben ward! Den unschuldig Entgegnenden zu zerschmettern, das ist so Tyrannenart, sich in Verlegenheiten Luft zu machen.

FAUST

Bringe mich hin! Sie soll frei sein!

MEPHISTOPHELES

Und die Gefahr, der du dich aussetzest? Wisse, noch liegt auf der Stadt Blutschuld von deiner Hand. Über des Erschlagenen Stätte schweben rächende Geister und lauern auf den wiederkehrenden Mörder.

FAUST

Noch das von dir? Mord und Tod einer Welt über dich Ungeheuer! Führe mich hin, sag' ich, und befrei sie!

MEPHISTOPHELES

Ich führe dich, und was ich tun kann, höre! Habe ich alle Macht im Himmel und auf Erden? Des Türners Sinne will ich umnebeln, bemächtige dich der Schlüssel und führe sie heraus mit Menschenhand! Ich wache! die Zauberpferde sind bereit, ich entführe euch. Das vermag ich.

FAUST

Auf und davon!

MEFISTÓFELES

Pretendes agarrar o raio?[8] Inda bem, míseros mortais, não terdes vós esse poder! Aniquilar o inocente que os enfrenta, é o modo pelo qual tiranos aliviam seus pesares.

FAUSTO

Leva-me a ela! Tem de ser salva!

MEFISTÓFELES

E o perigo a que te expões? Recorda-te de que ainda paira, inexpiado, o teu sangrento crime[9] sobre a urbe. Flutuam gênios vingadores por sobre o pouso espiritual da vítima, a espreitar a volta do assassino.

FAUSTO

Mais isso ainda te devo? Morte e sangue do universo sobre ti, maldito! Leva-me a ela, digo, e solta-lhe os grilhões!

MEFISTÓFELES

Levar-te-ei, sim, e ouve agora o que me é dado empreender. Todo o poder no firmamento e sobre a terra, acaso, é meu?[10] Do carcereiro entonteço os sentidos, apossa-te das chaves, e para fora a guie a tua mão humana. Lá me acho vigilante, os mágicos corcéis de prontidão! levo-vos ambos. Este é o poder que tenho.

FAUSTO

Pois vamos, vamos!

[8] Alusão ao poder de Zeus de fulminar humanos com o raio.

[9] *Blutschuld* ("culpa ou dívida de sangue"), no original: referente ao assassinato, ainda não expiado, de Valentim. Goethe não emprega aqui um termo jurídico da época, mas sim uma "lei" do Antigo Testamento (*Números*, 35: 33): "Não profanareis a terra onde estais. O sangue profana a terra, e não há para a terra outra expiação do sangue derramado senão a do sangue daquele que o derramou".

[10] No original ressoam aqui, ainda mais claramente do que na tradução brasileira, as palavras de Cristo (*Mateus*, 28: 18): "Toda a autoridade sobre o céu e sobre a terra me foi entregue".

Nacht — Offen Feld

Noite — Campo aberto

Esta penúltima cena, em versos não rimados e com número variável de sílabas, é a mais curta do *Fausto*, e faz lembrar em sua brevidade (tão apreciada pelos dramaturgos do *Sturm und Drang*) várias cenas do drama *Götz von Berlichingen*, que Goethe escreveu, em sua primeira versão, durante algumas semanas de 1771.

Cavalgando velozmente sobre cavalos mágicos, Fausto e Mefistófeles avistam espíritos agourentos ("um grêmio de bruxas", segundo este) ocupados de maneira enigmática com os preparativos para a execução de Margarida. Erich Trunz supõe que os espíritos estejam consagrando o patíbulo em que a moça será decapitada. Uma vez, porém, que as execuções aconteciam geralmente no centro da cidade (como a de Margaretha Brandt, que se deu na Praça do Mercado de Frankfurt), haveria discrepância com a indicação cênica "Campo aberto".

Em todo caso, trata-se de uma visão funesta e fantasmagórica, inspirada talvez na aparição das três bruxas na tragédia shakespeariana *Macbeth*. [M.V.M.]

NACHT — OFFEN FELD

(Faust, Mephistopheles,
auf schwarzen Pferden daherbrausend)

FAUST

Was weben die dort um den Rabenstein?

MEPHISTOPHELES

Weiß nicht, was sie kochen und schaffen.　　　　　　　　4.400

FAUST

Schweben auf, schweben ab, neigen sich, beugen sich.

MEPHISTOPHELES

Eine Hexenzunft.

FAUST

Sie streuen und weihen.

MEPHISTOPHELES

Vorbei! Vorbei!

NOITE — CAMPO ABERTO

*(Fausto e Mefistófeles, sobre cavalos negros,
passando em carreira desabalada)*

FAUSTO

Que tramam lá, na Pedra dos Corvos?[1]

MEFISTÓFELES

Não sei o que estão fervendo e urdindo.

FAUSTO

Planam cá, planam lá, a vergar-se, a inclinar-se.

MEFISTÓFELES

Um grêmio de bruxas.

FAUSTO

Espalham e sagram.

MEFISTÓFELES

Avante! Avante!

[1] *Rabenstein*, no original: designação para um local elevado e murado em que tinham lugar as execuções. Provavelmente este topônimo se deve também ao ajuntamento de "corvos" nas proximidades de onde ficaria o cadáver do condenado. Contudo, não se trata aqui de uma referência inequívoca ao lugar da execução iminente de Margarida.

Kerker

Cárcere

Esta cena final, que em sua pungente tragicidade encontra poucos paralelos na literatura mundial, oferece também a melhor ilustração para o princípio estético que presidiu à versificação do "assunto monstruoso" em torno de Margarida. Conforme a intenção do poeta expressa na carta a Schiller de 5 de maio de 1798 (já citada), os acontecimentos que na prosa indômita do *Urfaust* geram um efeito demasiado crasso sobre o leitor ou espectador — o encarceramento da moça, sua loucura e agonia inominável — transluzem agora de maneira atenuada, como que através do "véu" urdido pelos versos do Goethe classicista. Enquanto Trunz enxerga nesta versão definitiva da cena "Cárcere" um expressivo exemplo do que se pode ganhar com a transposição para versos de um texto em prosa, Schöne considera se a atenuação versificada do "assunto monstruoso" não teria acarretado por vezes um enfraquecimento poético do "efeito imediato" que subjaz à versão em prosa.

Exprimindo-se em versos irregulares (com número variável de sílabas) e num ritmo instável, Margarida reporta-se, num discurso alucinatório e fragmentado, a acontecimentos anteriores e traz à tona a esfera espiritual em que se encontra. Vale-se, em sua fala, sobretudo de símbolos: o pássaro do conto de fadas, a coroa e as flores nupciais, túmulos e espada, a mãe sentada imóvel sobre a pedra e, por fim, a visão de anjos e de um Deus justiceiro. É a linguagem característica do profundo desespero que se apoderou da moça dilacerada por impulsos emocionais que se alternam bruscamente, já alienada do mundo real, mas por vezes lúcida e clarividente em seu desvario.

Ao mesmo tempo que vislumbra na condição psicológica de Margarida a antiga concepção da "loucura sagrada" (*morbus sacer*), Albrecht Schöne aponta para possíveis paralelos com a lenda hagiográfica de Santa Margarida (*Sanct Margarita*), tal como narrada no livro *Chorus Sanctorum Omnium* (1563), que integrava a biblioteca particular de Goethe. Ali se relata a história de uma moça de quinze anos ("quatorze anos já há de ter", diz Fausto ao avistar Margarida na cena "Rua"), que, por não se submeter a um administrador local, é encarcerada numa prisão em que lhe aparecem demônios sob a aparência de dragões. Graças à sua fé inabalável, vence-os a todos, mas por fim é condenada à decapitação e o carrasco "a abateu com um golpe de espada/ e assim separou a sua cabeça do seu corpo" (*mit dem schwerd in einem strich nidder gehawen/ vnd jr Heupt von jrem Leibe gelöset*).

Fechando-se cada vez mais na esfera religiosa, Margarida recusa-se a abandonar o cárcere (que para ela se converte então em "sagrado asilo") na companhia de Fausto, supera o temor da morte e desprende-se de todos os vínculos terrenos. A intensificação dos traços religiosos em torno de sua figura culmina finalmente na manifestação da "voz do alto" (inexistente no *Urfaust*), que se contrapõe à sentença de Mefisto ("Está julgada!") e já lança ao mesmo tempo um arco simbólico para o final do *Fausto II*. [M.V.M.]

KERKER

FAUST *(mit einem Bund Schlüssel und einer Lampe,*
vor einem eisernen Türchen)

Mich faßt ein längst entwohnter Schauer,
Der Menschheit ganzer Jammer faßt mich an.
Hier wohnt sie, hinter dieser feuchten Mauer,
Und ihr Verbrechen war ein guter Wahn!
Du zauderst, zu ihr zu gehen!
Du fürchtest, sie wiederzusehen!   4.410
Fort! Dein Zagen zögert den Tod heran.

(Er ergreift das Schloß. Es singt inwendig)

Meine Mutter, die Hur',
Die mich umgebracht hat!
Mein Vater, der Schelm,
Der mich gessen hat!
Mein Schwesterlein klein
Hub auf die Bein',
An einem kühlen Ort;
Da ward ich ein schönes Waldvögelein;
Fliege fort, fliege fort!   4.420

FAUST *(aufschließend)*

Sie ahnet nicht, daß der Geliebte lauscht,
Die Ketten klirren hört, das Stroh, das rauscht.

(Er tritt ein)

MARGARETE *(sich auf dem Lager verbergend)*

Weh! Weh! Sie kommen. Bittrer Tod!

FAUST *(Leise)*

Still! Still! ich komme, dich zu befreien.

CÁRCERE

FAUSTO *(com um molho de chaves e uma lanterna,
em frente a uma portinha de ferro)*

> Varre-me o corpo um calafrio.
> Toda a miséria humana aqui me oprime.
> Jaz, ela, aqui, detrás do muro frio,
> E uma ilusão de amor, eis o seu crime!
> Receias ter de apercebê-la!
> Vacilas em tornar a vê-la!
> Vai, teu temor faz com que a morte mais se anime!

(Pega na fechadura. Ouve-se canto do interior)[1]

> Minha mãe, a perdida,
> Que me matou!
> Meu pai malandro,
> Que me tragou!
> Minha irmãzinha pequenina
> A ossada na campina
> Guardou, junto à lagoa;
> Passarinho fiquei que no ar se empina;
> Voa-te embora, voa, voa!

FAUSTO *(abrindo a porta)*

> Ela não sente que a ouve o seu amante,
> Que ouve o tinir do ferro, a palha sussurrante.

(Entra)

MARGARIDA *(ocultando-se sobre o leito)*

> Ei-los! ai! morte amarga, fria!

FAUSTO *(baixinho)*

> Psiu, quieta! libertar-te, vim.

[1] Uma vez que Margarida empresta aqui sua voz à criança morta, Goethe usa o pronome neutro (*Es singt inwendig*). A canção cita, com variantes, versos do conto "Da árvore de zimbro", que Goethe conhecia da tradição oral, ainda antes de ser anotado em 1806 por Philipp Otto Runge e incluído depois pelos irmãos Grimm em sua coletânea de contos maravilhosos. A história fala de uma mulher que mata o seu pequeno enteado e o prepara depois para a refeição do marido. A alma do menino transforma-se num pássaro que recobra a sua forma humana após a morte da madrasta, mas antes procura denunciar o infanticídio com uma canção: "Minha mãe, que me matou,/ meu pai, que me comeu,/ minha irmã, a pequena Marlene,/ procura todos os meus ossinhos/ e os junta em um pano de seda,/ coloca-os sob a árvore de zimbro;/ kiwitt, kiwitt, ah!, que belo pássaro sou eu!". Os versos da "canção do cárcere" identificam Fausto com o pai "malandro" (*Schelm*, no original), cabendo àquela que os entoa o papel da madrasta malvada. (Vale notar que os frutos do zimbro podiam ser usados para induzir o aborto.)

KERKER

MARGARETE *(sich vor ihn hinwälzend)*

Bist du ein Mensch, so fühle meine Not.

FAUST

Du wirst die Wächter aus dem Schlafe schreien!

(Er faßt die Ketten, sie aufzuschließen)

MARGARETE *(auf den Knieen)*

Wer hat dir, Henker, diese Macht
Über mich gegeben!
Du holst mich schon um Mitternacht.
Erbarme dich und laß mich leben!   4.430
Ist's morgen früh nicht zeitig genung?

(Sie steht auf)

Bin ich doch noch so jung, so jung!
Und soll schon sterben!
Schön war ich auch, und das war mein Verderben.
Nah war der Freund, nun ist er weit;
Zerrissen liegt der Kranz, die Blumen zerstreut.
Fasse mich nicht so gewaltsam an!
Schone mich! Was hab' ich dir getan?
Laß mich nicht vergebens flehen,
Hab' ich dich doch mein Tage nicht gesehen!   4.440

FAUST

Werd' ich den Jammer überstehen!

MARGARETE

Ich bin nun ganz in deiner Macht.
Laß mich nur erst das Kind noch tränken.
Ich herzt' es diese ganze Nacht;
Sie nahmen mir's, um mich zu kränken,

CÁRCERE

MARGARIDA *(contorcendo-se no chão perante ele)*

Se és ser humano, sente-me a agonia.

FAUSTO

A guarda acordarás, gritando assim!

(Pega nas correntes, para abri-las)

MARGARIDA *(de joelhos)*

Carrasco, quem te deu, nas trevas,
Sobre mim tal poder?
À meia-noite já me levas.
Piedade! deixa-me viver!
Espera a aurora, a noite logo finda!

(Ela se levanta)

Pois sou tão nova, ah! tão nova ainda!
E morro, ai minha pobre vida!
Fui bela, eis por que estou perdida!
Tão longe estão amado[2] e amores,
Murcha[3] a grinalda, esparsas as flores.
Não me agarres com fúria tal!
Poupa-me! fiz-te eu algum mal?
Não deixes que te implore em vão,
Se nunca até te houvera visto, não![4]

FAUSTO

Resisto a tão cruenta aflição?

MARGARIDA

Estou em teu poder, bem sei.
Só deixes que o nenê ainda amamente;
A noite toda o acalentei;[5]
Por malvadez roubaram-me o inocente,

[2] *Freund*, no original, a mesma palavra usada por Goethe em sua tradução do *Cântico dos cânticos*. Nas traduções para o português (como na *Bíblia de Jerusalém*, 5: 2-6), a palavra correspondente é também "amado": "Eu dormia,/ mas meu coração velava/ e ouvi o meu amado que batia: [...]/ Ponho-me de pé/ para abrir ao meu amado".

[3] No original, *zerrissen*, "despedaçada". Símbolo da virgindade, a "grinalda" (ou coroa de flores) podia ser destruída e as suas flores espalhadas quando se supunha que a noiva a usava indevidamente.

[4] Literalmente, no original: "Pois nunca te vi nos dias de minha vida!".

[5] Todos os cuidados maternais que Margarida tivera com a sua irmãzinha (narrados a Fausto na cena "Jardim") são transferidos agora para a criança assassinada.

KERKER

Und sagen nun, ich hätt' es umgebracht.
Und niemals werd' ich wieder froh.
Sie singen Lieder auf mich! Es ist bös von den Leuten!
Ein altes Märchen endigt so,
Wer heißt sie's deuten?   4.450

FAUST *(wirft sich nieder)*

Ein Liebender liegt dir zu Füßen,
Die Jammerknechtschaft aufzuschließen.

MARGARETE *(wirft sich zu ihm)*

O laß uns knien, die Heil'gen anzurufen!
Sieh! unter diesen Stufen,
Unter der Schwelle
Siedet die Hölle!
Der Böse,
Mit furchtbarem Grimme,
Macht ein Getöse!

FAUST *(laut)*

Gretchen! Gretchen!   4.460

MARGARETE *(aufmerksam)*

Das war des Freundes Stimme!

(Sie springt auf. Die Ketten fallen ab)

Wo ist er? Ich hab' ihn rufen hören.
Ich bin frei! Mir soll niemand wehren.
An seinen Hals will ich fliegen,
An seinem Busen liegen!
Er rief: Gretchen! Er stand auf der Schwelle.
Mitten durchs Heulen und Klappen der Hölle,
Durch den grimmigen, teuflischen Hohn
Erkannt' ich den süßen, den liebenden Ton.

E agora dizem que o matei.
Nunca a alegria torna a mim.
Gente má que lá canta! é comigo a canção![6]
Um velho fado[7] acaba assim,
A quem faz alusão?

FAUSTO *(lança-se-lhe aos pés)*

O teu amante aos teus pés jaz,
Que os cruéis ferros te desfaz.

MARGARIDA *(lançando-se ao seu lado)*

Oh, ajoelhemos a invocar os santos!
Vê! sob aqueles cantos,
Sob o arco interno,
Ferve o inferno.
Faz o demônio,
Com fúria troante,
Um pandemônio!

FAUSTO *(em voz alta)*

Gretchen! Gretchen!

MARGARIDA *(atenta)*

É a voz de meu amante![8]

(Ergue-se de um salto. As cadeias desprendem-se)

Ouvi-o a chamar-me, onde está?
Estou livre! ninguém me impedirá![9]
Quero voar-lhe nos braços!
Sentir os seus abraços!
Chamou-me! estava ali, no umbral.
Por entre a fúria, o escárnio infernal,
Por todo o atroz, diabólico clamor,
Ouvi sua voz meiga, impregnada de amor!

[6] Até o século XIX era costume compor canções e baladas populares (*Moritaten, Bänkellieder*) sobre casos de infanticídio, entre vários outros temas. Trata-se também de uma forma de comunicação característica de épocas em que ainda não havia jornais (ou apenas as notícias mais importantes eram veiculadas) — corresponde de certa forma ao sistema da "matraca", como descrito por Machado de Assis na novela *O alienista*.

[7] *Märchen*, no original: conto maravilhoso ou de fadas. Em seu desvario, Margarida pode estar aludindo à canção do "Conto da árvore de zimbro", que acabara de entoar com algumas variações.

[8] *Freund*, no original, que cita novamente o *Cântico dos cânticos* (2: 8): "A voz do meu amado!".

[9] Logo que reconhece a voz de Fausto, que certamente acabou de abrir as "cadeias" com as chaves providenciadas por Mefisto, Margarida sente-se "livre", embora se oponha em seguida ao plano de fuga.

KERKER

FAUST

Ich bin's!

MARGARETE

Du bist's! O sag' es noch einmal! 4.470

(Ihn fassend)

Er ist's! Er ist's! Wohin ist alle Qual?
Wohin die Angst des Kerkers? der Ketten?
Du bist's! Kommst, mich zu retten!
Ich bin gerettet! —
Schon ist die Straße wieder da,
Auf der ich dich zum ersten Male sah.
Und der heitere Garten,
Wo ich und Marthe deiner warten.

FAUST *(fortstrebend)*

Komm mit! Komm mit!

MARGARETE

O weile!
Weil' ich doch so gern, wo du weilest 4.480

(Liebkosend)

FAUST

Eile!
Wenn du nicht eilest,
Werden wir's teuer büßen müssen.

MARGARETE

Wie? du kannst nicht mehr küssen?
Mein Freund, so kurz von mir entfernt,

CÁRCERE

FAUSTO

Sou eu!

MARGARIDA

És tu! Sim! oh torna a dizê-lo!

(Apegando-se a ele)

Ele! É ele! Onde está já o pesadelo?
Do cárcere o terror? o transe, o alarme?
És tu, vieste salvar-me!
Estou já salva!
Ressurge já a rua aqui,[10]
Em que a primeira vez te vi.
E o jardinzinho, com seus flóreos ramos,
Em que eu e Marta te esperamos.

FAUSTO *(tentando levá-la consigo)*

Comigo! Foge!

MARGARIDA

Oh! para ainda, meu bem!
Tão feliz paro eu onde quer que pares!

(Acariciando-o)

FAUSTO

Anda, anda, vem!
Se não te aviares,
Bem caro o haveremos de expiar.

MARGARIDA

Como? e não sabes mais beijar?
Tão pouco ausente, meu querido,

[10] Confundindo a atual situação de encarceramento com o idílio amoroso passado, Margarida relembra aqui as primeiras estações de sua relação com Fausto: a "rua" do encontro inicial (em que este lhe oferecera o "braço e companhia") e, em seguida, o "jardim" em que desabrochou a paixão.

KERKER

Und hast 's Küssen verlernt?
Warum wird mir an deinem Halse so bang?
Wenn sonst von deinen Worten, deinen Blicken
Ein ganzer Himmel mich überdrang,
Und du mich küßtest, als wolltest du mich ersticken.   4.490
Küsse mich!
Sonst küss' ich dich!

(Sie umfaßt ihn)

O weh! deine Lippen sind kalt,
Sind stumm.
Wo ist dein Lieben
Geblieben?
Wer brachte mich drum?

(Sie wendet sich von ihm)

FAUST

Komm! Folge mir! Liebchen, fasse Mut!
Ich herze dich mit tausendfacher Glut;
Nur folge mir! Ich bitte dich nur dies!   4.500

MARGARETE *(zu ihm gewendet)*

Und bist du's denn? Und bist du's auch gewiß?

FAUST

Ich bin's! Komm mit!

MARGARETE

                    Du machst die Fesseln los,
Nimmst wieder mich in deinen Schoß.
Wie kommt es, daß du dich vor mir nicht scheust? —
Und weißt du denn, mein Freund, wen du befreist?

Tens já o beijar desaprendido?
Mas, por que junto a ti me atemorizo?
Se outrora com teus lábios, teu olhar,
Em mim vertias todo um paraíso,
Aos beijos teus, quase a me sufocar...
Amado meu,
Beija-me, ou beijo-te eu!

(Abraça-o)

Ai de mim, teus lábios são frios!
Mudos, também.
Teu amor, onde
Se esconde?
Roubou-mo quem?

(Desvia-se dele)

FAUSTO

Vem! segue-me! ânimo, amorzinho!
Com ardor cêntuplo te acarinho,
Mas vem! imploro-te! ah, que esperas?

MARGARIDA *(fitando-o)*

E és mesmo tu? dize-me, e és tu, deveras?

FAUSTO

Sou eu! vem vindo![11]

MARGARIDA

       Rompes-me a corrente,
Reténs-me ao peito, outra vez, rente.
Como é, amigo, e não te vais de mim?
Ignoras quem põe-s livre assim?[12]

[11] Após assegurar a Margarida que é mesmo o seu amado, Fausto exorta-a novamente a acompanhá-lo na fuga (literalmente: "Sou eu! vem comigo!").

[12] Na versão original da tragédia, Margarida é mais enfática ao lembrar Fausto que ele está libertando uma infanticida: "Não compreendo! Tu! Rompidas as cadeias. Tu me libertas. A quem libertas? Sabes tu?".

KERKER

FAUST

Komm! komm! schon weicht die tiefe Nacht.

MARGARETE

Meine Mutter hab' ich umgebracht,
Mein Kind hab' ich ertränkt.
War es nicht dir und mir geschenkt?
Dir auch. — Du bist's! ich glaub' es kaum.   4.510
Gib deine Hand! Es ist kein Traum!
Deine liebe Hand! — Ach aber sie ist feucht!
Wische sie ab! Wie mich deucht,
Ist Blut dran.
Ach Gott! was hast du getan!
Stecke den Degen ein,
Ich bitte dich drum!

FAUST

Laß das Vergangne vergangen sein,
Du bringst mich um.

MARGARETE

Nein, du mußt übrigbleiben!   4.520
Ich will dir die Gräber beschreiben.
Für die mußt du sorgen
Gleich morgen;
Der Mutter den besten Platz geben,
Meinen Bruder sogleich darneben,
Mich ein wenig beiseit',
Nur nicht gar zu weit!
Und das Kleine mir an die rechte Brust.
Niemand wird sonst bei mir liegen!
Mich an deine Seite zu schmiegen,   4.530
Das war ein süßes, ein holdes Glück!
Aber es will mir nicht mehr gelingen;

FAUSTO

Vem! vem! a noite já clareia.

MARGARIDA

Não sabes? minha mãe, matei-a!
Afoguei meu filhinho amado.
Não nos fora ele a ambos nós dado?
A ti também. — És tu! Quase o não creio.
Dá-me a mão! Não é devaneio!
Querida mão! — Ah, mas que úmida está!
Enxuga-a! Cismo que há
Sangue nela, Virgem celeste![13]
Ah! que fizeste?
Põe a espada de lado;
Eu to rogo, o demando!

[13] Em seu delírio, Margarida acredita enxergar, na mão de Fausto, "sangue" e a "espada" com que Valentim foi morto.

FAUSTO

Deixa o passado ser passado,
Estás me matando.

MARGARIDA

Não! deves restar, não sucumbas!
Vou descrever-te as tumbas.
Delas cuida, logo amanhã,
Já de manhã;
Dá à mãezinha o melhor lugar,
Junto a ela, o mano, a repousar,
Eu, um pouco de lado,[14]
Mas não muito afastado!
E ao meu seio direito o pequenino.
Ninguém mais ficará comigo!
Aconchegar-me a ti, amigo,
Seria tal doçura e paz.
Mas já o não posso; olho-te, ali,

[14] Pessoas executadas eram normalmente enterradas longe das que morreram sem desonra (como a mãe e o irmão da moça encarcerada), às vezes fora dos muros da cidade.

KERKER

Mir ist's, als müßt' ich mich zu dir zwingen,
Als stießest du mich von dir zurück;
Und doch bist du's und blickst so gut, so fromm!

FAUST

Fühlst du, daß ich es bin, so komm!

MARGARETE

Dahinaus?

FAUST

Ins Freie.

MARGARETE

  Ist das Grab drauß,
Lauert der Tod, so komm!
Von hier ins ewige Ruhebett   4.540
Und weiter keinen Schritt —
Du gehst nun fort? O Heinrich, könnt' ich mit!

FAUST

Du kannst! So wolle nur! Die Tür steht offen.

MARGARETE

Ich darf nicht fort; für mich ist nichts zu hoffen.
Was hilft es fliehn? Sie lauern doch mir auf.
Es ist so elend, betteln zu müssen,
Und noch dazu mit bösem Gewissen!
Es ist so elend, in der Fremde schweifen,
Und sie werden mich doch ergreifen!

E julgo ter de impor-me a ti,
Que me repeles, para trás,
E és tu, contudo, e tão bom és, tão brando.

FAUSTO

Se vês que sou eu, vem andando!

MARGARIDA

Lá pra fora?

FAUSTO

Ao ar livre.

MARGARIDA

    É o túmulo, lá fora,
É a morte à espreita, então vem, vem andando![15]
Daqui ao leito de repouso eterno,
E nem um passo além...
Já vais, Henrique? ah! pudesse-o eu, também!

FAUSTO

Podes! só o queiras! vês aberta a porta!

MARGARIDA

Não devo; para mim a esperança está morta.
Por que fugir? se estão mesmo a espreitar-me.[16]
Tão triste é esmolar na indigência,
E, ainda mais, doendo a consciência!
É tão triste vaguear entre estranhos, errante.
E hão de agarrar-me, não obstante!

[15] Versos de sentido ambíguo: ou Margarida está considerando agora a proposta de fuga para ir ao encontro, "lá fora", da "morte à espreita", ou se recusa a fugir para, do cárcere, passar ao "leito de repouso eterno".

[16] Como dão a entender palavras de Fausto ("finalmente prisioneira") na cena "Dia sombrio", Margarida já empreendera em vão uma tentativa de fuga. Era comum estipularem-se recompensas para a captura de infanticidas fugitivas (no caso de Susanna Margaretha Brandt a quantia chegou, como observa Albrecht Schöne, a 50 táleres, quase o quíntuplo do que a moça ganhava anualmente como criada).

KERKER

FAUST

Ich bleibe bei dir. 4.550

MARGARETE

Geschwind! Geschwind!
Rette dein armes Kind.
Fort! Immer den Weg
Am Bach hinauf,
Über den Steg,
In den Wald hinein,
Links, wo die Planke steht,
Im Teich.
Faß es nur gleich!
Es will sich heben, 4.560
Es zappelt noch!
Rette! rette!

FAUST

Besinne dich doch!
Nur einen Schritt, so bist du frei!

MARGARETE

Wären wir nur den Berg vorbei!
Da sitzt meine Mutter auf einem Stein,
Es faßt mich kalt beim Schopfe!
Da sitzt meine Mutter auf einem Stein
Und wackelt mit dem Kopfe;
Sie winkt nicht, sie nickt nicht, der Kopf ist ihr schwer, 4.570
Sie schlief so lange, sie wacht nicht mehr.
Sie schlief, damit wir uns freuten.
Es waren glückliche Zeiten!

FAUSTO

Aqui fico, contigo!

MARGARIDA

Salva-o! Corre!
Salva-o! é o teu filhinho que morre.
Olha o caminho,
Seguindo o riacho,
Perto do moinho,
No mato embaixo!
Corre! à esquerda, eis a prancha,
No tanque, lá!
Agarra-o já!
Quer inda erguer-se,
Está com vida!
Salva-o!

FAUSTO

Torna a ti, Margarida!
Sê livre, é um passo, só, defronte!

MARGARIDA

Visse-me eu já além do monte!
Minha mãe lá se agacha numa pedra,
Roça-me a testa mão fria e inumana!
Minha mãe lá se agacha numa pedra,
Sua cabeça abana;
Pesa-lhe a fronte descoberta,[17]
Dormiu demais, já não desperta.
Dormiu para o nosso amor. Que dizes?
Isso eram tempos tão felizes!

[17] No original este verso diz: "Ela não chama, não acena, pesa-lhe a cabeça". Remonta à crença popular de que pessoas assassinadas não encontravam paz até que o crime fosse expiado: assim, a mãe, sentada imóvel sobre uma pedra, não acena com a mão ou a cabeça para aprovar a fuga da filha.

KERKER

FAUST

Hilft hier kein Flehen, hilft kein Sagen,
So wag' ich's, dich hinweg zu tragen.

MARGARETE

Laß mich! Nein, ich leide keine Gewalt!
Fasse mich nicht so mörderisch an!
Sonst hab' ich dir ja alles zu Lieb' getan.

FAUST

Der Tag graut! Liebchen! Liebchen!

MARGARETE

Tag! Ja es wird Tag! der letzte Tag dringt herein;   4.580
Mein Hochzeittag sollt' es sein!
Sag niemand, daß du schon bei Gretchen warst.
Weh meinem Kranze!
Es ist eben geschehn!
Wir werden uns wiedersehn;
Aber nicht beim Tanze.
Die Menge drängt sich, man hört sie nicht.
Der Platz, die Gassen
Können sie nicht fassen.
Die Glocke ruft, das Stäbchen bricht.   4.590
Wie sie mich binden und packen!
Zum Blutstuhl bin ich schon entrückt.
Schon zuckt nach jedem Nacken
Die Schärfe, die nach meinem zückt.
Stumm liegt die Welt wie das Grab!

FAUST

O wär' ich nie geboren!

CÁRCERE

FAUSTO

Se é vão tudo o que imploro e digo,
Terei de carregar contigo.[18]

MARGARIDA

Larga-me! eu não admito a força!
Não me agarres, mau, deste jeito!
Por amor de ti tudo tenho feito!

FAUSTO

O dia raia, querida! ah, querida!

MARGARIDA

Dia! sim! é a alva, é o último dia!
Meu dia de núpcias seria!
Não digas que estiveste já com Gretchen.[19]
Foi-se a esperança,
A coroa, tão linda!
Hei de ver-te, ainda,
Mas não na dança.[20]
O povo aflui: mudo, se apinha.
Das ruas, praça,
Reflui a massa.
O sino toou, cai a varinha.[21]
Como me agarram e me atam! Do solo
Me arrastam já à cruenta trava.[22]
Já sente cada colo
O gume que no meu se crava.
Jaz, mudo, o mundo, qual sepulcro!

FAUSTO

Ah, nunca tivesse eu nascido![23]

[18] No original: "Assim ouso carregar-te para fora".

[19] Isto é, não no cárcere evidentemente, mas em seu quarto de donzela, antes do "dia de núpcias" agora presente em sua fantasia.

[20] O reencontro fantasiado por Gretchen não se dará na dança nupcial (e tampouco na cerimônia de execução), mas numa outra dimensão, sugerindo sua confiança em uma redenção futura.

[21] Alucinada, Margarida "vê" aqui a afluência do povo à sua execução; menciona o dobre do sino, que dava início à cerimônia pública, e o ato de quebrar a "varinha", pelo qual o juiz indicava que a vida do condenado estava perdida.

[22] No original, *Blutstuhl* ("cadeira de sangue"): o patíbulo sobre o qual a moça seria amarrada e decapitada. Na época, este era o modo mais comum de se executarem infanticidas. Em séculos anteriores, elas eram enterradas vivas, empaladas ou afogadas dentro de um saco.

[23] Palavras semelhantes são pronunciadas pelo pactuário Doutor Fausto no livro popular publicado em 1587. Trata-se, porém, de um

KERKER

MEPHISTOPHELES *(erscheint draußen)*

Auf! oder ihr seid verloren.
Unnützes Zagen! Zaudern und Plaudern!
Meine Pferde schaudern,
Der Morgen dämmert auf.   4.600

MARGARETE

Was steigt aus dem Boden herauf?
Der! der! Schick' ihn fort!
Was will der an dem heiligen Ort?
Er will mich!

FAUST

      Du sollst leben!

MARGARETE

Gericht Gottes! dir hab' ich mich übergeben!

MEPHISTOPHELES *(zu Faust)*

Komm! komm! Ich lasse dich mit ihr im Stich.

MARGARETE

Dein bin ich, Vater! Rette mich!
Ihr Engel! Ihr heiligen Scharen,
Lagert euch umher, mich zu bewahren!
Heinrich! Mir graut's vor dir.   4.610

MEPHISTOPHELES

Sie ist gerichtet!

STIMME *(von oben)*

     Ist gerettet!

MEFISTÓFELES *(aparece do lado de fora)*

Avante! ou tudo está perdido.
Pausa fatal! não vacileis!
Fremem os meus corcéis,
A madrugada alvora.

MARGARIDA

Que surge do solo, lá fora?
Ele! é ele! Vem repeli-lo!
Que busca no sagrado asilo?[24]
Busca-me a mim!

FAUSTO

       Tens de viver!

MARGARIDA

A ti me entrego, celeste Poder!

MEFISTÓFELES *(a Fausto)*

Vem! vem! ou com ela te abandono.

MARGARIDA

Sou tua, Pai no eterno trono!
Salva-me! Anjos, vós, hoste sublime,[25]
Baixai ao meu redor, cobri-me!
Henrique! aterro-me contigo!

MEFISTÓFELES

Está julgada![26]

VOZ *(do alto)*

       Salva!

velho *topos* da tradição literária e bíblica que aparece, por exemplo, no coro da tragédia de Sófocles *Édipo em Colona* ("Não ter nascido — eis o melhor de tudo!"), no *Livro de Jó* ("Pereça o dia em que nasci", 3: 3), nas palavras de Cristo sobre Judas ("Melhor seria para aquele homem não ter nascido!", *Mateus*, 26: 24).

[24] As últimas palavras de Margarida deixam claro o porquê do cárcere ser designado aqui como "sagrado asilo" (no original, "lugar sagrado").

[25] Nestes últimos versos de Margarida ressoam, modificadas, expressões do Salmo 34 de Davi, "Louvor à justiça divina": "Procurei Iahweh e ele me atendeu,/ e dos meus temores todos me livrou. [...] O anjo de Iahweh acampa/ ao redor dos que o temem, e os liberta".

[26] Mefisto refere-se aqui apenas à justiça secular, uma vez que Margarida não pode mais ser salva da decapitação. Ele cita assim, de maneira invertida, a condenação divina que tradicionalmente fechava a história do Doutor Fausto em encenações de companhias itinerantes e de teatros de marionetes:

KERKER

MEPHISTOPHELES *(zu Faust)*

Her zu mir!

(Verschwindet mit Faust)

STIMME *(von innen, verhallend)*

Heinrich! Heinrich!

CÁRCERE

MEFISTÓFELES *(a Fausto)*

Aqui, comigo!

(Desaparece com Fausto)

VOZ *(de dentro, esvanecendo-se)*

Henrique! Henrique!

judicatus es ("está julgado"). Enquanto no *Urfaust* estas palavras de Mefisto permanecem incontestes, Goethe faz seguir agora a intervenção "do alto", que prepara a aparição de Margarida, no final do *Fausto II*, como penitente redimida e intercessora.

Apêndice

Gravura em metal de meados do século XVII, de autoria de Michael Herr, intitulada *Verdadeiro esboço e representação da festa amaldiçoada e ímpia dos feiticeiros*, que, de acordo com vários comentadores, foi uma das principais fontes consultadas por Goethe para elaborar as cenas satânicas do *Fausto I*.

Uma autocensura de Goethe:
a missa satânica da "Noite de Valpúrgis"

Marcus Vinicius Mazzari

Conforme já explicitado no comentário introdutório à cena "Noite de Valpúrgis", foi numa conversa com Johannes Falk, em meados de 1808, que Goethe se referiu pela primeira vez à supressão, no texto da tragédia que se publicava nesse mesmo ano, de "alguns poemas intimamente relacionados às cenas de bruxas no *Fausto*, se não ao próprio Blocksberg": "E quando, após a minha morte, o meu Saco de Valpúrgis vier a ser aberto e todos os demônios estígios nele encerrados se libertarem de novo para o tormento dos outros, tal como atormentaram a mim, [...] então creio que os alemães não me perdoarão tão cedo".

Embora Friedrich W. Riemer, amigo e colaborador de Goethe, já tivesse ressaltado, numa carta de 1836 dirigida ao chanceler von Müller, a relevância das partes excluídas para o conjunto da tragédia, foi apenas em 1894, na edição comentada de Georg Witkowski, que esses "demônios estígios" foram libertados sem nenhuma restrição do chamado "Saco de Valpúrgis". Pois tanto nos volumes do *Fausto* editados por Erich Schmidt em 1887 e 1888 como na edição preparada pelo próprio Riemer em 1836, os trechos mais obscenos e blasfemos dessas partes ainda não puderam ser apresentados sem cortes aos leitores. O motivo para isso — certamente um dos que levaram à autocensura praticada por Goethe — vem delineado na carta de Riemer com as seguintes palavras: "Para o nosso público, constituído em sua maioria por mulheres e moças, jovens e rapazes, e para esse nosso tempo que vive mordiscando os dedos dos pés dos santos, aristofanismos como esses que se apresentam na cena do Blocksberg ensejarão antes o escândalo do que a edificação".

Goethe costumava utilizar o termo grego *paralipomenon* (literalmente, "deixado de lado") para textos ou fragmentos textuais que não passavam pela sua autocensura, não satisfaziam às suas exigências estéticas ou que ainda, por algum outro motivo, lhe pareciam mais apropriados para uma publicação futura. Para a edição de Weimar das obras goethianas, publicada entre 1887 e 1919 em 133 volumes, Erich Schmidt apresentou 209 *paralipomena* ao *Fausto*, enumerados segundo um sistema adotado pelas várias edições posteriores. O mais importante desses textos segregados aparece sob a rubrica *paralipomenon 50* e corresponde ao material que vem traduzido a seguir, a que o poeta se referiu como "uma espécie de câmara, receptáculo, saco infernal ou como quiserdes vós chamar a coisa".

Entre comentadores e estudiosos do *Fausto* há uma longa discussão, como também foi apontado no comentário à "Noite de Valpúrgis", sobre os motivos que levaram Goethe a suprimir os trechos mais drásticos da cena. Além da consideração com os escrúpulos de um público que já demonstrara certo escândalo com o teor erótico de algumas de suas *Elegias romanas*, um dos argumentos mais convincentes diz respeito à economia dramatúrgica do *Fausto*, sustentando que a aparição soberana e absolutizada da figura de Satã comprometeria a noção do Mal como intrinsecamente vinculado à liberdade humana, isto é, inserido num campo de forças que se enfrentam no íntimo de cada um.

Intensa é também a controvérsia a respeito da configuração cênica da "Noite de Valpúrgis" que Goethe teria concebido originalmente. Entrariam esses "aristofanismos" (na expressão de Riemer) somente após "As bodas de ouro de Oberon e Titânia"? Em caso afirmativo, a designação *Intermezzo*, dada a esta cena em que figura o casal de elfos shakespearianos Oberon e Titânia, deveria ser entendida então como cesura no interior dos acontecimentos demoníacos no Blocksberg. Como Goethe não deixou indicações inequívocas nesse sentido, tornaram-se inevitáveis as divergências entre comentadores e intérpretes quanto à eventual inserção dos versos suprimidos numa "Noite de Valpúrgis" expandida. Albrecht Schöne, por exemplo, ao apresentar uma proposta de encenação teatral da "Noite de Valpúrgis", exclui inteiramente o *Intermezzo* das "Bodas de ouro" (entre outras intervenções menores no texto canônico) e insere os versos autocensurados numa sequência em que a cena da "Audiência" precede o "Sermão" de Satã — uma ordem, portanto, diferente da que segue a tradução literal que aqui se apresenta, neste particular mais em consonância com outros estudos. Com segurança pode-se afirmar apenas que as cenas que constituem o *paralipomenon 50* estavam destinadas a se desenrolar no cume da montanha, que aliás Fausto e Mefistófeles não chegam a escalar na versão canônica, uma vez que se apartam da multidão ascendente dos seres demoníacos e desistem assim da verdadeira meta dessa "romaria" pervertida.

O "Sermão da montanha" de Satã

"Para o alto aflui toda a enxurrada;/ A gente crê que empurra, e vai sendo empurrada": assim fala Mefistófeles a Fausto a certa altura da caminhada ascendente de ambos pelo Blocksberg (ou Monte Brocken). Caso tivessem se misturado a essa "enxurrada" e alcançado o topo da montanha, teriam se deparado com Satã entronizado na função de um "todo-poderoso" Príncipe do Mal, que dispõe soberanamente sobre o ritual de adoração que vieram render-lhe os seres réprobos e, numa espécie de versão sacrílega do "Sermão da montanha", consagra a sexualidade e o ouro como valores supremos.

Já as suas primeiras palavras revelam-no como usurpador do papel reservado a Cristo no Juízo Final, de quem se diz que, assentado "no trono de sua glória" (*Mateus*, 25: 31), "separará os homens uns dos outros, como o pastor separa as ovelhas dos cabritos, e porá as ovelhas à sua direita e os cabritos à sua esquerda".

Na continuação do "sermão", o Anti-Deus satânico parece aludir levemente à fórmula anafórica "bem-aventurados os que...", utilizada por Cristo no "Sermão da montanha". Antes, porém, intercala-se o responsório do "Coro", apregoando o ritual da prostração perante o "Senhor" (exatamente como Deus é designado no "Prólogo no céu").

Em seguida, manifesta-se então a "voz" de alguém que, por encontrar-se distante do trono de Satã, não captou o sentido das "deliciosas palavras" do sermão. Também se ouve o lamento de uma menina ainda não integrada ao grupo dos "iniciados" e a quem Mefistófeles prestará um primeiro esclarecimento sexual.

As derradeiras palavras da mensagem satânica, apregoando uma moral hipócrita, são dirigidas então à inexperiente menina e a todos os demais "neófitos" (correspondentes aos "catecúmenos" e às "noviças" a serem instruídos na fé cristã) que se encontram no meio da multidão, isto é, entre os "bodes à direita" e "as cabras à esquerda".

SATAN

Die Böcke zur rechten,
Die Ziegen zur lincken
Die Ziegen sie riechen
Die Böcke sie stincken
Und wenn auch die Böcke
Noch stinckiger wären
So kann doch die Ziege
Des Bocks nicht entbehren.

CHOR

Aufs Angesicht nieder
Verehret den Herrn
Er lehret die Völcker
Und lehret sie gern
Vernehmet die Worte
Er zeigt euch die Spur
Des ewigen Lebens
Der tiefsten Natur.

SATAN *(rechts gewendet)*

Euch giebt es zwey Dinge
So herrlich und gross
Das glänzende Gold
Und der weibliche Schoos.
Das eine verschaffet
Das andere verschlingt
Drum glücklich wer beyde
Zusammen erringt.

EINE STIMME

Was sagte der Herr denn? —
Entfernt von dem Orte
Vernahm ich nicht deutlich

SATÃ

Os bodes à direita,
As cabras à esquerda
As cabras cheiram
Os bodes fedem
E fossem os bodes
Ainda mais fedidos
Mesmo assim a cabra
Não pode prescindir do bode.

CORO

Inclinai o rosto ao chão
Adorai ao Senhor
Ele instrui os povos
E com gosto os instrui
Captai as palavras
Ele vos mostra o sinal
Da vida eterna
Da mais profunda natureza.

SATÃ *(voltado à direita)*

Duas coisas há para vós
Magníficas e grandiosas
O ouro reluzente
E o sexo da mulher.
O primeiro proporciona
O outro devora
Feliz portanto aquele
Que de ambos se apodera.

UMA VOZ

O que disse então o Senhor?
Distante do local
Não captei bem

Die köstlichen Worte
Mir bleibet noch dunckel
Die herrliche Spur
Nicht seh ich das Leben
Der tiefen Natur.

SATAN *(lincks gewendet)*

Für euch sind zwey Dinge
Von köstlichem Glanz
Das leuchtende Gold
Und ein glänzender Schwanz
Drum wißt euch ihr Weiber
Am Gold zu ergötzen
Und mehr als das Gold
Noch die Schwänze zu schätzen.

CHOR

Aufs Angesicht nieder
Am heiligen Ort.
O glücklich wer nah steht
Und höret das Wort.

EINE STIMME

Ich stehe von ferne
Und stutze die Ohren
Doch hab ich schon manches
Der Worte verlohren
Wer sagt mir es deutlich
Wer zeigt mir die Spur
Des ewigen Lebens
Der tiefsten Natur.

MEPHISTOPHELES *(zu einem jungen Mädchen)*

Was weinst du? artger kleiner Schatz

As deliciosas palavras
Obscuro permanece-me ainda
O magnífico sinal
A vida não vejo ainda
Da profunda natureza.

SATÃ *(voltado à esquerda)*

Para vós há duas coisas
De delicioso resplendor
O ouro brilhante
E um falo esplendoroso
Por isso sabei, oh! mulheres,
Deleitar-vos no ouro
E mais do que o ouro
Apreciar ainda os falos.

CORO

Inclinai o rosto ao chão
No lugar sagrado
Oh!, feliz quem está perto
E ouve a palavra.

UMA VOZ

Eu estou distante
E aguço os ouvidos
Mas muitas já perdi
Das palavras que soaram
Quem me diz claramente
Quem me mostra o sinal
Da vida eterna
Da mais profunda natureza?

MEFISTÓFELES *(a uma menina)*

Por que choras, meu pequeno tesouro?

Die Thränen sind hier nicht am Platz
Du wirst in dem Gedräng wohl gar zu arg gestossen?

MÄDCHEN

Ach nein! der Herr dort spricht so gar kurios,
Von Gold u Schwanz von Gold u Schoos,
Und alles freut sich wie es scheint!
Doch das verstehn wohl nur die Grossen?

MEPHISTOPHELES

Nein liebes Kind nur nicht geweint.
Denn willst du wissen was der Teufel meynt,
So greife nur dem Nachbar in die Hosen.

SATAN *(grad aus)*

Ihr Mägdlein ihr stehet
Hier grad in der Mitten
Ich seh ihr kommt alle
Auf Besmen geritten
Seyd reinlich bey Tage
Und säuisch bey Nacht
So habt ihrs auf Erden
Am weitsten gebracht.

Aqui não é lugar para lágrimas.
Machucam-te os empurrões do tumulto?

MENINA

Ah!, não, o Senhor fala ali de maneira curiosa
De ouro e falo, de ouro e sexo
E todos, ao que se vê, se alegram!
Mas será que só os grandes podem compreender?

MEFISTÓFELES

Ah!, não, minha queridinha, nada de choro.
Pois se quiseres entender o que o Diabo pretende,
Então basta meter as mãos na calça do vizinho.

SATÃ *(de frente)*

Oh! vós, menininhas, estais
Bem aqui ao centro
Vejo-vos a todas vindo
Montadas sobre vassouras
Sede puras durante o dia
E imundas durante a noite
Assim tereis nesta terra
Ido o mais longe possível.

Audiência satânica

No *paralipomenon 50* há também a anotação "Audiências particulares. Mestre de cerimônias." [*Einzelne Audienzen. Ceremonien Meister.*], o que revela a intenção de configurar uma cena de adoração por parte de alguns súditos de Satã. Goethe, contudo, passou para o papel apenas uma única "audiência", na qual um "vassalo", assinalado no manuscrito pela letra "X", é instruído pelo "mestre de cerimônias" Mefistófeles e sela a sua entrega a Satã com um beijo de adoração em seu ânus. Essa obscenidade, que lembra de ma-

X

und kann ich wie ich bat
Mich unumschränckt in diesem Reiche schauen
So küß ich, bin ich gleich von Haus aus Demokrat
Dir doch Tyrann voll Danckbarkeit die Klauen.

CEREMONIEN MEISTER

Die Klauen! das ist für einmal
Du wirst dich weiter noch entschließen müssen.

X

Was fordert denn das Ritual.

neira pervertida e grotesca um ritual cristão — por exemplo, o ato de beijar a cruz na Sexta-Feira Santa —, não é uma criação livre do poeta, mas parte integrante (o chamado *Homagium*) da tradição de cultos satânicos. Goethe, que estudara atentamente toda essa tradição, vai porém mais longe e faz do beijo no ânus uma paródia política ao comportamento servil e adulatório em relação ao poder.

No próximo passo da "audiência", o "suserano" Satã, satisfeito com a submissão incondicional do seu vassalo, recompensa-o com uma "doação" à maneira de uma prática feudal, configurada todavia em registro paródico. (Vale lembrar que essa "doação" encontrará um curioso paralelo no final do "quarto ato" do *Fausto II*, quando o Imperador cede a Fausto, "ao homem malfadado", terras a serem conquistadas ao mar e, assim, a soberania sobre "muitos milhões" de súditos.)

A esse ritual satânico-feudal de "adoração" (*Huldigung*) e "doação" (*Beleihung*) deveria seguir-se então a descida do Blocksberg, acompanhada dos versos entoados pelas bruxas que regressam para casa. Na única estrofe redigida por Goethe, inverte-se a ordem do seguinte verso cantado durante a subida pela montanha: *Die Stoppel ist gelb, die Saat ist grün* ("O restolho está amarelo, a seara, verde"). Na tradução de Jenny Klabin Segall ("O restolhal de pó transborda") perde-se a referência ao restolho da colheita passada e à semeadura em brotação, que, por volta de 1º de maio, quando se comemora a Noite de Valpúrgis, ficam lado a lado pelos campos. Mas se aqui há uma inversão nos termos do verso, Goethe fecha a estrofe de maneira tão obscena como por ocasião da ascensão ao Monte Brocken — com a diferença de que, no texto canônico, a obscenidade aparece com as chamadas "reticências de decoro" ("P[eida] a bruxa, f[ede] o bode"), enquanto no *paralipomenon* é dita com todas as letras: "Vomita a bruxa, caga a porca".

VASSALO

> E se posso, como havia pedido,
> Mover-me sem restrição neste reino,
> Pleno de gratidão, beijo-te então, oh! tirano,
> As garras, embora seja um democrata nato.

MESTRE DE CERIMÔNIAS

> As garras! isso é apenas para começar
> Terás de tomar uma decisão mais radical.

VASSALO

> O que exige então o ritual?

CEREMONIEN MEISTER

Beliebt dem Herrn den Hintern Theil zu küssen.

X

Darüber bin ich unverworrn
Ich küsse hinten oder vorn.

Scheint oben deine Nase doch
Durch alle Welten vorzudringen,
So seh ich unten hier ein Loch
Das Universum zu verschlingen
Was duftet aus dem kolossalen Mund!
So wohl kanns nicht im Paradiese riechen
Und dieser wohlgebaute Schlund
Erregt den Wunsch hinein zu kriechen.
Was soll ich mehr!

SATAN

Vasall du bist erprobt
Hierdurch beleih ich dich mit Millionen seelen
Und wer des Teufels Arsch so gut wie du gelobt
Dem soll es nie an Schmeichelphrasen fehlen.

CHOR DER HEXEN

Und wie wir nun nach Hause ziehn
Die Saat ist gelb die Stoppel grün,
Zum Schlusse nimmts kein Mensch genau
Es speyt die Hexe es scheißt die Sau.

MESTRE DE CERIMÔNIAS

Queiras beijar a parte traseira do Senhor.

VASSALO

Quanto a isso, não fico embaraçado
Eu beijo tanto na frente como atrás.

Se acima o teu nariz parece
Penetrar por todos os mundos,
Aqui embaixo vejo um buraco
Capaz de engolir o universo
Que aroma não emana dessa boca colossal!
Tão gostoso assim não deve cheirar o paraíso
E esta garganta tão bem modelada
Desperta o desejo de rastejar para dentro.
O que mais posso querer!

SATÃ

Vassalo, passaste pela prova
Com isso, contemplo-te com milhões de almas
E quem elogiou assim tão bem o cu do Diabo
Jamais carecerá de frases adulatórias.

CORO DAS BRUXAS

E agora que voltamos para casa
A seara está amarela, o restolho verde,
Ao fim e ao cabo ninguém leva tão à risca
Vomita a bruxa, caga a porca.

Manuscrito de Goethe com trecho do *paralipomenon 50*, principal fragmento
não incluído na edição canônica de 1808 do *Fausto I*.

Visão do patíbulo

Como se depreende do último trecho do *paralipomenon 50*, a intenção original de Goethe era concluir a "Noite de Valpúrgis" entrelaçando o complexo temático da "bruxaria" com a "tragédia de Gretchen". Sob a anotação *Hochgerichtserscheinung* ("Visão do patíbulo"), encontram-se duas estrofes de oito versos que aludem ao desfecho de um processo de bruxaria cuja vítima é justamente Gretchen (o manuscrito traz apenas a inicial "G"). A palavra alemã *Hochgericht* designa tanto a jurisdição para crimes capitais (para os quais se prescreviam penas de mutilação e morte) como o local em que a sentença era executada (portanto, o patíbulo, a forca, o monte de lenha para a fogueira). Após a leitura pública da acusação, da confissão (extraída via de regra sob tortura) e da sentença, quebrava-se a "varinha" para simbolizar a perda da vida, como na visão alucinatória de Margarida na cena "Cárcere". Em seguida, a pessoa condenada era entregue ao carrasco para a execução, que se dava com o acompanhamento do coral fúnebre entoado pelos espectadores. Nas estrofes esboçadas por Goethe, o "coro" fica a cargo de monges franciscanos e dominicanos, como sugere a referência à "irmandade cinza e negra". Durante a Inquisição, era dessas duas ordens — os franciscanos com o característico capuz de cor cinza e os dominicanos distinguidos pela túnica negra — que saíam tradicionalmente os principais teóricos e executores da perseguição aos hereges, aos feiticeiros e às bruxas. Não por acaso, o mais importante apoio teórico e prático da Inquisição, o já mencionado *Martelo das bruxas* (*Malleus maleficarum*), foi escrito por dois dominicanos, Heinrich Institoris e Jakob Sprenger, os quais queimaram pessoalmente 48 mulheres declaradas bruxas.

O fato de Gretchen aparecer, nesta cena fantasmagórica, condenada à fogueira tem também raízes históricas, já que um dos fundamentos centrais da perseguição medieval às bruxas era o assassinato de recém-nascidos, interpretado então como ato diretamente inspirado e conduzido pelo demônio. E como a prática da tortura tinha por objetivo não apenas extrair a confissão mas também nomes de outras pretensas feiticeiras, cada processo de bruxaria acabava gerando uma série de outros processos, o que elucida o sentido de versos entoados pelo coro dos monges na primeira estrofe.

Mas, assim como o sangue vertido estimula as irmandades "cinza e negra" à execução de "novas obras", na segunda estrofe sugere-se que qualquer detalhe — um simples aceno, um olhar, um gole, uma lâmina afiada — já é suficiente para despertar a suspeita de bruxaria e, desse modo, impulsionar uma nova avalanche de processos.

(Hochgerichtserscheinung)

CHOR

Wo fließet heißes Menschen Blut
Der Dunst ist allem Zauber gut
Die grau und schwarze Brüderschafft
Sie schöpft zu neuen Wercken Krafft
Was deutet auf Blut ist uns genehm,
Was Blut vergießt ist uns bequem.
Um Glut und Blut umkreißt den Reihn
In Glut soll Blut vergossen seyn.

Die Dirne winckt es ist schon gut
Der Säufer trinckt es deutet auf Blut
Der Blick der Tranck er feuert an
Der Dolch ist blanck es ist gethan.
Ein BlutQuell rieselt nie allein
Es laufen andre Bächlein drein
Sie wälzen sich von Ort zu Ort
Es reisst der Strom die Ströme fort.

(Visão do patíbulo)

CORO

Onde corre o cálido sangue humano
O vapor é propício a toda feitiçaria
A irmandade cinza e negra
Extrai forças para novas obras
O que anuncia sangue nos compraz
O que verte sangue nos conforta.
Em torno de brasa e sangue rodai a ciranda
Que em brasa verta-se o sangue.

A moça acena, já é o bastante
O beberrão toma, isso anuncia sangue
O olhar, o gole estimulam
O punhal reluz, já está consumado.
Um manancial de sangue jamais jorra só
Confluem juntos outros arroiozinhos
Vão rolando de lugar a lugar
Outras torrentes vai arrastando a torrente.

———————

Por fim, há duas anotações de Goethe no fecho deste *paralipomenon* que revelam a sua intenção de configurar uma cena semelhante ao final da "Noite de Valpúrgis" canônica, quando a aparição fantasmática de Margarida impede Fausto, no momento decisivo, de entregar-se à orgia sexual dos seres réprobos. Trata-se das indicações cênicas "A cabeça cai" (*Der Kopf fällt ab*) e "O sangue espirra e apaga o fogo" (*Das Blut springt u löscht das Feuer*), as quais parecem simbolizar o significado redentor da morte de Margarida em relação às fogueiras da Inquisição — de que foram vítimas centenas de milhares de mulheres — e ao mesmo tempo aludir ao sacrifício de Cristo na cruz, isto é, à vitória sobre "o chamado Diabo ou Satanás" (*Apocalipse*, 12: 9-11) "pelo sangue do Cordeiro".

Sobre o autor

Johann Wolfgang Goethe nasceu a 28 de agosto de 1749 em Frankfurt am Main, na época uma cidade-Estado com cerca de 30 mil habitantes. Seu pai, Johann Kaspar Goethe, que começara a vida como simples advogado, logo alcançou o título de Conselheiro Imperial e, ao casar-se com Katharina Elisabeth Textor, de alta família, teve acesso aos círculos mais importantes da cidade.

Seguindo o desejo paterno, Johann Wolfgang iniciou os estudos de Direito em Leipzig, aos 16 anos. Nesse período, que se estende de 1765 a 1768, teve aulas de História, Filosofia, Teologia e Poética na universidade; ocupou-se de Medicina e Ciências Naturais; tomou aulas de desenho e frequentou assiduamente o teatro. Simultaneamente, iniciava-se na leitura dos clássicos franceses e escrevia seus primeiros poemas. No curso de uma doença grave, volta em 1768 para a casa dos pais em Frankfurt. Enquanto se recupera, é atraído pela alquimia, a astrologia e o ocultismo, interesses que mais tarde se farão visíveis no *Fausto*. Dois anos depois, transfere-se para Estrasburgo, onde completa os estudos de Direito. Lá se aproxima de Johann Gottfried von Herder, que o marca profundamente com sua concepção da poesia como a linguagem original da humanidade.

Em 1772, já trabalhando em Wetzlar como advogado, apaixona-se por Charlotte Buff, noiva de um amigo. Nessa época, escreve a peça *Götz von Berlichingen*, de inspiração shakespeariana, que alcança grande repercussão, e começa a redigir o *Fausto*. No outono de 1774, publica *Os sofrimentos do jovem Werther*, romance que obtém enorme sucesso e transforma o jovem poeta em um dos mais eminentes representantes do movimento "Tempestade e Ímpeto", que catalisava as aspirações da juventude alemã.

No ano seguinte, após um turbulento noivado com Lili Schönemann, moça da alta burguesia, Goethe rompe repentinamente o compromisso e aceita o convite do jovem duque de Weimar para trabalhar em sua corte na pequena cidade, que contava então com 6 mil habitantes.

Como alto funcionário da administração, o escritor rebelde desdobra-se em homem de Estado. Apesar da pouca idade, é nomeado membro do Conselho Secreto de Weimar e, nos anos seguintes, se incumbiria da administração financeira do Estado, da exploração dos recursos minerais, da construção de estradas e outras funções. No centro de sua vida em Weimar está a figura de Charlotte (esposa do barão von Stein), com quem mantém uma relação de afeto duradoura que, entretanto, nunca ultrapassa os limites do decoro.

Ao mesmo tempo, Goethe constrói para si uma rotina de trabalho que o impede de se perder no caos dos múltiplos deveres e interesses. Só isso explica como, ao lado dos encargos administrativos, o poeta tenha encontrado tempo para prosseguir no *Fausto* e iniciar vários projetos literários, ao mesmo tempo que, como seu personagem, estende sua sede de conhecimento a vários domínios, entre eles as Artes Plásticas, a Filosofia, a Mineralogia, a Botânica e outras ciências.

Dez anos depois, no entanto, saturado com o ambiente intelectual alemão e a monotonia de suas relações na corte, põe em prática um plano há muito arquitetado: com nome falso, parte de madrugada para a Itália, sem sequer se despedir de seus amigos. Inicia-se assim uma temporada de quase dois anos, na qual o poeta assimila os valores clássicos da Antiguidade, e que está registrada nas cartas e notas de diário que compõem *Viagem à Itália*, cuja primeira parte seria publicada em 1816 e a segunda, em 1829.

Quando retorna a Weimar, em 1788, Goethe afasta-se de Charlotte von Stein e abandona as tarefas ministeriais mais imediatas. No ano seguinte, nasce seu filho August, único a sobreviver dentre os vários que teve com a florista Christiane Vulpius, a quem só irá desposar oficialmente em 1806. Mas o acontecimento de maior impacto na vida intelectual de Goethe nesses anos será a amizade que estabelece com Friedrich Schiller (1759--1805), que ensinava História na Universidade de Iena, e que duraria até a morte deste.

Em 1790, assume a superintendência dos Institutos de Arte e Ciências de Weimar e Iena e, no ano seguinte, a direção do Teatro de Weimar, estreitando assim seus laços com a arte dramática. Não por acaso, em seu célebre romance de formação *Os anos de aprendizado de Wilhelm Meister* (de 1796, ao qual se seguiria *Os anos de peregrinação de Wilhelm Meister*, publicado em duas partes, em 1821 e 1829), a ação se desenvolve entre os membros de uma companhia de comediantes.

Com uma capacidade de renovação constante, Goethe publicaria ainda, entre muitas outras obras de interesse, o poema épico *Hermann e Dorothea* (1797), a primeira parte do *Fausto* (1808) e o romance *As afinidades eletivas* (1809), os estudos de óptica de *A teoria das cores* (1810), em que se contrapõe a Newton, a autobiografia *Poesia e verdade* (redigida em partes, entre 1811 e 1831) e uma coletânea de cerca de 250 poemas amorosos, o *Divã ocidental-oriental* (1819), em que se nota o interesse pela poesia persa e por outras culturas.

Nas décadas finais de sua vida, Goethe cercou-se de um grande número de colaboradores, ao mesmo tempo que sua residência atraía visitantes de toda a Europa. Os relatos desses encontros são contrastantes, ora acentuando o caráter caloroso e interessado do escritor, ora descrevendo-o como um homem insensível, sempre fora do alcance dos demais.

Mas, como observou Walter Benjamin, o grande fenômeno dos últimos anos de sua vida "foi como ele conseguiu reduzir concentricamente a uma última obra de porte — a segunda parte do *Fausto* — o círculo incomensurável" de seus estudos e interesses. Nesse poema se encontram filosofia da natureza, mitologia, literatura, arte, filologia, além de ecos de suas antigas atividades com finanças, teatro, maçonaria, diplomacia e mineração. Após sessenta anos de trabalho no *Fausto*, Goethe conclui a segunda parte da tragédia poucos meses antes de sua morte, a 22 de março de 1832, em sua residência na praça Frauenplan, em Weimar.

Sobre o ilustrador

O mais célebre pintor romântico francês do século XIX, Eugène Delacroix nasceu em Charenton-Saint Maurice, perto de Paris, a 26 de abril de 1798, na família de Charles Delacroix, então embaixador francês em Haia. Charles faleceu em 1805, quando Eugène tinha sete anos. No ano seguinte, este se muda para Paris com a mãe. Após a morte desta em 1815, Eugène Delacroix, que havia demonstrado ao longo da adolescência grande paixão pela música e forte inclinação para o desenho, ingressa, por indicação de um tio também pintor, na École des Beaux-Arts, identificada ao Neoclassicismo, então a arte oficial do Império.

Fiel a seu temperamento impulsivo, Delacroix, entretanto, sente-se atraído muito mais pelas composições tumultuadas de Rubens do que pelo equilíbrio e serenidade de Rafael, então em voga. Assim, afasta-se progressivamente dos modelos neoclássicos, ligando-se sobretudo a Théodore Géricault (1791-1824), para quem, diz-se, chegou a posar como modelo para a tela *A jangada da Medusa* (1819), e com quem sua arte terá mais de um ponto em comum.

Em 1822, Delacroix submete ao Salão a sua tela *Dante e Virgílio nas regiões infernais*, considerada por Baudelaire "uma revolução" no ambiente artístico da época, e que atrai imediatamente sobre o jovem pintor a atenção do público, situando-o como um dos artistas mais promissores das novas tendências.

Dois anos depois, as polêmicas na imprensa se repetem diante da tela *O massacre de Scio*, em que Delacroix elege como tema as lutas de independência da Grécia. A essa altura, o jovem pintor de 26 anos já é o líder incontestе da nova escola romântica de pintura.

Em 1825, atraído pelo tratamento franco e espontâneo da pintura de John Constable (1776-1837), Delacroix embarca para a Inglaterra, onde trava conhecimento com vários artistas ingleses. Em Londres, assiste a uma representação musical do *Fausto*, que o motiva a realizar duas ilustrações para a peça, "Na Taberna de Auerbach" e "Noite — Campo aberto", mais tarde enviadas a Goethe. Em suas *Conversações com Goethe*, Eckermann faz, numa anotação de 29 de novembro de 1826, uma descrição detalhada dessas litografias. Em seguida, registra as seguintes palavras pronunciadas por Goethe: "O senhor Delacroix é um grande talento, que encontrou precisamente no *Fausto* a substância adequada. Os franceses censuram-lhe a sua selvageria, acontece, porém, que aqui ela lhe vem a calhar. Ele realizará, como se espera, todo o *Fausto*, e de antemão eu me alegro pela 'Cozinha da bruxa' e pelas cenas no Monte Brocken". Dois anos depois, em 1828, seria publicado em Paris, numa edição de luxo, o ciclo completo de 17 litografias, acompanhando a tradução francesa do poema, a cargo de Frédéric Albert Alexandre Stapfer (1802-1892).

No Salão de 1831, quando ainda estão presentes os ecos da revolução de julho de 1830, Delacroix apresenta aquela que se tornaria sua tela mais conhecida, *A Liberdade guiando o povo*, cuja figura central, alegoria ao mesmo tempo da França e da Liberdade, avança para o espectador tendo em uma das mãos o estandarte tricolor e na outra um fuzil, e na qual o próprio pintor se retrata, de arma em punho, ao lado dos revolucionários.

Esboços e litografias de Delacroix para o *Fausto I*: no alto à esquerda, a aparição de Mefistófeles na primeira cena "Quarto de trabalho" e estudos para "Cárcere"; ao lado, a primeira litografia de "Diante da porta da cidade"; no alto, a fuga de Mefistófeles e Fausto após a morte de Valentim na segunda cena "Noite" (com estudos do artista na margem da pedra litográfica); acima, cobras e lagartos da "Noite de Valpúrgis".

Em 1832 Delacroix viaja durante seis meses pela Algéria e Marrocos, a convite do embaixador francês. Nesses países africanos realiza uma infinidade de desenhos e registros cromáticos que lhe servirão de estímulo para novas composições ao longo de toda a vida. "Aqui tudo é pitoresco", escreve a um amigo. "A cada passo se encontram cenas que fariam a glória e a fortuna de vinte gerações de pintores." Exemplo da verdade poética dessa afirmação é, entre outras, a tela *As mulheres de Argel* (1834), que prefigura um tema que Matisse iria tratar quase um século depois.

Ao retornar do Marrocos, inicia-se para Delacroix um período de grandes encomendas oficiais, entre as quais se destacam a incumbência de pintar o Salão do Rei (1833); a biblioteca do Palácio Bourbon, sede da Câmara dos Deputados (1838); a cúpula e um hemiciclo no Palácio de Luxemburgo, sede da Câmara Alta (1840).

Essa sequência de importantes encomendas concorreu para a suspeita de que o pintor seria, na realidade, filho ilegítimo de Talleyrand, político de imenso prestígio, que passou à história com a alcunha de "Diabo Coxo" e com quem Delacroix tinha grande semelhança física.

Apesar do apoio oficial e da imensa notoriedade de que desfrutava, sua pintura ainda desperta enorme resistência e seu nome só passa a integrar o júri do Salão de Belas-Artes em 1849. No período final de sua vida, o artista escreve e pinta intensamente em seu estúdio da praça Furstenberg, em Paris, tendo por companhia uma governanta que o ajuda a manter uma enérgica rotina de trabalho.

Delacroix morre em 13 de agosto de 1863, aos 65 anos. Seu *Diário*, publicado em 1893-95, será reconhecido como um dos mais penetrantes registros já feitos por um artista acerca de suas próprias concepções da arte, da poesia, da música e da pintura.

Sobre a tradutora

Jenny Klabin Segall nasceu a 15 de fevereiro de 1899 em São Paulo, segundo dos quatro filhos de Berta e Mauricio Klabin, imigrantes judeus de origem russa que haviam chegado ao Brasil no final do século XIX. Em 1904, a família se muda para Berlim e mais tarde para Genebra, onde permanece até 1909. Em Berlim, Jenny conhece o pintor russo Lasar Segall, então com 15 anos, que abandonara a cidade natal de Vilna para prosseguir seus estudos de arte na Alemanha. Os dois irão se reencontrar no final de 1912, no Brasil. Em nosso país, Segall expõe seus quadros em Campinas e, sendo irmão de Luba Segall Klabin, tia de Jenny — a quem o pintor dá aulas de desenho nessa temporada — frequenta a casa da família Klabin, na Vila Mariana.

Em São Paulo, Jenny aprofunda a educação que iniciara em escolas alemãs e suíças, tendo aulas com professores particulares e tornando-se fluente em francês, inglês e alemão. Em 1923, após uma estadia de três anos na Europa com a família, Jenny volta ao Brasil. Nesse mesmo ano, Segall, então casado com sua primeira mulher, alemã, instala-se definitivamente em nosso país. Aqui o casamento logo se desfaz, com sua esposa retornando à Europa. Mas o pintor decide permanecer e adquire nacionalidade brasileira. Dois anos depois, a 2 de junho de 1925, Jenny Klabin e Lasar Segall casam-se em São Paulo.

A partir de 1926 o casal inicia um período de viagens entre São Paulo, Berlim e Paris, cidades onde nascem seus filhos, Mauricio em 1926 e Oscar em 1930. Em 1932, o casal retorna ao Brasil, fixando residência na Vila Mariana, em casa projetada pelo arquiteto russo Gregori Warchavchik, casado com Mina, irmã de Jenny. No início dos anos 30, os casais Segall e Warchavchik participam ativamente da SPAM — Sociedade Pró-Arte Moderna, levando adiante os ideais de renovação e rebeldia do Modernismo de 22.

Em meados dessa década, Jenny Klabin Segall inicia sua longa atividade literária, traduzindo por interesse próprio obras fundamentais da literatura universal. Além do *Fausto* integral (Partes I e II), trabalho já por si monumental, traduziu ainda *Escola de maridos*, *O marido da fidalga*, *As sabichonas*, *Escola de mulheres*, *O tartufo* e *O misantropo*, de Molière; *Ester*, *Atalia*, *Andrômaca*, *Britânico* e *Fedra*, de Racine; e *Polieucto*, *O Cid* e *Horácio*, de Corneille. Traduções pautadas por um espírito de profundo respeito ao texto original e que lhe valeram múltiplos elogios.

Após a morte de Lasar Segall em 2 de agosto de 1957, Jenny abandona a atividade literária para se dedicar exclusivamente à organização do acervo do pintor, realizando diversas exposições na Europa, com a cooperação do Itamaraty, no intuito de recolocar a obra e o nome do marido no mundo da arte ocidental. Simultaneamente dedica-se à criação de um museu que preservasse sua obra, negando-se a dispersá-la no mercado de arte. Em meados da década de 60, retoma seu trabalho literário, completando a tradução do *Fausto II*, de há muito aguardada pelos críticos. A 2 de agosto de 1967, Jenny Klabin Segall tem um enfarte, vindo a falecer três dias depois. Em setembro do mesmo ano, é inaugurado por seus filhos o Museu Lasar Segall, hoje incorporado ao IPHAN — Instituto do Patrimônio Histórico e Artístico Nacional, fruto, em grande parte, de seus esforços.

Este livro foi composto em Adobe Garamond, pela Bracher & Malta, com CTP e impressão da Edições Loyola em papel Pólen Natural 70 g/m² da Cia. Suzano de Papel e Celulose para a Editora 34, em janeiro de 2024.